UN HIVER POUR TE RÉSISTER

Design de couverture : Miriam Schwardt
Collection créée par Hugues de Saint Vincent,
dirigée par Arthur de Saint Vincent
Ouvrage dirigé par Marine Flour

Pour la présente édition :

34-36, rue La Pérouse
75116 Paris
www.hugopublishing.fr

ISBN : 9782755670394
Dépôt légal : janvier 2024
Imprimé en France par CPI Firmin-Didot

MORGANE MONCOMBLE

NEW ROMANCE®

UN HIVER POUR TE RÉSISTER

Hugo Roman

SEASONS : TOME 2

À ma grand-mère, Danielle.
Merci pour les après-midis Betty Boop,
les soupes aux vermicelles
et les virées à la chinette.

AVANT-PROPOS

Ce livre est un roman de pure fiction. Pour des raisons purement narratives, je me suis donc permis certaines libertés concernant le monde du patinage artistique : notamment à propos de ses règles et de ses lieux de compétition.

Ceci étant dit, je vous souhaite une bonne lecture sur la glace aux côtés de Lily et d'Orion !

PLAYLIST

« You're On Your Own, Kid », Taylor Swift
« Trust Fall », Bebe Rexha
« Stay », Rihanna feat. Mikky Ekko
« Dopamine », Jackson Wang
« Comfort Crowd », Conan Gray
« UNDERSTAND », Keshi
« Next Life », ROSIE
« Beautiful », Anne-Marie
« Stuck In My Head », BLÜ EYES
« cinderella's dead », EMELINE
« Dusk Till Dawn », ZAYN feat. Sia
« King of My Heart », Taylor Swift
« Finally // beautiful stranger », Halsey
« Crowded Room », Selena Gomez feat. 6LACK
« Easily », Bruno Major
« Like Crazy », Jimin
« Love Her », Jonas Brothers
« I GUESS I'M IN LOVE », Clinton Kane
« Little Bit More », Suriel Hess
« It's Only Love, Nobody Dies », Sofia Carson
« Keep Your Head Up Princess », Anson Seabra
« Moonlight », Chase Atlantic
« Honeymoon Fades », Sabrina Carpenter
Le Lac des cygnes, op. 20, acte II, scène 1,
Orchestre national du Bolchoï

Prologue

LILY

Trois ans plus tôt

J'avais treize ans la première fois que j'ai vu Orion Williams patiner, à la télévision. Je me souviens encore de la seconde exacte où j'ai perdu le souffle. Du battement irrégulier de mon cœur, boom BOOM boom, qui s'affolait à chacun de ses mouvements. Je me rappelle avoir posé la main sur ma poitrine, comme pour l'en empêcher, sans grand succès. J'étais hypnotisée.

J'ai honte d'avoir pensé faire face à un ange, dont la tête baignait dans la lumière des cieux. Son corps était long et gracieux, son expression mélancolique, ses gestes aussi fluides que le courant d'un ruisseau. Il est devenu un modèle, une motivation, un but auquel aspirer.

J'ai travaillé comme une acharnée pour avoir la chance de le rencontrer, si ce n'est de lui arriver à la cheville. Cela m'a pris six ans, mais j'y suis parvenue. Il est là, en chair et en os, au centre de l'arène glacée, vêtu d'un pantalon et d'un haut en dentelle, noirs, à l'image d'un prince de la Mort. Les plumes sombres qui lèchent ses manches lui donnent quant à elles un air céleste, presque irréel, tandis que les perles dorées le long de son torse attirent l'œil… et la lumière.

La robe légère d'Harper, sa partenaire, volette contre ses cuisses. Elle m'évoque une déesse éprise du Diable.

Je me tiens au bord de la patinoire, tout étirement oublié, lorsque le son d'un violoncelle électrique résonne et me fait sursauter. Mes yeux sont rivés sur Orion comme s'il était le seul sur la glace. Celui-ci réagit immédiatement et se jette à corps perdu dans la musique.

C'est aujourd'hui un guerrier qui glisse à toute allure. Je reconnais tout de suite la mélodie qui fait se recouvrir mes bras de frissons. Hans Zimmer. « Wonder Woman Theme ».

Toute la salle est aussi ensorcelée que moi par la bataille que livre Orion contre lui-même. Ses pas sont pressés, ses gestes enragés, comme si le diable possédait son âme le temps d'une performance. Il utilise son corps telle une épée, les sourcils froncés dans un mélange de concentration et de détermination. Le mince et cruel sourire qui trône sur ses lèvres laisse deviner une arrogance à peine feinte. *Il sait.* Il est bien conscient d'être le meilleur.

Mon cœur bat la chamade lorsqu'il tente un quadruple axel mal réceptionné. Il chute, sans surprise face à la difficulté du saut, mais se reprend aussitôt sur un enchaînement de pas rapides. *C'est comme s'il avait la Faucheuse aux trousses.*

Je suis bouche bée, à la fois jalouse et admirative, lorsqu'il effectue la seconde moitié de son programme comme une scène de combat. Orion affronte un adversaire beau mais dangereux, du prénom d'Harper, enchaînant figure après figure avec puissance et magnétisme. La foule ne tarde pas à applaudir ce spectacle éblouissant.

Je sais que mon partenaire et moi ne réussirons pas à égaler leur performance, du moins pas aujourd'hui. C'est mon deuxième Championnat du monde chez les seniors, et mon premier face à Orion. C'est déjà une chance de pouvoir rivaliser avec lui.

– Tu vas enfin pouvoir lui demander un autographe ! s'est enthousiasmée ma mère quand elle a appris la nouvelle de ma sélection.

Tout le monde connaît mon admiration pour Orion… et pas seulement parce qu'un poster de lui traîne sur la porte de ma chambre.

– Autographe qu'elle embrassera en secret chaque soir à la place de son oreiller, s'est moqué mon frère, ce qui lui a valu un doigt d'honneur.

Qu'on soit clair : je n'embrasse pas mon oreiller. Je n'embrasse personne, d'ailleurs. Et c'est un choix !

À la fin de sa prestation, je regarde Orion saluer le public avec grâce et humilité, la poitrine se levant au rythme de sa respiration entrecoupée. C'est avec fascination que j'observe ses fans jeter des bouquets de fleurs sur la glace, ainsi que des peluches à l'effigie de son chien, un dalmatien nommé Princesse. Des patineuses s'occupent de les ramasser tandis que le jeune champion sort de l'arène en compagnie de sa partenaire.

– Lily, prépare-toi, m'interpelle ma coach. C'est à vous. Où est Walter ?

Je veux acquiescer, tout en dézippant ma doudoune pour révéler ma robe de patinage en velours, mais soudain je remarque qu'*il* vient dans ma direction. Mes yeux s'écarquillent, je veux paraître cool et décontractée, mais c'est plus fort que moi : je panique. Du haut de ses vingt-trois ans, Orion est comme une légende pour moi. Un mythe, aussi conceptuel que la guerre de Troie ou l'engloutissement de l'Atlantide. Pourtant, il se matérialise devant moi.

Ses cheveux courts et crépus frisent sur le haut de son crâne, et des perles de sueur accrochent ses tempes à la peau métissée. Il est grand, le tissu noir de son costume moulant son buste musclé et longiligne, et son aura écrase toute pensée cohérente de mon esprit.

Orion passe la brèche qui sert d'entrée et de sortie, puis il s'arrête juste à côté de moi en reprenant son souffle. Sa partenaire l'étreint joyeusement, ses cheveux blonds attachés dans un chignon parfait, avant d'aller rejoindre leur coach.

Il se retrouve seul, saluant la foule de la main. C'est mon moment. Je ne sais absolument pas quoi faire. Dois-je lui dire bonjour ? Me présenter ? Le féliciter, peut-être ?

Je n'ai pas le temps de prendre une décision. Son regard ébène se pose sur moi lorsque quelqu'un lui tend une bouteille d'eau en le complimentant sur sa performance. Je me fige, immobilisée par le trac. Je dois dire quelque chose, n'importe quoi, au risque de passer pour une idiote ! Mais mes lèvres sont fermement scellées. Je ne suis bonne qu'à déglutir, mes patins prenant racine dans le sol.

Elizabeth Linh Pham, du nerf ! Tu es en train de t'humilier devant Orion Williams.

Ce dernier fronce les sourcils en me voyant le scruter avec insistance, probablement gêné par cette attention non désirée. Je sais de quoi j'ai l'air, pourtant je n'arrive pas à détourner les yeux. J'espère ne pas rougir comme une groupie énamourée, ce n'est pas mon genre en temps normal.

– Tu es la suivante ?

Il me parle. Orion Williams s'adresse à moi.

J'ouvre la bouche, mais rien n'en sort. Alors je hoche bêtement la tête. Il doit sûrement avoir l'habitude de provoquer ce genre de choc. Je ne suis pas la première fan qu'il croise. Je m'attends à ce qu'il reparte sans rien dire, et je ne lui en voudrais pas. Au lieu de ça, la magie opère comme dans un rêve – un rêve dont j'aimerais ne jamais me réveiller –, un sourire amusé illumine soudain son visage, et il pose une main gantée sur mon épaule.

– Bonne chance, alors. Je te regarderai.

« Bonne chance » ? Je n'ai pas besoin de chance !

Il n'a pas le temps d'apercevoir ma réaction car son coach le tire par le bras pour aller vérifier son score.

L'endroit qu'il a touché brûle sous le velours de mon costume, preuve que je n'ai pas halluciné son geste. Je suis traversée par une fierté étrange à l'idée qu'il me connaisse, qu'il m'encourage, moi. Et à la fois, cela veut dire qu'il ne me considère pas comme une rivale, il me souhaiterait sinon plutôt de perdre. Sa remarque me pique au vif, mais je me reprends. Il a raison, après tout : je ne suis pas de taille. Pas encore. Mais un jour, je le serai.

Un jour, je serai sa rivale.

Un jour, je battrai son record.

Ma tête vibre encore d'une euphorie mal contenue quand Walter, mon partenaire, apparaît enfin.

– Pardon, j'étais aux toilettes, s'excuse-t-il en me prenant la main.

Il m'emmène sur la glace, ornant son visage d'un sourire hypocrite. Je sais que nous n'avons aucune chance face à Orion et Harper, mais je me promets de tout donner aujourd'hui. Je veux qu'il connaisse mon nom. Je veux qu'il m'applaudisse à son tour, sans savoir qu'il m'inspire depuis des années, ni que je rêve d'être son successeur.

– Prête ? chuchote Walter quand nous posons au centre de la patinoire.

Je prends une grande inspiration, faisant disparaître de mon esprit le monde autour de moi, tous les spectateurs impatients et les journalistes caméra sur l'épaule.

– Toujours.

Une respiration.

Deux respirations.

Trois res…

Mon corps bouge une nanoseconde avant que la musique ne démarre. Je suis habitée par une nouvelle détermination lorsque la mélodie féerique de « Chandelier »[1] rythme mes pas. Le froid souffle sur mes joues et dans ma perruque bicolore, il soulève ma jupe à mesure que je file.

Je ne fais plus attention à rien, si ce n'est à l'harmonie entre mon partenaire et moi. Nous patinons, dansons et volons comme des marionnettes animées, avides de liberté.

1. « Chandelier », *1000 Forms of Fear*, Sia.

Nos figures parfaitement exécutées nous valent des applaudissements, mais cela ne me suffit pas. Malgré notre créativité et notre technique sans faille, ce n'est pas assez. Nous manquons de mise en danger, de risque. D'émotions. Ce que je réclame depuis des mois, mais que Walter refuse, préférant se reposer sur ses lauriers. Je veux montrer au monde de quoi je suis capable.

Une confiance débordante éclot au centre de ma poitrine. Je ne réfléchis plus de manière sensée. *Et si je prenais une liberté ?* Une folie qui nous coûtera le podium – ou l'une de mes jambes –, mais je suis persuadée de ne pas en faire partie, de toute façon.

Un sourire excité naît sur ma bouche, ce qui attire l'attention de Walter. Son regard aperçoit ma posture à distance, et je le vois pâlir. Il devine ce que je vais faire une seconde trop tard.

Je ne me laisse pas le temps de changer d'avis ou d'avoir peur. Je calme ma respiration et pousse sur mes pieds pour bondir avec élan. J'effectue un salto arrière malgré l'interdiction formelle que cette figure représente, principalement à cause de sa dangerosité. Figure réussie une fois uniquement en compétition, par Surya Bonaly, et qui porte son nom depuis.

Le temps semble se suspendre lors d'une courte éternité.

Je vais tomber sur le crâne. Je vais me briser le dos.

L'horloge se remet à tourner et, soudain, je retombe… sur un seul pied !

Ce sont les yeux ébahis de Walter qui me font comprendre que j'ai réussi. *Je l'ai fait !*

Mes jambes tremblent si fort que j'ai peur qu'elles ne me lâchent, mais je continue à patiner pour prendre sa main dans la mienne. La foule hurle, mais je n'y fais pas attention. Mon cœur tambourine dans mes oreilles, trop fort, noyant tout autre bruit. La fierté doit se lire sur mon visage tandis que nous poursuivons notre programme.

Lorsque la musique prend fin, Walter secoue la tête dans ma direction. Il a l'air remué, admiratif, mais énervé aussi. J'ai été égoïste, je n'ai pas une seule seconde songé à lui quand j'ai accepté d'être punie pour mon acte de rébellion.

– Qu'est-ce qui t'a pris ?

– Je suis désolée, je déclare en souriant, les larmes aux yeux.

Nous savons tous les deux que je ne le suis pas.

– Tu fais toujours ça… marmonne-t-il entre ses dents serrées. Tu ne penses qu'à toi.

Il n'a pas tort, c'est pourquoi je me retiens de lui dire que lui et moi sommes différents. Walter est devenu patineur parce qu'il aime ça, je suis devenue patineuse parce que je ne peux pas respirer sans ça. Il se contente d'effectuer des programmes lisses et faciles sans jamais se challenger, là où je veux me perfectionner toujours un peu plus. Je veux transpirer, sentir la douleur lancinante des courbatures dans mes membres, verser des larmes de travail acharné.

Mon seul adversaire est mon propre potentiel.

Mon seul ennemi, mon perfectionnisme.

Je cherche Orion des yeux en quittant la glace, consciente de l'attention générale qui pèse sur moi et des commentaires ahuris des juges. Malheureusement, je ne le vois nulle part, mais j'espère que lui m'a vue.

Ma coach me fusille du regard en silence mais garde ses remontrances pour plus tard, quand nous serons seuls. Je n'ai même pas la décence de paraître désolée.

Mon non-respect des règles nous vaut une forte pénalité. Orion et Harper remportent la médaille d'or, ce qui ne surprend personne, tandis que Walter et moi tombons à la dernière place. Pourtant, je n'ai aucun regret. Parce qu'après aujourd'hui, je sais que les gens se souviendront de mon nom.

DÉCEMBRE

1

LILY

Décembre 2023, Montréal

– Encore ! s'écrie Isabella, les bras croisés. Tu dois être plus gainée, tu es trop molle.

Je me relève difficilement, cachant ma grimace de douleur. La sueur colle mes cheveux à mon front, et tout mon corps proteste contre une énième tentative, mais j'obéis malgré tout.

Mon legging de sport est recouvert des résidus givrés que mes incessants essais ont laissés derrière eux, et pour cause : j'ai passé l'après-midi à répéter mon *triple axel*. Je suis tombée sept fois sous le regard désapprobateur de ma coach et celui, rempli de pitié, de mes camarades. Piper, notamment, qui s'entraîne elle aussi.

Mon amie m'offre un sourire encourageant tandis que je glisse, déterminée à exécuter un saut parfait. Jusqu'ici, j'en réussis deux sur trois seulement. Je plie les genoux et jette ma jambe libre vers l'avant. Mon corps prend son envol et effectue un, deux, puis trois rotations et demie. Mais lorsque je retombe, mes muscles épuisés cèdent sous le poids du choc. Je m'effondre violemment au sol.

– Putain !

J'y étais presque.

Je suis tellement énervée par mon échec que je laisse échapper ce juron à voix haute. Piper patine jusqu'à moi et me tend la main pour m'aider à me relever. J'accepte à contrecœur.

– Merci, je chuchote tout bas.

Isabella me scrute depuis les gradins, l'expression sévère. Je sais ce qu'elle pense : que je ne suis pas encore prête pour gagner les Mondiaux. *Elle a raison, même si je suis déterminée à l'être dans quatre mois.*

– Tu vas devoir travailler ta réception, m'assène-t-elle lorsque je la rejoins après avoir évité les élèves qui continuent leurs figures sans faire attention à moi. Tu n'es pas assez concentrée.

– Je n'ai pas bien dormi cette nuit…

– Tu manges correctement, en ce moment ? Tu as l'air d'avoir pris du poids. Demain matin, on te pèsera.

Je hoche la tête en silence, même si j'aimerais lui rappeler que je suis là depuis huit heures ce matin et que j'ai à peine pris une pause pour déjeuner ce midi. Comme les six derniers jours de la semaine. Je ne vois pas comment j'aurais pu prendre du poids.

– Va te reposer, m'ordonne-t-elle. Tu ne me sers à rien dans cet état.

Au même moment, Piper effectue un *double salchow* et retombe parfaitement sur son pied. Isabella la félicite, ce qui m'étonne. Elle n'est pas généreuse en compliments ; j'en sais quelque chose, ça fait trois ans que je me la coltine.

Après les Mondiaux, qui m'ont valu la dernière place aux côtés de Walter, j'ai changé de club pour me rapprocher d'Orion Williams. Mon frère me traite de *stalker*, mais il ne comprend pas. Si son entraîneur a réussi à faire de lui le meilleur espoir de sa génération, alors c'est lui qu'il me faut. Évidemment, il a fallu qu'Orion disparaisse au moment où je suis arrivée… Finalement, c'est Isabella qui m'a récupérée et je n'ai pas eu mon mot à dire sur mon nouveau partenaire : Oliver.

– Qu'est-ce que tu fais encore là ? me demande ma coach en voyant que je suis toujours au bord de la glace. Oust !

Je ne me fais pas prier. Habituellement, je suis du genre à rester jusqu'à la fermeture de la patinoire. Je ne me plains jamais. Je continue les exercices sans relâche, et ce malgré les bleus et la transpiration. Mais aujourd'hui, je tombe de fatigue.

Je rejoins le vestiaire en boitant, ma fesse droite rendue particulièrement douloureuse par mes nombreuses chutes. Je me déshabille et grimace en voyant l'hématome qui commence déjà à fleurir sur ma hanche.

– Waouh ! Tu ne t'es pas ratée.

Je tourne la tête vers Piper, qui m'a suivie, et accepte la poche de glace qu'elle me tend. Je presse cette dernière sur ma blessure et sens immédiatement la souffrance s'estomper.

– Pourquoi suis-je la seule à m'entraîner si dur ? je soupire en m'asseyant, seulement vêtue de mes sous-vêtements de sport. Où est Oliver ?

Je ne sais même pas pourquoi je pose la question. Mon partenaire est probablement en train de boire des coups avec des amis, ou de faire une sieste sur son canapé. La pression ? Il ne connaît pas. Le travail acharné non plus, de toute évidence. C'est bien ce qui nous différencie le plus, et aussi la raison pour laquelle – même si je ne l'ai jamais dit à personne – je sais qu'il ne m'emmènera jamais là où j'ai envie d'aller.

Deux juniors passent soudain les portes du vestiaire, et la première m'interpelle :

– Lily, ton frère est là.

Je grogne dans ma barbe. Je déteste les jours où mon aîné vient me chercher. Pas seulement parce qu'il me force à écouter son rap idiot dans la voiture – et son chant approximatif –, mais surtout parce que les filles deviennent dingues chaque fois qu'il est dans les alentours.

– Jane est là ? s'étonne Piper, qui se recoiffe furtivement.

Je l'observe dans un masque figé par l'horreur. J'ai l'habitude que mes amies craquent pour mon abruti de frère, et ce depuis l'école primaire. Je n'ai jamais compris pourquoi. Je dois toujours leur préciser que ce joueur de hockey au sourire charmeur est le même qui change de chaussettes une fois toutes les pleines lunes et qui mange de la pizza vieille de trois jours. *Ayez des standards, merde !*

– Non… Piper, je t'en supplie, pas toi.

– Quoi ?

– N'importe qui mais pas Jane !

Elle rougit avant de me fusiller du regard.

– Que tu le veuilles ou non, ton frère est canon. Contrairement à toi, rendue aveugle par les liens du sang, j'ai des yeux en parfait état de fonctionnement.

Je fais mine de vomir, ce qui la fait marrer. C'est plutôt elle et toutes les autres qui sont aveuglées par l'uniforme que mon frangin porte sur la glace. Les filles en raffolent. Je ne serais d'ailleurs pas étonnée d'apprendre que Jane ait choisi ce métier pour cette raison.

– Sérieusement… Il y a des milliards d'hommes sur Terre, tous plus décevants les uns que les autres, et tu jettes ton dévolu sur mon frère ?

– S'ils sont tous aussi décevants les uns que les autres, autant opter pour un beau à tomber à la renverse, non ? sourit-elle dans ma direction. Je suis sûre qu'il donne de bons cun…

Je refoule un deuxième haut-le-cœur, si bien qu'elle éclate de rire avant de finir sa phrase. Je refuse d'en entendre davantage.

– Je t'enverrai la facture de mes prochaines séances chez la psy, je lui annonce en rangeant mes patins dans mon sac.

– Avec plaisir. Tiens, pour tes fesses, dit-elle en me tendant un tube de crème.

Je la remercie en finissant de me rhabiller. Jane est un crétin dont le hobby est de faire de ma vie un enfer. Mon nom de contact sur son téléphone est « Kreattur », en référence à l'elfe de maison dans *Harry Potter*[1]. Malgré ça, il vient me chercher en voiture chaque fois qu'il en a l'occasion et m'évite ainsi de rentrer à pied sous la neige. Il n'a pas que des défauts…

– Bordel, vous avez entendu ? murmure une fille qui entre dans le vestiaire, la mine inquiète.

Son groupe d'amies lui demande ce qu'il se passe. Les autres jettent des coups d'œil curieux dans leur direction, comme Piper et moi. Je décide toutefois de ne pas jouer les commères et me concentre sur les lacets de mes baskets. Je déteste les ragots, et pas seulement parce que ces mêmes filles parlent derrière mon dos quand ça les arrange. C'est chacun pour sa pomme, ici. La sororité ? Ça n'existe pas.

Je suis sur le point de partir, après avoir enfilé mon manteau, quand je sens tous les regards pivoter vers moi. Je me fige sans comprendre. Quelques patineuses semblent horrifiées, la main plaquée sur leur bouche, tandis que d'autres m'offrent des grimaces compatissantes.

– Je peux savoir ce qu'il se passe ? je demande tout haut, les doigts serrés autour de la sangle de mon sac.

Aucune n'a le courage de m'annoncer la nouvelle. Finalement, c'est Piper qui répète la question. L'une des filles se racle la gorge, gênée, et le terrible verdict tombe :

– Oliver a été admis à l'hôpital. J'ai entendu Isabella au téléphone il y a tout juste cinq minutes…

Le choc me heurte de plein fouet. Je vacille, mais Piper me rattrape par le coude. Je ne m'attendais pas du tout à cela. *Oliver est blessé ?*

J'ai beau avoir prié pendant des mois pour qu'on me change de partenaire, je n'ai jamais voulu qu'il lui arrive malheur, je le jure !

1. Saga *Harry Potter*, J. K. Rowling.

Je sors du vestiaire avec urgence, paniquée. Mon cœur bat la chamade lorsque je trouve enfin ma coach, près des gradins. Elle est en pleine discussion avec un homme brun et imposant à qui je n'accorde aucune attention.

– Isabella ! je l'interpelle en essayant de ne pas laisser ma peur transpirer. Qu'est-ce qu'il s'est passé ? Comment va Oliver ?

Celle-ci relève la tête en me voyant arriver, puis elle pose une main rassurante sur mon épaule.

– Syndrome des loges… C'est sa jambe.

Je me fige dans une expression interdite. Le syndrome des loges est une blessure courante chez certains sportifs, caractérisée par une pression accrue autour de certains muscles, si forte qu'elle interrompt l'apport sanguin. Dans des cas graves, où les tissus meurent dans le membre, il peut en entraîner la perte. Ce genre de scénario est une tragédie pour n'importe qui, mais le pire des cauchemars pour un athlète.

– Il va être opéré, c'est ça ?

Isabella acquiesce tandis que j'accuse un frisson d'horreur. Je l'imagine à l'hôpital, seul, terrifié de perdre sa jambe. *Son outil de travail.* Je ne le formule pas à voix haute, car je sais ce que les gens diront. Oliver lui-même répète que je n'ai aucun cœur, que je ne pense qu'à ma petite personne. J'apprends qu'il va peut-être être amputé, et la première chose qui m'inquiète est l'arrêt de sa carrière. Parce que pour moi, c'est le plus important.

Sans le patinage, je ne suis rien.

– J'espère qu'il n'a pas peur…

– Ce genre de choses arrive. Il va s'en sortir.

Je hoche la tête, perdue dans mes pensées. Si Oliver est opéré maintenant et que tout se passe comme prévu, il va accumuler du retard sur l'entraînement. Or, nous devons performer au Championnat du Canada d'ici tout juste un mois, et aux Mondiaux dans moins de quatre. C'est un handicap, mais nous pouvons l'affronter. Je ferai en sorte de prendre assez d'avance pour compenser le reste, quitte à répéter ce *triple axel* jour et nuit.

– Il sera de retour sur la glace à temps pour janvier, tu crois ? Je suppose qu'il doit se reposer après son opération, mais...

Les mots meurent sur ma langue. Isabella me regarde comme si j'étais idiote. Son interlocuteur, jusqu'ici silencieux, soupire avec compassion. C'est en me tournant vers lui que je me rends compte de qui il s'agit. *Oh ! Bordel !* Mes yeux s'écarquillent sans que je sache quoi dire.

C'est lui. Scott Martinez. Il est grand, avec un début de calvitie. Sa corpulence massive pourrait intimider, mais son air déconneur le fait ressembler à un gros nounours. Je sais qui c'est, bien entendu. Je suis venue ici en partie pour lui.

– Lily... Je crois que tu n'as pas compris.

Je hausse un sourcil vers Isabella, envahie par un mauvais pressentiment. C'est Scott qui me répond :

– Oliver ne pourra pas participer au Championnat du Canada dans un mois. Ni à aucun autre en 2024.

Quelque chose se brise en moi. Parce que je sais parfaitement ce que cela signifie. Si Oliver est incapable de patiner, cela me pénalise moi aussi. C'est comme ça que ça marche, en couple.

Pas de compétitions cette année.

Je ne suis ni triste ni déçue. Je suis frustrée et en colère, même si je sais que je ne devrais pas. Ce n'est pas moi sur la table d'opération, qui craint de perdre une jambe. Mais qu'en est-il de mon rêve ?

– Alors... Je me suis entraînée comme une acharnée pendant un an, pour rien ? je laisse échapper d'une voix minuscule, les épaules tremblantes. J'ai sué, saigné, pleuré, tout ça pour déclarer forfait ? Isa, je ne peux pas...

J'en suis physiquement incapable. Les larmes me montent aux yeux, mais je les empêche de couler. Je ne veux pas pleurer pour si peu, encore moins devant ma coach. Elle déteste ça. Elle m'a toujours répété que c'est une faiblesse, qu'il y a peu de choses qui valent la peine qu'on pleure pour elles.

– Je n'y peux rien, Lily. Que veux-tu que j'y fasse ?

– Trouve-moi un autre partenaire, je la supplie en serrant ses mains dans les miennes.

C'est terrible, je le sais, mais je prends la situation comme un signe. C'est l'occasion de faire bouger les choses.

– Ce n'est pas aussi facile. Même si l'on trouvait quelqu'un rapidement, balancer un tout nouveau couple sur la glace est du suicide. Tu n'auras qu'à attendre un an, ce n'est pas grave.

« Pas grave » ? Bien sûr que si, ça l'est ! Elle ne comprend pas, personne ne comprend. Je me suis fait une promesse : celle de battre le record d'Orion Williams. Je voulais à tout prix entrer dans l'Histoire et rafler l'or aux Mondiaux à seulement vingt-deux ans. Il en avait vingt-trois lui-même, l'année où il m'a souri en me souhaitant bonne chance.

C'est comme si Isabella plantait un poignard empoisonné dans mes rêves d'enfant. Le venin se disperse et infecte tous mes espoirs. Je comprends trop tard que je suis en train de pleurer. Scott me tend un mouchoir, que j'accepte avec honte.

– C'est l'or que tu veux, jeune fille ?

Je relève la tête si vite que je m'en tords la nuque, ahurie. Ses yeux plissés sont rivés sur moi. J'ai l'impression qu'il me toise pour tenter de savoir ce que je vaux. J'opine, le cœur battant. Une lueur étrange brille dans ses prunelles sombres.

– Ça tombe bien, moi aussi. Je t'ai déjà vue sur la glace… Tu es sans pitié.

– C'est aussi une tête de mule qui n'écoute rien de ce qu'on lui dit, marmonne Isabella.

Scott sourit à cela, comme si c'était un compliment plus qu'un argument contre ma personne.

– Comme tous les plus grands, non ? Si tu es prête à tout pour gagner, alors je peux t'aider.

– Où tu veux en venir, Scott ? l'interroge ma coach.

Isabella et moi le regardons dans un mélange de curiosité et de méfiance.

– Je connais quelqu'un qui pourrait vous tirer de cette situation, annonce-t-il, et le soulagement qui me submerge m'étouffe presque. Il va sûrement m'envoyer chier, mais si j'insiste un peu... Il y a des chances pour qu'il accepte. Personne ne refuse la médaille d'or, pas vrai ?

Je me retiens difficilement de le serrer contre moi. Je pourrais même l'embrasser, tellement je suis heureuse et reconnaissante de son aide. Si Scott me trouve un partenaire, qui qu'il soit, je vais pouvoir donner mon maximum.

Isabella me contemple, hésitante, et croise les bras sur sa poitrine.

– Je t'écoute. Qui as-tu en tête, exactement ?

Scott sourit avant de tourner les yeux dans ma direction.

– Orion Williams. Je suppose que tu sais qui c'est.

Quoi ?

J'ai la sensation que mon cœur explose, comme le ferait un ballon de baudruche piqué par une aiguille. Je perds mon sourire, pétrifiée. *J'ai mal entendu, pas vrai ?* C'est forcément mon imagination qui me joue des tours. Suis-je en train de rêver ? Ce n'est pas la première fois que ce genre de scénario improbable hante mes nuits, je l'avoue.

Je me pince la peau du bras, silencieuse. *Non, c'est bel et bien réel.*

– Orion ? répète Isabella sans comprendre. Je croyais qu'il avait pris sa retraite.

– Qui a dit une chose pareille ? Certainement pas moi.

Je les écoute sans réussir à ouvrir la bouche, secouée.

– La terre entière, Scott. Ton protégé n'a pas été vu depuis trois ans. Ne fais pas semblant, tu connais forcément les bruits qui courent à son sujet.

Isabella a raison, ça ne fait pas sens. Au-delà du fait qu'Orion et moi ne sommes pas du même niveau, tout le monde sait qu'il ne patine plus.

J'ai entendu les murmures et les on-dit à son propos, même si j'ai rapidement décidé de ne pas y prêter attention. J'ai toujours cru en mon for intérieur qu'Orion reviendrait un jour en grande pompe, à la surprise générale. Mais pas comme ça. Pas à mon bras.

– Comme je l'ai dit, il aura besoin d'un peu de persuasion… La question est plutôt : est-ce que la demoiselle se sent de taille ? Cela signifie repartir de zéro et atteindre le niveau d'Orion.

Les deux coachs se tournent vers moi, le regard pesant.

Je ne suis pas à la hauteur, je le sais.

Mais je peux l'être, si je m'en donne les moyens.

L'espace d'une folle seconde, je m'imagine sur la glace en sa compagnie, ma main dans la sienne, avant de brandir la médaille d'or sur la plus haute marche du podium… Ma décision est prise. Je n'ai même pas à y réfléchir.

– Ce serait un honneur, j'assure doucement, le dos droit et l'expression déterminée. Je suis prête à tout.

– Ça me paraît suspect, intervient Isabella. Pourquoi choisirais-tu Lily plutôt qu'une autre ?

Scott soupire, puis il sourit avec sincérité.

– Je vais être honnête : je suis désespéré. Personne ne veut faire équipe avec lui, toutes les filles que j'ai pu approcher jusqu'ici ont trop peur d'accepter.

Impossible. Qui hésiterait devant une telle opportunité ?

– Je ne comprends pas. De quoi ont-elles peur ?

Un silence gênant s'installe, puis Scott murmure :

– Tu n'as pas entendu les rumeurs ? Elles disent toutes qu'Orion est maudit.

2

ORION

Décembre 2023, Montréal

– Je t'ai trouvé une fille.

C'est la première chose que m'annonce Scott, mon coach depuis vingt ans, lorsque je passe les portes de la patinoire. Pas de « Bonjour » ni de « T'as pris du poids », ce qui est pourtant le cas. Je me suis récemment découvert un amour pour le gâteau aux trois chocolats. C'est le seul aliment que je peux espérer manger sans que Princesse, ma chienne adorée, puisse me convaincre de le lui refiler.

– C'est gentil, mais à quel point crois-tu que je sois désespéré pour que tu m'envoies à un *blind date* ? Si c'est encore pour impressionner les copines de ta fille, je te préviens, je vais finir par te facturer.

– N'importe quoi, bougonne-t-il en me frappant l'épaule, ce qui m'arrache un sourire.

– Ce beau visage vaut de l'or, Scott. Tiens, ça me rappelle que je devrais l'assurer…

– J'avais oublié que tu parlais trop.

Il soupire, l'air ennuyé, mais je sais qu'il est heureux de me voir. Je le suis aussi, même si je ne l'avouerai jamais.

Nous nous asseyons tout en haut des gradins, isolés. La patinoire m'avait manqué. Je l'évite depuis trois ans, tout simplement parce que je déteste les regards curieux et les murmures conspirateurs sur mon sillage chaque fois que j'y mets les pieds.

Avant, j'adorais ça. J'étais la star des lieux. Les filles m'offraient des sourires séducteurs et les garçons me serraient la main en me proposant des soirées bière. Aujourd'hui, ils parlent dans leur paume pour que je n'entende pas leurs critiques. Leurs regards sont devenus intrigués et satisfaits, comme s'ils se délectaient de mon échec. Ils ne rêvent que de grimper sur mon cadavre stagnant, et je les comprends.

– Plus sérieusement : elle est parfaite, Orion, reprend Scott avec excitation. Tu vas l'adorer.

– Sans vouloir te vexer, j'émets quelques réserves concernant tes goûts en matière de femmes…

– C'est drôle, c'est ce que ma fille me répète depuis que sa mère s'est tirée du jour au lendemain.

Je laisse échapper un rire amusé, les coudes posés sur mes genoux écartés. Scott m'a découvert quand j'étais encore enfant, à six ans exactement. Il m'a promis que je marquerais l'Histoire si je le choisissais pour m'accompagner, à une condition : que je fasse tout ce qu'il me dirait de faire.

– Ce genre de talent n'arrive qu'une fois par génération, avait-il affirmé à ma mère. Votre fils a un don.

À l'époque, elle avait pris peur. Finalement, elle a accepté en comprenant que j'étais doué. Et à sa mort, Scott ne m'a plus lâché d'une semelle.

Je lui serai toujours reconnaissant de m'avoir donné ma chance, d'avoir vu quelque chose en moi quand personne d'autre ne me prêtait attention. Après vingt ans à passer nos journées ensemble, Scott et moi sommes devenus proches. C'est la seule figure paternelle que j'aie jamais connue…

– Plus sérieusement, qu'est-ce que je fais là ? J'ai un match de hockey à regarder dans vingt minutes.

Mes yeux suivent les quelques patineurs qui s'entraînent sur la glace, plus bas. Une pulsion familière m'intime d'enfiler mes patins et d'aller les rejoindre… mais je ne bouge pas. Je ne suis pas là pour ça.

– Je te parle d'une nouvelle partenaire, crétin, reprend Scott d'une voix bourrue. Il est temps de te remettre en selle. T'as boudé dans ton coin assez longtemps, tu ne crois pas ?

Mon corps se raidit. Ce n'est pas la première fois qu'il essaie de me faire revenir, pourtant j'ai l'impression qu'aujourd'hui, c'est différent.

Scott a été assez patient, ce qui n'est pas son point fort. Si je ne retrouve pas vite le chemin de la compétition, il m'abandonnera. Je le sais. Je ne pourrai pas lui en vouloir. Trois ans, c'est long. Moi aussi, je les ai sentis passer.

Lorsque j'ai disparu après avoir remporté ma première médaille d'or mondiale dans la catégorie couple, les médias se sont empressés de spéculer à mon sujet. Certains pensent que j'ai pris ma retraite en toute discrétion, d'autres disent que je prépare mon come-back. Dans les deux cas, ils savent pourquoi j'ai choisi de me cacher, raison pour laquelle Scott n'arrive pas à me trouver de nouvelle partenaire. Elles fuient les unes après les autres.

– Je te l'ai déjà dit : je veux arrêter les compétitions en duo. Ce n'est pas pour moi, ça ne l'a jamais été.

– Donc quoi, tu abandonnes ? Je ne pensais pas que t'étais de ce genre. C'est décevant.

Je sais qu'il dit cela seulement pour bousculer ma fierté et mon orgueil. Et dans d'autres circonstances, ça aurait marché. Après tout, chaque fibre de mon être a envie de retrouver la glace. L'excitation des compétitions, l'angoisse des résultats, l'adrénaline des figures alambiquées et l'adulation des passionnés me manquent si fort que j'en rêve une nuit sur deux. Puis la réalité me rattrape. Les murmures envahissent mon esprit et me réveillent en sursaut. Je ne suis pas sourd, je sais très bien ce que les gens disent de moi.

Champion maudit.

Porte-malheur.

Et je commence à penser qu'ils ont raison.

– Si tu as réussi à dénicher une fille assez désespérée pour faire équipe avec moi, c'est qu'il y a un hic quelque part. Allez, accouche : qu'est-ce qui cloche chez elle ?

Je ne suis pas idiot. Cela fait trois ans que Scott se démène pour me trouver une nouvelle partenaire, en dépit de mes refus incessants. Aucune n'a accepté. Elles ont trop peur, pour leur carrière comme pour leur vie, et je les comprends.

Il paraît que la poisse est contagieuse, mais je suis persuadé d'être né avec. Je me demande encore ce que j'ai fait pour la mériter.

Harper rit toujours en disant que j'ai dû faire un pacte avec le Diable. Elle croit que ses blagues allègent la situation, mais elles me poussent au contraire à m'interroger. *Ces tragédies sont-elles la contrepartie d'un talent comme le mien ?*

– Son partenaire est à l'hôpital. Syndrome des loges.

Je tourne la tête vers mon coach dans une expression attendrie. Je ne connais pas ce garçon, mais je compatis avec lui. Cette maladie est un poison. Je le sais parce que ma partenaire numéro 3, Nathalie, a perdu une jambe à cause d'elle. Elle m'en tient encore pour responsable, d'ailleurs.

– Et ? j'insiste en plissant les paupières.

– Elle est fan de toi. Ses iris se sont remplis d'étoiles quand j'ai mentionné ton nom, c'était mignon.

Il m'adresse un sourire amusé, persuadé que cette anecdote va me convaincre, mais je roule des yeux. Cette fille, qui qu'elle soit, doit être aveuglée par son admiration pour moi. Elle le regrettera vite, comme les autres. C'est toujours ainsi que ça se passe.

– Je ne fais pas équipe avec des groupies.

– Espèce de snob. En fait, les gens ont raison, t'as pris la grosse tête.

Je sais qu'il dit ça pour me provoquer, aussi je ne relève pas.

– Elle débute seulement ?

– Non. Elle patine depuis qu'elle a cinq ans, m'annonce Scott, visiblement satisfait d'avoir piqué mon intérêt. Elle a remporté le Championnat du Canada pour la première fois à dix-sept ans.

Pas mal. Je ne laisse pas ma surprise paraître, encore moins ma curiosité. Mais Scott me connaît par cœur, il sourit en pointant la patinoire du doigt.

– Tu vois la petite brune, là-bas, avec les protège-oreilles blancs ? C'est elle.

Je comprends mieux, maintenant. Cet enfoiré a fait exprès de me faire venir jusqu'ici pour m'obliger à la voir. Malgré mon agacement face à cette mise en scène, j'observe la fille en question. Asiatique, très jolie, avec des cheveux noir de jais attachés dans une natte interminable qui se balance dans la ligne de son dos. Elle répète son *triple salchow* sans interruption sous les cris de sa coach. Je la vois tomber sur la glace, se relever, recommencer. Sans se plaindre une seule fois.

– Elizabeth Pham, reprend Scott à voix basse. Plus connue sous le nom de Lily. Elle est jeune, mais c'est la petite favorite du moment. Tout le monde dit qu'elle est promise à un bel avenir. Son but est de gagner l'or aux Mondiaux cette année… et de battre ton record.

Je laisse échapper un soupir amusé, observant cette fille qui tourne sur elle-même dans une *pirouette Biellmann* parfaite. Sa posture est gracieuse et ses yeux demeurent fermés tandis qu'elle attrape et tient sa jambe droite au-dessus de sa tête.

– Et ? Tu l'en crois capable ?

Scott reste silencieux un moment.

– Si j'étais toi, je préférerais être avec elle que contre.

C'est donc un oui.

Une légère pointe de jalousie s'enfonce dans mon cœur, mais je la retire aussi facilement qu'une simple écharde. Je savais que je ne demeurerais pas le meilleur longtemps, encore moins après trois ans de pause. Je ne suis pas le centre du monde, l'horloge continue de tourner sans moi. Cette constatation me brûle malgré tout, principalement parce je suis persuadé de ne pas encore avoir montré toute l'étendue de mon potentiel.

Plus j'observe ladite Elizabeth, plus j'ai l'impression de la connaître. Son visage, en dépit de la distance, me paraît familier. L'ai-je déjà croisée quelque part ?

– J'ai besoin d'y réfléchir.

– Pas de souci, dit Scott en se levant. Tu as jusqu'à demain.

C'est court comme délai.

– Et si je refuse ? je soupire en me tournant vers lui.

Il hausse les épaules en prenant un air très sérieux.

– Si tu refuses, je te lâche.

❄

Besoin de ton aide.
On se retrouve au Tim Hortons ?

J'arrive ASAP, bébé.

Je souris devant le message d'Harper tandis que je marche dans Montréal malgré le froid glacial. C'est la première personne à qui j'ai pensé pouvoir demander son avis, pour plusieurs raisons. La première étant qu'elle a elle-même été ma partenaire. La septième… et dernière à ce jour.

Harper est la seule avec qui j'ai encore un contact régulier, mais aussi la seule à ne pas m'en vouloir pour ce qu'il s'est passé. Elle a arrêté le patinage il y a trois ans, après qu'on a remporté la médaille d'or à deux... et qu'elle a eu son accident de voiture. Ça ne l'a pas empêchée de se marier et de filer le parfait amour. J'étais d'ailleurs son témoin lors de la cérémonie, même si beaucoup, je le sais, ne comprennent pas sa mansuétude à mon égard.

Je déambule dans le Quartier des spectacles et me réfugie au Tim Hortons le plus proche. En l'attendant, je sors mon portable de ma poche et ouvre la conversation SMS que je partage avec Scott. Il m'a envoyé une vidéo d'Elizabeth Pham pour me convaincre de collaborer avec elle, alors je fourre mes écouteurs dans mes oreilles et presse le bouton Play.

Elle est seule sur la glace, vêtue d'une robe de patinage rouge à paillettes. Celle-ci contraste avec ses cheveux noir corbeau. La musique de « Unfaithful »[1] retentit et, soudain, je suis incapable de détourner les yeux. Elle glisse gracieusement, ses lames découpant des lignes nettes dans la glace. Ses bras sont tendus à ses côtés, tel un oiseau prêt à s'envoler, alors qu'elle prend de la vitesse. Sa posture est stable et contrôlée, ses mouvements fluides lorsqu'elle se retourne et patine en arrière. Une jolie couleur rose pare ses joues, un sourire excité étire ses lèvres. Elle prend son pied.

Je la regarde tourner sur elle-même comme une toupie, le corps entièrement courbé et la tête rejetée vers l'arrière. Elle est si rapide que je suis désormais incapable de voir l'expression sur son visage. Pourtant, elle reprend le reste de sa chorégraphie sans aucun déséquilibre, dansant à travers la glace comme si elle avait fait ça toute sa vie. Chaque nouveau pas est une œuvre d'art.

Je remarque seulement maintenant que mon cœur bat plus fort dans ma poitrine. *Bordel, Scott avait raison : elle est incroyable.* Très peu sont ceux capables de me faire ressentir de telles émotions en patinant. Cette fille semble

1. « Unfaithful », *A Girl Like me*, Rihanna.

exécuter ces figures compliquées sans effort, avec une telle facilité que je pourrais en être jaloux.

Ce genre de talent n'est pas commun. On n'en trouve qu'un par génération, comme dirait Scott, à qui je m'empresse d'envoyer un message.

J'ai vu la vidéo.

Alors ?

Mouais.

Menteur. Tu sais à qui elle me fait penser ?

J'ai ma petite idée…

Toi.

Bingo. Je fronce les sourcils devant mon téléphone et lui demande ce qu'il veut dire par là.

Elle a un talent inné. Mais plus que tout :
elle est déterminée. Cette gamine est prête
à tout pour être la meilleure… et c'est ce qui,
plus que son talent, la mènera loin.

Je ne l'ai encore jamais rencontrée, mais je veux bien le croire. Je l'ai vue enchaîner saut après saut, chute après chute, sans jamais demander de pause. Évidemment qu'elle est prête à tout. Pourquoi serait-elle déterminée à faire équipe avec moi sinon ? À ce stade, c'est du suicide.

– Bonjour, beau brun.

Je relève la tête vers Harper, magnifique, qui fait avancer son fauteuil roulant jusqu'à moi. Je me lève pour prendre le plateau posé sur ses genoux et embrasser sa joue.

– Comment tu vas ?

– Mieux maintenant que je vois ton visage, sourit mon amie tandis que je me rassieds en face d'elle. Je suis contente que tu sois sorti de ta grotte.

Je comptais m'excuser de l'avoir fait venir dans un tel froid, mais je me mords la joue à la place. Harper m'a formellement interdit de m'excuser auprès d'elle dorénavant.

Elle me tend un des deux donuts posés sur son plateau, je l'accepte et nous trinquons ensemble comme deux enfants.

Qu'on se le dise : j'adore Harper. On formait un super duo, et c'est d'ailleurs notre amitié qui nous a permis de gagner la médaille d'or aux Mondiaux.

– Quoi de neuf ? demande-t-elle la bouche pleine, repoussant une mèche de cheveux blonds derrière son oreille.

Je soupire et annonce de but en blanc :

– Scott m'a trouvé une nouvelle partenaire. Il me met la pression pour que j'accepte.

Elle écarquille les yeux, manquant de s'étouffer avec son gâteau. Finalement, elle le repose et m'ordonne de tout lui raconter depuis le début. C'est ce que je fais, sans omettre aucun détail. Je lui montre même la vidéo d'Elizabeth, qu'elle observe sans un mot.

– Waouh ! Et tu hésites encore après avoir vu ça ? me demande-t-elle avec un sourcil arqué.

Je me contente de hausser les épaules. J'ai du mal à rassembler mes pensées, et encore plus à les formuler.

– Tu en as envie, n'est-ce pas ? Je peux le voir dans tes yeux.

Je souris, attendri, mais elle me fusille du regard.

– Ne te moque pas, je suis sérieuse ! Je te connais par cœur, Orion Williams. Tu crois que tu peux vivre sans le patinage, mais c'est faux. C'est ce qui te maintient en vie. Et si tu passes à côté d'un retour, tu le regretteras toujours.

– Je ne me moque pas… Je souris parce que c'est vrai.

– Mais ? Cette fille est douée, bien plus que je ne l'étais, bien plus que toutes tes précédentes partenaires. J'imagine que ce n'est pas elle le problème.

– Non. Le problème, c'est moi.

Je comprends mon erreur au moment même où je prononce ces paroles. Harper pince les lèvres dans une fine ligne, et je devine qu'elle est énervée. Elle me scrute en silence, longtemps, son donut complètement oublié. J'ai mérité un sermon, je le sens.

– Orion.

– Mmh ?

– Tu te prends pour Dieu ?

Je fronce les sourcils, autant face à la froideur de sa voix qu'à l'étrangeté de sa question.

– C'est un nom qu'on m'a parfois donné, tout particulièrement au lit, mais…

Le regard qu'elle me lance est éloquent mais ne m'arrête pas pour autant.

– … à part ça, ce n'est pas dans mes habitudes, finis-je avec un sourire éclatant. Pourquoi ?

– Parce qu'on dirait que tu penses être responsable de ce qui m'est arrivé, continue-t-elle sérieusement. Sauf qu'on sait tous les deux que cet accident était le fruit du destin. Tu n'as pas autant de pouvoir.

Je n'ose pas la dévisager. Comment le pourrais-je ? Tout le monde l'avait prévenue. Harper savait que chacune de mes six partenaires avait mal fini. La première, j'ai cru au destin, moi aussi. La seconde, au hasard. La troisième, à la malchance. Au bout de la quatrième, j'étais persuadé d'être maudit. Avoir continué de faire subir cet enfer à ces pauvres filles a été ma seule erreur. Je ne blâme que mon égoïsme, mon principal vice.

Plus jamais.

Je ne connais pas Elizabeth, mais je sais qu'elle ne mérite pas cela. Elle est trop douée pour risquer que je gâche ses chances.

– Il n'y a pas que toi, Harper. Tu dois te rendre à l'évidence, ça commence à faire beaucoup…

– C'est de la folie pure ! s'écrie-t-elle, exaspérée. Je refuse de croire à ces inepties. Tu t'enfonces dans un tourbillon de culpabilité mal placée et je déteste te voir t'apitoyer sur ton sort à cause d'une rumeur stupide.

Pense-t-elle que c'est aisé ? Me retirer de la compétition, arrêter la seule chose qui me rend vivant, m'isoler au fond des bois avec ma chienne… Je ne le fais pas parce que cela me fait plaisir. Je le fais parce que j'ai peur de finir par tuer quelqu'un.

– Reprends-toi, insiste Harper avec fermeté. Ce que pensent les autres, c'est leur problème. Tu n'es pas maudit. Tu es l'une des plus belles choses qui me sont arrivées dans la vie.

L'émotion m'enserre la gorge mais un sourire éclot sur mes lèvres. Je n'ai pas mérité l'amitié d'un ange comme Harper… Même si je suis bien heureux de l'avoir.

– Ton cher mari serait ravi d'entendre ça, tiens.

– Il passe avant, bien sûr, répond-elle en roulant des yeux. Tom Hardy vous détrône tous les deux, cela dit.

Sa main glisse le long de la table pour trouver la mienne. Je la laisse faire, appréciant la chaleur rassurante de sa peau. Harper est comme une grande sœur pour moi, celle que je n'ai jamais eue. Il n'y a jamais rien eu d'ambigu entre nous, et pas seulement parce que Scott nous l'avait interdit. Je lui porte un amour pur et sain qui est réservé à la famille.

– Alors ? Tu vas lui laisser sa chance, à cette fille ?

Je soupire, les dents serrées. Tout me crie de ne pas céder, mais je me fais violence. Rien ne coûte de la rencontrer, pas vrai ? De toute façon, je n'ai pas le choix. Scott m'a lancé un ultimatum.

Mes doigts saisissent mon téléphone devant le sourire fier d'Harper. Une fois mon SMS parti, mon cœur se serre sous l'effet d'une nouvelle angoisse.

T'as gagné.
Arrange une rencontre avec Elizabeth.

3

LILY

Décembre 2023, Montréal

– Comment tu te sens ? me demande Piper tandis que je noue les lacets sur mes patins.

Je me redresse, les mains sur mes cuisses, et prends une grande inspiration. Cela ne suffit pas à calmer mon rythme cardiaque qui s'emballe. *Comment je me sens ?* Je n'ai pas dormi de la nuit, et j'ai l'impression d'être une pile électrique.

– Comme si j'allais m'évanouir, puis vomir tripes et boyaux. Dans cet ordre.

Mon amie hausse un sourcil blond confus.

– Donc tu prévois de vomir pendant que tu es inconsciente ? Eurk ! Ne compte pas sur moi pour nettoyer.

Elle m'offre une mine dégoûtée qui réussit à me faire rire. Je me détends petit à petit, difficilement toutefois. Je ne suis pas du genre angoissé. Je n'ai jamais le trac, pas même avant de patiner devant des milliers de spectateurs. C'est mon superpouvoir. Piper dit que je frime, mais c'est la vérité. Ma mère m'a toujours répété que stresser à propos de quelque chose sur lequel on n'a aucun contrôle était idiot.

Aujourd'hui, c'est différent. Je suis intimidée autant qu'excitée. Je vais rencontrer l'homme que j'admire depuis tant d'années, mon modèle. J'ai peur de me ridiculiser, ou qu'il me trouve inintéressante. Plus que tout, j'ai envie de l'impressionner.

– Tu es sûre que c'est ce que tu veux ? s'assure Piper pour la troisième fois de la journée.

– Je te l'ai déjà dit, je me fiche bien des rumeurs.

J'ai entendu les choses qui se murmurent dans les couloirs de la patinoire et s'étalent sur Internet, je sais ce qui pèse sur les épaules d'Orion. Et honnêtement, je le plains. Ce sont des conneries propagées par des gens jaloux et heureux de sa descente aux enfers. Je ne suis pas superstitieuse, ainsi ce genre de pensée me passe au-dessus.

– C'est juste que… Tu ne trouves pas ça étrange, toi ?

– Non. On exerce un métier dangereux, on sait très bien ce qu'on risque.

– Lil… Il a blessé toutes ses partenaires ! Ce n'est plus une coïncidence, à ce stade.

Je soupire, soudain agacée par son comportement. Je sais qu'elle s'inquiète, et je l'en remercie, mais ce n'est pas juste de juger Orion sur des accidents.

– Qu'est-ce que tu insinues ?

– Le mec a sûrement été la victime d'une poupée vaudou dans son enfance, ou un truc du genre.

– N'importe quoi. La plupart de ses partenaires se sont blessées en dehors de la patinoire, très loin d'Orion. Ça n'a rien à voir avec lui.

Je me lève pour mettre fin à la conversation, toujours affublée de mes protège-lames, puis j'enfile mes gants en Lycra. Piper semble le comprendre, car elle n'insiste pas tandis que je commence à m'étirer, ma main sur la barre de gymnastique.

Elle et moi nous sommes rencontrées à mon arrivée au club. Elle est très sympa, et tout mon opposé : douce, discrète, ultra-féminine… Quelque part, dans une partie obscure et laide de mon cœur, je la jalouse secrètement. Contrairement à moi, Piper n'a pas à fournir trop d'efforts pour être parfaite aux yeux de tous. Mais je suppose que c'est le privilège donné à toute fille blanche et blonde aux yeux bleus.

Nous descendons côte à côte, emmitouflées dans des gilets polaires. Certains élèves patinent déjà devant leurs parents, assis derrière l'immense vitre qui protège la patinoire, bien au chaud autour d'un café.

– Ils arrivent ! chuchote soudain Piper, qui se met en retrait. Bonne chance.

Je me raidis, tentant de calmer ma respiration, puis je me tourne vers les deux hommes qui avancent dans notre direction, les mains jointes devant moi. Orion est tel que je me le rappelle, même s'il paraît moins intimidant lorsqu'il n'est pas en costume de scène. Aujourd'hui, il porte un sweat-shirt à capuche, qu'il a rabattue sur ses cheveux bruns, ainsi qu'un jogging gris. Il lorgne le sol, écoutant d'une oreille distraite ce que lui dit Scott.

Va-t-il se souvenir de moi ?

– Désolé du retard, s'excuse le coach au moment où ils parviennent à ma hauteur. J'ai passé trente minutes à tenter d'ouvrir la portière de ma voiture, qui a complètement gelé.

Je le rassure en lui disant que je viens d'arriver, ce qui est évidemment un mensonge. J'ai soudoyé le concierge avec du café vers quatre heures du matin, espérant qu'il me laisse entrer avant l'ouverture officielle. Ça marche chaque fois.

– Orion, je te présente Elizabeth, dit Scott en souriant tranquillement.

J'ouvre la bouche pour rectifier, gênée d'être appelée par mon nom de naissance :

– Juste Lily.

Au même moment, Orion lève le menton et nos regards se croisent. Comme il y a plusieurs années de ça, le temps se fige. La seule chose que j'entends est le bruit de mon cœur qui martèle contre ma cage thoracique. *Bordel, il est vraiment beau.*

Je lui offre un sourire affable, il me retourne un hochement de tête. Ses lèvres s'étirent légèrement vers le haut, mais son sourire n'atteint jamais ses yeux.

– Enchanté, « Juste Lily ».

Il ne se souvient pas de moi. J'aurais aimé que cette simple constatation ne fasse pas aussi mal, mais je suppose que mon ego est plus faible que je ne le pensais.

Scott fait la conversation un long moment, surtout pour vanter les mérites d'Orion. À croire que je ne suis pas déjà au courant de ses talents.

– Isabella n'est pas encore arrivée ?

– Je suis là ! retentit la voix de cette dernière, qui pousse justement les portes de la patinoire.

Les deux échangent des banalités tandis qu'Orion pose son sac de sport sur un banc et commence à se préparer en silence. Puisque je suis déjà prête, je reste en retrait. Je ne peux m'empêcher de le détailler en catimini, curieuse.

Je n'ai jamais eu l'occasion de le voir en dehors des compétitions, dans la « vraie vie ». Je ne saurais dire pourquoi, mais j'imaginais notre première rencontre officielle différente… Plus détendue, peut-être.

Je mets ma déception de côté tandis qu'il fait passer son sweat-shirt au-dessus de sa tête avant de tirer sur son bas de jogging. Il révèle alors un ensemble de compression noir. Ses patins sont de la même couleur, ce qui allonge sa silhouette davantage encore.

Piper me fait signe de lui parler, mais je n'ose pas. Il n'a pas l'air très bavard, ce qui m'étonne. Il sourit toujours lorsqu'il est sur la glace, et c'est le premier à faire la conversation auprès des débutants, alors j'ai pensé qu'il était du genre solaire…

– Tu t'es échauffée ? me demande Isabella en jetant un coup d'œil critique à ma coiffure.

Je hoche la tête en retirant mes protège-lames.

Le temps que je rejoigne la glace, Orion est prêt. Dans son élément. Son haut moulant souligne chaque muscle de son torse et je vois Piper jouer des sourcils au loin. Je l'ignore, mais je sens mes joues devenir rouges. Orion n'est pas d'une beauté universelle, du moins pas assez pour mettre tout le monde d'accord, mais son charme est immédiat et efficace. Si je ne l'admirais pas autant, je pourrais me laisser séduire par l'intensité de son regard chocolat, par la grâce de ses mouvements et par l'élégance de son corps élancé.

Les autres élèves l'aperçoivent enfin et ouvrent des yeux interloqués. Les plus jeunes s'arrêtent pour le contempler patiner, intimidés de se retrouver en présence d'une star. *Bienvenue au club, les gosses !*

– Stressée ?

Je manque de sursauter, et je tourne un œil surpris vers mon nouvel allié. Il me fait signe de le suivre et nous nous élançons tranquillement, côte à côte.

– Un peu, oui, j'admets, soulagée qu'il m'adresse la parole. Je n'ai eu que deux partenaires jusqu'ici, je n'ai pas l'habitude de changer…

– On s'y fait. Le tout est de ne pas s'attacher.

Sa voix est neutre, mais son attitude fuyante. *Pense-t-il aux rumeurs qui lui collent à la peau ?* J'aimerais lui dire que je m'en fiche, que je ne les crois pas, mais ça ne semble pas être le bon moment.

– Ça me paraît difficile. Comment ne pas t'attacher à quelqu'un que tu vois tous les jours pendant des années ? Quelqu'un avec qui tu partages tant de choses…

Orion me scrute avec une expression un peu méprisante, comme si je n'avais rien compris à la vie. Je déteste le sentiment de timidité qui s'empare de moi tout de suite.

– T'inquiète. Tu ne resteras pas assez longtemps pour ça, comme les autres.

Sa réponse me fait l'effet d'une douche froide. Cependant, ne trouvant rien à rétorquer, je pince les lèvres et encaisse. *Il n'est pas à l'aise socialement, mais ce n'est qu'un masque*, j'essaie de me convaincre.

Nous nous échauffons en silence pendant quelques minutes, chacun de son côté. La fluidité de ses mouvements m'hypnotise et me laisse envieuse. J'aimerais pouvoir lui demander comment il fait, le supplier de m'apprendre, mais son visage fermé m'en dissuade très vite.

Nos trajectoires se croisent et nos épaules se frôlent, mais nos regards s'évitent à dessein.

– Je peux te poser une question ? interroge-t-il soudain en patinant dans ma direction.

J'acquiesce avec méfiance.

– Pourquoi as-tu accepté de faire équipe avec moi ?

Je le détaille sans comprendre. Croit-il vraiment qu'un autre garçon du club lui arrive à la cheville ? Seule une idiote refuserait une opportunité pareille.

– Parce que tu es le meilleur, j'avoue avec honnêteté.

Je ne suis pas du genre à mentir ni à faire semblant pour plaire aux gens. Je suis qui je suis, et je ne m'en excuse pas.

Orion semble apprécier ma sincérité, car il hoche la tête d'un air pensif. J'aime qu'il ne joue pas la fausse modestie en retour. Il sait qu'il est le meilleur.

Sa mâchoire est toutefois serrée lorsqu'il ajoute :

– Scott me dit que tu vises l'or aux Mondiaux.

– Comme tout le monde, non ?

– Pas forcément, répond-il après un moment de réflexion. Certains se contentent du podium, même du bronze.

J'effectue une pirouette assise, consciente du fait qu'il s'est arrêté pour m'observer. Je ne suis pas bête : cette rencontre est avant tout un test. Je dois lui montrer ce que je vaux, même s'il ne m'aime pas particulièrement.

Lorsque je ralentis assez pour ne plus voir flou, j'ajoute :

– Ce n'est pas mon genre.

– Quoi donc ?

– Perdre.

Il rigole doucement, et je comprends trop tard de quoi j'ai l'air : d'une frimeuse, comme le dit souvent Piper.

– Mes parents m'ont appris à donner le meilleur de moi-même dans tout ce que j'entreprends, j'explique alors. Forcément, je vise la plus haute récompense. Chaque fois.

Orion fronce les sourcils, et je ne sais pas s'il est curieux ou s'il n'approuve pas ma manière de penser.

– Ça doit être un peu fatigant… Ne jamais se satisfaire de ses accomplissements si on n'atteint pas le sommet.

Je ne m'attendais pas à une telle remarque, si bien que j'ai l'air stupide quand j'ouvre la bouche et reste incapable d'articuler quoi que ce soit.

Oui, ça l'est. Je n'ai pas eu une nuit complète et reposante depuis cinq ans. Mais je ne vois pas l'intérêt de se donner autant autrement.

– On commence ? nous interrompt Scott.

Nous revenons vers nos coachs, silencieux.

– Je ne vais pas vous mentir… Si vous faites équipe, vous serez désavantagés. Le temps nous est compté.

– Vous ne vous connaissez pas, confirme Isabella, les bras croisés sur sa parka. Vous allez devoir apprendre à vous faire confiance en un temps record.

– Ça, ainsi que créer une alchimie. C'est ce qui a toujours manqué à Orion, puisque aucune fille n'est restée à ses côtés assez longtemps.

Je jette un coup d'œil inquiet à mon partenaire, gênée par la remarque de Scott, mais il ne bronche pas. Je me demande comment il le vit. Sait-il ce que les gens disent à son propos ? Sûrement. Mais je suppose qu'à son stade de carrière, il s'en fiche.

– Est-ce que vous vous en sentez capables ?

J'opine sans hésiter. Je ne vois pas la réponse d'Orion. Je crois d'abord qu'il a ignoré la question, mais soudain Isabella frappe dans ses mains et nous commençons l'entraînement. La chose dont j'ai le plus rêvé, un songe que j'imaginais un peu fou si ce n'est hors d'atteinte, prend vie sous mes yeux. *Je patine avec Orion Williams.*

Ses yeux me demandent l'autorisation de me toucher. Je souris pour toute réponse, si bien qu'il niche sa main gantée dans la mienne. L'autre se pose sur ma hanche et me guide à travers la glace tandis que nous glissons de manière synchronisée. Nos peaux ne sont même pas en contact, mais je sens mes jambes devenir cotonneuses.

– C'est ça ! Ensemble ! crie Scott non loin.

– Lily, arrête de vouloir prendre le lead. Laisse-toi guider, ajoute Isabella depuis les gradins.

Orion et moi apprenons à nous connaître à travers le patin, un peu timides. Nous commençons par tourner en *arabesque*, chacun sur un pied, sa main fermement agrippée à mon bas-ventre. Puis nous enchaînons avec quelques attitudes basiques, telles que le *pied dans la main et le Y*, où Orion me tient par le poignet tandis que nous soulevons notre jambe gauche vers le ciel.

Nos mouvements sont parfaitement exécutés, mais les mines inquiètes de nos coachs me confirment ce que je craignais déjà. Il n'y a aucune magie. C'est plat, froid, creux. Il n'y a aucun échange entre Orion et moi, qu'il soit visuel ou oral. Ses mains me soutiennent sans vraiment me toucher. Comme s'il avait peur de prendre feu à mon contact. Il a tout sauf envie d'être là, c'est évident. Ça ne devrait pas, mais cela suffit à me faire douter de mes capacités. Rien ne se passe comme je l'avais prévu.

– On s'arrête là ? propose Scott, ce à quoi Isabella opine sans un mot.

Je rejoins la terre ferme, consciente de la présence de Piper dans les gradins, qui m'offre un pouce encourageant. Je me dissocie totalement de mon corps, déçue de cette première rencontre en demi-teinte. Paniquée, aussi. *Et s'il changeait d'avis après un seul essai ?*

– Va te rhabiller et reviens, me conseille Isabella tandis que Scott prend Orion à part.

Ce n'est pas bon signe.

Je fais ce qu'on me dit, assaillie par le doute et la peur.

Piper me rejoint dans le vestiaire, des questions plein la bouche.

– Alors ? T'as trouvé ça comment ? s'enquit-elle.

– Sans saveur.

Elle ne répond rien, je sais qu'elle l'a vu elle aussi. Orion et moi ne sommes pas un bon *match*. J'aurais certainement eu plus de chances de gagner avec Oliver, qui me connaît par cœur depuis le temps.

– L'alchimie n'est pas toujours innée, me rassure mon amie pendant que je troque mon legging pour un jean et un col roulé bleu nuit. C'est quelque chose que tu cultives et qui s'entretient.

Elle a sûrement raison. J'avais trop d'attentes concernant cette rencontre, je me suis mis la pression toute seule. Ça ira de mieux en mieux, j'en suis persuadée. Je suis prête à faire des efforts.

– J'ai hâte de retrouver mon lit...

– Jane vient te chercher, aujourd'hui ? me questionne-t-elle d'un air faussement innocent. Tu crois qu'il peut me déposer au passage ?

Je pointe un doigt accusateur dans sa direction, les yeux plissés.

– Ne t'avise même pas d'essayer, perverse ! Je t'ai déjà dit d'arrêter de m'en parler !

Piper rit avec bonne humeur, puis elle passe un bras sous le mien tandis que nous rejoignons la patinoire. Mais soudain, des voix basses nous parviennent avant le virage près des distributeurs automatiques. Je me stoppe net en reconnaissant celle de Scott, qui semble frustré.

– ... que tu lui reproches, au juste ? Elle est jeune, douée, motivée.

– Ce n'est pas la seule. Elles le sont toutes.

Piper écarquille les yeux et tire sur mon bras pour leur laisser de l'intimité, mais je suis enracinée dans le sol.

Elle a compris, elle aussi, qu'ils parlaient de moi. Je ne suis pas censée écouter aux portes, mais c'est plus fort que moi. Je reste immobile, le cœur battant.

– Alors quoi, elle ne te plaît pas ? soupire Scott, visiblement agacé.

Pause.

– Elle est douée… mais pas assez pour me tenter. Elle n'a pas l'étincelle qu'on recherche. Je ne suis pas désespéré au point d'accepter une débutante comme partenaire, encore moins une fan.

Quelque chose se brise en moi. Je reste pétrifiée sur place, le cœur malmené. C'est la première fois que j'entends quelqu'un dire une chose pareille à mon propos. *Pour qui se prend Orion Williams, au juste ?*

– Je sais ce que t'es en train de faire, gronde Scott. Et ça ne marchera pas. C'est ta dernière chance. C'est elle ou personne.

Son protégé soupire.

– Si je n'ai pas le choix…

L'humiliation qui colore mes joues se transforme en colère. Il me reproche notre manque de magie, mais c'est lui qui n'a pas voulu décrocher un seul sourire depuis son arrivée ! *Le culot.*

Il existe une expression qui dit « Ne rencontrez jamais vos idoles », et maintenant je comprends pourquoi. S'il ne m'appréciait pas en tant que personne, j'aurais pu l'encaisser. Mais qu'il pense que je ne vaux rien en tant que patineuse… Ça, je ne peux pas me résoudre à l'avaler.

Piper pose la main sur mon épaule, mais je lui accorde un regard calme pour lui montrer que je vais bien. Je ne vais pas faire de scène. La honte est la pire des sensations, mais le meilleur des carburants. En quelques mots, Orion a enflammé l'allumette que je tiens toujours entre mes lèvres. *Il veut de l'étincelle ? Je vais lui en donner.*

Avant même que je puisse me dire qu'il s'agit d'une mauvaise idée, j'avance et vais les rejoindre. Mon visage est figé dans une expression neutre quand j'apparais à leur côté.

– Oh ! Lily ! s'exclame Scott, un sourire crispé sur ses lèvres. Tu étais super, sans surprise.

Orion plonge ses yeux dans les miens, et il a la décence de paraître un peu gêné.

– Qu'est-ce que tu en as pensé ? poursuit le coach avec fierté. Je l'ai bien formé, hein ?

Je fais mine de réfléchir, encore brûlée par l'humiliation ressentie, avant de répondre dans un haussement d'épaules :

– Oui, pas mal.

– « Pas mal » ? répète Orion, un peu interloqué, avant de me rappeler : pour ta gouverne, je suis médaillé d'or.

Je souris doucement. J'espère qu'il se sent vexé qu'une « débutante » le remette à sa place.

– Il paraît, oui. Tu es doué… mais on voit que tu n'as pas patiné depuis trois ans, je cingle. Ton style est dépassé.

Orion me regarde sans rien dire. Je peux facilement apercevoir la honte et la colère se peindre sur ses traits. Mes mensonges me donnent un goût amer en bouche, mais ma fierté est blessée. Je continue donc :

– Bien sûr, je n'y connais pas grand-chose. Après tout, je ne suis qu'une débutante qui manque d'étincelle.

Scott perd son sourire et Orion serre les dents avant de se détourner. Il a honte. *Tant mieux.*

– Malheureusement pour toi, on dirait bien que tu es plus désespéré que tu ne le penses, je déclare en lui tapotant l'épaule.

Je pars ensuite sans lui laisser le temps de m'arrêter, même si je me doute qu'il ne le fera pas.

4

ORION

Décembre 2023, Montréal

Contrairement à ce que tout le monde pense, je ne me suis jamais senti accompli en patinant en couple.

Personne ne le sait, sauf Scott, et il en a toujours plaisanté. Il affirmait que je n'aimais pas partager la victoire, et pendant longtemps, j'ai pensé qu'il n'avait pas tort et que j'étais égoïste. Mais après ce qu'il s'est passé avec Harper, j'ai compris que c'était tout autre chose.

Quand je patinais seul, je me sentais libre. J'étais imprudent. Je n'ai jamais eu à combattre ma peur, tout simplement parce que je n'en ressentais pas. Je me jetais à corps perdu dans mes programmes, tentant des pirouettes et des sauts qui m'ont maintes fois valu des plâtres.

Je ne craignais pas pour ma vie.

Mais quand je patinais en binôme… j'avais une responsabilité. Je me sentais piégé, restreint. Je devais faire attention, constamment, ce qui me terrifiait. Je craignais non pas pour ma vie, mais pour celle de ma partenaire.

Voilà exactement ce que j'ai ressenti de nouveau hier.

Mais me voilà de retour à la patinoire. Pour de bon, cette fois.

– À peine revenu, et il n'y en a déjà plus que pour toi.

Je relève la tête vers Aydan, qui sort des douches un grand sourire sur le visage. Il est entièrement nu et frotte une serviette blanche contre ses cheveux bruns. La peau mate de son torse ruisselle d'eau, à croire qu'il vient de tourner une pub pour gel douche.

– Tu m'as manqué, mec, continue-t-il. Même si je reste un peu jaloux. Tu nous voles toute la lumière, comme d'habitude.

Lui et moi sommes devenus amis il y a une éternité. Malgré toutes les barrières que j'ai dressées entre nous, il n'a pas lâché l'affaire, alors j'ai fini par céder.

– De quoi tu parles ?

Il s'assied sur le banc en face de moi puis saisit son téléphone avant de me le jeter. Je le rattrape et jette un coup d'œil à l'écran, ouvert sur son compte Twitter. Mon nom est en Top Tendance, à côté de celui de Lily.

– La rumeur de ton retour court déjà… aux côtés d'Elizabeth Pham. Internet est en feu.

Je soupire en laçant mes patins noirs. Les nouvelles vont vite, il n'y a pas à dire. Mais après tout, ce n'est pas quelque chose que j'aurais pu cacher, puisque je vais passer mes journées ici, dorénavant.

– Je ne m'attendais pas à ça, avoue Aydan avec un air curieux. Vous formez un duo improbable.

– Pourquoi ? Tu la connais bien, Lily ?

Ma propre curiosité me tire une grimace. Ma première impression d'elle ne me suffit pas à me forger un avis. D'autant que j'ai été un vrai connard.

– On patine dans le même club depuis trois ans et elle se trompe encore sur mon prénom. Elle m'appelle Kayden.

Je souris, amusé malgré moi. *Rien que pour ça, j'apprécie un peu plus cette Lily.*

– Pourquoi tu ne le lui dis pas ?

Aydan refoule un frisson d'horreur avant de secouer la tête dans un geste comique.

– Elle me fait trop peur.

Je ris doucement. Je ne l'ai côtoyée qu'un court laps de temps, mais je vois très bien ce qu'il veut dire. Je ne m'attendais pas à ce qu'elle soit si intimidante.

– Et moi, elle me déteste déjà.

Aydan esquisse une moue tandis que je lui rends son téléphone. Je regrette que Lily ait entendu mes remarques à son sujet. D'abord parce que ça lui a fait de la peine, mais surtout parce que c'était un mensonge éhonté, une tactique idiote censée dissuader Scott de me pousser à être son partenaire.

Lily est plus que parfaite pour le job. Elle est aussi gracieuse qu'un cygne, aussi belle qu'une fleur, et elle possède une technique qui ferait pâlir beaucoup de professionnels. Elle n'a aucun défaut.

C'est bien le problème.

Je ne veux pas ruiner sa vie. Et ça arrivera immanquablement si on patine ensemble.

– Ne le prends pas personnellement, essaie-t-il de me rassurer. Lily ne vient pas à la patinoire pour plaisanter ni pour se faire des amis. Elle vient pour gagner. Mais en dehors de ça, il paraît que c'est un rayon de soleil !

– Ah bon, et quelles sont tes sources ?

– Anonymes, je le crains, grimace-t-il comiquement.

En effet, « rayon de soleil » n'est pas le terme que j'emploierais. Au contraire, Lily m'a paru discrète, peu bavarde, un peu timide. Du moins, jusqu'au moment où j'ai vu son expression meurtrière… et que j'ai su.

J'ai vite compris qu'elle nous avait entendus. Je pensais qu'elle ferait semblant, mais j'avais tort. Et quelque part, je la respecte davantage grâce à cela. Ce n'est pas le portrait typique de la fan qui sourit mielleusement et s'écrase sans rien dire. *Tant mieux.*

– Bon courage ! me souhaite joyeusement Aydan quand je dois l'abandonner. Mais tu n'en as pas vraiment besoin, personne ne résiste à ton charme.

C'est ce qu'on va voir.

Lily est déjà sur la glace quand j'arrive, occupée à glisser sur une jambe, l'autre pied tenu dans sa main opposée. Je comprends trop tard qu'elle montre la figure à une petite fille au justaucorps violet, avant de l'aider à la reproduire.

– Tu ressembles à rien, me salue Scott en prenant mon sac de sport de sa main libre.

– Merci.

– Sois gentil aujourd'hui, et ne me fais pas honte.

Je lui souris, toutefois sans promettre, et je rejoins la glace sous le regard méfiant de ma partenaire. Au même moment, Aydan passe devant nous et la salue.

– Salut Kayden, dit-elle en s'arrêtant à mon côté.

Mon ami m'accorde un clin d'œil complice qui me fait rire doucement. Lily me demande ce qui est drôle, mais je secoue la tête pour lui faire comprendre que ce n'est rien.

– Bien dormi ? je tente misérablement.

Elle commence par froncer les sourcils dans ma direction, puis son visage se radoucit.

– Pas assez. Et toi ?

– Pareil. Princesse m'a viré du lit, je lui explique avant de me rendre compte qu'elle ne sait pas qui est Princesse. C'est ma…

– Ta chienne. Je suis au courant.

Je lui offre une mine surprise, mais elle s'efforce de m'ignorer. Je comprends qu'elle a parlé trop vite, ce qui l'embarrasse.

– Ah oui, c'est vrai. Scott a dit que tu étais fan de moi.

Comme je m'en doutais, Lily tourne la tête aussitôt pour démentir mes propos.

– N'importe quoi. Il a confondu avec Hanyu Yuzuru.

Je ne fais aucun effort pour dissimuler mon sourire. Je devrais peut-être lui préciser que c'était une plaisanterie, mais je n'en fais rien.

– Est-ce que tu avais des posters de moi sur les murs de ta chambre d'ado ? je continue doucement. J'espère que c'était dans mon costume rouge, celui des JO de 2018. Même moi, je me trouvais sexy.

Ses joues rondes prennent une couleur pourpre qui me fait perdre mon sourire.

Oh. J'ai touché un point sensible.

– Aujourd'hui, c'est moi qui gère l'entraînement, nous coupe Scott. Vous avez pu regarder les vidéos que je vous ai envoyées ?

Lily et moi hochons la tête de concert. C'est d'ailleurs la première chose que j'ai faite en me réveillant.

– Francesca n'a pas encore eu le temps de terminer les chorégraphies, mais on peut déjà commencer à répéter les morceaux qu'on a, enchaîne-t-il.

Puisque nous sommes dans l'urgence, Scott et Isabella ont fait appel à une chorégraphe redoutable : Francesca vient de Russie, et il paraît que c'est la meilleure. Je veux bien le croire, vu les jeunes filles qu'elle fait pleurer au quotidien.

Pire qu'Abby Lee Miller.

– Votre programme court sera sensuel et rythmé, on part sur un tango. Je veux de l'amour interdit, de la passion, du sexe…

Je l'avais facilement deviné en reconnaissant la mélodie de « Show Me How You Burlesque »[1], mais l'entendre rend la chose plus réelle encore.

Notre programme libre, quant à lui, est aux antipodes. Il s'agit de la première scène de l'acte II du *Lac des cygnes*. La chorégraphie est douce mais puissante, dramatique et pleine d'émotions. Le rythme s'intensifie peu à peu, tout comme la difficulté de nos figures.

– Votre programme libre sera plus doux, continue Scott. Cette fois, on veut évoquer le deuil, la nostalgie… Des cœurs brisés.

1. Chanson interprétée par Christina Aguilera, pour la bande originale du film *Burlesque* (2010).

– J'ai toujours rêvé de jouer Odile, affirme Lily avec une excitation à peine contenue.

– On va commencer par quelques pirouettes avant de passer aux portés. Je veux voir si vous êtes à jour, et ça vous aidera à mieux vous apprivoiser.

Je hoche la tête, mon épaule frôlant celle de Lily, qui refuse de me regarder. Encore un peu et elle refusera de partager la glace à mes côtés.

Mieux vaut qu'elle abandonne maintenant que trop tard.

– Allez, au travail !

Nous nous échauffons avec quelques pas et attitudes à deux, ma main dans la sienne. La patinoire est particulièrement bondée aujourd'hui, ce qui n'est pas idéal. Les télescopages sont fréquents dans ce genre de situations, certains se bousculent ou tentent de s'éviter et finissent blessés. Je fais donc très attention quand il est temps de répéter nos portés, considérés comme la chose la plus dangereuse dans le patinage en couple.

– Ensemble ! crie Scott à l'autre bout de la patinoire. Vous n'êtes pas assez proches !

Je rapproche Lily de moi, ma paume sur son ventre plat, tandis que nous patinons en évitant les autres. Je suis assez près d'elle pour que mon souffle froid chatouille l'arrière de son oreille.

– *Press lift.* Prête ? je chuchote.

Elle hoche la tête, je la retourne vers moi et prends de la vitesse. Ses yeux sont plongés dans les miens, déterminés, lorsque j'accroche mes doigts aux siens et pousse sur mes genoux.

– Lily, penche-toi en avant ! s'écrie Scott. Redresse-toi.

Cette dernière obéit et soudain elle est dans les airs au-dessus de moi, les jambes écartées et le buste droit. Elle est légère, mais mes bras tremblent sous son poids.

Bon sang, je suis complètement rouillé.

– Parfait ! nous félicite notre coach sous le regard curieux des autres. Magnifique.

Lily revient sur la glace, imperturbable, et sa main retrouve sa place dans la mienne.

Nous continuons le même porté, avec quelques variations. La deuxième fois, Lily écarte les bras tandis que je la soutiens sous le bassin. Son nom est le *platter*, mais ma mère appelait ça le porté « Patrick Swayze », en référence à *Dirty Dancing*.

Le porté suivant est plus difficile, puisque je suis censé la soutenir d'un seul bras. Nous devons nous y reprendre à plusieurs reprises, car Lily retombe chaque fois que j'essaie de la pousser dans les airs.

– Tu ne me fais pas assez confiance, je laisse échapper lorsque son genou rafle la glace après une nouvelle tentative avortée.

– Je ne te connais pas, répond-elle sur la défensive. Et ce n'est certainement pas ta bonne humeur qui va m'aider à me détendre…

Je penche la tête sur le côté, le sourcil arqué.

– Ce n'était pas un reproche. Qu'est-ce qu'elle a, ma bonne humeur ?

Elle soupire en fuyant mon regard. J'imagine combien ça doit être dur pour elle. Me faire confiance signifie me confier sa vie. Et nous savons, elle comme moi, que je ne suis pas très doué pour cela.

Pour être honnête, je crois que je suis plus terrifié qu'elle. Alors que je devrais lui donner des raisons de me détester pour en finir au plus vite avec cette idée merdique de Scott, son expression troublée m'adoucit.

– Je ne te laisserai pas tomber, je lui assure en serrant sa main dans la mienne. Je le jure.

Ne fais pas des promesses que tu n'es pas capable de tenir ! m'accuse ma voix intérieure.

Lily me dévisage d'un air dur, mais je peux voir qu'elle se détend.

– Je n'ai aucun doute là-dessus. La question est plutôt : est-ce que tu y crois toi-même ?

Je cligne des yeux, pris de court.

– Pardon ?

– C'est toi qui flippes, pas moi, rétorque-t-elle en ignorant les cris de Scott. Je te sens te raidir chaque fois que tu me soulèves. On dirait que t'as peur que je me casse. Je ne suis pas faite en verre, tu sais ? Je peux me permettre un bleu de plus, crois-moi.

J'ouvre la bouche, me sentant dévoilé au grand jour, incapable de me défendre. Elle a raison, je ne me fais pas confiance.

– Je fais attention, c'est tout…

– Merci, c'est très gentil, dit-elle d'un ton mécanique. Mais ce n'est qu'un porté basique, on ne peut pas se permettre de s'attarder dessus… On se fera du souci quand on passera aux *twists* et que tu devras me jeter dans les airs, OK ?

Bordel, mais d'où sort cette fille ? À seulement vingt-deux ans, elle est plus intrépide que la majorité des autres patineurs. N'a-t-elle donc pas peur ?

Je ne sais pas si je dois la secouer ou l'admirer.

– C'est drôle, je ne te pensais pas prudent, ajoute-t-elle en penchant la tête sur le côté. Je croyais qu'on avait ça en commun toi et moi : la prise de risque. Comme quoi… J'avais tort sur beaucoup de choses te concernant.

Sa dernière remarque me fait l'effet d'un uppercut. Je suppose qu'elle est bien déçue de découvrir qui je suis vraiment, loin de l'image qu'elle se faisait de son idole.

Typique.

– Ça, c'est ton problème.

Quelque chose se craquelle dans son expression.

– Pardon ?

– Je ne suis pas responsable de l'image que tu te faisais de moi avant de me rencontrer, Juste Lily, assené-je d'un ton plus sec que je ne l'aurais voulu.

Si cette fille a passé plusieurs années à m'admirer, je peux comprendre sa déception.

– Je suis comme ça, alors fais-toi une raison.

Lily s'apprête à répondre, mais elle est coupée dans son élan.

– Vous comptez vous endormir ou quoi ? demande Scott, l'air mécontent. On recommence !

Nous obéissons, et cette fois je me fais violence. Nous n'avons pas une minute à perdre, encore moins pour des banalités pareilles.

Ma main dans la sienne, je patine en arrière avec vitesse, la tirant vers moi. Son regard dans le mien, elle m'offre un hochement de tête en guise de signal. Je pousse sur sa paume gauche de toutes mes forces, au niveau de son bas-ventre. Elle s'élance dans les airs et reste là, au-dessus de ma tête, les jambes écartées et le bras tendu dans une pose gracieuse. Je ne lève pas le visage vers elle pour ne pas me déconcentrer. Je me concentre sur le fait de gainer mes abdos.

On a réussi !

Je souris comme un idiot jusqu'à ce que la voix portante de Scott me parvienne :

– Sublime ! Lily, ne regarde pas en bas, tu… Attention !

Mon cœur se fige dans ma poitrine. Je me raidis et perds mon appui, ce qui déséquilibre ma partenaire. Celle-ci penche dangereusement vers l'avant dans un cri de surprise tandis que je me tourne pour estimer le danger.

Nous fonçons à toute vitesse vers un patineur, qui tente de nous esquiver. *Il est trop lent, on va le percuter !*

Je réagis au quart de tour. La panique m'envahit et je lâche aussitôt Lily. Le cri qu'elle laisse échapper me glace le sang. Je la rattrape dans mes bras juste avant de m'esquiver sur la droite.

Comme je m'en doutais, le patineur me rentre dans l'épaule. Le choc est tel que je trébuche sur mes lames. Lily et moi nous effondrons sur la glace devant tout le monde. Je serre son corps menu contre moi par réflexe, mais elle m'échappe malgré tout et roule hors de mes bras.

Le temps d'une seconde, j'ai peur de relever la tête.

Le temps d'une seconde, je pense que tout est fini. Que la malédiction a de nouveau frappé et que Lily s'est brisé la nuque sur le coup.

Mais quand je jette un coup d'œil inquiet vers elle, je la trouve saine et sauve. *Dieu merci.*

– Ça va ? je m'enquiers auprès d'elle, cachant mes mains tremblantes.

Elle se redresse tant bien que mal, grimaçant de douleur.

– Comme un charme…

Je tourne la tête vers l'autre patineur, inquiet. Il a l'air d'être en un seul morceau, ce qui me soulage aussitôt. Mon cœur bat la chamade.

Je grogne de douleur et accepte la main de Lily tendue dans ma direction pour m'aider à me relever. Scott nous demande si on va bien et semble rassuré lorsque je brandis un pouce en l'air.

– Désolé… J'ai paniqué. Tu veux faire une pause ?

Occupée à refaire sa queue-de-cheval, Lily m'observe d'un drôle d'air.

– Non, pourquoi ?

– Je sais pas… Je comprendrais que tu aies besoin de cinq minutes pour te remettre de notre chute.

Cette fois, elle me gratifie d'un sourire railleur.

– Il y a une chose que tu dois savoir, monsieur le médaillé d'or. Je suis peut-être une « débutante sans aucune étincelle », mais il en faut plus pour me faire peur.

Je soupire, agacé que ce malentendu continue de planer entre nous. Si nous sommes destinés à être partenaires pendant les prochains mois, je ne veux pas de tension inutile. D'autant qu'elle extrapole, je n'ai jamais dit qu'elle n'avait « aucune étincelle ».

– Écoute, je m'ex…

– Mais si *toi*, tu as besoin de cinq minutes pour t'en remettre, n'hésite pas.

Sur ces paroles sardoniques, elle s'éloigne jusqu'au patineur qu'on a télescopé. Elle lui demande si ça va et présente ses excuses de notre part à tous les deux.

Je l'observe sans réussir à bouger, encore secoué par ma peur. Elle est plus courageuse que moi, c'est certain. Je devine pourquoi Scott l'aime bien. Autrefois j'avais cette fougue, moi aussi.

– Encore ! s'écrie-t-il justement.

Nous poursuivons l'entraînement jusqu'au coucher du soleil. Les portés changent selon leur point d'appui – la taille, les hanches, sous les aisselles –, et nous passons en revue quelques spirales avant de nous arrêter.

À la fin de notre séance, Lily et moi nous écroulons sur le sol de la patinoire, en sueur, essoufflés. Mais c'est une bonne chose. Parce que malgré la fatigue, les bleus et les courbatures qui menacent, c'est la première fois que je me sens si vivant depuis trois ans.

J'ai peur de ne plus pouvoir faire machine arrière.

Nous allons chacun prendre une douche en espérant que l'eau brûlante détende nos muscles malmenés. Je me sens incroyablement bien, et je sais que c'est grâce à l'adrénaline. Le problème, c'est que j'en veux toujours plus.

Quand je sors du vestiaire, les cheveux encore mouillés, j'aperçois ma partenaire à quelques pas de moi. Elle a revêtu un pantalon beige et un sweat à col roulé qui emprisonne ses cheveux sombres.

Au moment où je veux l'interpeller pour lui proposer d'aller boire un verre, elle s'arrête devant un homme au visage camouflé par un masque noir. Celui-ci l'attend près du stand de snacks, habillé d'une doudoune longue.

– Salut, Kreattur, la salue-t-il.

– Salut, Gripsec, marmonne-t-elle en lui donnant un coup de pied sans conviction.

Je m'arrête et les regarde interagir. Est-ce son petit ami ?

Quand il lui demande comment s'est passée sa journée, elle lui répond d'une expression fatiguée :

– Porte-moi jusqu'à la voiture. Je n'ai plus de jambes.

– Alors là, tu rêves.

– Je te paie, si tu veux, chouine-t-elle en se laissant tomber sur lui, vidée d'énergie. J'ai cinq dollars.

– Hé, ne me touche pas, tu vas salir mon nouveau manteau ! râle l'homme en se dérobant, si bien que Lily trébuche.

– Je viens de me laver, crétin.

– Ouais… Bah vu l'odeur, t'as pas dû frotter très fort… la charrie-t-il en époussetant son manteau. Et marche trois mètres derrière moi, je ne veux pas qu'on nous voie ensemble.

Lily l'insulte, le regard noir, avant de poursuivre. Celui-ci crie en poussant les portes à toute vitesse. À travers la vitre, je vois Lily l'attraper par la capuche et tirer si fort qu'il manque de s'étouffer. Il tente de s'échapper, mais ma partenaire réussit à grimper sur son dos en s'accrochant à ses cheveux noirs.

– C'est moi qui ai honte de toi, pas l'inverse ! je l'entends hurler au loin.

Je reste planté là, les mains dans les poches de mon jogging. *Drôle de relation.* Je ne sais pas si cet homme est un ami, un petit copain ou son frère… mais je suis surpris de voir Lily aussi détendue.

– Cette tension entre vous… Tu vas devoir y remédier, et vite.

Je me tourne vers Scott, qui est apparu à mes côtés.

– Débrouille-toi comme tu le sens, je m'en fous, mais je veux voir un couple soudé sur la glace. Compris ?

– Plus facile à dire qu'à faire…

Scott sourit puis tapote mon épaule.

– Qu'est-ce que t'as fait ? je le questionne, alerté par son expression secrète.

– J'ai convaincu Lily de vivre avec toi pendant quatre mois. À toi de te débrouiller, maintenant.

5

LILY

Décembre 2023, Montréal

– Je ne comprends pas, répète mon père pour la troisième fois en une heure. Tu as *enfin* trouvé un petit ami ?

Je fais de mon mieux pour ne pas soupirer, surtout quand je l'entends appuyer sur le mot « enfin ». Je n'avais pas besoin d'eux pour faire mes valises, mais mes parents se sont pointés avec Jane ce matin, sur le seuil de ma porte. « Je n'ai pas eu le choix », s'est excusé mon frère en voyant mon expression noire. « Je suis le fils préféré, je n'arrive pas à dire non. »

Du coup, nous voilà tous dans mon petit appartement, que je quitte pour les prochains mois.

Je vais habiter chez Orion Williams, bordel.

J'ai encore du mal à réaliser.

– Non, *bố*[1], répond mon frère en soulevant un sac rempli d'affaires que j'ai balancées au hasard dedans. Il n'y a plus d'espoir pour ta fille. Qui voudrait d'elle ? Tu l'as regardée ?

Je veux brandir un doigt d'honneur dans sa direction, mais mes deux parents se tournent vers moi pour me reluquer des pieds à la tête. Je n'ai pas besoin de jeter un coup d'œil dans un miroir pour savoir à quoi je ressemble. J'ai enfilé un jogging ample et un immense tee-shirt qui

1. « Papa », en vietnamien.

aurait mérité d'aller à la machine à laver il y a déjà deux jours. Je ne me suis même pas lavé le visage ce matin.

– Au temps pour moi, s'excuse mon père en levant les mains au ciel.

– Waouh. Merci pour la subtilité et le soutien, *bố*, lâché-je d'un ton sec. Maman, quelque chose à ajouter pendant qu'on y est ?

C'était une question rhétorique, mais je ne peux m'en prendre qu'à moi-même. *Je l'ai cherché.* Elle hausse les épaules en embrassant mon appartement des yeux, et je sais ce qu'elle pense : je n'ai pas fait le ménage récemment. Du moins, pas comme elle l'entend.

– Si tu prenais un peu plus soin de toi, peut-être que tu aurais un petit copain, assure-t-elle.

J'ai déjà entendu ça une bonne centaine de fois depuis mes dix-sept ans. « Prendre soin de moi », pour ma mère, veut dire me maquiller, acheter de jolies robes et porter des talons une fois de temps en temps.

– Je *prends soin de moi*, je me défends en sachant parfaitement que c'est peine perdue. Je me lave tous les jours, pour commencer...

Jane renifle en arquant un sourcil dans ma direction.

– Sauf aujourd'hui, je précise en le fusillant des yeux.

– Elle a raison, *mẹ*[1]. Ce n'est pas une robe et un peu de mascara qui vont changer le mauvais caractère de ta fille, ajoute-t-il à l'intention de notre mère. Ça, c'est sans espoir.

Je sais qu'il dit ça pour m'embêter, et aussi un peu pour leur faire lâcher l'affaire et dédramatiser la conversation, mais je n'ai pas l'impression que ça m'aide actuellement.

– Ça ne lui ferait pas de mal d'essayer.

Je ne réponds rien à cela. Jane grimace dans ma direction, comme pour s'excuser, et je fais comme si cela ne m'atteignait pas.

1. « Maman », en vietnamien.

J'ai fait le deuil des attentes familiales il y a bien longtemps. Ma mère pense que si je n'ai jamais eu de petit ami en vingt-deux ans, c'est parce que « je ne fais pas d'effort ». Elle croit que c'est une question de robe et de battements de cils, quand la vérité est plus simple encore. Mais elle ne veut pas l'entendre, parce qu'elle n'a pas de solution pour cela.

Personne ne me plaît.

Je sais, c'est étrange. N'est-ce pas ? Il y a tellement de gens sur Terre – un peu trop, si vous voulez mon avis –, et pourtant je suis incapable d'en trouver une seule.

Rien qu'une.

Je n'ai pas l'impression d'avoir des attentes hors du commun, pourtant. Parce que oui, c'est ce que dit ma mère.

– Tu es trop exigeante. Tu devrais mettre la barre moins haut, leur laisser une chance, sortir de ta patinoire…

Ce à quoi je réponds toujours : « Et pourquoi je devrais faire ça ? »

Je ne suis pas exigeante. Pour commencer, je suis hétérosexuelle. Cela réduit largement les possibilités. Même s'il existe beaucoup d'hommes, rares sont ceux qui ne me font pas rouler des yeux dès qu'ils ouvrent la bouche. Ensuite, je ne demande pas la lune. Je ne m'attends pas à ce que l'élu soit beau, bien foutu, intelligent, ni particulièrement drôle. Je n'ai pas de genre idéal ni de *celebrity crush.*

Je veux juste… quelqu'un qui m'attire.

Je n'ai jamais eu de béguin. Jasmine est la seule au courant de mon fléau, même si elle ne l'a jamais trop compris. Au contraire de moi, ma cousine est une incorrigible romantique.

– Tu trouveras forcément quelqu'un, me disait-elle il y a encore quelques années. Tu verras. Sois patiente.

Cela m'énervait, même si je me contentais de sourire en hochant la tête. Parce que bizarrement, cela ne me dérangeait pas. J'avais tellement d'autres choses plus importantes en tête, à commencer par le patinage ! Mais mon absence de vie amoureuse semblait perturber les autres, et c'est ça qui m'inquiétait davantage.

J'ai commencé à penser que j'avais un problème.

Et si ce n'était pas fait pour moi ?

Je crois que Jasmine l'a compris, car son discours a changé du tout au tout depuis. C'est la première à me défendre quand ma mère, sa tante, me tanne à ce propos.

– *Cô*[1], laisse Lily tranquille ! Elle est encore jeune, et elle se concentre sur sa carrière. C'est une bonne chose.

– Justement, je ne veux pas qu'elle se réveille un jour et qu'il soit trop tard ! À son âge, j'avais déjà…

– C'était une autre époque.

À cela, ma mère se contente souvent de murmurer des choses sur cette « nouvelle génération qui part à vau-l'eau ».

– Au fond, ce n'est pas une fatalité. On nous a fait croire qu'il fallait se rencontrer, s'aimer, se marier, puis faire des enfants… Mais c'est faux. Certaines personnes ne sont pas faites pour cela, et c'est très bien.

Les derniers mots de ma cousine à ce sujet m'ont rassurée, tout autant que sa main serrant ma cuisse en guise de soutien. J'ai compris que c'était OK. Même si je ne trouve personne, ce n'est pas une fin en soi.

– Mais alors, si tu n'as pas de petit copain, reprend mon père en fronçant les sourcils, pourquoi tu emménages chez cet homme ? Ça ne m'a pas l'air très approprié.

– C'est mon partenaire de patinage. C'est juste… plus pratique.

Je referme le dernier sac de vêtements au moment où Jane brandit mon doudou, que j'ai failli oublier sur mon lit.

– Tu comptais partir sans ce petit gars ? demande-t-il, railleur.

Je secoue la tête en rangeant la peluche, les joues rougies. Qu'importe qu'on me pense trop vieille pour dormir avec, c'est la seule chose qui m'aide à trouver le sommeil.

---

1. « Tante », en vietnamien.

Il s'agit d'un lapin blanc délavé nommé Spooky[2] – et il porte bien son nom, avec son œil décousu par le temps. C'est le doudou qu'a choisi Jane pour moi lors de notre toute première rencontre, à la maternité. « Choisis », a dit mon père avant de venir nous rendre visite. « Ce sera ton premier cadeau de grand frère. »

Forcément, Spooky est important pour moi.

– Il est comment, cet Orion ? me questionne ma mère lorsque nous descendons l'escalier du bâtiment. Beau garçon, non ?

Je râle un peu, ce qui fait rire Jane derrière moi.

– Quoi ? Je dis juste que ce n'est pas une mauvaise idée, finalement, cette histoire de colocation...

Je jure dans ma barbe et ferme les paupières en espérant que le moment passe.

– Elizabeth, sois gentille avec cet homme. Fais-lui de bons petits plats, d'accord ? Qui sait...

– Maman ! Je rêve ou tu essaies de transformer ta fille en ménagère des années cinquante ? intervient mon frère d'un ton faussement choqué.

Ma mère lui donne une tape derrière le crâne pour l'inciter à se taire. Je m'abstiens de leur répondre que je ne risque pas de cuisiner pour ce malotru.

Orion Williams peut bien se laisser mourir de faim, pour ce que ça me fait !

– Je t'arrête tout de suite, il n'est pas *du tout* intéressé.

Jane rit légèrement en m'ouvrant le coffre de la voiture.

– Je me demande bien comment c'est possible, tiens.

– Ta gu...

Le regard mauvais de mon père m'arrête en pleine insulte.

Nous chargeons mes valises dans la voiture, puis je me frotte les mains avant de leur faire face. Il est temps de se séparer. Jane va m'emmener, *seul*.

2. « Qui donne des frissons », en anglais.

– Je l'ai entendu parler dans mon dos et dire que je n'étais qu'une débutante, j'avoue avec un sourire froid. Donc non, *mę*, je ne vais pas lui faire des bons petits plats. Il peut se brosser.

Mon père ouvre la bouche d'un air indigné, lâchant un : « Il a osé dire *quoi ?* »

– Merci papa. Vous voyez !

Même Jane plisse le front en croisant les bras sur son torse, ennuyé.

– Il se prend pour qui, au juste ?

Je souris, fière d'avoir réussi à tous les rallier à mon camp. Mais quand je me tourne vers ma mère, je suis surprise de la voir arborer un mince sourire.

– *Mę* ? Pourquoi j'ai l'impression que ça te fait plaisir ?

– Parce qu'on dirait une scène tirée d'*Orgueil et Préjugés*… Et on sait tous comment ça finit.

Oh mon Dieu ! Le pire, c'est qu'*Orgueil et Préjugés* est un super film. Sûrement un très bon livre aussi, que je ne lirai probablement jamais. C'est bien le problème : entendre ma mère nous harceler avec Darcy et Elizabeth Bennet m'a dégoûtée de l'histoire. Ils sont désormais devenus mes pires ennemis.

Je grogne en même temps que mon frère, qui enfile son masque noir « anti-paparazzi », et nous saluons vite de la main nos parents en leur promettant de faire bonne route.

– Bon. Prête ? me demande Jane en desserrant le frein à main.

J'opine, le regard droit devant moi. *C'est parti !*

6

ORION

Décembre 2023, Montréal

Je viens tout juste de finir de nettoyer la cuisine quand j'entends le moteur d'une voiture dans l'allée. Je sais tout de suite que c'est *elle*. Qui d'autre ?

Ma nouvelle colocataire.

J'ai toujours du mal à me faire à l'idée, mais Scott m'a bien fait comprendre que je n'avais pas le choix. Le temps presse… et j'ai besoin que Lily redevienne fan de moi.

Plus facile à dire qu'à faire.

Je jette un coup d'œil par la fenêtre, café à la main. Princesse s'est levée de son panier, excitée d'avoir de la visite. Je la comprends, cela n'arrive pas souvent.

– Ne t'emballe pas trop, dis-je en la caressant. Cette fille-là, on ne l'apprécie pas. T'es dans mon camp, OK ?

Ma chienne penche la tête sur le côté, comme pour me demander « Pourquoi ? », mais mon regard est attiré par la silhouette de Lily qui décharge le coffre de la voiture. Un homme l'aide à tout porter, le même que celui qui vient parfois la chercher à la patinoire.

Je n'hésite qu'une seule seconde avant de leur ouvrir la porte. Ma partenaire lève les yeux vers moi la première, les joues rougies par le froid hivernal, et s'arrête dans l'allée.

Il a commencé à neiger cet après-midi et elle porte une doudoune North Face qui, je le devine à la taille XL, ne lui appartient pas.

C'est sûrement à son compagnon, vu sa carrure sportive.

Petit copain, donc.

– Hey.

Je m'avance pour la rejoindre, le pas tranquille.

– Rassure-moi, tu n'as pas choisi une maison isolée de tout pour que personne n'entende le cri de tes victimes quand tu les découpes avant de les griller à la poêle ?

Je me baisse pour saisir le bagage qu'elle tient, et je soupire devant son poids. J'ai failli me déboîter l'épaule.

– Non… Seulement pour ne pas qu'on sente l'odeur de fumée quand je les brûle avant de les enterrer dans mon jardin.

Lily commente tranquillement : « Cool. Je préférais demander. » L'homme derrière elle, toujours affublé d'un masque et d'une casquette noirs, arque un sourcil inquiet dans ma direction. Je veux lui préciser que c'est une blague, mais je me rétracte au dernier moment.

– Orion, je me présente en lui tendant une main.

Il la serre fermement, silencieux. Je comprends tout de suite qu'on lui a rapporté des choses sur moi, et certainement pas très flatteuses.

– Jane.

Je crois avoir mal entendu, mais vu son regard noir, je ne préfère pas lui demander de répéter.

– Tu as tout ? demande-t-il à Lily d'une voix neutre. Je te laisse, t'es sûre ?

Celle-ci acquiesce et les voilà qui se font un câlin. Je détourne les yeux pour leur laisser de l'intimité. Après quelques secondes à peine, il s'éloigne, redémarre et disparaît… Me laissant seul avec Lily.

7

LILY

Décembre 2023, Montréal

– Tu es au courant que tu ne restes que quatre mois, pas vrai ?

Orion scrute mes deux énormes valises comme si elles contenaient des bombes atomiques. Je le fusille du regard, même s'il a raison.

– J'ai paniqué, je réponds en grimaçant. Je crois que j'ai pris trop de maillots de bain.

Il hausse un sourcil en portant l'un de mes bagages jusqu'à la porte d'entrée.

– À quelle occasion pensais-tu en avoir besoin, au juste ?

– Tu as peut-être un jacuzzi, je marmonne.

À sa réaction, je suppose que non. *Dommage.*

Pour être honnête, je ne sais toujours pas comment j'ai pu me laisser convaincre par Scott. Il m'a forcé la main sous prétexte que cette cohabitation nous rapprocherait plus rapidement, Orion et moi. J'ai accepté parce que j'ai promis que j'étais prête à tout, et je veux le lui prouver. Je ne reculerai devant rien.

– Fais attention, ça glisse, me prévient mon désormais colocataire.

Je suis trop occupée à admirer le tableau qui nous entoure pour lui répondre. Si j'habite un petit appartement en plein centre de Montréal, Orion a préféré s'isoler. Ce qui ne m'étonne pas trop de lui.

C'est simple, sa maison se trouve au milieu de la forêt. Des rondins de bois sont empilés près de l'entrée, et l'espace d'une seconde, je me demande s'il les coupe lui-même. Je l'imagine brandir une hache, la sueur au front, vêtu d'une chemise de bûcheron, et cela suffit à me faire pouffer de rire.

Improbable.

– À quoi tu penses ? demande Orion d'un air suspicieux. Je sens que ça me concerne.

– Si tu crois que tu occupes mon esprit, tu te trompes. Je ne pense à toi que dans mes cauchemars.

Il roule des yeux avant de m'inviter à entrer dans un mini-vestibule. J'en profite pour retirer mes chaussures, accueillie par l'air chaud contenu dans la maison. L'endroit est étroit, si bien qu'on se cogne l'un à l'autre.

– Fais comme chez toi, dit Orion tandis que nous montons un petit escalier qui mène à l'espace principal de la maison.

– Vraiment ? Parce que j'ai l'habitude de…

– Oublie. J'essayais juste d'être poli.

Je ne sais pas à quoi je m'attendais, mais certainement pas à cela. L'intérieur est très… esthétique. Propre. Aéré.

Le mobilier simple mais doux donne une ambiance scandinave à l'immense salon. Tout est beige ou en bois, les seules touches de couleur étant l'immense tapis rouge aux motifs aztèques ainsi que les plantes qui pendent au plafond. La pièce est ouverte sur une cuisine américaine épurée, et une cheminée suspendue noire trône en son centre, près du canapé. Mais le plus impressionnant est le côté de la maison, dont le mur est en réalité une immense baie vitrée s'étirant jusqu'au haut plafond.

Je marche jusqu'à celle-ci, bouche bée. *Oh waouh !*

Elle donne sur la forêt qui nous entoure, où les sapins s'étirent à l'infini devant nos yeux. La neige se remet

doucement à tomber, si bien que le tapis blanc ne diminue jamais sur le sol. La scène est sublime. On a envie de se blottir ici pour l'admirer, avec un plaid et un bon livre.

– Magnifique, je laisse échapper.

Orion ne dit rien, mais je sais qu'il apprécie le spectacle lui aussi.

Soudain, je me sens un peu intimidée d'être là, chez lui, dans son intimité. On ne se connaît pas assez pour ça, et en même temps, c'est pour cette raison qu'on est là. *Pour apprendre à se connaître.*

– Viens, je te fais visiter.

Je me tourne pour le suivre, et je remarque seulement maintenant un second escalier en bois, qui mène à une mezzanine. Nous ne montons pas, mais il m'apprend que c'est là où il dort.

Il met deux doigts dans sa bouche et siffle bruyamment. La seconde d'après, j'entends un bruit de griffes sur le sol. Je comprends de qui il s'agit avant même que Princesse n'apparaisse et ne dévale l'escalier.

– Doucement, la prévient gentiment Orion avant de se baisser pour la caresser derrière les oreilles.

La dalmatienne lui lèche le visage, la queue frétillant de bonheur. Je souris sans pouvoir m'en empêcher, attendrie. J'ai toujours rêvé de la voir en vrai, et voilà que je vais vivre avec elle ! Princesse est encore plus belle qu'en photo.

– Elle a tendance à préférer les lits et le canapé à son propre panier, qui est pourtant tout neuf, me prévient Orion en se relevant. Si ça te gêne, je te conseille de fermer la porte de ta chambre chaque matin.

Je me baisse à mon tour pour réclamer des câlins, et la chienne se niche dans mon étreinte sans se faire prier. Elle a tellement de force que je vacille vers l'arrière, mais la main d'Orion apparaît de nulle part et se pose dans mon dos pour me stabiliser.

– Ça ne me dérange pas, je déclare en souriant tandis que Princesse me lèche l'oreille.

Nous continuons le reste de la visite en passant sous l'escalier. Un long couloir nous mène à la salle de bain – « la seule de la maison » selon les dires de mon hôte –, qui contient une douche à l'italienne spacieuse et une baignoire.

– Je t'en supplie, ne t'enferme pas trois heures dedans chaque matin…

– Est-ce que j'ai l'air de passer trois heures à me pomponner ? je demande en arquant un sourcil.

Orion embrasse ma silhouette du regard, pour finir sur mon visage nu. Je ne porte pas souvent de maquillage – je suis trop feignante pour me démaquiller chaque soir – et mes cheveux sont quasiment toujours attachés parce que je déteste qu'ils gênent mes yeux pendant que je patine.

– À vrai dire, je n'en sais rien. Est-ce que je devrais ?

– Laisse tomber.

Orion me montre enfin la seconde chambre de la maison, qui sera la mienne pour les prochains mois. Celle-ci est plongée dans l'obscurité, le soleil s'étant déjà couché, mais je parie que la luminosité est incroyable pendant la journée. Et pour cause : un pan du mur est vitré, comme dans le salon.

Le mobilier se limite à une commode, un fauteuil à bascule et un lit aux couvertures crème.

– C'est un peu effrayant, je commente en laissant mon sac tomber sur celui-ci. On ne peut pas fermer des stores ?

– Tout l'intérêt d'avoir des vitres est de pouvoir admirer l'extérieur.

Peu importe qu'il me regarde comme si j'étais idiote, je scrute la forêt avec méfiance. On se croirait dans un remake effrayant de *Twilight*. Je m'attends presque à apercevoir un vampire à la peau brillante en train de sauter d'arbre en arbre.

– Je n'aime pas qu'on me voie au travers.

– On est seuls au milieu de nulle part.

C'est bien le problème.

– Et si quelqu'un m'observait ?

– Personne ne va venir jusqu'ici pour te mater, Elizabeth Pham, soupire-t-il en laissant transpirer son exaspération. Tu n'es pas le centre du monde.

– Tu n'as pas dû voir beaucoup de films d'horreur, toi.

– Non, avoue-t-il bêtement. Je me contente de la vraie vie, qui est déjà assez terrifiante comme ça.

Il m'offre un sourire hypocrite, puis il dépose mon sac toujours entre ses mains sur le côté. *Bon...* Je suppose que je vais devoir faire mon deuil des stores, tout comme du jacuzzi...

– Je vais te laisser t'installer, mais d'abord on devrait établir quelques règles, propose Orion en croisant les bras sur son torse.

Je m'assieds sur le lit, dos à la forêt, tandis qu'il compte sur ses doigts.

– Un : chacun respecte l'intimité de l'autre. Deux : chacun fait ses propres courses. Trois : chacun fait son propre ménage. Quatre : chacun range derrière lui. Cinq : pas de fête.

Je l'écoute attentivement, quoique un peu blasée. Tout cela va de soi, je ne vois pas pourquoi il se sent obligé de le préciser. Même si je suis quand même rassurée qu'il tienne à l'ordre et à la propreté... C'est déjà un avantage par rapport à mon frère le cochon.

– Oh, et pas de petit copain quand je suis là, ajoute Orion en fuyant mon regard. S'il te plaît.

Je veux lui assurer qu'aucun garçon ne viendra ici – comment suis-je censée avoir un petit copain avec un calendrier pareil ? Je suis déjà chanceuse d'avoir des amis ! –, mais j'aime le malaise dont il semble victime. Et je suppose que cela veut dire « pas de petite copine » pour lui non plus, ce qui m'arrange. Je n'ai pas besoin de m'endormir au son de sa vie sexuelle de l'autre côté de la porte, merci bien.

– OK. Tout me va.

Il saisit mon poignet, ce qui me prend de court, et dépose un jeu de clés dans le creux de ma paume. Puis il disparaît en refermant la porte derrière lui.

C'est officiel. On est vraiment en train de faire ça.

Je passe la soirée à défaire mes bagages pour ranger mes affaires dans la commode vide et accrocher des photos Polaroid au-dessus du matelas. Je sais que c'est idiot, mais j'ai besoin de me sentir un tant soit peu chez moi pour pouvoir m'endormir dans un lieu inconnu. D'où l'importance d'avoir apporté Spooky avec moi.

Tout du long, j'ignore l'ombre effrayante des arbres par la fenêtre. Je sens que ça va être un problème.

Lorsque mon téléphone vibre, je découvre des SMS de mon frère.

Il ne t'a pas encore tuée ?
Y a un jacuzzi ?

Je m'assieds en tailleur sur mon nouveau lit, la main sur mon ventre qui gargouille de faim.

Je vois que Jane et moi ne sommes pas frère et sœur pour rien : on a les mêmes priorités.

Il est encore tôt, laisse-lui le temps.
Ma chambre a un mur fait de vitres…
À tout moment, je peux me réveiller
en pleine nuit avec le visage
d'un stalker qui me regarde dormir
par la fenêtre.

Personne ne veut te regarder dormir, Lily.
Il est grand temps que ta phase
Edward Cullen prenne fin.

chuchote dans un souffle Jamais.
Oh, et il n'y a pas de jacuzzi.

Il me répond avec un emoji qui roule des yeux, ce qui me fait sourire. Après un tour dans la salle de bain pour me brosser les dents, j'enfile un pyjama. Je ne tarde pas à éteindre la lumière et à me plonger sous les couvertures.

Mes yeux contemplent le paysage sombre derrière les fenêtres et, contrairement à ce que je pensais… la vue m'apaise. C'est beau et silencieux, comme tiré d'un conte de fées. J'ai l'impression de dormir dehors, à même la neige, les étoiles simplement remplacées par le plafond.

Je m'endors avec des vœux plein la tête, la joue contre le ventre chaud de mon doudou en peluche.

Je sais que c'est mal parti, mais…

Faites qu'Orion et moi devenions amis.

❄

Orion et moi ne deviendrons *jamais* amis.

Après cinq jours de cohabitation, c'est désormais une évidence. Pourtant, j'ai essayé. J'ai pris sur moi, j'ai encaissé son attitude avec le sourire, je lui ai laissé le temps de se reprendre.

Tout ça pour ne rien recevoir en retour, ni remerciements ni excuses.

Le premier matin, afin de ne pas le gêner dans ses habitudes, j'ai mis mon réveil à sonner à six heures. Objectif : être la première dans la salle de bain puis lui céder ma place.

J'ai eu le temps d'effectuer ma routine matinale sans l'entendre se lever. Douche, brossage des dents, hydratation du visage, coiffage en deux nattes interminables nouées dans un chignon solide…

J'ai brisé l'une de ses règles en fouillant le frigo à la recherche de quelque chose à grignoter, mais il ne s'est jamais levé à temps pour me faire des reproches. J'avoue avoir hésité à aller le réveiller, mais j'ai estimé qu'il était adulte et vacciné. Et moi pas sa mère.

Sauf qu'au moment de partir, toujours rien.

– Orion, il est l'heure ! ai-je appelé depuis le salon, sans oser monter les marches menant à sa chambre.

Et seul un grognement m'a répondu.

J'ai attendu patiemment qu'il se réveille, et on a été en retard d'une heure.

Malgré mon envie de l'étrangler, lorsque nous avons passé en revue notre chorégraphie sur la musique du *Lac des cygnes*, j'ai tout donné. Je me suis transformée en Odette, ce cygne blanc qui perd l'amour de sa vie à cause d'Odile.

– Orion, tu fais quoi au juste ? l'a réprimandé Isabella au bout de la quatrième heure. Tu es aussi froid et creux qu'une pierre. Le prince est fou amoureux de ce cygne blanc qui redevient femme la nuit. C'est *elle*, aucune autre. Et il est en train de la perdre !

– Je ne suis pas très à l'aise avec la zoophilie, a grimacé comiquement mon coloc. Pourquoi personne ne s'interroge, sérieusement ? Le type tombe amoureux d'un cygne et tout le monde trouve ça normal ?

J'ai dû me mordre l'intérieur des jours très fort pour ne pas le taper derrière le crâne. Mais Scott l'a fait à ma place, ce qui m'a tiré un sourire satisfait.

– On ne te demande pas de t'interroger, crétin. Fais-le, c'est tout.

– « Sois beau et tais-toi », c'est ça ? Bah bravo la mentalité, a marmonné Orion en se frottant la tête.

La journée a été longue. *Très* longue.

Et il ne s'est pas excusé une seule fois.

Le troisième jour, comprenant qu'Orion ne serait pas plus à l'heure que les précédents, je me suis ramenée dans la cuisine avec la musique à fond sur mon téléphone. J'ai tout fait pour qu'il m'entende, à tel point que même Princesse m'a scrutée avec la tête penchée, l'air de dire : « Qu'est-ce qui te prend ? »

En guise de réponse, j'ai reçu un oreiller, que j'ai esquivé de justesse. *Au moins, il m'a entendue.* Ce jour-là, on est arrivés avec « seulement » vingt minutes de retard, mais Orion m'a jeté des regards noirs toute la journée.

– Vous ne devez pas vous lâcher, a râlé Isabella. Vous êtes trop loin l'un de l'autre, ça ne va pas. Orion, je veux que tu t'accroches à Lily comme à la vie, tu m'entends ?

Il a hoché la tête, les mâchoires crispées, comme pour marquer l'effort que ça lui demandait.

La musique a repris, nous avons glissé sur la glace, main dans la main, nos corps désormais plus proches. Le contact de ses doigts sur ma taille me brûlant à travers mon justaucorps noir.

– Regardez-vous dans les yeux ! Je veux voir des sourires, de l'amour…

– Cache ta joie, ai-je murmuré devant l'expression fermée de mon partenaire.

– Je suis patineur, pas comédien.

OK. Le message est clair…

Hier, pour le quatrième matin, j'ai prévu le coup. J'ai changé l'heure de son réveil pendant qu'il était dans la douche. Son mot de passe de téléphone est « 000000 », ce qui est une *honte* !

J'étais donc en train de manger mon bol de céréales dans la cuisine, mon casque autour du cou, lorsque son alarme a retenti si fort que j'en ai grimacé. Il se peut que j'aie également changé la sonnerie par défaut pour « Temperature » de Sean Paul.

Je l'ai entendu sursauter sur son lit, ce qui m'a fait sourire. J'en ai profité pour me lever et twerker au rythme de la mélodie entraînante, machiavéliquement heureuse. Princesse est venue me faire la fête, pensant que je jouais, alors j'ai saisi ses pattes et fait d'elle ma partenaire de danse.

– C'est quoi ce bordel ? s'est écrié Orion en éteignant le réveil. Tu veux me rendre sourd ?

Il s'est évidemment rendormi, mais je me doutais qu'il ferait ça. C'est pourquoi j'avais mis trois autres alarmes à cinq minutes d'intervalle. La dernière l'a tellement énervé qu'il n'a même pas pris la peine de se doucher avant de filer vers sa voiture.

– C'est toi, pas vrai ? m'a-t-il demandé, les yeux plissés vers moi, une fois que j'ai refermé ma portière.

– Je ne vois pas de quoi tu parles, ai-je assuré l'air innocent.

– Je préfère souffrir en visionnant l'intégrale de tous les films DC – oui, même *Aquaman* – plutôt que d'avoir une chanson de Sean Paul dans mon téléphone.

Je me suis contentée de hausser les épaules.

Ce matin, miracle, nous sommes donc arrivés à l'heure. Et j'ai même passé une excellente journée malgré l'entraînement intensif. Nous avons répété la seconde partie de notre programme, la plus difficile. La dernière minute est intense, autant dans les figures que dans l'émotion à retranscrire. La section des cuivres aide à donner un sentiment de triomphe, la valse s'accélérant crescendo jusqu'à son point culminant. Les pas se succèdent tandis qu'Odette fuit et que le prince parcourt la glace pour la rattraper, le visage figé dans une expression de perte et de panique. Lorsqu'il y arrive enfin, Odette est devenue Odile, le cygne noir.

– Pour ta gouverne, j'ai changé mon code de téléphone, m'a lancé Orion tout à l'heure au moment d'une pause.

– Laisse-moi deviner. C'est 123456 ?

– Non, ça c'est le montant sur mon compte en banque.

Je n'ai pas pu m'empêcher de laisser échapper un rire.

Nous répétons désormais notre *throw triple salchow*. Orion me prend par la taille et me jette dans les airs, où j'effectue trois pirouettes avant de retomber sur un pied, le buste penché et la jambe tendue vers l'arrière.

Nous devons utiliser un harnais tenu par Isabella tandis que je tourne sur moi-même. Par précaution, mais aussi parce que cela semble rassurer Orion, même s'il ne le dit pas…

– C'est fébrile, mais ça fera l'affaire, commente Scott. Lily, si au dernier moment tu ne le sens pas, fais un *double*. Mieux vaut ça que se rater.

J'acquiesce sagement, même si je sais pertinemment que jamais je n'abandonnerai un *triple*. Quitte à tomber.

Quand Orion nous ramène à la maison, j'ai tout juste le temps de sortir de la voiture avant qu'il me souhaite une bonne nuit.

– Tu vas où ?

En guise de réponse, il m'offre un simple sourire présomptueux.

– N'aie pas l'air si surprise. J'ai une vie sociale, moi, madame.

Je comprends mieux quand je suis réveillée à quatre heures du matin par le bruit des clés dans la serrure… et le grabuge qui s'ensuit. Ce crétin est parti faire la fête quelque part, probablement pour se bourrer la gueule, avant de rentrer aux aurores !

Quand mon réveil sonne, je suis remontée. Parce que je sais qu'il ne se réveillera jamais.

Je lui donne jusqu'à sept heures, mais rien à faire. Je sature. Moi aussi je donnerais tout pour pouvoir sortir avec des amis et boire jusqu'au trou noir ! Au lieu de ça, j'ai mal à la tête, des hématomes sur l'ensemble du corps, des ampoules plein les pieds, et pourtant je suis là.

– Tu es mal tombé, mon grand, je bougonne après avoir pris ma décision.

Je prends une bassine et la remplis d'eau dans la salle de bain. Princesse doit avoir compris que ce n'est pas une bonne idée, car elle part se cacher dans ma chambre.

Espèce de lâche.

Mon cœur bat la chamade lorsque je monte l'escalier de la mezzanine. Je ne me laisse pas le temps d'embrasser la chambre du regard. Je ne vois que mon objectif, profondément endormi au milieu des couvertures, torse nu et l'air apaisé… et la colère m'étouffe.

Je lance le contenu de la bassine dans sa direction, noyant l'entièreté de son lit.

Cela a le mérite de le réveiller en une seconde. Orion sursaute, les yeux arrondis et la bouche grande ouverte. Il est trempé jusqu'aux os, tout comme son matelas.

– Qu'est-ce qu'il te prend ? demande-t-il, sous le choc.

– T'as cinq minutes pour te préparer. Si tu n'es pas prêt d'ici là, je pars sans toi.

Je ne lui laisse pas le temps de réagir. Je redescends, ignorant ses murmures stupéfaits, même si cela ressemble drôlement à « … complètement ravagée ».

C'est peut-être extrême, mais je m'en fiche. S'il veut gâcher ses chances, c'est son problème. Je ne suis pas là pour me tourner les pouces. Je ne peux pas me permettre, comme lui, de tout prendre à la rigolade.

Ma passion n'est pas une plaisanterie.

J'ai sacrifié trop d'années pour qu'un champion arrogant ruine tout.

Je lui laisse le bénéfice du doute et attends six minutes, mais il ne descend pas. Je prends donc mon sac de sport, ses clés de voiture, puis je pars.

Je souris en pensant à l'expression qu'il doit afficher en entendant le moteur rugir. J'espère qu'il me maudit. J'espère même qu'il se prend les pieds dans sa couverture en voulant me rattraper et qu'il se tape l'orteil contre un meuble.

C'est tout ce qu'il mérite.

Toutefois je ne vérifie pas dans le rétroviseur, de peur de culpabiliser. S'il veut venir à l'entraînement, Orion trouvera un moyen. Mais hors de question qu'il me prive de précieuses minutes de perfectionnement sous prétexte que je suis dépendante de lui !

– Donc… T'as volé sa voiture ? s'offusque Piper dans le vestiaire. Lil, je crois que c'est illégal.

– Il ne peut s'en prendre qu'à lui-même ! je me défends en enfilant mes collants. Il ne fait aucun effort. On dirait qu'il essaie de nous saboter ! Ce qu'il fait de son temps libre, je m'en fiche. Tout ce que je lui demande, c'est d'assurer la journée sur la glace. Je ne trouve pas ça juste que tout mon corps me fasse souffrir pendant que Monsieur fait la grasse matinée.

La grasse matinée jusqu'à huit heures, mais quand même.

– Ça doit être sympa, l'ambiance à la maison…

En effet, je n'ai pas vraiment pensé aux conséquences de mes actes, ce matin. Je suppose que je découvrirai assez vite ce qu'il en est…

Je répète sur la glace quand les portes de la patinoire s'ouvrent et révèlent Orion. Son regard meurtrier tombe tout de suite sur moi. Ses paupières paraissent encore lourdes de son sommeil et sa peau mate affiche les traces de son oreiller contre sa joue.

Si mon cœur se fige dans ma poitrine, je n'en montre rien.

– T'étais où ? râle Scott quand Orion le rejoint, des cernes sous les yeux.

– Je prenais une douche bien froide, gronde ce dernier sans me quitter des yeux.

Je fais de mon mieux pour lui cacher mon sourire amusé, mais il le perçoit tout de même.

Je fais comme si de rien n'était lorsqu'il me rejoint enfin. J'ai l'impression que des flammes émanent de lui. Il se place derrière moi pour commencer l'entraînement, sa main entourant ma taille fine dans un étau de fer.

Oh, il est *furieux*.

Son souffle chatouille le haut de mon oreille lorsqu'il murmure avec colère :

– T'as de la chance que je ne porte pas plainte pour vol de voiture.

– Je t'avais prévenu, j'argue entre mes dents serrées. J'attends que tu prennes ça au sérieux depuis des jours.

– Pardon d'être fatigué.

Cette simple phrase me fait sortir de mes gonds. Je me tourne pour lui faire face, ce qui le surprend, et siffle :

– Moi aussi, je suis fatiguée, Orion. Fatiguée de t'attendre tous les matins, fatiguée d'assurer pour nous deux, fatiguée de promettre à Scott que tu vas bientôt arriver avec un sourire sans même savoir si tu vas te pointer !

Il se raidit, mais il ne répond rien. Il sait que j'ai raison, et j'espère qu'il a honte de lui.

Nous commençons notre chorégraphie en silence, mais ses yeux refusent de rencontrer les miens. Il a encore la tête ailleurs. Comme tous les jours.

Cette collaboration est vouée à l'échec.

– Alors pourquoi tu n'arrêtes pas tout ?

Son murmure est quasi inaudible, mais il suffit à me provoquer un frisson d'horreur. Parce qu'avec cette simple question, je comprends tout. La découverte est si brutale que je manque un pas.

Je relève la tête vers lui dans une expression mêlée de colère et de trahison. Orion ne laisse rien paraître, les lèvres pincées.

– Tu n'attends que ça, hein ? je souffle tout bas.

Il ne répond rien. Son silence est toutefois plus bruyant qu'un aveu.

– C'est ce que tu recherches… Tu n'as aucune envie d'être mon partenaire, mais Scott t'y oblige. Alors tu fais tout pour que je mette un terme à tout ça, que je baisse les bras.

Je serre la mâchoire à me la briser. Je n'arrive pas à croire que j'ai failli tomber dans son piège. Me croit-il si faible d'esprit ?

Je me mets soudain à rire, nerveusement. De toute évidence, cet homme ne sait pas de quoi je suis capable.

Il n'a aucune idée du genre de personne que je suis.

– Tu sais quoi ? souris-je en me tournant vers lui, patinant à reculons. Si tu ne veux pas de moi, je te conseille de faire preuve de courage et de le dire à Scott toi-même. Parce que sois-en certain, je n'abandonnerai *jamais*.

Orion reste silencieux, mais son regard devient aussi sombre que les Enfers. Je souris davantage en retour, galvanisée par la vengeance, et m'approche de lui dans le simulacre d'une étreinte amoureuse.

Mes lèvres frôlent sa joue et ses doigts se raffermissent autour de mes reins lorsque je murmure :

– Tu ne te débarrasseras pas de moi comme ça, Orion Williams.

Il reste silencieux un instant, l'expression fermée, avant de rétorquer :

– On verra bien qui craquera le premier, Juste Lily.

8

ORION

Décembre 2023, Montréal

J'ai sous-estimé Lily, cela va sans dire.

Nous sommes en guerre, et elle est une adversaire redoutable. Son apparence douce, innocente et gracieuse m'a fait penser qu'elle était Odette… mais elle est en fait Odile. Le cygne noir prêt à tout pour gagner.

Quitte à m'écraser pour marcher sur les cendres encore brûlantes de mon cadavre.

Je l'avoue, j'ai tout fait pour qu'elle change de partenaire. Je pensais qu'elle abandonnerait facilement. Résultat : mon comportement immature nous a fait perdre un temps précieux et m'a valu plusieurs sermons de la part de Scott.

Malgré ça, Lily est *toujours là*.

Elle se réveille chaque matin à six heures, sans exception. Elle se pointe à la patinoire la première, prête et échauffée. Elle endure les cris d'Isabella et les remarques de Scott. Elle répète certains midis en salle de sport, à même le sol, au lieu de manger. Le soir, dans le canapé, je l'aperçois appliquer crèmes et pansements sur ses pieds meurtris… et ma culpabilité m'étouffe.

« Je n'abandonnerai jamais. » C'est ce qu'elle a dit.

Je fais ça pour toi, idiote ! Voilà ce que j'aurais dû répondre. À la place, j'ai pris comme un défi de la faire renoncer. De son côté, Lily a arrêté d'endurer sans broncher, et nous voilà embarqués dans une bataille pour pousser l'autre à craquer le premier.

Ça doit venir d'elle, parce qu'il est hors de question que je renonce. Scott a été clair : c'est Lily ou personne d'autre. Si je ne lui donne pas sa chance, il me lâchera.

J'ai peur de le perdre, lui aussi.

S'il m'abandonne, je n'aurai plus de famille…

– Comment ça se passe, avec Lily ? me demande Aydan un soir où nous prenons une bière en ville. J'ai l'impression que vous vous êtes rapprochés, non ?

Je lâche un rire dénué d'humour, fatigué par cette dernière semaine. Lily et moi l'avons passée à nous mettre des bâtons dans les roues.

Lundi, j'ai profité qu'elle se douche pour prendre la voiture et me rendre à la patinoire sans elle. Elle est arrivée deux minutes en retard, rouge de colère et essoufflée d'avoir couru. Ses cheveux en bataille et la lueur meurtrière dans son regard m'ont tiré un sourire.

– Mince, ton réveil n'a pas dû sonner. Petite panne ? T'en fais pas, ça arrive à tout le monde, lui ai-je balancé, fier de moi.

Ma partenaire m'a offert un rictus carnassier, puis elle a tapoté mon épaule en murmurant :

– Je suppose que tu parles d'expérience.

Il m'a fallu quelques secondes pour comprendre la raillerie sur mes compétences sexuelles. Le temps que ça monte au cerveau, il était trop tard pour répliquer.

Mardi, ce n'est qu'une fois dans le vestiaire que j'ai remarqué l'absence de mes patins. Mon sac de sport était rempli d'un sachet de croquettes à la place. Quand j'ai confronté Lily, qui répétait déjà sur la glace, elle m'a simplement souri.

– Tu as oublié tes patins ? Mince. C'est bête, tu vas devoir faire l'aller-retour…

Scott a répondu que nous n'avions pas une minute à perdre, et Lily s'est alors exclamée, tel un ange d'innocence et de vertu :

– Ça tombe bien, j'ai une paire de rechange à ta taille dans mon casier !

Elle s'est éclipsée quelques secondes avant de revenir.

– Tiens, a-t-elle dit en me tendant une paire de patins rose bonbon à motifs papillons.

Je les ai pris sans me laisser démonter. *Si elle pense que ça va m'arrêter !* Et j'ai patiné toute la journée avec, sous le regard amusé des autres et le sourire moqueur de Scott.

Pour être honnête, ils m'allaient bien.

Ce matin, Lily et moi avons fait la course pour voir qui arriverait le premier à la patinoire. Cette peste a dégonflé les pneus de mon 4x4 dans la nuit et m'a volé mon vélo. N'ayant d'autre choix, je l'ai prise en chasse malgré la neige et le poids de mon sac en travers de mon épaule. J'ai réussi à l'atteindre à un feu rouge, la prenant de court.

– Au voleur ! a-t-elle hurlé quand j'ai posé les mains sur le guidon, si fort que des têtes se sont tournées vers nous. Cet homme essaie de… !

J'ai abattu la main sur sa bouche, tentant de la faire descendre du vélo, mais elle est plus forte que je ne le pensais. Elle s'est débattue de longues secondes, jusqu'à ce qu'elle me morde les doigts.

– Aïe ! Pas de cannibalisme !

– Fallait le préciser avant, a-t-elle riposté quand le feu est passé au vert.

N'arrivant pas à la faire descendre, j'ai essayé de m'asseoir sur la selle à sa place. Nous avons roulé à deux, à moitié debout, en train de nous battre.

Une fois devant la patinoire, j'ai tiré sur son sac pour la retenir en arrière. J'ai réussi à prendre de l'avance, un sourire victorieux sur les lèvres.

Je courais dans le couloir, saluant Scott au loin, quand c'est arrivé. Soudain, j'ai senti quelque chose heurter mes pieds. La seconde d'après, je m'écroulais sur le sol. C'est le rire diabolique de Lily qui m'a forcé à relever la tête. J'aurais juré avoir vu des cornes rouges au-dessus de son crâne.

– Tu devrais regarder où tu mets les pieds.

La peste m'a fait un croche-patte !

– J'aurais pu me faire très mal, ai-je rétorqué en me redressant.

Cela m'a valu une expression blasée. Au loin, j'ai vu qu'Aydan tentait de cacher son fou rire.

– Boo-hoo, s'est-elle moquée. La seule chose blessée, c'est ton ego… et ce n'est pas une si mauvaise chose.

Lily est une sauvage. Je l'ai appris à mes dépens. J'arrive à court de stratagèmes pour la contraindre à abandonner, et le Championnat du Canada approche. Je ne sais plus quoi faire.

– Ne te fie pas aux apparences, je réponds enfin à Aydan. Elle me déteste encore plus qu'avant. Chaque matin, je la soupçonne d'avoir empoisonné mon jus d'orange…

– Mais t'es encore en vie, constate-t-il en levant le pouce. C'est une bonne chose, non ?

– Ça ne veut pas dire qu'elle n'a pas craché dedans.

Aydan se marre, et je ne peux même pas lui en vouloir. Lily est… surprenante. C'est bête parce que ce n'était pas le but, mais notre petit jeu a fini par m'amuser. J'aime la faire sortir de ses gonds.

– Je pensais que vivre avec une jolie fille apaiserait ton âme.

– Tu parles… Même ma chienne la préfère à moi. Tous les soirs, la traîtresse m'abandonne pour aller retrouver Lily dans son lit.

– Est-ce que tu peux vraiment l'en blâmer ? murmure mon pote avec un clin d'œil complice.

Non, vraiment pas. Lily est magnifique, plus encore les rares fois où j'ai pu la voir sourire, même si ce n'était pas dans ma direction. Je crois qu'elle préférerait mourir.

Elle sent bon, aussi. Ça m'exaspère chaque fois que je vais dans la salle de bain après elle. L'odeur de son shampoing embaume alors la pièce, et mes yeux se posent toujours sur le miroir avec attente.

Après sa douche, Lily a l'habitude de dessiner quelque chose par-dessus la buée du miroir. Une partie noire et honteuse de mon esprit pense que ses messages secrets me sont destinés.

Parfois c'est un cœur, parfois un smiley, d'autres fois j'ai le droit à un petit mot motivant. J'ai honte d'avouer que, chaque jour, je me demande ce que je vais y trouver. Ce matin, c'était : « Tu peux le faire ! »

– Elle me plaît bien, à moi, ajoute Aydan en buvant une gorgée de sa bière. C'est l'une des seules à ne pas tomber en pâmoison devant le champion Williams.

Ça, c'est certain. Je l'ai bien remarqué. Je crois que Scott s'est trompé, quand il a dit que Lily était l'une de mes fans. Elle tient au contraire probablement un compte Twitter secret de *hater* à mon encontre.

– Scott est persuadé que son petit manège a fonctionné, en tout cas.

– Normal, Lily et toi êtes toujours collés l'un à l'autre. Tout le monde pense que vous vous adorez.

C'est ce qu'on fait croire. En dehors de nos petites farces, nous affichons une façade sans défaut.

Les rares fois où nous nous retrouvons en voiture ensemble, la radio nous donne l'excuse parfaite pour ne pas discuter. Nous mangeons face à face chaque midi, mais Lily met son casque sur ses oreilles pour visionner *Love is Blind* sur son téléphone. Nous allons courir côte à côte tous les deux jours, mais le footing se transforme vite en compétition pour déterminer qui va le plus vite.

On est toujours ensemble… et pourtant jamais vraiment.

À la maison, c'est pareil. Vivre avec elle n'est pas si mal. Elle cuisine, nettoie derrière elle, passe ses soirées dans sa chambre ou dans le canapé avec Princesse, le regard rivé sur la neige, à travers les vitres.

Elle me laisse tranquille, et à la fois je sens une présence qui m'apaise…

J'ai toutefois pu constater, en deux semaines de cohabitation, que Lily n'a pas de vie sociale. Elle passe ses journées et ses nuits entre la maison et la patinoire. Les seules personnes avec qui je la vois interagir sont Piper, une autre patineuse, et le fameux petit ami masqué. Je le vois lui rendre visite parfois, même si je fais mine d'éviter son regard noir à travers la fenêtre.

J'imagine qu'aucun homme n'aime savoir que sa petite amie vit avec un autre.

– Bon. Je vais devoir rentrer, j'annonce en soupirant.

Aydan se plaint sous prétexte qu'il est encore tôt, il affirme que je suis devenu un vrai papi. Je dépose un billet pour payer ma tournée, et j'enfile mon manteau.

– Si je suis en retard demain matin, Scott risque de me botter le cul une bonne fois pour toutes.

Je suis surpris qu'il ne l'ait pas déjà fait.

Mon ami finit par partir aussi, si bien que je le dépose en voiture. Avant de claquer la portière derrière lui, il me lance :

– Sois gentil avec Lily. Qui sait ? Peut-être que tu seras surpris.

Je promets donc d'essayer.

– Je veux du *sexe*. De la *passion* et de *l'interdit*. Ce n'est pas trop demander, si ?

Je fronce les sourcils, tout comme Lily à mon côté. Nous échangeons un regard furtif, et je dois me retenir pour ne pas rire nerveusement.

On est vendredi. Francesca nous fait face, enveloppée dans un manteau de fourrure. Sa réputation la précède : elle a été ballerine, d'où les cours de ballet qui nous sont imposés depuis une semaine. Je n'ai jamais été aussi souple – et cassé – de ma vie.

– Votre programme libre était plus doux, plus aérien, reprend-elle. Pour votre programme court, on part sur un tango sensuel et endiablé qui rend hommage au burlesque. Une danse à deux corps… comme le sexe.

C'est ce que je redoutais le plus : le programme court. Et pas seulement à cause du rythme intense et dynamique de la mélodie.

La vérité, c'est qu'on maîtrise la technique. Lily et moi connaissons nos figures et nos pas, même les plus compliqués. Mais le côté créatif nous échappe encore. Il n'y a aucune magie… et je sais que c'est ma faute, parce que Lily fait une parfaite Odette jusqu'ici. J'ai juste du mal à rentrer dans mes personnages, à me laisser aller auprès de ma partenaire.

Parce que je passe mon temps à anticiper une possible chute, l'accident qui finira fatalement par arriver, la tragédie suivante.

Scott et Isabella désespèrent à mesure que notre première compétition approche, et nous aussi.

– Tu as déjà touché une femme, non ?

Je comprends trop tard que Francesca s'adresse à moi. Je bredouille, pris de court :

– Euh… oui.

– Tu n'as pas l'air sûr, commente-t-elle en me reluquant. Un homme, ça marche aussi.

Je ne sais même pas quoi répondre à cela.

– Pourquoi t'as peur de la toucher, alors ? Elle ne va pas te mordre.

Si elle savait !

– Justement, si.

– Il en a déjà fait l'expérience, grimace Lily pour plaisanter. Et pas dans le bon sens.

Je lui adresse une expression assassine, mais elle se contente de m'offrir un rictus malicieux. *Oh, ça l'amuse !*

Je sais que c'est le travail, que ça ne veut rien dire, que je dois faire le show comme tout autre acteur sur scène. Je l'ai déjà fait auparavant, ça n'a rien de difficile. Je sais faire semblant. Je sais prétendre la vouloir si fort que ça me tue, je sais forcer le désir sur mon visage. Et pourtant, avec Lily, cela me paraît insurmontable. Il y a encore trop de tension et trop de non-dits entre nous. Je n'arrive pas à la toucher parce que je sais qu'elle n'en a pas envie. Même la voix sexy de Christina Aguilera ne suffit pas à me donner la passion nécessaire pour prétendre.

– On réessaie une dernière fois ! N'oubliez pas de sourire, et Orion : je veux tes mains partout sur elle, tu m'entends ?

J'opine, tendu. Nous nous mettons en position tandis que Francesca partage des messes basses avec Scott et Isabella. Lily en profite pour froncer les sourcils et me demander :

– J'ai compris qu'on ne s'appréciait pas des masses, mais je te dégoûte à ce point ?

– Pardon ?

Je suis tellement confus que je ne sais pas quoi répondre. *S'est-elle un jour regardée dans la glace ?*

– On n'a pas le temps de jouer les timides, continue-t-elle en forçant ma main à descendre dans son dos. Je t'autorise à me toucher, alors arrête d'hésiter. On pourra revenir aux croche-pattes juste après, promis.

– Waouh. Tout de suite, ça m'excite.

Mon ton pince-sans-rire fait s'étirer ses lèvres.

– Et tu n'as encore rien vu.

Elle m'offre un clin d'œil au moment où la musique retentit et me vrille les oreilles. Agressé par la batterie mêlée au cor d'harmonie, je grimace.

Lily s'éloigne et patine en rythme, le sourire aux lèvres. Je devine qu'elle ne fait pas semblant, elle prend vraiment son pied. Ses yeux sont rivés sur moi, dangereux, lorsque ses lèvres miment les paroles à la perfection. Je ne crois pas qu'elle s'en rende compte, preuve que la musique a pénétré son âme et pris le pas sur sa réalité.

Hit it up, get it up, won't let your rest.
Hit it up, get it up, this is not a test.
Hit it up, get it up, gotta give me your best.
So get your ass up, show me how you burlesque.

On peine à croire qu'elle est en patins sur la glace, vu la rapidité et la fluidité avec lesquelles elle danse. Sa bonne humeur fait vaciller mon cœur et je me motive à suivre le mouvement, ne serait-ce que par esprit de compétition.

Je me mets presque à sourire à mesure que mon corps se laisse aller.

Francesca nous encourage, satisfaite, mais je suis concentré sur l'expression séductrice de Lily. Je force mes mains à la toucher, mais je peux encore sentir la distance entre nos deux corps.

– *Twist lift !* crie Isabella.

Nous patinons ensemble à reculons et, au signal de nos coachs, je pose mes mains sur les hanches de Lily. Les siennes recouvrent mes poignets tandis qu'elle coince la pointe de ses lames dans la glace pour l'aider à se propulser dans les airs.

Mon cœur accélère ses battements dans ma poitrine, il prend le pas sur la musique. Je lève les yeux vers ma partenaire, au-dessus de ma tête, qui effectue sa pirouette à la perfection. Elle garde ses bras près de son corps et croise les jambes pour tourner sur elle-même.

Je maintiens mes mains près de mes hanches, prêt à la rattraper, mais la peur prend possession de moi. Après trois rotations, Lily redescend à une vitesse terrifiante.

Je crains de la rater, angoisse que mes bras soient trop faibles. L'espace d'une seconde, je l'imagine se fracasser le crâne sur la glace.

L'image me percute de plein fouet et au moment où je veux rattraper Lily, je sais déjà ce qu'il va se passer. Ça ne rate pas, puisque son coude me heurte en plein nez. Le choc est tel que je vacille, grognant de douleur. Nous nous écrasons par terre avec force. J'essaie de lui protéger la tête avec la main, si bien qu'elle tombe sur mon bras.

Nous restons immobiles quelques secondes après la chute, silencieux.

– Merde… Ça va ? s'enquiert Lily en me libérant de son poids.

Sa main gelée se pose sur ma joue avant que je puisse répondre. J'écarquille légèrement les yeux, pris de court par sa proximité.

Je suis allongé sur le dos, son visage au-dessus du mien déformé par une expression inquiète. Quelques mèches noires se sont échappées de sa queue-de-cheval et sont collées à ses lèvres humides. Nos jambes sont entremêlées, son genou ayant trouvé un interstice entre mes cuisses. Une bouffée de son parfum se répand avec puissance, et je suis soudain distrait par la pression de son ventre contre le mien.

– Orion, répète-t-elle fermement. Tu m'entends ?

Je m'apprête à lui dire que je vais bien quand je remarque le sang sur ses gants. Une alarme horrifiante retentit dans mes oreilles et je me redresse trop vite, ma main fermement agrippée à son poignet.

Non. Non, non, non !

– Tu saignes. Scott ! je m'écrie avec panique. Lily est blessée ! Elle saigne !

Mes mains tremblent malgré mes efforts pour rester calme. Lily ouvre la bouche, l'air confus et trop calme à mon goût, mais je palpe son visage ainsi que son corps à la recherche d'une quelconque blessure.

– Orion, je vais b…

– Ne bouge pas, ça va aller ! je la rassure.

Je n'y crois pas moi-même, mais je suis incapable de faire autrement. Ça ne peut pas arriver, pas encore, *pas cette fois.*

Je le savais, je savais que ça arriverait, je n'aurais pas dû accepter un truc pareil !

C'est ma faute. La faute de Scott. Pourquoi j'ai fait ça ?

– Scott ! je crie de nouveau.

Plus fort, cette fois.

– Pas besoin de hurler, je suis juste à côté, bougonne celui-ci en arrivant à nos côtés, trousse de soins à la main.

Je lui montre le sang sur les mains de Lily, qui grimace sous l'étau de ma prise autour de son poignet.

– Orion, tu me fais mal, dit-elle calmement.

– Pardon…

Je desserre mes doigts sous le regard de Scott, qui me scrute moi au lieu de soigner Lily. Je lui demande ce qu'il attend, un peu sèchement, mais ma partenaire attrape mon menton de ses doigts délicats et rejette ma tête vers l'arrière.

– Je ne suis pas blessée, idiot. C'est toi qui saignes.

Hein ? Je veux lui demander si elle est sûre de cela, mais elle ne m'en laisse pas le temps.

– Je crois que je lui ai pété le nez avec mon coude, grimace-t-elle à l'intention de Scott.

Mon coach vérifie mon nez, posant ses doigts dessus, et soudain la douleur m'arrache un grognement animal. En conséquence, je peux sentir un liquide chaud couler le long de ma bouche. Je l'essuie avec ma manche avant d'y jeter un coup d'œil.

En effet, c'est bel et bien mon sang.

– Ce n'est pas cassé, affirme Scott avec soulagement. Ça va s'arrêter de saigner bientôt.

Lily m'aide à me relever, même si je n'en ai pas besoin. Je suis juste soulagé qu'elle soit saine et sauve. Elle aurait pu se faire très mal, vu la vitesse et la hauteur à laquelle elle tournait dans les airs.

Je n'ai pas su la rattraper correctement.

Et si je n'avais pas réussi à protéger sa tête à temps ?

– Bon, je crois qu'on va s'arrêter là pour aujourd'hui, dit Francesca dans un soupir exaspéré. Dormez bien. On se retrouve demain matin, motivés !

Une fois que mon nez s'arrête de couler, je vais prendre une douche, laissant l'eau brûlante apaiser mes muscles à vif.

Mes cheveux sont encore mouillés quand je retrouve Lily devant les portes, déjà prête à partir.

– Ça va mieux ? demande-t-elle d'un ton coupable.

Je sais très bien ce qu'elle ressent, car je l'ai éprouvé des centaines de fois : la peur et la culpabilité. Je ne le souhaite à personne, pas même à mon plus grand rival, c'est pourquoi je lui adresse un sourire railleur.

– Il en faut plus pour me faire peur.

Elle roule des yeux en reconnaissant ses propres mots, mais je peux voir l'amusement sur ses lèvres.

– Je sais de quoi ça a l'air, mais le coup de coude n'était pas intentionnel…

– Oh, je t'en prie ! je me marre en me dirigeant vers la voiture, le froid glacial fouettant mes joues. Je parie que t'as répété ton mouvement toute la semaine.

Lily fait mine de réfléchir tout en faisant tourner son bras à la manière d'une boxeuse.

– OK, j'avoue, j'y ai déjà pensé. Plusieurs fois.

– Bon à savoir. Et moi qui m'inquiétais que tu m'empoisonnes…

– Nooooon, dit-elle en secouant la tête, le regard paré d'une lueur sadique. Pas assez douloureux.

Note pour plus tard : ne plus jamais énerver Lily.

9

LILY

Décembre 2023, Montréal

Le Championnat du Canada est dans quinze jours, soit une semaine après Noël. Je pensais qu'on avait le temps, mais je me suis trompée. Les jours passent à une vitesse affolante, et soudain tout s'accélère. Alors que nous alternons répétitions, photos promotionnelles, interviews et essayages de costumes, une angoisse inconnue prend racine au fond de mon ventre, et j'ai beau méditer, elle refuse de partir.

Pour la première fois de ma vie, je stresse pour de vrai. Avec Orion, nous connaissons nos chorégraphies par cœur, ce n'est pas le problème. Mais je sais que notre manque de complicité nous désavantagera sur la glace, notamment face à des couples qui patinent ensemble depuis plusieurs années.

Malgré nos efforts, ni lui ni moi n'avons craqué. On dirait bien que ça va se faire, pour de vrai.

Néanmoins, il refuse toujours de me *toucher*. C'est un problème, et pas seulement parce que notre programme court est supposé être sensuel. Mais aussi et surtout parce que je dois pouvoir lui faire confiance lors des portés. Or, il essaie de le cacher mais je vois sa respiration se couper chaque fois qu'il doit me soulever dans les airs.

Il a peur.

Ça devrait être le contraire. Il est censé me rassurer, au lieu de quoi il me donne l'impression de ne pas être sûr de lui.

– Comment se passe la colocation ? nous demande la journaliste qui s'occupe de nous interroger avant le Championnat. J'ai entendu dire que vous viviez ensemble pendant le temps de la compétition. Ça me semble radical comme méthode, non ?

Scott et Isabella nous ont coachés avant. Orion et moi savons ce qu'il nous reste à faire : prétendre être les meilleurs amis du monde.

– Ça nous a beaucoup rapprochés, je réponds la première, mon bras frôlant celui d'Orion. J'étais sceptique au début, mais il faut croire que ça a porté ses fruits. On se connaît depuis peu, et pourtant… Je lui confie ma vie sans hésiter.

Je sens Orion se raidir contre moi. Je sais qu'il pense que je ne devrais pas. En levant les yeux vers lui, je vois son sourire perdre de sa superbe.

Il se reprend très vite et confirme au micro :

– C'est vrai. Même Princesse l'a adoptée en un clin d'œil, alors comment ne pas tomber sous le charme ?

La journaliste rit, et je fais de même par réflexe.

Quel beau parleur.

Nous devons maintenant prendre des photos de couple. Je me place à la droite d'Orion, légèrement devant lui. Sa main s'arrime à ma taille tout naturellement, dans un contact rassurant qui m'enracine dans le sol autant que dans la réalité. Son souffle balaye les cheveux dans ma nuque, et je frissonne.

– Vous êtes magnifiques, nous complimente la journaliste avant de partir. J'ai hâte de vous voir sur la glace.

Bordel. C'est bête, mais je prends conscience seulement maintenant à quel point c'est réel. Moi, Elizabeth Pham, je suis la nouvelle partenaire d'Orion Williams.

Nous formons officiellement un couple.

Et tout le monde se demande pourquoi.

Ça pourrait devenir blessant si je ne me posais pas moi-même la question.

Nous passons l'après-midi à chercher nos costumes dans les magasins spécialisés. Je ne suis pas certaine d'avoir assez d'argent pour rembourser Isabella, mais je ravale mon angoisse au fil des essayages.

– C'est la bonne, sourit celle-ci lorsque je sors de la cabine en affichant mon hésitation.

– Tu es sûre ?

Isabella me prend par les épaules pour me forcer à m'admirer dans le miroir en pied. Je reste bouche bée devant mon reflet.

Oh, waouh ! Elle a raison, c'est… parfait.

Je suis vêtue du même costume qu'on peut apercevoir dans *Le Lac des cygnes*, les chaussons en moins. Blanc comme la neige, le buste du justaucorps est recouvert de perles qui brillent à la lumière. Le tutu, quant à lui, est fait de plumes soyeuses qui volètent à chacun de mes mouvements.

Isabella tire sur la pince qui retient mes cheveux noir de jais. Je me contemple toujours lorsqu'ils tombent sur mes épaules, lisses et sombres sur ma peau pâle.

Ma mère serait heureuse de me voir si « féminine ».

– Ils vont t'adorer, assure Isabella avec un sourire chaleureux. Pas vrai, Orion ?

Je lève les yeux avec surprise pour découvrir mon partenaire devant sa propre cabine. Je ne l'ai pas entendu tirer le rideau, mais le voilà immobile comme un idiot… son regard planté sur moi.

L'intensité de celui-ci est telle que je me sens un peu rougir. Ses pupilles sont sombres et perçantes, sa mâchoire contractée au maximum. C'est idiot, mais il ne m'a jamais dévisagée de la sorte.

Comme une femme.

– Pourquoi tu ne les détaches pas plus souvent ? me demande-t-il en s'approchant.

Ses yeux glissent sur mes cheveux interminables, et soudain ses doigts s'accrochent à quelques mèches. Lorsqu'il se rend compte de son geste, il fronce les sourcils et son bras retombe.

Je tairai la sensation que ce simple geste provoque chez moi. C'est… nouveau. Étrange. *Inhabituel.*

Je dois déglutir avant de répondre, le poing serré :

– Parce que je suis toujours en train de patiner.

Cette fois, ses iris trouvent les miens, et sa réponse est quasi inaudible mais elle me parvient tout de même :

– Ils sont magnifiques. Je n'avais jamais remarqué.

Des papillons idiots battent des ailes dans mon cœur, mais je les fais taire immédiatement.

Stop, pause, pouce ! Qu'est-ce qu'il se passe, au juste ?

C'est Orion, bordel de merde !

Je n'ai pas oublié les mots qu'il a utilisés pour me décrire à Scott, lors de notre première rencontre. Ni même sa lâcheté lors des jours qui ont suivi. De tous les hommes sur cette planète, il faut que mon traître de corps se réveille auprès d'*Orion Williams* ?

Parce que j'ai besoin de changer de sujet, et vite, je déclare :

– Tu ressembles à Ron Weasley lors du bal de Noël de Poudlard.

Son expression blasée revient au galop, et je respire de nouveau. Ça, c'est familier. Ça, je peux gérer.

– Pourquoi Lily est mise en valeur et pas moi ? Elle a raison, j'ai l'air d'un clown, se plaint Orion en jetant un coup d'œil à son propre reflet.

Le pire, c'est que j'ai menti.

Il porte un pantalon sombre qui marque sa taille divine, ainsi qu'un haut drapé noir et blanc recouvert de sequins. La matière du tissu moule les muscles de son torse sec et lui donne une féminité qui me plaît énormément. Il a l'air puissant et vulnérable à la fois.

Je trouve que ça lui va très bien, au contraire.

Alors que le soleil se couche, nous continuons à chercher les tenues parfaites pour notre programme court. Cette fois, on veut quelque chose de plus coloré, plus sexy, et c'est ce qui me fait peur.

– Alors ? me presse Isabella derrière le rideau.

Je grogne en tentant d'enfiler la robe sélectionnée. Ça ne devrait pas être compliqué, étant donné ma quasi non-existence de poitrine et de fesses, mais le dos croisé du vêtement me donne du fil à retordre.

Quand je sors enfin, je suis presque essoufflée.

– Je crois que je vais avoir besoin d'aide pour l'enlever.

Elle est d'un violet profond, extra moulante, avec un décolleté orné de paillettes argentées qui descend dangereusement jusqu'à mon nombril. Évidemment, ce n'est qu'une illusion puisque le fin tissu couleur chair dissimule ce qu'il y a à cacher jusqu'à mon cou. Des franges façon Charleston tombent le long de mes hanches dans une mini-jupe improvisée. Ça fait très burlesque des années folles.

Je m'admire un long moment, un sourire aux lèvres. Je me sens sexy dedans, et ce malgré les formes qui me manquent. Ma mère m'a toujours dit que je ne devais pas complexer à ce propos, que c'était dans mes gènes et que je ne pouvais rien y faire. J'ai un corps de sportive, et je devrais m'en réjouir. Même si, je l'avoue, je n'aurais pas dit non à une taille de bonnet en plus.

– Vous m'en voulez, c'est ça ? demande Orion en sortant à son tour. Non mais dites-le tout de suite, ce sera plus simple !

Je me tourne vers lui, curieuse. Je me retiens de rire, mais il le voit tout de suite.

– On dirait un matador raté.

Orion regarde Scott de manière appuyée, levant les mains l'air de dire « Tu vois ! » puis il retourne dans sa cabine en soupirant.

Nous attendons tous les trois qu'il en ressorte avec une meilleure option, ce qui prend plusieurs minutes.

– Oh, j'adore celui-ci ! je m'exclame depuis mon siège.

Et c'est la vérité. Il porte un haut à manches longues violet aubergine, le tissu semi-transparent laissant entrapercevoir la peau de son torse. Il a un décolleté aussi, presque aussi profond que le mien, dont le col est recouvert de plumes et de paillettes argentées.

Il a l'air... majestueux. Comme un roi fae échappé d'un roman de fantasy.

Je me poste à côté de lui devant le miroir, et la manière dont nos costumes se complètent suffit à me laisser à court de mots. Orion aussi, car il se contente de soupirer.

– OK, va pour celui-là.

– On fête bientôt nos un an avec Lou, annonce Camelia en se maquillant à l'écran.

Je suis allongée sur mon matelas, mon téléphone posé contre un coussin.

Mes meilleures amies et moi organisons un FaceTime hebdomadaire pour être sûres de prendre des nouvelles, et pour cause : nous vivons toutes si loin les unes des autres !

Camelia est à Édimbourg, où elle est retournée après ses études en France. Son petit ami, Lou – un ancien détenu, rien que ça –, la tanne pour qu'ils habitent ensemble, mais elle refuse de céder.

Magnolia, plus communément appelée Nolia, réside depuis peu à Amsterdam. Après avoir été déshéritée par ses parents à cause de son déni de grossesse, elle a pris sa fille et s'est tirée aux Pays-Bas pour ouvrir une boutique de fleurs.

Et puis bien sûr, il y a Jasmine. Elle n'est pas seulement ma cousine, mais la sœur que je n'ai jamais eue. Et ce même si elle est restée vivre dans le sud de la France, où elle organise des mariages de rêve, et que je ne la vois pratiquement jamais.

– Tu lui as prévu un cadeau ? demande celle-ci, occupée à nettoyer le comptoir de sa cuisine.

Camelia finit de coiffer sa magnifique chevelure rousse, puis applique un rouge à lèvres prune.

– Un nouveau violon. Puisque l'ancien… dit-elle avant de s'interrompre. Bref. Celui-ci est comme neuf, et gravé à son prénom.

Puisque l'ancien a servi comme arme de crime est ce qu'elle ne dit pas.

Je veux faire une plaisanterie pour détendre l'atmosphère soudain morose, mais les cris de bébé provenant du téléphone de Nolia m'interrompent. Elle soupire, les yeux fermés.

– Nazeena refuse de dormir, explique-t-elle depuis son minuscule canapé. Ça fait dix jours. Je ne sais plus quoi faire.

Elle semble au bord des larmes, si bien que Jasmine et moi échangeons un regard inquiet. On a toujours su communiquer sans avoir besoin de formuler des mots.

– Je vais vous laisser, déclare Nolia en se levant. Camelia, profite bien de ta soirée et dis à Lou… que je ne le déteste plus trop. En tout cas, moins qu'avant.

Celle-ci sourit et finit par partir elle aussi. Seules Jasmine et moi restons au téléphone pendant une heure supplémentaire, à parler de nos vies respectives.

– Comment ça se passe, avec ta némésis ?

Je roule des yeux en pensant à Orion.

– Il est sorti ce soir, ce qui me fait des vacances. Je le soupçonne d'être en plein rencard.

Jasmine sourit, et je me demande soudain quel genre de filles Orion Williams invite à sortir. Il a l'air plutôt réservé, ainsi je l'imagine avec quelqu'un d'élégant et discret en société, mais sexy et confiant dans l'intimité.

Tout mon contraire, en somme.

– En parlant de ça… Je me suis inscrite sur une appli de rencontre, m'avoue soudain Jasmine.

Je me redresse tellement vite que le sang me monte à la tête. Même Princesse sursaute, subitement tirée de sa sieste.

– Vraiment ? Waouh… Tu te sens prête, alors ?

Jasmine hausse les épaules et fuit mon regard. Ses cheveux blonds décolorés sont attachés dans un chignon au-dessus de sa tête. Les mèches retombent parfaitement autour de son visage poupin. Ma cousine est si naturellement belle, on dirait une nymphe des bois.

– Pas vraiment. Mais je n'ai pas envie de me morfondre toute ma vie. Ça fait trois ans déjà.

Je hoche la tête. Elle a connu son ex-petit ami quand elle était au lycée. Ça a été le coup de foudre, le vrai, celui qu'on ne voit que dans les films. Ils se seraient mariés et auraient eu beaucoup d'enfants s'ils n'avaient pas rompu.

Personne ne sait pourquoi, encore aujourd'hui. Pas même moi.

C'est un sujet tabou.

– Andréa était ton premier amour… C'est normal que tu aies du mal à l'oublier.

– Tu devrais t'inscrire, toi aussi ! s'exclame-t-elle pour changer de sujet, le sourire aux lèvres. Pas de pression, bien sûr.

Ce n'est pas la première fois qu'elle veut me bousculer un peu, et ce ne sera pas la dernière fois que je refuserai.

– Non merci.

– Pourquoi ? Ça ne t'engage à rien.

– Je n'ai pas le *temps*, Jasmine. Tellement pas, en fait, que je m'arrange chaque matin pour faire plusieurs choses en même temps.

Elle fronce les sourcils sans comprendre. Je soupire et développe ce que j'entends par là.

– C'est simple. Je cale mon *mental breakdown* quotidien pendant mon petit déjeuner.

– S'il te plaît, ne me dis pas que tu pleures au-dessus de tes céréales…

– Figure-toi que le goût des larmes ajoute ce petit *quelque chose* au lait.

Ma cousine ferme les yeux et soupire, mais je continue en comptant sur mes doigts.

– Je me brosse les dents dans ma douche. Parfois, je dois choisir entre avoir les dents pourris ou les jambes rasées, parce que je ne peux pas faire les deux en même temps. Il m'arrive de prendre mon déjeuner aux toilettes de la patinoire, même si ça me dégoûte un peu…

– OK, stop. J'en ai assez entendu.

Je lui souris sereinement, consciente que ma vie a l'air terriblement triste.

– Tout ce que je dis, c'est que ça peut être drôle, ajoute-t-elle malgré tout. Tu as besoin de t'amuser un peu. Et qui sait ? Tu seras peut-être surprise.

– Je n'ai plus jamais été surprise depuis que Will Smith a giflé Chris Rock aux Oscars.

Jasmine hoche la tête, mi-amusée mi-atterrée par ma tentative d'humour.

– C'était il n'y a pas si longtemps, t'as encore de la marge.

Une fois que j'ai raccroché, je reste plusieurs minutes à scruter le plafond sans rien faire. La maison est déserte et silencieuse… Trop silencieuse.

Mes pensées divergent vers Orion le temps d'un court instant, probablement en train de mettre sa langue dans la bouche d'une fille, et cela suffit à me décider.

En moins de cinq minutes, je suis inscrite sur Tinder.

10

ORION

Décembre 2023, Montréal

Du plus loin que je me souvienne, je n'ai jamais aimé Noël.

Chaque année, c'est pareil. Montréal se met en fête dès le 1er décembre, du grand sapin Place Ville Marie aux différents marchés qui ouvrent leurs portes malgré des températures déplorables. Un manteau blanc s'attarde sur les rues, des guirlandes lumineuses recouvrent les façades de magasins, et des enceintes émettent du Mariah Carey dans tout le Vieux-Montréal.

La pauvre sort de l'oubli une fois par an pour chanter son célèbre « All I Want For Christmas Is You », puis elle disparaît de nouveau, sans manquer de donner rendez-vous l'année suivante… Je n'ai rien contre la dame, mais bordel, j'aimerais qu'elle se taise. C'est pourquoi je grogne de frustration en entendant Lily fredonner ladite chanson en sortant de sa chambre.

Faites que cette période passe au plus vite !

– Je dois aller en ville, m'apprend ma partenaire en enfilant ses bottes. Tu peux m'y accompagner en voiture ?

– Oh pardon, je crois qu'il y a eu confusion quelque part… Je ne suis pas chauffeur Uber.

Lily me fusille du regard, mais je me contente de lui sourire d'un air angélique. Pas question que je quitte la chaleur de mon feu de cheminée pour braver la tempête de neige qui menace.

– Allez, s'il te plaît, insiste-t-elle en joignant ses mains devant elle. Je n'ai toujours pas acheté mon cadeau pour le *Secret Santa*, et le réveillon, c'est demain !

Merde. J'avais complètement oublié ce truc idiot !

Je soupire en me pinçant l'arête du nez, ennuyé. C'est Scott qui a eu l'idée d'organiser un Secret Santa parmi tous les patineurs du club. En même temps, qui d'autre aurait pu proposer un truc pareil ?

J'ai essayé de me dérober, en vain. Et avoir de la chance, ce n'est pas trop mon truc…

J'ai évidemment pioché le nom de quelqu'un que je ne connais pas.

J'ai tellement voulu éviter la « magie de Noël » cette dernière semaine que j'ai oublié de faire mes propres emplettes.

– Tu as eu qui, d'ailleurs ? demande Lily d'un air curieux. Si tu me le dis, je te le dis.

– Un type nommé Duncan. Et toi ?

Ma partenaire m'offre un rictus carnassier avant de lancer :

– Pas tes affaires.

Parce qu'elle m'a arnaqué sans aucune honte, je décide de la laisser se débrouiller toute seule pour se rendre en ville.

– Scott a raison de t'appeler le Grinch, rechigne-t-elle en croisant les bras. Personne ne déteste Noël, sauf les sociopathes et les gens seuls.

Bingo.

Elle ne se rend pas compte de ce qu'elle vient de dire et continue, sans reprendre sa respiration :

– Noël, c'est le moment le plus magique de l'année. Les gens sont heureux, ils s'entraident et se retrouvent en famille. On se fait des cadeaux, on mange à s'en faire péter le bide... Qu'est-ce qu'on peut détester, là-dedans ? Arrête un peu de jouer les rabat-joie.

En effet, qui n'aime pas se retrouver en famille ?

Tu l'as dit la première, Lily : les gens seuls.

Je ne sais pas ce qui me convainc, son air désespéré ou sa pique involontaire, mais je suis debout en un rien de temps.

– OK, mais on fait vite.

– Promis ! s'écrie-t-elle avec joie. Ça ne prendra pas plus de quinze minutes.

❄

Évidemment, nous y passons plus de deux heures.

J'aurais dû m'en douter. Je ne sais même pas pourquoi j'ai décidé de faire confiance à Lily.

C'est un cauchemar éveillé. Mariah Carey hurle son hymne tandis que nous marchons côte à côte sur le trottoir. Des touristes découvrent la ville en calèche, ce que déplore ma partenaire en bougonnant :

– Pauvres chevaux...

Je l'attends dehors tandis qu'elle fait le tour des boutiques à la recherche d'un cadeau potable. L'ambiance de Noël suinte de partout, ce qui me met mal à l'aise. Mes yeux s'attardent sur des couples qui se tiennent la main en partageant un verre de vin chaud, ainsi que sur leurs enfants, qui traînent leur luge derrière eux.

– Tu sais déjà ce que tu vas prendre à Duncan ? me demande soudainement Lily, de retour.

Je jette un coup d'œil au sac qu'elle tient dans la main, intrigué. Je me demande vraiment qui elle a bien pu piocher pour le *Secret Santa*. Je sais au moins que ce n'est pas moi, sans quoi elle ne se donnerait pas toute cette peine.

– Non, j'avoue en fourrant mes mains dans mes poches. On peut rentrer, maintenant ?

J'ignore le regard qu'elle me rend et me dirige vers la voiture, que j'ai garée dans un parking payant. Mais au moment d'ouvrir la portière, sa main attrape mon bras et elle m'entraîne à sa suite avec une force que je ne lui aurais pas soupçonnée.

– Pas avant d'avoir acheté le dîner !

Je l'avoue, je me laisse tenter par la douce odeur de nourriture... Je traîne des pieds pour la forme, mais la vue du marché me fait saliver.

L'endroit est bondé de monde, ce qui m'agace au début, mais plus les minutes passent, et plus je me laisse aller. J'observe sans rien dire. Lily a raison : les gens ont l'air heureux. Tout le monde sourit. Certaines personnes se tapent la bise à la française, d'autres sympathisent autour d'un chocolat chaud au-dessus d'un tonneau de bois. Je me sens presque de trop. J'ai l'impression que tout le monde sait que je suis un intrus ici. Que je serai toujours étranger aux célébrations familiales, qu'importe mon envie de m'y intégrer.

– J'ai promis à ma mère que je ramènerai une tourtière pour le réveillon, m'apprend Lily en grimaçant, prête à faire son achat. Techniquement, elle n'a pas précisé que je devais la cuisiner.

Je hume l'odeur de la tarte à la viande, affamé. Lily me demande si j'en veux une « pour épater ma mère », mais je secoue la tête. À la place, j'achète des sucettes au sirop d'érable, que je vais probablement terminer en une soirée.

Malgré mon malaise, je me laisse aller à l'expérience et, bientôt, me voilà en train de rire aux côtés de Lily Pham, en plein marché de Noël.

Quand nous revenons à la maison, Princesse nous attend de pied ferme. Je lui offre quelques bonbons pour chien, qu'elle dévore en deux coups de crocs, avant d'aller prendre une douche.

– Ne te fâche pas, d'accord ?

C'est ce que me demande Lily quand je reviens au salon, seulement habillé d'un pantalon de pyjama et d'un sweat-shirt noir *oversize*.

– Qu'est-ce que t'as fait ? je soupire en la rejoignant près de la cheminée suspendue. Je te préviens, je ne vais pas récupérer tes cheveux dans le tuyau de la douche... J'ai failli vomir la dernière fois.

Je réprime un frisson à ce souvenir. Lily secoue la tête, cachant quelque chose dans son dos. Son air coupable ne me dit rien qui vaille...

– Tada ! s'écrie-t-elle en brandissant un truc vert poilu.

Il me faut quelques secondes pour comprendre de quoi il s'agit. *C'est une blague ?*

– Range ton regard noir, Monsieur Scrooge.

– Qu'est-ce que ça fait chez moi ? je demande en pointant du doigt le sapin miniature.

– J'ai pensé qu'un peu de magie ne nous ferait pas de mal. Je sais que tu n'aimes pas cette fête, mais...

Sa voix se brise légèrement. J'attends pour la laisser trouver ses mots.

– C'est la première fois que je célèbre Noël sans sapin, avoue-t-elle. Chez moi, on le décore tous ensemble. C'est une tradition. Même quand j'ai déménagé, mes parents débarquaient chez moi pour le faire, en trouvant tous les prétextes de la terre. Je faisais semblant de détester ça, mais...

Elle hausse les épaules sans terminer sa phrase.

Mon cœur flanche devant son expression nostalgique. Je ne connais pas assez Lily pour savoir quelle relation elle entretient avec sa famille, mais je devine tout de suite que nous sommes différents sur ce point.

Elle en a une, pour commencer. Et elle y tient, de toute évidence.

– Je n'ai pas le nécessaire, je déclare pour justifier mon refus.

Lily m'offre une grimace avant de secouer sous mes yeux le sac avec lequel elle m'a rejoint tout à l'heure. Lorsqu'elle en déballe le contenu sur le sol de mon salon, je comprends enfin pourquoi elle a passé tant de temps dans les magasins : elle a dévalisé les rayons des décorations de Noël.

Ça ne devrait pas, mais ça m'amuse.

– Tu es au courant que le sapin que t'as choisi fait à peine un mètre ? Où tu vas mettre tout ça ?

– J'ai été optimiste, j'avoue... Mais je me suis dit que tu accepterais plus facilement s'il ne prenait pas beaucoup de place.

Elle a eu raison.

Je n'arrive pas à croire que je suis en train de faire ça... mais je comprends que c'est important pour elle. *Oh, et puis merde !* Après tout, Noël c'est demain. Le sapin ne restera pas longtemps. Deux jours, max.

– OK, je cède enfin.

Le sourire que Lily m'adresse en retour me surprend tellement que je dois cligner des yeux à plusieurs reprises. J'ai eu tort de la qualifier de « très jolie » la première fois que je l'ai vue.

De près, Lily est à couper le souffle.

Plus encore quand elle sourit.

Nous nous mettons à la tâche, « Santa Tell Me » en fond sonore sur le téléphone portable de Lily. Nos silhouettes en mouvement se reflètent dans la baie vitrée, qui nous laisse entrevoir la neige tombant en flocons épais dans la nuit.

– Je m'occupe des guirlandes, déclare Lily. Tiens, je te confie les boules.

J'accepte les petites boules de Noël multicolores qu'elle me tend, sans savoir quoi en faire.

Gêné, je cherche alors un sujet de conversation et lui demande si elle a une grande famille.

– Pas vraiment. La plupart de mes oncles, tantes et cousins résident encore au Viêt Nam.

– Ils ne te manquent pas trop ?

– Bof, avoue-t-elle en haussant les épaules. On n'est pas tellement proches. Ma cousine préférée, Jasmine, vit en France. Elle me manque beaucoup, en revanche…

Je hoche la tête, mémorisant chaque information. C'est la première fois que Lily et moi partageons ce genre de moment à cœur ouvert. Et ce n'est pas aussi gênant que je l'aurais pensé.

– Et toi ? Parle-moi de ta famille !

Ugh. Je n'aime pas faire ça : évoquer ma vie. Seuls mes proches – Harper, Scott, Aydan – connaissent ma situation familiale. Pourtant, ce n'est pas un secret bien gardé. C'est juste… fatigant de devoir toujours affronter la pitié dans les yeux des gens. Et pire encore quand la méfiance remplace celle-ci. Quand de victime je me transforme en menace.

– Mon père est mort quand j'étais bébé, j'annonce d'un ton tranquille. Accident de la route. L'autre conducteur était bourré.

Lily s'interrompt dans ses mouvements, livide. Je lui offre un mince sourire pour lui faire comprendre que tout va bien.

Pour être honnête, je n'ai aucun souvenir de mon père. Je ne garde comme image de lui que les photos qui recouvraient les murs de notre maison. Toutefois, ma mère m'a toujours dit que j'avais vécu ça comme un abandon.

– Oh… Je suis désolée, Orion.

– Ce n'est rien.

– Et ta maman ? demande-t-elle avec espoir.

Une chaleur familière remplit mon cœur à sa pensée. *Ma mère adorée.* La femme qui m'a élevée seule, comme elle a pu. Nous étions pauvres, mais je ne l'ai jamais ressenti. Nous étions heureux…

Pendant un temps.

– Elle est morte elle aussi, quand j'avais neuf ans.

Les yeux de Lily s'embuent de larmes, même si elle semble se forcer à ne pas les faire tomber.

Elle doit regretter d'avoir évoqué mes parents et d'avoir blagué sur le fait que je sois seul. Peut-être même se dit-elle qu'elle n'aurait pas dû poser la question. La vérité, c'est que je lui en suis reconnaissant. Je n'ai jamais l'occasion de parler de ma mère avec les autres. Ça fait du bien. Ça me rassure, aussi… De voir que je ne l'ai pas oubliée.

– Tu veux m'en dire plus ? demande Lily d'une petite voix.

Je m'apprête à répondre que non, mais voilà que j'ouvre la bouche pour lui décrire l'enfance dont je me souviens. Et elle m'écoute attentivement, un vague sourire sur ses lèvres.

Je lui raconte que je n'avais que trois ans quand j'ai vu un spectacle de patinage artistique pour la première fois. En voyant mon regard émerveillé, ma mère n'a pas hésité à travailler plus d'heures pour pouvoir me payer des cours. Je lui serai toujours reconnaissant d'avoir tout sacrifié pour ma passion. C'est l'année de mes huit ans que j'ai commencé mes premières compétitions. Elle m'a applaudi lors de la première. Je me rappelle encore de ses yeux embués de larmes et de fierté.

– « Tu brillais de mille feux », m'a-t-elle félicité en rentrant. Je lui ai répondu que je voulais être le meilleur et gagner plein de médailles quand je serais grand.

– C'était donc prophétique, rigole Lily en ramenant ses genoux sous son menton. Comment a réagi ta mère ?

Elle m'a souri tandis que je dévorais mon goûter. Je ne me suis pas attardé sur ses yeux remplis de larmes à l'époque, je pensais qu'elle pleurait de joie parce que j'avais gagné ma première médaille.

– « Maman est fière de toi, Petite Étoile. » Voilà ce qu'elle a dit.

L'année d'après, j'ai perdu ma mère. Elle a été emportée par une leucémie.

Ça aussi, je l'ai vécu comme un abandon.

J'ai vécu avec ma tante jusqu'à ma majorité. Tout le monde pensait qu'avec mon passif je deviendrais un gamin timide et perturbé. J'ai surpris tout le monde en devenant un ado sociable et lumineux. Je me suis noyé dans le patinage parce que c'est ce qui me rendait heureux… parce que c'est ce qui me faisait penser à ma mère.

Quand je patine, je me sens proche d'elle.

Après sa mort, j'ai pris l'habitude que les adultes parlent doucement en pensant que je ne les écoutais pas. On croit tout le temps que les enfants ne comprennent rien, mais c'est faux.

Le jour de son enterrement, pour la première fois, j'ai entendu le mot qui me suivrait toute ma vie. *Maudit.*

« Le gamin n'a vraiment pas de chance… Perdre son père et sa mère à quelques années d'intervalle ! »

Perdre. Quel choix de mot étrange. Quand on perd quelque chose, on a encore espoir de le retrouver. Les gens qui disparaissent ne reviennent jamais.

Je n'ai pas perdu mes parents, ils sont morts.

– Et ta tante ? me questionne Lily. Vous n'êtes pas proches ?

– On est toujours en contact… Mais elle a déménagé en Allemagne avec son compagnon, alors c'est difficile de se voir.

L'expression de Lily me permet de deviner ses pensées. Elle se rend compte d'à quel point je suis seul. Même une partenaire, je n'arrive pas à la garder plus d'un an !

Quand la première, Nicky, a eu son accident lors de l'une de nos répétitions… J'ai repensé à cette fameuse phrase. Je n'avais pas de chance. C'était un fait, et il fallait que je trouve un moyen de vivre avec. Malgré tout, chaque fois que j'ai perdu une partenaire, le sentiment d'abandon est revenu.

Est-ce aussi pour cela que ma mère m'a quitté ? Parce que je n'avais « pas de chance » ?

– Mais alors... Avec qui tu passes Noël ?

Personne.

Je ne fête plus Noël depuis mes neuf ans, tout simplement parce que je n'ai personne avec qui le fêter.

Évidemment, ce n'est pas ce que je réponds à Lily.

Je lui offre un sourire éclatant avant de mentir sans scrupules :

– Harper et son mari m'ont invité à passer la soirée du réveillon chez eux.

Techniquement, c'est vrai. J'omets juste le fait que j'ai refusé. Je compte rester ici en tête à tête avec Princesse, et commander à manger devant le dernier film Marvel.

– D'accord... J'allais te proposer de venir à la maison, sinon.

– Waouh. Je croyais qu'on se détestait ? je plaisante pour détendre l'atmosphère.

Elle ne rebondit pas à ma blague. À la place, elle se contente de me fixer des yeux. A-t-elle pitié ? L'image qu'elle se fait de moi a-t-elle encore changé ?

– En tout cas... Je trouve qu'on s'est très bien débrouillés.

Elle attire mon regard vers notre « magnifique » sapin, qui penche dangereusement sur le côté sous le poids des boules. Les guirlandes sont si longues qu'on a dû les enrouler environ six fois autour. En bref, ça ne ressemble à rien.

Lily et moi éclatons de rire.

Finalement, ce n'était pas si mal.

Peut-être est-ce le début d'une nouvelle tradition...

11

LILY

Décembre 2023, Montréal

Du plus loin que je me souvienne, j'ai toujours aimé Noël.

Une année sur deux, ma famille et moi le passons au Viêt Nam, où les rues d'Hanoï et d'Hô Chi Minh-Ville s'illuminent et s'animent pour l'occasion. On peut y voir le père Noël sur son traîneau et des maisons recouvertes de guirlandes lumineuses… Mais mon moment préféré, c'est la messe de minuit.

Jane refuse de l'admettre, mais je suis sûre qu'au fond il aime Noël, lui aussi. Parce que nous nous ressemblons sur un point : notre famille, c'est tout pour nous.

Le réveillon, c'est l'occasion de se retrouver et de dire à nos proches qu'on les aime.

– Lily, Jane, mettez-vous devant le sapin ! s'écrie ma mère en brandissant son téléphone portable. Je vais vous prendre en photo.

Mon frère grogne, la bouche pleine. Il est trop occupé à manger l'apéritif que *Mẹ* s'est donné du mal à préparer aujourd'hui.

– Est-ce qu'on est vraiment obligés ? se plaint-il. Au pire, tu n'auras qu'à me photoshoper dessus…

Ma mère lui lance un regard noir qui le fait vite bouger du canapé.

Je pose à ses côtés devant le sapin familial, l'esprit ailleurs. Je suis contente d'être là ce soir, mais je ne peux pas m'empêcher de penser à Orion. Je suis partie avant lui, après qu'il m'a assuré une nouvelle fois qu'Harper et son mari l'attendaient.

« Tiens », ai-je dit en lui tendant un paquet que j'avais pris soin d'emballer. « C'était toi, mon *Secret Santa.* » Il a pris la petite boîte dans ses mains, un peu surpris par mon ordre : « Ne l'ouvre pas avant demain matin, je te préviens ! »

En guise de réponse, il m'a offert un sourire chaleureux.

– Et dire que j'ai refusé d'aller à une fête pour être là avec vous, grommelle mon frère. Vous avez de la chance…

J'ai beau savoir qu'il n'en pense pas un mot, sa blague me pique au vif.

– Tu devrais t'estimer heureux d'avoir quelqu'un chez qui passer Noël, je rétorque tandis que notre mère nous mitraille de photos qui, je le sais, seront pour la plupart floues. Pour certains, c'est la pire période de l'année et nous on est là à afficher notre bonheur sous leur nez… C'est toi, qui as de la chance.

Jane se tourne vers moi, surpris par mon ton sec. Il précise qu'il plaisantait, mais je me contente de quitter la séance photo pour m'isoler dans la cuisine, où papa nous sert à boire.

Il s'est fait tout beau pour l'occasion, et je sais que maman y est pour quelque chose.

– *Mọi chuyện ổn chứ*[1] *?* me demande-t-il, le front plissé.

Je hoche la tête en sortant mon téléphone portable de ma poche. Pas de nouveau message. Orion a probablement dû partir chez ses amis, depuis le temps. Il est déjà vingt-deux heures. On a eu le temps de manger, même s'il nous reste encore notre karaoké annuel… Avant l'ouverture des cadeaux demain matin.

1. « Tout va bien ? », en vietnamien.

J'envoie un « Joyeux réveillon, les filles ! » à mes meilleures amies, puis je vais faire un tour sur le compte Instagram d'Harper. Je sais qu'elle est très active sur les réseaux sociaux depuis qu'elle est mariée.

Je jette un coup d'œil à ses *stories*, ne serait-ce que pour apaiser ma conscience et m'assurer qu'Orion passe une bonne soirée. Mais je tombe des nues en voyant que mon partenaire n'apparaît sur aucune des photos. De toute évidence, Harper et son mari sont seuls ce soir.

– Il m'a menti, je souffle sans y croire. Le crétin.

Aurais-je dû rester chez lui pour lui tenir compagnie ?

Non, stop. On n'est même pas amis ! Ce n'est pas mon problème.

Mon frère débarque après avoir débarrassé les premières assiettes. Je sens son regard sur moi, mais je l'ignore. Ce n'est que lorsque nous sommes seuls qu'il s'assied en face de moi et lance :

– Qu'est-ce qu'il te prend ? Ça ne va pas ?

Je soupire en croisant les bras sur ma poitrine.

– Je culpabilise d'avoir laissé Orion tout seul pour Noël.

– Pourquoi ? C'est un grand garçon.

– Il n'a aucune famille… Et très peu d'amis, maintenant que j'y pense.

C'est seulement en le disant que je me rends compte à quel point ma présence a dû le chambouler. Orion est habitué à vivre sans personne. À cacher sa solitude à la face du monde.

J'ai bousculé toutes ses habitudes.

Jane prend un air peiné avant de faire glisser une boîte joliment emballée sur la table. Je l'interroge du regard, ce à quoi il répond :

– C'est ton cadeau.

– Pourquoi tu m'offres ça maintenant ? Tu sais très bien que maman déteste qu'on les ouvre avant le 25 au matin.

Quand nous étions petits, Jane voulait toujours qu'on reste éveillés pendant la nuit dans l'espoir de prendre le père Noël en flagrant délit. J'avais six ans quand il m'a convaincue d'ouvrir tous les cadeaux posés au pied du sapin… Le lendemain, on a fait croire aux parents que c'était la faute des lutins, qui nous avaient hypnotisés, mais bien sûr, on a fini punis.

– Je sais, dit Jane avec un doux sourire. Mais quelque chose me dit que tu ne resteras pas jusque-là.

Il a raison. Ma conscience a déjà décidé de rentrer tôt, parce que même si Orion est ce qu'il est – agaçant et snob –, il a réussi à toucher ma corde sensible. Je tire donc sur le ruban qui décore la boîte blanche, puis j'en soulève le couvercle avec curiosité. *Oh, waouh !*

Je m'empare des lames, légères dans mes mains. Ma bouche est grande ouverte, ce qui fait sourire Jane.

– Dans le mille, dit-il avec fierté. Ce sont des…

– Eclipse Pinnacle Titanium, je termine à sa place. C'est celles que je voulais !

– Je sais.

Mais… elles coûtent au moins cinq cents dollars !

Je les inspecte sous toutes les coutures, le cœur battant. Elles sont sublimes.

– Elles sont gravées, ajoute mon frère. Regarde.

Il pointe du doigt l'avant de la lame, où je peux y lire mes initiales élégamment inscrites : E.P. *Elizabeth Pham.*

J'en pleurerais presque. À la place, je me lève pour étreindre mon frère avec force. Jane offre toujours les meilleurs cadeaux, c'est injuste.

– Merci. Je les adore.

– T'as intérêt à gagner avec, maintenant ! Allez, file. Je dirai aux parents que t'as eu une urgence.

Je dépose un bisou sur sa joue, qu'il accueille d'une grimace faussement dégoûtée, et je vais récupérer mes affaires en douce.

Je ne réfléchis pas à ce que je suis en train de faire.

Je fonce, c'est tout.

Il s'est endormi.

Il est vingt-trois heures quand j'arrive enfin chez Orion. J'ai tout de même pris le temps de piquer deux parts de tarte pour lui en apporter.

Mais ce que je trouve en passant la porte me fait m'arrêter net. Mon partenaire est allongé dans le canapé face à la télé, qui continue à diffuser un match de hockey. Ses yeux sont fermés et sa bouche légèrement entrouverte, la télécommande toujours fourrée dans sa main. Même Princesse ronfle profondément, posée dans le creux des jambes repliées de son maître.

Mes yeux tombent sur sa tenue – la même que quand je suis partie – ainsi que sur les restes de nourriture sur la table.

Il n'a jamais eu l'intention d'aller chez Harper.

Il ne voulait pas m'inquiéter, c'est tout. Ou alors avait-il peur que je ne le prenne en pitié ?

Je retire mes chaussures en silence et vais récupérer la télécommande, doucement, pour baisser le son. Ce faisant, je me retrouve tout près de son visage.

Quelque chose, je ne sais quoi, me force à m'attarder. Me voilà donc accroupie devant lui… Il a l'air tellement paisible. Comme ça, il semble aussi inoffensif qu'un papillon. Comment peut-il croire qu'il est maudit, sérieusement ? Je le connais très peu, mais je commence à penser qu'Orion Williams préférerait se blesser lui-même plutôt que de faire du mal à quelqu'un.

Je le regarde dormir quelques minutes, bercée par sa respiration profonde, avant de m'asseoir par terre. Le dos contre le canapé, je me laisse aller à fermer les yeux.

Je suis crevée, moi aussi.

Je suis réveillée par quelque chose de mouillé sur mon visage. Je papillonne des yeux, confuse, avant de comprendre que Princesse est en train de me lécher l'oreille.

– Berk… Va faire ça à ton maître, tu veux ? je bougonne, à moitié endormie.

Où suis-je ? Quelle heure il est ? Je rouvre enfin les paupières… et sursaute de stupeur. Le visage d'Orion emplit ma vision périphérique, un sourcil arqué et des lèvres incurvées vers le haut.

– La Belle au bois dormant daigne enfin se réveiller… J'étais tenté de te porter jusqu'à ton lit, mais je n'étais pas sûr que tu en aies envie.

Je me redresse en essuyant le coin de ma bouche, où j'ai légèrement bavé. Je comprends tout de suite que je suis encore dans le salon, assise sur le sol près du canapé. Mais cette fois, la lumière du jour perce la baie vitrée.

– Qu'est-ce que tu fais là, Juste Lily ? C'est Noël, tu devrais être en famille.

– Je pourrais te poser la même question, je riposte en le fusillant du regard.

En me levant, je vois que la télé est éteinte et qu'une petite fée du ménage a rangé les affaires que j'avais laissées par terre en arrivant. Je le soupçonne même d'avoir mis au frais les restes de tourtière.

Je rougis en l'imaginant vaquer à ses occupations pendant que je ronflais et bavais.

– Bah… Je vis ici, plaisante-t-il, les mains dans ses poches.

– Tu m'as dit que tu irais chez Harper. T'es qu'un menteur.

Orion semble étonné par mon reproche. Doucement, un sourire étire sa bouche pulpeuse.

– C'est pour ça que tu es revenue plus tôt ? Parce que tu t'inquiétais pour moi ?

– Pas du tout.

– Je rêve ou… tu commences à m'apprécier, Elizabeth Pham ?

– Je confirme, tu rêves !

Je saisis la boîte que Jane m'a offerte, puis je la cale sous mon bras avant de me diriger vers ma chambre. Revenir ici était une erreur. De toute évidence, Orion n'a aucun problème à rester seul le jour de Noël. J'avais oublié à quel point il peut être agaçant.

– Je ne suis pas le seul menteur dans cette maison, je l'entends murmurer d'un ton amusé.

Je l'ignore, mais soudain sa main rattrape mon poignet et me force à faire volte-face. Je remarque qu'il tient le cadeau que j'ai acheté pour lui.

– J'ai tenu parole, même s'il m'a nargué toute la soirée, déclare-t-il tout bas. Je peux l'ouvrir, maintenant ?

Je hoche la tête en lui précisant que ce n'est rien de spécial. D'ailleurs, c'est même idiot. Orion ne semble même pas m'écouter tandis qu'il déchire le papier cadeau avec hâte.

Je déglutis en m'inquiétant de sa réaction lorsqu'il découvrira son contenu. Je m'attends à ce qu'il me jette un regard noir, mais à ma plus grande surprise, il éclate d'un rire sincère.

Il s'agit d'un tee-shirt pour chien, sur lequel est écrit : « Mon maître est l'idiot au bout de la laisse. »

– Je l'adore, dit Orion en souriant, et je sais qu'il le pense. Merci.

Ses yeux se reportent sur moi tandis qu'il ajoute : « Joyeux Noël, Lily. »

Je suis contente d'être revenue, finalement. Ne serait-ce que pour lui avoir provoqué ce sourire.

– Joyeux Noël, Orion.

12

ORION

Décembre 2023, Montréal

Je savais que je n'aurais pas dû venir.

Trois jours après Noël, Aydan me traîne dans un concert électro d'un artiste inconnu au bataillon. Comme d'habitude.

– Abigail ramène une copine à elle, m'a-t-il prévenu juste avant qu'on s'y retrouve. Elle s'appelle Nora. Totalement ton style.

Je n'ai pas osé lui demander quel était mon style d'après lui. De toute évidence, j'aurais dû, car une seule minute en présence de Nora suffit à me convaincre qu'accepter était une erreur. Elle est très jolie, ce n'est pas le problème. Mais elle passe de longues minutes à m'expliquer quelque chose sans que je réussisse à comprendre le sujet de la conversation. Et que dire de ses faux ongles qui s'enterrent dans la chair de mon bras chaque fois qu'elle se presse contre moi ? J'en aurai probablement des bleus demain.

– Tu t'amuses ? me demande Aydan lorsque les filles s'absentent pour aller aux toilettes.

Je lui pique sa bière pour la terminer d'une traite. Mon ami grimace en tapotant mon épaule, amusé.

– Disons que j'aurais passé une meilleure soirée en compagnie de Princesse.

– Princesse est un chien. Aie un peu de dignité, mec.

Je hausse les épaules sans rien répondre.

La vérité, c'est que je n'ai plus l'habitude de sortir. Après m'être terré chez moi pendant trois ans, je ne suis plus sûr d'aimer faire la fête dans des endroits pareils : sombres, étroits et bruyants, avec des corps pressés les uns contre les autres et une odeur de sueur mélangée à celle de l'alcool qui colle sous la semelle de mes chaussures.

La musique tape violemment contre mes oreilles, et bordel je n'ai aucune idée de comment on est censé danser sur un truc pareil sans avoir l'air d'être électrocuté !

– T'es devenu un vrai grand-père, se plaint Aydan.

Je me retiens de lui répondre que Lily me tuera si je rentre de nouveau bourré au milieu de la nuit. Je sais comment ça sonne : Lily n'est pas ma petite amie. Je fais encore ce que je veux.

Mais notre première compétition approche et… je crois que je n'ai pas envie de la décevoir.

– Merci pour ton élan de charité, mais ce n'est pas nécessaire.

– Crois-moi, tu as bien besoin de sortir un peu, insiste mon ami. Tu as de la chance que je me dévoue malgré mon emploi du temps chargé.

Je m'apprête à partir, mais sa main sur mon bras me retient.

– À quand remonte ta dernière baise ? demande-t-il avec un sourire curieux mais patient. Et je ne te parle même pas d'une *bonne baise*. Je te parle juste de la dernière.

Je passe une main fatiguée sur mon visage. Je ne suis pas choqué, j'ai l'habitude d'avoir ce genre de conversation avec Aydan. Je crois avoir tout entendu venant de sa bouche. Mais réfléchir à sa question me fait comprendre qu'il a raison : si je ne m'en souviens même pas, c'est que c'est grave.

– Six mois ? Je crois.

Aydan jure dans sa barbe dans une expression mi-douloureuse mi-compatissante.

– Je comprends mieux pourquoi t'es si casse-couilles.

Je me retiens de lui dire que je m'occupe parfaitement de mes besoins sexuels tout seul, même si c'est devenu plus risqué depuis que Lily vit avec moi. Le seul moment où je peux m'octroyer un semblant de plaisir, c'est lors de ma douche du matin… enveloppé de l'odeur de son shampoing après son passage.

– Tu as besoin de sortir ton petit biscuit de son paquet.

– S'il te plaît, n'appelle pas mon engin un « petit biscuit ». Ça me dégoûte sérieusement.

Je pense soudain à mon lit doux et moelleux, qui m'attend à la maison, ainsi qu'aux restes de dîner que Lily laisse toujours pour moi dans le frigo, même si elle ne le dit jamais clairement.

– Tout a une date de péremption, continue Aydan. Peut-être que c'est pour ça que tu n'arrives pas à te laisser aller avec Lily. Tu as oublié comment on fait.

– Crois-moi, je n'ai pas oublié.

Je saurais très bien comment faire. Je saurais comment la toucher, comment la dévorer des yeux dans sa tenue rouge et sexy, comment lui arracher ses vêtements. Ce n'est pas le problème.

J'ai juste… peur. Peur de faire quelque chose qui ne lui plairait pas.

– Nora est sexy. On ne te demande pas de lui passer la bague au doigt, reprend Aydan avant que les filles nous rejoignent. Elle n'en attend pas autant, je te rassure.

Je ne réponds rien, car soudain Nora et Abigail nous prennent par la main en criant par-dessus la musique : « Venez, on va se rapprocher de la scène ! » Je ne suis pas certain que ce soit judicieux vu le monde agglutiné là-bas, mais tant pis. Je me laisse aller malgré la fatigue, laissant de côté Lily, Princesse et le patinage.

Rien qu'une soirée.

Tout le monde danse et chante, et l'espace d'un instant, je comprends pourquoi Aydan a tenu à m'amener ici.

C'est grisant. Chacun passe un super moment. Les visages arborent des sourires galvanisés. Le temps est comme suspendu.

– Tu danses ? me propose Nora au creux de mon oreille, ses ongles interminables éraflant la peau de ma nuque.

Je dois lui faire répéter sa question au moins trois fois. Le bruit qui s'échappe des enceintes est indécent. Je ne m'entends presque plus penser. La musique devient partie intégrante de moi-même, se mélangeant avec les battements de mon cœur. La sensation est telle que je me sens étourdi.

J'attends de réussir à m'adapter, sautant en compagnie de nos amis. Je m'autorise ce court moment, telle une récompense, et soudain Nora m'embrasse. Je saisis son visage, pour approfondir le baiser ou pour la repousser, je ne sais pas encore. Mais au même moment, quelque chose explose dans ma tête. Du moins, c'est l'impression que j'ai.

Un plop éclate dans mon cerveau, et c'est si douloureux que je laisse échapper un cri. Je lâche Nora pour me baisser, les mains sur mon oreille droite. La douleur m'inonde de toute part, tellement que j'ai peur de m'évanouir sur le coup.

Je sens des mains sur moi, puis je rouvre les yeux pour apercevoir le visage inquiet de Nora. Ses lèvres bougent, mais je n'arrive pas à entendre ce qu'elle dit. Je m'en fiche un peu, pour être honnête. Je n'ai qu'une envie : m'éloigner de ces enceintes de malheur.

Je repousse son aide et tente de m'éloigner parmi la foule. Je trébuche à plusieurs reprises, perturbé. Je peux voir les gens qui sautent et hurlent autour de moi, mais les sons ne me parviennent pas bien. J'entends tout comme si j'étais sous l'eau. Comme si quelqu'un avait posé un casque à réduction de bruit sur mes oreilles.

Et bordel, ce que ça fait mal !

Un son prend le pas sur tous les autres, mais je n'ai pas envie de me focaliser dessus pour le moment. Je réussis à atteindre la sortie et me réfugie tout de suite aux toilettes.

Je ne fais attention à personne, pas même à l'expression agacée du gars que je devance dans la file d'attente. Posté devant l'un des lavabos, je jette un coup d'œil à mon reflet. Je m'attends presque à apercevoir un filet de sang couler le long de mon lobe… mais rien.

Je m'asperge le visage d'eau, puis je frotte mon oreille avec mon doigt pour me défaire de cette sensation dérangeante qui m'inquiète.

J'ai peur que mon tympan n'ait éclaté.

Tout, mais pas ça. Je vous en supplie, non.

Mon téléphone vibre dans ma poche. Je le saisis avec une main tremblante, et je découvre un texto d'Aydan qui me demande où je suis passé. Je dis devoir rentrer, ce à quoi il répond par : « T'es vraiment pas drôle. Je plains ton petit biscuit. »

Sous le coup de la panique, je vais rejoindre ma voiture sur le parking en face de la salle de concert. Je me persuade que tout ira bien, que ça va se remettre une fois que je serai revenu au calme.

Je m'assieds derrière le volant, appréciant l'accalmie soudaine. J'entends mon cœur qui tambourine comme un fou, et cela devrait être la seule chose capable de briser le silence de mon trajet jusqu'à la maison. Mais au bout d'une heure de route, je dois me rendre à l'évidence.

Le « bip » incessant qui hurle dans mon oreille n'a toujours pas disparu.

13

LILY

Décembre 2023, Montréal

J'entends Orion rentrer vers deux heures du matin. Le bruit de la porte me réveille avant que Princesse ne se lève pour aller l'accueillir.

Je me redresse, groggy, et l'interpelle depuis le bout du couloir. Cependant, il ne semble pas m'entendre, car il continue son chemin jusqu'à la salle de bain… où il s'enferme pendant un temps infini. Je finis par me rendormir sans m'en préoccuper.

Au matin, je le trouve en train de manger autour du comptoir de la cuisine.

– Salut, prononcé-je dans son dos. Tu t'es bien amusé, hier ?

J'ouvre le frigo pour me servir un verre de jus de kiwi/concombre, puis je mets un bol de lait au micro-ondes pendant une minute.

Orion ne me répond pas, les yeux rivés sur son assiette.

Sympa.

Je tire sur l'une de ses mèches de cheveux crépus, ce qui lui vaut un sursaut de stupeur.

– Putain, tu m'as fait peur, m'accuse-t-il avec des yeux ronds.

– Je te parlais, mais tu m'as ignorée.

Je vais m'asseoir en face de lui. Mon partenaire me suit du regard, un pli mystérieux entre ses sourcils. J'attends qu'il s'explique, mais il murmure :

– De quoi ?

– T'es encore bourré ou je rêve ? je demande, légèrement plus fort.

Il secoue la tête en m'offrant un sourire fuyant.

– Non, juste fatigué.

L'alarme du micro-ondes hurle, ce qui surprend Orion. Il se cache l'oreille de la main, grimaçant de douleur.

– T'as pas l'air très réveillé, je commente. Ça va ?

Je ne veux pas lui donner l'impression de m'inquiéter, mais c'est plus fort que moi. Après tout, j'ai besoin qu'il soit en forme sur la glace, pas vrai ?

– Oui. La musique était trop forte hier, je me suis fait mal… Mais j'irai chez le médecin dès lundi, me promet-il.

– Ça doit être des acouphènes, dis-je en versant mes céréales dans mon lait. Ça arrive souvent dans les concerts. C'est pour ça qu'il faut toujours avoir des boules Quies.

Orion m'écoute à peine. Ça a l'air de le perturber, c'est pourquoi je le rassure. Ça va forcément finir par s'atténuer, puis partir. Il opine du chef avec un sourire, même si celui-ci n'étire pas pleinement son visage. Nous prenons le petit déjeuner ensemble en silence. Lui scrute le vide, moi mon téléphone.

J'ai fait l'erreur de m'inscrire sur Tinder après l'appel de Jasmine. J'ai évidemment regretté ma décision au bout de trois minutes – c'est la jungle, là-dessus –, mais ma cousine avait raison : même si je ne parle pas à mes *matchs*, l'expérience s'avère drôle.

Je suis en train de swiper indéfiniment, trop occupée à me moquer des biographies des types pour apercevoir Orion débarrasser mon assiette.

« Probablement mieux que ton ex. »

« Tiens, mon snap. Tu le regretteras pas. »

– Je croyais que t'avais un copain.

Je sursaute, surprise de ne pas avoir entendu Orion se faufiler dans mon dos. Il jette un coup d'œil à mon écran de téléphone, que je cache aussitôt, et arque un sourcil inquisiteur.

– Qui t'a dit ça ? Certainement pas moi. Et arrête de fouiner par-dessus mon épaule !

Je le fusille du regard mais il se contente de m'offrir une mine confuse. Je ne l'ai jamais contredit quand il pensait que j'étais en couple, simplement parce que ce ne sont pas ses affaires.

– Alors quoi, t'es célibataire ?

Je n'aime pas beaucoup la tournure que prend cette conversation. Sa question a l'air innocente, mais j'ai peur de répondre.

– On peut dire ça. Et avant que tu poses la question : c'est un choix.

Orion se laisse tomber sur la chaise haute à mon côté, le coude posé sur le comptoir. Il se penche pour tourner la tête vers moi, si bien que nous nous retrouvons très proches.

– Pourquoi ça ? Tu es pourtant un vrai rayon de soleil… si on omet ton caractère de cochon et tes tendances cannibales, je veux dire.

Je lui accorde un sourire menaçant qui ne réussit pas à l'impressionner. Je sais qu'il se moque, mais je m'en fiche.

– Les hommes m'ennuient et la violence m'excite.

– D'où les croche-pattes et les coups de coude en plein nez… Je comprends mieux.

– Non, ça, c'était par pure satisfaction personnelle.

Je lui tapote le bras, ce qui attire son attention. Ses yeux observent mes doigts une seconde de trop, avant qu'il me fasse face de nouveau.

– Et plus sérieusement ? insiste-t-il.

– Est-ce que tu crois que j'ai le temps pour ça, franchement ?

Il hausse les épaules devant mon soupir résigné.

– Moi, je trouve le temps. Et je ne pense pas travailler moins dur que toi. Je sais m'organiser, c'est tout.

Je croise les bras sur ma poitrine, curieuse. Je n'ai encore jamais croisé de fille depuis que je vis là, ni même entendu parler d'une quelconque petite amie.

– Oh, vraiment ? Et de quand date ta dernière copine ?

– Je n'ai jamais parlé de « copine »… Les relations sérieuses, je te l'accorde, ça prend du temps. Mais le reste, c'est plutôt simple. Au contraire, ça aide à se détendre. À penser à autre chose qu'au travail. Et Dieu sait que t'en as besoin.

« Le reste » étant une manière détournée de parler de sexe. Je rougis devant le sous-entendu, mais je refuse de lui faire penser qu'il a réussi à me troubler.

Une petite voix, vicieuse, murmure contre mon cœur : *qu'est-ce que ça fait, de coucher avec Orion Williams ?*

Je la chasse aussitôt, perturbée.

– Tu n'as aucune idée de ce dont j'ai besoin. Et pour ta gouverne, je ne veux pas prendre le risque de penser à autre chose qu'au travail, justement.

Orion soupire en se redressant. À croire que je suis une cause perdue.

– Tu as un problème, Elizabeth Pham. Tu es addict.

– Peu importe. De toute façon, ce n'est pas mon truc.

– Quoi, de t'amuser ? J'avais remarqué, Baba Yaga.

Le poil me hérisse à l'entente du nom de la sorcière dans *Hansel et Gretel*.

– Le sexe sans sentiments, j'explique sans me démonter.

Le regard qu'il fait alors peser sur moi me fait frissonner. Cela ne dure que quelques secondes, puis il hoche la tête.

– OK. Je comprends.

Quoi, c'est tout ?

Je l'observe s'éloigner pour aller faire la vaisselle. Est-ce qu'il croit vraiment que je ne sais pas m'amuser ? Je ne suis pas coincée. Beaucoup de gens sont comme moi, ça n'a absolument rien de bizarre. Je n'ai pas besoin de faire comme les autres pour me sentir vivante.

Son avis n'a aucun poids, et pourtant je le suis jusqu'à la cuisine, m'adossant aux tiroirs qui lui font face.

– Tu dois penser que je ne suis vraiment pas cool.

– Hein ?

Je lui répète la question, et il roule des yeux.

– Arrête de mettre des mots dans ma bouche. Et puis, même si c'était le cas : ce que je pense ne devrait pas t'atteindre.

– Ça ne m'atteint pas, je mens comme une arracheuse de dents.

Orion lave nos bols et nos verres, que j'essuie ensuite avec un torchon sec. Une fois qu'il a éteint l'eau, il se tourne vers moi et ajoute :

– Je te trouve très cool. Mais je maintiens ce que j'ai dit : tu as bien besoin de te détendre. À force de trop bosser, tu vas finir par passer à côté de quelque chose.

– Je ne vois pas quoi.

– Toute aventure est bonne à prendre. Qui sait ? Peut-être que ça t'aiderait à t'inspirer pour tes nouveaux personnages.

– J'en doute fort.

Il finit par me laisser tranquille, sans se départir pour autant de son sourire.

– Tu ne sauras pas tant que tu n'auras pas essayé.

Quand j'ai vu Orion pour la première fois, les yeux rivés sur ma télévision, mon esprit s'est imaginé une certaine image de lui. À travers les interviews et les vidéos de lui prises à son insu, j'étais persuadée de le connaître. C'est sûrement pourquoi j'ai été déçue de le rencontrer pour de vrai.

Il avait raison, je lui ai donné trop de responsabilités.

Plus les jours passent et plus cette image fantôme s'effrite. Orion Williams n'a absolument rien du garçon que je m'étais fantasmé.

« Il est comment, en vrai ? » m'a demandé Jasmine au téléphone. Je n'ai pas su lui répondre. Mon premier réflexe a été de dire : « Égoïste, snob, arrogant. » Mais j'ai su avant même de prononcer ces mots que c'étaient des mensonges.

La vérité a ensuite passé mes lèvres sans que je le veuille, prononcée dans un murmure peiné :

– Il est… plutôt seul.

Ce n'était pas quelque chose que j'avais imaginé avant de le connaître.

Devant les caméras, Orion est toujours souriant. Il parle à tout le monde, il charme les journalistes, il rit à toutes les blagues de Scott… Mais dès qu'on passe en coulisses, Orion devient un garçon seul et terrifié, qui préfère passer ses soirées dans son canapé et ses week-ends en forêt avec Princesse.

Jasmine a répondu à cela : « J'imagine qu'après trois ans à s'isoler du monde, c'est difficile de revenir auprès des mortels. »

J'ai acquiescé, même si j'ai compris depuis Noël que les failles d'Orion sont plus profondes que ça. Personne n'est jamais resté pour lui. Seuls Aydan et Harper en ont trouvé le courage.

Scott, aussi. Aucun des deux ne le dit à voix haute, mais je sais que ce qu'ils partagent dépasse une relation coach-athlète. J'ai bien vu l'émotion dans les yeux de Scott quand Orion lui a offert son cadeau de Noël. Son timbre éraillé m'a fendu le cœur quand il a dit : « Merci, fiston. »

– Tiens.

Je me tourne vers mon partenaire, pile au moment où il retire ses gants avec ses dents.

Il se croit dans une publicité pour déodorant, ou quoi ? Personne n'a le droit d'être aussi sexy en faisant quelque chose de si commun !

– Pourquoi tu me donnes ça ? je demande lorsqu'il me tend sa paire noire.

Il fait froid, plus qu'hier, et je regrette d'avoir oublié mes protège-oreilles sur mon lit.

– Les tiens sont trop fins, répond-il en haussant un sourcil vers mes mains frigorifiées. Ceux-là ont une doublure chauffante.

Frimeur, je pense en plissant les yeux.

Voyant que je ne les accepte toujours pas, Orion soupire et s'approche pour s'emparer de mes doigts. Je le regarde retirer mes gants, sa poitrine effleurant la mienne. Ses gestes sont doux mais précis tandis qu'il enfile mes doigts gelés dans le tissu chaud. Ils sont légèrement trop grands, mais assez élastiques pour mouler la forme de mes mains.

– C'est un prêt, précise-t-il une fois que c'est fait. Ne me les vole pas, j'y tiens.

Je n'ai pas relevé les yeux, tout simplement parce que ses mains tiennent toujours les miennes. Je ne suis même pas certaine qu'il s'en rende compte.

J'ouvre la bouche pour le lui dire, mais les mots qui en sortent sont différents :

– Je n'en ai pas besoin.

Ce n'était qu'un murmure pathétique. Je me racle la gorge tandis qu'Orion me demande de répéter malgré notre proximité. Ses yeux sont désormais rivés sur mes lèvres, concentrés. Je retire mes doigts de sa poigne puis les pose sur son torse pour le pousser légèrement en arrière.

– J'ai dit : « recule, tu pues la sueur ».

Cette fois, il m'a entendue. Comme toute la patinoire, à en deviner le rire moqueur d'Aydan quelques mètres plus loin.

Orion lève les mains en l'air, pas le moins du monde vexé. C'est Isabella qui nous rappelle à l'ordre, sous prétexte que nous perdons du temps. J'oublie mes joues brûlantes et décide de me concentrer sur la chorégraphie.

Nous commençons sans musique, seulement rythmés par les « 3, 4 », « 7, 8 » de ma coach. Orion n'a pas l'air très stable sur ses patins, ce qui est surprenant venant de lui.

– Ton oreille te fait encore mal ? je lui demande entre deux portés.

Il fronce les sourcils, surpris de ma question.

– Concentre-toi, Juste Lily.

Pas besoin de me le dire deux fois.

Je ne sais pas si c'est la pression du Championnat qui approche ou cette nouvelle proximité qui s'est instaurée entre nous depuis Noël, mais pour la première fois depuis le début de cette collaboration, Orion et moi sommes en totale symbiose. C'est presque enivrant. Nos regards s'accrochent et ne se lâchent plus. Nos patins glissent sur la glace à la même vitesse, parallèles. Ses mains me touchent sans pudeur, et nos corps bougent au rythme de l'autre.

C'est comme si nous ne formions qu'un. Je n'entends même plus la musique. Seul Orion me guide à travers la glace.

Mon cœur bat plus fort, tellement que les encouragements d'Isabella, qui crie « Comme ça, voilà ! Sublime ! », me passent au-dessus de la tête.

Lorsque nous terminons notre morceau, nos nez se touchent et nos yeux ne se sont toujours pas quittés.

Je n'ai pas besoin de nous voir pour savoir que nous étions parfaits.

Cette adrénaline, cette complicité bâtie sur un mélange de respect et de tension sexuelle, est tout ce que j'espérais de notre couple. Je pensais que nous en étions incapables, mais j'avais tort.

– Faites ça en compétition, et vous aurez toutes vos chances, nous félicite Isabella lorsque nous quittons la glace.

Je hoche la tête en silence, refusant de rencontrer le regard d'Orion.

Je ne sais pas d'où ça sort ni ce qui a changé entre nous, mais si c'est ce que nous sommes capables de faire quand nous ne sommes pas trop occupés à nous saboter, alors je suis prête à enterrer la hache de guerre.

14

ORION

Décembre 2023, Montréal

Je n'entends que d'une oreille.

J'ai bêtement cru que la sensation cotonneuse s'en irait avec le temps, mais c'était naïf de ma part. C'est pourquoi j'ai fini par me résoudre à prendre rendez-vous en urgence chez l'ORL.

Après m'avoir ausculté, celui-ci s'assied en face de moi pour me demander ce qu'il s'est passé. Il écoute attentivement mon explication et déclare :

– Vous êtes victime de ce qu'on appelle une « surdité brusque ». C'est certes rare, mais plus fréquent qu'on ne le pense. Difficile d'en diagnostiquer les causes : bruits forts, choc émotionnel, surmenage, virus… Mais la bonne nouvelle, c'est que vous entendez quand même.

Super. Je suppose qu'on se contente du minimum, pas vrai ?

– OK. Qu'est-ce qu'on fait, du coup ?

– Vous avez de la chance, ça se soigne. La plupart du temps, ça part en un rien de temps. Je vais vous prescrire des corticoïdes.

Je fronce les sourcils, agacé par la sensation étrange qui ne veut pas quitter mon oreille droite.

– Et c'est tout ?

– Il faudra être patient… et espérer que vous êtes né sous une bonne étoile, sourit-il pour détendre l'atmosphère.

Je manque de rire jaune. Tout le monde s'accorderait sur le fait que je suis plutôt né du côté des *mauvaises étoiles*. Je suis pour ma part plutôt convaincu qu'aucune d'entre elles n'habitait le ciel ce soir-là.

– Reposez-vous, et évitez le bruit au maximum. On se revoit dans dix jours.

C'est sur ces sages conseils que je rentre chez moi, exténué.

Je reçois un message d'Aydan qui m'invite à fêter le nouvel an chez lui. « Ramène Lily ! » ajoute-t-il avec des emoji dauphin, citrouille, gâteau et cœur vert, dans cet ordre. *Ne me demandez pas comment fonctionne le cerveau de ce garçon !*

Je soupire sans lui répondre. Le docteur vient tout juste de me recommander de me reposer, je ne pense pas qu'aller faire la fête soit une bonne chose.

Et pourtant.

Lily aurait bien besoin d'une soirée comme celle-là.

Pourquoi cela m'importe, je n'en ai aucune idée. Disons que je la vois trimer tous les jours depuis bientôt un mois… et que d'une certaine manière, je la plains. Je crois qu'elle et moi sommes devenus alliés. Peut-être pas amis, mais pas non plus ennemis. En tout cas, elle a arrêté de me fusiller du regard chaque fois que j'entre dans une pièce. C'est… apaisant.

J'aime cette nouvelle dynamique entre nous, et ça se ressent sur la glace. Nous sommes enfin en parfaite harmonie. C'est aussi pour cette raison que j'ai préféré ne rien dire pour mon oreille. Je ne veux pas l'inquiéter.

– Salut, dis-je en ouvrant la porte d'entrée.

Elle semble sur le départ, en train d'enfiler une écharpe autour de son cou délicat.

– Hey. T'étais chez le médecin ?

Je cligne des yeux, étonné. Je suis incapable d'ouvrir la bouche pour lui mentir.

– Comment tu sais ça ?

– J'ai vu le rappel sur ton iPad par hasard, répond-elle en enfilant ses chaussures. Alors ? Verdict ?

Merde. Je hausse les épaules, dans un air désinvolte. Je ne l'entends pas bien, mais plus elle est proche, plus sa voix m'apparaît clairement.

– Alors t'avais raison. Ce sont des acouphènes.

– Ça va partir ?

– Ouais.

Rapidement, j'espère.

– Dis. Tu veux m'accompagner à une fête, ce soir ? j'enchaîne pour éviter qu'elle ne s'appesantisse sur le sujet.

Ma partenaire se fige immédiatement. J'en suis le premier surpris, mais pour autant je ne précise pas qu'Aydan me force la main.

– T'as de la fièvre ? demande Lily d'un air inquiet en posant sa main sur mon front. Tu as sûrement une commotion cérébrale. Allonge-toi.

– Très drôle, je rétorque avec agacement. C'est pas un rencard, t'emballe pas. Je laisse ce *plaisir* aux pauvres types de Tinder.

– Ne prends pas ce ton. Pour ta gouverne, je suis un 10/10 !

– Si les critères sont casse-couilles, têtue et *control freak*, alors oui. Félicitations.

Elle me fusille du regard, mais mon sourire provocateur reste en place.

– Si c'est comme ça que tu invites une femme à sortir, je ne suis pas surprise que tu n'aies pas de petite amie.

– Oui, mais *moi*, je m'envoie en l'air.

Elle ouvre la bouche pour se défendre, et je l'arrête en posant ma main dessus. Elle tente de me mordre, comme je m'en étais douté – c'est son truc –, mais je préfère changer de sujet avant qu'on diverge davantage.

– Un ami fait une fête, c'est tout. Tu veux venir, oui ou non ?

Je la libère pour la laisser parler.

– Est-ce que cet « ami »… est visible de tous ou uniquement par ton esprit dérangé ? questionne-t-elle d'une voix qu'elle utiliserait auprès d'un enfant de trois ans, après avoir hésité quelques secondes.

– Tu es exaspérante.

Pourquoi ne voit-elle pas que je fais des efforts ? Je fais un pas vers elle, j'aimerais juste qu'elle en fasse de même, bon sang.

– J'essaie, OK ? je soupire devant son regard suspicieux. Le but de tout ça était d'apprendre à se connaître, non ? De passer du temps ensemble.

– Tu as eu trois semaines pour apprendre à me connaître et ça ne t'a jamais intéressé jusqu'à maintenant. Pardon de m'interroger sur tes intentions.

– Il n'est jamais trop tard. Moi aussi, je veux gagner. Moi aussi, je veux l'or.

J'en prends conscience seulement maintenant. J'ai tout fait pour nous saboter parce que j'étais terrifié et que je pensais pouvoir faire changer Scott d'avis. Maintenant que je n'ai plus le choix, je veux donner le meilleur de moi-même.

Lily semble sur le point d'accepter, ses joues prennent une jolie couleur pêche, mais au dernier moment, elle se racle la gorge et fuit mon regard.

– Pas ce soir, j'ai déjà quelque chose prévu.

Je ne peux m'empêcher de hausser un sourcil dubitatif tandis qu'elle enfile sa veste.

– *Toi*, tu sors quelque part ? Ne me dis pas que tu vas *vraiment* à un rencard Tinder ?

La mauvaise utilisation de l'intonation dans ces deux phrases est une erreur de débutant qui risque de me coûter cher.

– Alors déjà, pourquoi ce serait si surprenant ?

– Pour tellement de raisons différentes… Je te faxerai une liste demain matin, si tu veux.

– Et ensuite, non, ce n'est pas un rencard Tinder. Je ne vois pas pourquoi tu prends cet air si stupéfait.

– Je ne t'ai jamais vue sortir le soir, voilà pourquoi. Je ne savais même pas que tu avais des amis.

Je ne voulais pas dire ça *comme ça*. En tentant de me rattraper, je m'enfonce, je le vois bien à l'expression vexée qui prend forme sur ses traits.

– Mais je t'emmerde, rit Lily en croisant les bras. Ta seule amie est une chienne, et elle préfère dormir avec moi qu'avec toi. Pose-toi des questions, Orion !

– Alors déjà, ce n'est pas vrai…

C'est totalement vrai.

– … j'ai des amis humains, je rétorque, sur la défensive. À commencer par Aydan, qui organise la fête à laquelle je viens de t'inviter ! Parce que je suis gentil !

Lily plisse le front comme si elle ne me croyait pas.

– Je n'ai pas besoin de ta *charité*. Et puis c'est qui, ça ? Jamais entendu parler de ce type.

– Forcément, je bougonne en roulant des yeux.

Soudain elle se met presque à crier et je grimace devant l'attaque auditive :

– Est-ce ma faute si je ne connais aucun Aydan ?

– Tu le connais, mais tu l'appelles Kayden depuis trois ans !

Désormais nous crions tous les deux et Princesse préfère s'éclipser dans le canapé. Je la comprends. C'est idiot.

Lily et moi nous regardons droit dans les yeux, la respiration entrecoupée par la colère, et je remarque seulement maintenant que nos poitrines se frôlent. Je peux même apercevoir un cil égaré sur sa joue gauche, que je me refuse d'attraper. L'envie reste toutefois un rappel brûlant au sein de ma poitrine.

– Je m'en vais, lance-t-elle avant d'ouvrir la porte.

Elle claque le battant derrière elle et je ne la rattrape pas.

Je la laisse partir, le cœur encore battant de frustration. J'ai voulu essayer, et ça a été un échec. Chaque fois qu'on fait un pas en avant, on finit par reculer de deux. Je dois me rendre à l'évidence.

Lily et moi sommes des génies du patinage…

… mais nous ne sommes pas faits pour partager la glace.

❄

Tu comptes arriver quand ?

T'as intérêt à ramener ta partenaire.
Je parie qu'elle est plus drôle
que toi en soirée.

Je n'ai toujours pas répondu aux messages qu'Aydan m'a envoyés il y a une heure. Je ne suis pas d'humeur à faire la fête. Je suis fatigué, j'ai un mal de crâne impossible à calmer, et voilà une heure que ma dispute avec Lily repasse en boucle dans mon esprit.

J'ai été un connard.

Comme je ne supportais pas le regard accusateur de Princesse, je suis allé faire un tour en voiture.

Je conduis un long moment avant d'enfin me garer. Je souris tristement en découvrant l'endroit devant lequel mon cœur m'a inconsciemment amené.

La patinoire, sans grande surprise.

Elle est fermée, bien sûr, mais je viens assez souvent pour savoir que les agents d'entretien doivent encore être là. Je toque contre la porte, suppliant qu'on m'ouvre. Cristina, la femme de ménage, me fait les gros yeux, mais mon sourire séducteur suffit à la convaincre de me laisser entrer.

Ce n'est pas la première fois qu'elle fait une entorse au règlement pour mon beau visage.

– Je n'ai pas le droit, tu le sais…

– Je t'offrirai un cadeau de nouvelle année, promis.

Elle soupire, radoucie.

– T'as intérêt à me prendre quelque chose de cher. Vous vous êtes donné le mot ce soir, ou quoi ? Je pensais que les jeunes aimaient faire la fête !

Je ne comprends pas tout de suite. Je lui demande ce qu'elle veut dire par là, si bien qu'elle pointe le doigt derrière elle. J'avance et comprends.

Lily est là.

Seule, allongée au milieu de la glace, sans bouger. Elle scrute le plafond sans se soucier du froid sur ses omoplates finement recouvertes.

Voilà donc ce qu'elle avait prévu de faire. Je me sens idiot de m'être moqué d'elle à ce propos, maintenant…

Je m'assieds sur un haut tabouret, plongé dans l'obscurité, et l'observe se relever. Elle prend une grande inspiration, puis se pose au centre de la patinoire jusqu'à ce que le violoncelle électrique retentisse dans les enceintes.

Lily se lance à corps perdu, les pas rythmés par la musique guerrière de « Wonder Woman ». Je la reconnais, parce que j'ai moi-même patiné dessus il y a trois ans.

La grâce naturelle de ma partenaire se transforme en sauvagerie et c'est une diablesse qui danse sous mes yeux fascinés, une guerrière prête à abattre tous ses ennemis.

Je mets bien trop de temps à reconnaître le programme qu'elle effectue.

Mon programme.

C'est la chorégraphie avec laquelle j'ai gagné la médaille d'or aux Mondiaux il y a trois ans. Lily l'a apprise par cœur… Mais pourquoi ? Voilà la question qui me torture alors qu'elle tournoie sur elle-même avec puissance et élégance.

J'ai beau chercher une répondre, toute pensée cohérente m'abandonne. Je suis hypnotisé, littéralement.

Mon cœur bat plus vite à mesure que Lily s'approprie la musique et *devient* Gal Gadot. Elle n'a jamais été plus magnifique que maintenant, ni plus brillante. Elle scintille de mille feux.

Une émotion étrange s'empare de moi.

J'ai déjà ressenti ça. Une fois.

J'essaie de me remémorer en quelles conditions, en vain.

Soudain, Lily prend de la vitesse et s'élance. Sous mes yeux ahuris, elle effectue un salto parfait et retombe sur un pied.

Cette fois, le souvenir me revient soudainement avec force.

Oh bordel… C'est elle !

Je me souviens parfaitement quand j'ai déjà ressenti cette émotion. C'était il y a trois ans, après ma prestation. Harper et moi venions d'avoir notre score. On s'apprêtait à revenir en coulisses quand mon attention s'est accrochée à cette fille sur la glace. Comme ce soir, je n'ai pas pu m'en détourner.

« Je te regarderai. »

Et c'est ce que j'ai fait. J'ai regardé cette gamine danser sur la glace comme si elle lui appartenait. Je l'ai vue effectuer un saut interdit sans ciller, le souffle coupé et un sourire fier aux lèvres.

Je me rappelle encore la chair de poule qui a recouvert mes bras devant sa performance. J'étais triste pour elle qu'elle ait perdu des points en raison de sa prise de risque, mais j'étais confiant pour le reste de sa carrière.

Ce jour-là, j'ai demandé à Scott :

– Qui c'est ?

Il ne savait pas, et je n'ai pas cherché plus loin. Pourtant, je ne l'ai jamais oubliée. J'étais persuadé qu'elle deviendrait ma rivale en un an ou deux. Ça aurait sûrement été le cas si je n'avais pas disparu du jour au lendemain.

Comment ai-je pu ne pas la reconnaître ? Je suis vraiment un idiot autocentré.

Et si c'était le fruit du destin ? Et si ce dernier m'avait envoyé Lily pour s'excuser de tout le reste ?

Peut-être qu'elle représente la fin de mon calvaire.

Mon porte-bonheur.

Je sors de ma cachette et vais poser mes coudes sur le rebord de l'arène. Lily ne m'aperçoit pas tout de suite. Elle continue à répéter, perdue dans ses pensées.

– C'était pas mal.

Elle sursaute en entendant ma voix. Son corps se raidit comme si elle se préparait à une énième bataille. Je lui adresse un sourire en guise de drapeau blanc. Je veux qu'elle comprenne que je ne suis pas son ennemi. Au contraire. Je suis son meilleur allié dans cette compétition.

– Tu devrais travailler ta respiration davantage, ça t'aidera à contrôler ton souffle court sur des programmes au rythme effréné, comme pour *Burlesque*.

Elle garde le silence, mais je sais qu'elle m'écoute.

Je n'ai pas mes patins aux pieds, cependant je n'hésite pas et la rejoins sur la glace. Elle m'observe comme si j'étais un prédateur fondant sur sa proie, hésitante.

– Ta posture est bonne, mais tu dois porter ta tête plus haute encore, je murmure en prenant son menton délicat entre mes doigts. Il faut qu'elle soit alignée avec ta colonne vertébrale. Tu es tellement concentrée que tu as tendance à l'oublier juste avant tes sauts.

Elle acquiesce, comme si elle l'avait remarqué elle aussi. Je me place dans son dos, mes mains sur ses épaules. Elle est beaucoup trop tendue, mais je ne sais pas si c'est à cause de moi.

– Tes abdominaux, j'enchaîne contre son oreille, ma main appuyant sur son ventre. Quand tu gaines, tu dois pousser ton nombril vers l'intérieur, contre ta colonne vertébrale. Essaie.

Elle s'exécute sous mes doigts comme une bonne élève. Je laisse échapper un sourire satisfait, quelque chose d'inconnu grésillant sur le bout de mes doigts.

– Tu es très gracieuse quand tu patines, je précise en revenant face à elle. C'est beau à voir. Comme un tableau. Tu ferais une ballerine sublime, et ça t'avantagera pour jouer Odette.

Elle ouvre la bouche comme pour me remercier, avant de se retenir. Je continue pour ne pas la mettre mal à l'aise davantage :

– Mais n'hésite pas à te lâcher, surtout sur des chansons comme celle-là. On dirait que tu as peur que ton masque se craquelle, mais tu ne devrais pas. Si tu pars en guerre, n'aie pas peur de troquer ta grâce pour plus de sauvagerie. Vas-y à fond.

Lily plisse le front, signe qu'elle réfléchit.

– Pourquoi tu me dis tout ça ?

Je ne sais pas. Mais quand je plonge mon regard dans le sien, je revois cette jeune fille intimidée et au courage indéniable qu'elle était il y a trois ans. Comme me l'a dit Scott, elle était fan de moi avant de me rencontrer et visait de battre mon record mondial.

J'ai cru que c'était une débutante, mais la sous-estimer a été une erreur.

« Si j'étais toi, je préférerais être avec elle que contre. » Mon coach avait raison. Elle en est capable. Et elle va le faire, si je ne fais pas attention. Une partie de moi le lui souhaite tandis que l'autre, plus combative, refuse de la voir me passer devant.

Il est temps de se réveiller, Orion Williams.

– J'arrête le sabotage, j'annonce d'une voix ferme qui résonne dans la patinoire déserte.

Lily plisse les yeux sans comprendre. Je viens tout juste de prendre la décision : je compte lui donner ce dont elle rêve si fort depuis longtemps. Je vais lui offrir un allié, mais aussi un rival.

À deux, nous serons un couple invincible.

L'un contre l'autre, nous serons des adversaires impitoyables.

– À partir de maintenant, je donnerai le meilleur de moi-même. Je travaillerai plus dur que les autres, alors j'espère que tu sauras te montrer à la hauteur.

Je pensais qu'elle serait indignée, mais c'est un sourire qui fleurit lentement sur ses lèvres. J'aurais dû me douter qu'une fille comme Lily se réjouirait d'avoir un rival au mieux de sa forme. Elle n'a que faire d'un champion déchu qui se laisse mourir.

Finalement, elle s'approche de moi et me tend la main.

– Allons décrocher cette putain de médaille d'or.

Un courant électrique délicieux me traverse lorsque nos doigts entrent en contact.

Lily et moi ne sommes pas amis, mais ce n'est pas grave.

On n'a pas besoin d'alchimie ni de complicité.

C'est cette tension-là… un mélange entre rivalité, rancune et séduction, qui nous fera gagner.

JANVIER

15

LILY

Janvier 2024, Ottawa

C'est le jour J.

Les championnats du Canada débutent dans quelques heures.

Je n'ai jamais été aussi stressée de toute ma vie.

– On dirait que tu vas me vomir dessus, m'intime Orion lors de la cérémonie d'ouverture. Préviens-moi avant si c'est le cas, que je m'esquive. Je tiens à ce gilet.

Je me rappelle de sourire, crispée. C'est la partie que j'aime le moins à chaque compétition : les patineurs et les officiels sont présentés au public.

– Le tirage au sort a été fait, nous apprend Scott lorsque nous rejoignons les coulisses. Vous passez en troisième.

Je grimace, ce qui attire l'attention d'Orion. Je préfère toujours passer soit en première position, soit en dernière. Les deux sont généralement les plus mémorables. C'est d'ailleurs pour cela que le couple avec le meilleur score patine souvent à la fin, pour le suspense !

Orion et moi commençons notre échauffement. Nous nous étirons dans notre coin, en silence. Je garde mes écouteurs dans mes oreilles pour ne pas entendre les commentateurs au micro, derrière le mur.

– Stressée ? me demande mon partenaire en tendant ma jambe en l'air pour moi.

Je me penche vers lui et grimace sous l'effet de la douleur qui lancine mes muscles.

– Non, mens-je avec assurance. Et toi ?

– Terriblement.

Je cligne des yeux, surprise par son honnêteté. Je lui demande si c'est inhabituel, mais il secoue la tête en faisant quelques sauts à la corde à sauter.

– Non, c'est comme ça chaque année. Je suis du genre anxieux.

– Toi ?

– Quoi ? sourit-il légèrement. Tu ne me crois pas ?

Je hausse les épaules, dubitative. Je suppose qu'il dit la vérité, ce n'est pas le problème, mais je suis étonnée. J'ai passé des années à l'admirer sur la glace, et j'ai toujours eu l'impression que c'était facile pour lui.

J'avais tort.

Quelque part, cette pensée me soulage.

– Ça va bien se passer, je le rassure malgré mon propre cœur qui bat la chamade. Notre programme est solide.

Un tango sur le film *Burlesque*, rien que ça. Orion et moi avons toujours du mal à prétendre être fous de passion l'un pour l'autre, mais je crois qu'on a réussi à créer une certaine tension propre à nous.

Pour une première fois, j'espère que cela suffira.

Le premier couple quitte les coulisses. Orion et moi continuons à nous entraîner à même le sol sous les regards tendus de nos coachs. Je m'isole dans mes pensées, le ventre tordu par le trac.

C'est de pire en pire à mesure que les minutes passent. Malgré la musique dans mes oreilles, j'entends les applaudissements et je suis incapable de me concentrer.

Et si c'était une erreur ? Et si nous finissons derniers ?

Ce serait la honte pour moi plus que pour Orion, habitué aux podiums. Si nous finissons plus de troisième, le public dira que c'est ma faute… et il aura raison.

– Hé.

Je rouvre les yeux en frissonnant de terreur et découvre mon partenaire qui pose ses mains sur mes épaules et affiche une mine inquiète.

– Ça va ?

– Je sais pas…

– Respire, murmure-t-il, sa main droite glissant dans ma nuque. Doucement.

Je m'exécute, honteuse de paniquer devant tous nos adversaires. Je ne veux pas paraître faible, pas lors de notre première compétition. Bordel, qu'est-ce qu'il m'arrive ?

Le pouce d'Orion effectue des cercles apaisants dans ma nuque, à la naissance de mes cheveux, et je finis par me calmer.

– Ça va être à vous, nous lance Scott. Préparez-vous, on y va.

Orion m'interroge du regard. Je réponds d'un hochement de tête déterminé. Nous enfilons nos patins et retirons nos gilets de sport pour révéler nos costumes flambant neufs.

– Au fait, je murmure en baissant la voix. Ton oreille, ça va mieux ?

J'ai remarqué qu'il avait encore du mal à tout entendre du premier coup, et même si je ne le lui fais pas remarquer, je ne compte plus le nombre de fois où je l'ai interpellé sans obtenir de réponse.

Il garde les yeux rivés devant lui en hochant la tête.

– Comme neuve.

Rassurée, je n'insiste pas.

Nous passons le couloir de la mort, et soudain, la main d'Orion trouve la mienne. Je lève les yeux vers lui, interdite, mais il refuse encore une fois de me regarder.

Absorbée par mon angoisse, je n'ai même pas pensé à ce qu'il devait ressentir. Sa dernière compétition date d'il y a trois ans… peu avant que sa partenaire et amie soit blessée dans un accident de voiture.

Mon cœur s'adoucit, me poussant à entrelacer mes doigts aux siens. Malgré nos débuts houleux, Orion et moi formons une équipe aujourd'hui.

Je sens plus que je ne vois les yeux des spectateurs se poser sur nous lorsque nous faisons notre apparition devant l'arène de glace. La prise d'Orion se raffermit sur ma main, et c'est tout ce qu'il me faut pour que mon angoisse s'envole.

Orion a besoin de moi. Il a bien plus de raisons que moi d'être stressé. Il lui faut une partenaire solide et déterminée sur laquelle s'appuyer, et c'est ce que je vais être.

Nous attendons près de l'entrée de la patinoire après avoir retiré nos protège-lames.

– On y est, je prononce en lui offrant un sourire rayonnant. Donnons le meilleur de nous-mêmes, OK ?

Orion opine avant de tirer sur ma main pour m'inviter à le suivre. Je m'exécute devant les caméras qui filment chacun de nos mouvements, et nous voilà lancés sur la glace.

Nous faisons un tour de l'arène, sourire aux lèvres, pendant que nos noms sont annoncés au micro.

– Pour la première fois partenaires sur la glace : Orion Williams et sa partenaire Elizabeth Pham !

Lorsque nous nous arrêtons enfin au centre de la patinoire, les applaudissements et les murmures s'évanouissent. C'est le silence complet.

Nous nous mettons en position, le cœur battant.

Quelques secondes avant que la musique retentisse, je chuchote :

– Tu as intérêt à me toucher comme si t'étais fou de moi, Williams.

Il ne répond rien, mais je sens son sourire sur ma peau quand ses lèvres frôlent ma joue. La seconde d'après, « Show Me How You Burlesque » éclate dans les enceintes et la voix de Christina Aguilera emplit la salle.

Je me transforme automatiquement en femme fatale. J'ondule en descendant comme un serpent le long de son corps au son du cor d'harmonie, les franges de ma robe tournoyant autour de mes cuisses. Mes mains sont posées sur les siennes dans une pose séduisante.

Lorsque les tambours retentissent enfin, nous nous élançons avec dynamisme à travers la glace.

She comes through the club lookin' for a good time
Gonna make that, shake that money on a dime.

Mon stress a totalement disparu et c'est désormais l'adrénaline qui court dans mes veines. Nous enchaînons des éléments de pas tirés du tango, entre *cortes*[1] et promenades. Orion me touche comme il ne m'a jamais touchée avant, si bien que nos mouvements sont aussi sensuels que dramatiques. Ses mains sont partout. Son regard est noir et intense, brûlant d'un désir que je ne le pensais jamais capable de simuler.

Je sais que c'est faux, et pourtant…

Mon corps tout entier frissonne.

Don't need a sugar daddy, she can work it just fine
Up on the table, she'll be dancin' all night.

J'effectue ma première pirouette en position assise tandis qu'Orion me soutient et me guide. C'est un sans-faute, mais ce n'est pas ce qui m'inquiétait.

Je souris à mon partenaire peu avant notre premier porté, pour le rassurer. Je comprends à son expression qu'il est prêt et nous effectuons un *axel lasso lift* à la perfection, suivi d'une série de pas de danse.

Cela semble lui donner de l'assurance, ce qui me rassure. Nous enchaînons les sauts et les portés sans jamais fauter.

A little bit of naughty, it's a little bit nice
She's a whole lot of glam, sweat, sugar, sex, spice.

1. Figure du tango qui consiste à casser le corps en deux parties distinctes.

À mesure que la musique devient plus intense, les figures se compliquent. Je vois la peur dans le regard d'Orion lorsqu'il me propulse dans les airs pour le lancé qui lui a presque valu un nez cassé.

Il me rattrape à la perfection, Dieu merci.

Mais lorsque nous passons au *throw triple salchow*, je me rate. Mes chevilles flanchent sous le choc de ma réception et je trébuche. Je cache ma grimace avec un sourire, glissant un genou sur la glace avant de me relever dans un mouvement fluide.

La main d'Orion retrouve la mienne et nous terminons notre programme en beauté. Alors que les dernières notes retentissent, mon partenaire me tient entre ses bras et lève ma jambe contre sa hanche. Ses lèvres sont à quelques centimètres seulement des miennes, si bien que nous partageons nos souffles courts. Nous restons ainsi de longues secondes, les yeux dans les yeux. Les gens applaudissent, mais je ne les entends pas. Je ne vois que lui.

J'ouvre la bouche pour dire quelque chose, mais les mots s'évanouissent sur ma langue lorsqu'il m'étreint contre son torse. Je me laisse faire, stupéfaite.

Tout le monde nous admire, et je suppose que les spectateurs voient un duo soudé, mais moi je sais de quoi ce câlin est synonyme.

De remerciements.

Pour lui avoir prouvé qu'il n'était pas maudit.

Je rends son étreinte à Orion, refermant mes bras autour de lui, et souris avec fierté.

– T'as été incroyable.

– Non, souffle-t-il contre mon cou dégagé. C'est toi.

Je ne sais pas ce qu'il se passe, mais je me sens submergée par l'émotion. Orion et moi n'avons jamais été si proches émotionnellement. C'est… nouveau.

Et ça me plaît. Beaucoup.

Nous quittons la glace main dans la main, le sourire aux lèvres. Isabella et Scott nous félicitent, mais Orion ne me lâche jamais.

– C'était très bien. Vous avez toutes vos chances.

Pour une première, cela me suffit. C'est ensemble que nous allons nous poser au *Kiss and Cry*, le coin où les patineurs attendent leurs résultats. L'endroit où nous pleurons de joie ou de déception, selon nos scores.

Mon cœur tambourine furieusement contre ma poitrine.

70,20.

Je force un sourire malgré ma déception. Orion serre ma main, l'air satisfait. Mais je le connais assez bien pour savoir qu'il fait semblant pour ne pas me faire honte.

– Ça nous place en deuxième position, précise-t-il.

– Pour l'instant… je murmure en réponse.

Nous allons forcément perdre des places au fur et à mesure des passages de nos concurrents. Nous ne serons pas dans le podium pour cette première manche, et c'est ma faute. Je n'ai pas arrêté de faire des erreurs, à commencer par ma réception sur le *salchow*.

– Arrête un peu, me rassure Orion lorsque nous revenons en coulisses.

– Je n'ai rien dit.

– J'entends tes pensées comme si c'étaient les miennes.

– Comment tu peux être aussi serein ? je lui demande lorsque nous sommes isolés des autres participants.

– Rien n'est terminé. Il nous reste encore le programme libre.

Je soupire. Il a raison, nous avons encore l'opportunité de nous rattraper demain. Je sais que je suis trop dure avec moi-même, mais c'est plus fort que moi.

Je me sens encore plus honteuse en voyant un couple patiner au rythme de « Dream On ». Ils sont doués… plus que je ne le pensais. J'ai été trop prétentieuse.

Je reste silencieuse le reste de la journée. Je n'arrive pas à cacher ma déception aussi bien qu'Orion, qui m'abandonne pour vadrouiller et saluer nos concurrents, des gens qu'il combat depuis des années.

Quand le classement final tombe, Orion passe le bras autour de mes épaules pour me montrer son soutien.

Nous sommes quatrièmes.

16

ORION

Janvier 2024, Ottawa

– Les gens vous *adorent* ! s'écrie Scott.

Je me masse les tempes, les yeux fermés, mais rien à faire, le *bzzz* incessant refuse de quitter mon oreille droite. J'ai extrêmement mal dormi cette nuit, si bien que je me suis réveillé avec un mal de crâne de l'enfer.

Lily l'a vu tout de suite car quand nous sommes partis en direction de la patinoire, elle m'a immédiatement demandé si ça allait. J'ai menti. De nouveau.

La vérité, c'est que mon état ne s'est absolument pas arrangé… et que cela commence à me faire peur.

– Est-ce qu'on peut éviter de hurler ? je soupire en grimaçant de douleur. Évidemment, que les gens nous adorent. N'aie pas l'air si surpris.

Aujourd'hui est le second jour de compétition, celui où nous présentons notre programme libre. Lily et moi passons en quatrième position et le stress commence à monter.

– Ils vous *shippent*[1] ! s'extasie mon coach en jetant un coup d'œil à Twitter sur son téléphone.

1. Le *shipping* est l'activité qui consiste, particulièrement pour le fan d'une œuvre de fiction, à exprimer son envie que les personnages de son choix forment un couple dans l'œuvre originale.

J'arque un sourcil, amusé malgré moi.

– Où est-ce que t'as appris ce mot ?

Cela me vaut un regard noir et un rire d'Isabella.

– Je ne suis pas si vieux que ça, crétin.

Lily est assise à côté de moi, les jambes tendues en équerre et le front collé au sol. Elle reste silencieuse, mais je sais qu'elle écoute.

– Vous devriez en jouer, continue Isabella en tapotant des doigts sur son smartphone. Sur la glace et en dehors.

Je hoche la tête en laçant mes patins. Lily se redresse enfin, et ses yeux trouvent tout de suite les miens. J'y lis de l'inquiétude et de l'angoisse, mais aussi une timidité nouvelle que je ne lui connaissais pas.

Elle est encore déçue à cause de notre classement d'hier.

– Vous pouvez nous laisser quelques minutes ? je demande doucement à nos coachs respectifs. Seuls.

Scott fronce les sourcils, mais Isabella opine en le tirant par la manche. Je me tourne vers Lily, un léger sourire aux lèvres. J'ai besoin qu'elle soit confiante aujourd'hui, j'ai besoin qu'elle croie en nous.

– Ton maquillage a bavé, je constate en saisissant son sac à dos.

Elle jure dans sa barbe et s'empare d'un miroir de poche pour inspecter les dégâts. J'ai déjà attrapé sa trousse de maquillage et m'assieds en tailleur face à elle. Nous sommes les seuls deux idiots sur le sol pendant que les autres s'entraînent ou répondent à des interviews autour de nous.

Je saisis un Coton-Tige, puis je rectifie l'eyeliner sur le coin de sa paupière. Ses yeux sont baissés, quasi clos, mais je sens son souffle sur mon menton.

– Tu sais ce que j'apprécie chez toi ? dis-je tout bas.

– C'est une question piège, je suppose.

Je souris, amusé, puis je m'empare du pinceau à poudre pour refaire son blush. Elle se laisse faire, preuve qu'elle a toute confiance en mes talents. J'ai l'habitude. J'aidais toujours Harper car elle détestait ça.

– Ton ambition. Ton côté perfectionniste, aussi. Tu veux être la meilleure, et tu t'en donnes les moyens. Tu sais ce que tu veux, et tu fais tout pour y parvenir. Je t'admire pour ça. C'est aussi ce qui m'a fait peur quand je t'ai rencontrée.

Cette fois, elle relève le menton vers moi et mon cœur manque un battement. Lily est tout le temps belle… mais en tant qu'Odette, elle a un côté pur et dangereux qui rend ma respiration difficile. Elle semble sortir tout droit d'un conte de fées.

Je me surprends à penser que je comprends le prince.

– Mais tu dois aussi apprendre à laisser couler.

– Je savais qu'il y avait un « mais », bougonne-t-elle en me fusillant du regard.

Je ne bats pas en retraite. Je sais très bien ce qu'elle pense, tout simplement parce que j'étais pareil quand j'ai commencé. Scott a raison, Lily me rappelle un Orion plus jeune et plus naïf.

Je voulais tout faire trop vite, mieux que tout le monde. Je m'auto-flagellais quand je n'y arrivais pas. Rien n'était assez bien, et si cela a alimenté mon ambition, ça a aussi détruit ma fierté.

– Tu ne peux pas toujours courir après la première place, parce que c'est impossible. Tu ne seras pas toujours première, Lily. Ni deuxième. Et ça ne veut pas dire que tu as été mauvaise.

J'arrange une barrette dans ses cheveux laqués, appréciant la proximité de nos corps. Je suis conscient des gens qui nous espionnent du coin de l'œil, mais je les ignore.

– C'est important de s'arrêter quelques secondes et de se féliciter pour ses accomplissements. Parce que sinon, tu ne seras jamais satisfaite… Et ça te rendra malheureuse.

Lily se tait, mais ses traits se sont adoucis. J'ai touché un nerf sensible.

– C'est cliché, mais… l'important, c'est de tout donner, non ? Tu es exceptionnelle, Lily. Je suis persuadé que tu iras loin, bien plus loin que moi. Parce que tu es née avec cette lumière, avec ce talent. Je pense sincèrement que le patinage est ta destinée et que tu marqueras l'Histoire. Alors fais-toi confiance… et prends le temps qu'il faut. N'essaie pas de brûler des étapes.

Cette fois, ses yeux s'embuent de larmes.

Un doux sourire m'échappe tandis que j'essuie ses yeux à l'aide d'un mouchoir. Je n'avais pas l'intention de le dire, mais je suppose qu'elle avait besoin de l'entendre maintenant.

– Je suis fier d'être ton partenaire, j'avoue dans un murmure, mon pouce s'attardant sur sa joue. Mais ne le répète pas aux autres, s'il te plaît.

Lily pince les lèvres avant de dissimuler son visage de ses mains. Je lui caresse le dos, amusé par sa réaction. Elle a tellement l'habitude de se montrer forte que la voir craquer ainsi est une première ! Je suis touché de voir son côté vulnérable.

Je sais que j'ai été un connard avec elle, mais je suis prêt à faire des efforts.

– Merci, renifle-t-elle en prenant ma main dans la sienne. J'en avais besoin.

Elle relève la tête, et je suis rassuré de voir un sourire rayonnant étirer sa bouche. Alors que mon attention est attirée par cette dernière, un frisson me secoue de la tête aux pieds.

Au loin, Scott me fait signe que c'est bientôt à nous. Je me relève, tends ma main à Lily pour l'aider, et nous retirons nos gilets de sport.

Côte à côte, nous avons l'air majestueux. Deux danseurs de ballet prêts à performer sur les planches vernies d'un opéra à Paris.

– J'ai quelque chose à t'avouer, grimace Lily quand nous traversons le couloir des coulisses.

Je hausse un sourcil, curieux, indifférent aux photographes qui nous mitraillent.

– Scott a dit vrai : je suis fan de toi depuis mes treize ans, grommelle-t-elle à contrecœur, son regard fuyant le mien à tout prix.

Oh. C'est tellement inattendu que j'éclate de rire.

J'imagine une Lily plus jeune devant sa télévision, en train de me contempler avec des rêves plein la tête, et mon cœur papillonne agréablement.

– J'en étais sûr. Tu peux me le dire maintenant, dis-je au creux de son oreille. Il y avait un poster de moi sur la porte de ta chambre ?

Elle rougit furieusement et se défend :

– Ne pousse pas trop loin, Williams.

– Ta réaction me confirme déjà tout ce que je veux savoir, je me marre en pinçant sa joue brûlante. On en reparle juste après. J'ai *plein* de questions !

– Non, on n'en reparlera plus jamais. Lâche-moi.

Je ris encore quand Isabella nous fait signe qu'il faut y aller. D'un mouvement de tête, Lily me fait comprendre qu'elle est prête.

Nos noms sont annoncés au micro et je me force à sourire malgré la sensation cotonneuse qui m'agresse l'oreille droite. Ma migraine ne s'est pas calmée en dépit de l'aspirine que j'ai avalée plus tôt.

– Orion Williams et sa partenaire Elizabeth Pham, sur *Le Lac des cygnes* !

Nous nous plaçons au centre de la glace, immobiles. Le visage de Lily se transforme et je dois me forcer à faire de même avant que la musique ne retentisse.

Celle-ci commence tout doucement, si bien que je l'entends à peine. Je rate presque le début de la chorégraphie.

Lily et moi patinons avec grâce et fluidité, enchaînant pas et pirouettes. Je fais mon maximum pour transmettre toute la souffrance du prince qui a perdu l'amour de sa vie, le bras tendu vers une Lily qui s'éloigne dans une expression paniquée, comme tirée de mon étreinte par la force.

Lorsque la mélodie devient plus dramatique, je dois m'empêcher de grimacer, agressé par le son qui éclate dans les enceintes.

Pourquoi mettent-ils la musique si fort, bordel ?

Nous effectuons un premier porté en étoile, puis nous enchaînons avec une *reverse inside death spiral.* Les battements de mon cœur accélèrent lorsque je prends conscience du point auquel la tête de ma partenaire est proche de la glace. Je la tiens si fort qu'elle en aura probablement un bleu.

Elle se relève avec facilité, et je peux deviner le soulagement sur ses traits. Tout se passe à merveille. Nous sommes synchronisés, beaux, ensorcelants.

L'adrénaline fuse dans mes veines mais ne suffit pas à faire disparaître la peur de mon cœur quand le porté le plus dangereux approche. Il s'agit d'un *triple twist lift.*

Lily prend de l'élan, dos à moi, et je n'ai pas le temps de réfléchir. Nos mains s'accrochent à ses hanches et nous tournons sur nous-mêmes tandis que je la jette dans les airs.

Je crois voir ma vie défiler lorsqu'elle pivote à trois reprises et retombe à toute vitesse. Mes mains la rattrapent in extremis et Lily se réceptionne sur un pied.

Bordel. On l'a fait. Elle n'est pas tombée !

Je laisse échapper un souffle soulagé, un sourire aux lèvres. Maintenant que le plus dur est passé, je respire de nouveau. Il reste moins d'une minute et nous avons fait un sans-faute. Il faut juste que je tienne encore quelques secondes malgré le *bzzz* douloureux dans mon oreille qui menace d'exploser.

Comme pour me tester, un vertige s'abat sur moi. Je serre les dents pour résister à l'envie de fermer les yeux, mais je peux sentir la transpiration perler sur mes tempes.

Je ne vais pas bien. Il faut que je m'asseye.

La force me quitte peu à peu. J'ai peur de tomber dans les pommes.

Je fais tout pour continuer malgré tout, mais je sens que mes mouvements sont ralentis et maladroits. Lily le voit elle aussi car, soudain, elle fronce les sourcils dans ma direction, inquiète.

Je lui offre un sourire rassurant au moment où les trompettes résonnent à fond dans la patinoire, signe qu'on arrive au point culminant de la musique.

Le reste est simple, il s'agit d'un *camel spin* : Lily et moi tournons sur nous-mêmes l'un à côté de l'autre, une jambe tendue parallèlement à la glace.

Nous avons répété ce mouvement des centaines de fois.

Nous pivotons à toute vitesse quand une vive douleur pique mon oreille gauche.

Je grogne de douleur sans comprendre ce qu'il se passe, déséquilibré par le choc.

Ma jambe chancelle légèrement, rien qu'un peu, mais c'est assez.

Mon patin tendu frappe quelque chose.

Je n'ai même pas le temps de comprendre.

Je ralentis pour voir de quoi il s'agit, mais mon cœur, *lui*, le sait déjà.

Je me tourne à temps pour voir Lily être propulsée à quelques mètres, son corps frêle glissant sur la glace avec la force d'un boulet de canon. Je sais déjà que le bruit de sa tête contre celle-ci hantera mes nuits à jamais.

Je le sens faire vibrer la glace sous mes pieds plus que je ne l'entends.

~~Boom.~~

Le temps d'une seconde, rien qu'une, je peux jurer que le temps s'arrête. Je reste immobile, la patinoire est suspendue dans un souffle choqué…

Puis le silence est brisé par le hurlement strident de Lily.

Un cri comme je n'en ai jamais entendu.

Un hurlement à la mort.

Je sais tout de suite que c'est grave. Mon corps agit de lui-même et se rue vers elle. Je me laisse tomber à ses côtés, les mains tremblantes et l'expression un peu hagarde. Je vois le sang perler sur la glace autrefois immaculée, mais Lily se cache le visage de ses mains.

Elle pleure de douleur, mais je l'entends à peine. Mes oreilles décident de me lâcher à ce moment très précis. Tout ce que perçois désormais est un « bip » mortel.

Je *sais* que Lily hurle, parce que je vois sa bouche ouverte dans un cri sourd qui me tord l'estomac.

– Lily… je souffle, paralysé.

Je veux lui demander où elle a mal, je veux lui demander ce qu'il se passe.

J'ai l'impression que c'est un cauchemar, que rien n'est réel.

Bordel, je veux me réveiller maintenant.

Quand ses paumes s'écartent, mon cœur s'arrête de battre dans ma poitrine.

Je crois que j'aurais pleuré si je n'étais pas autant sous le choc.

C'est simple, je me dissocie complètement.

Je reste là à la fixer, sans rien faire.

Scott s'effondre soudain à côté de nous et m'écarte du passage des secouristes qui accourent.

C'est moi qui ai fait ça.

Je veux leur dire de l'aider, de la sauver, mais aucun son ne sort de ma bouche. Le monde entier nous regarde et je reste immobile comme un idiot tandis que la réalité de ce qui vient de se passer me foudroie.

J'ai heurté son visage de ma lame.

– Je suis désolé…

Personne ne m'entend, mais c'est la seule chose que je réussis à dire. Encore et encore.

Quand l'ambulance l'emmène, je reste là à répéter sans interruption :

Je suis désolé, je suis désolé, je suis désolé.

Mes excuses ne pourront jamais lui rendre ce qu'elle vient de perdre, ce que je lui ai volé, mais j'essaie tout de même. Car j'ai l'habitude. Ce sont des mots que j'ai passé les dernières années à prononcer. Ça n'a jamais rien effacé.

Malgré tout… j'essaie.

Je suis désolé.

C'est ma faute.

Je suis maudit.

Je l'avais prévenue. Je savais que ça arriverait tôt ou tard. Je n'aurais jamais dû accepter ce *deal* un peu fou.

Encore une fois, j'ai tout gâché. Je suis pareil à une infection, un porte-malheur humain qui sème les problèmes partout où il va.

Cette fois est celle de de trop.

J'arrête. Tout.

C'est fini.

17

LILY

Janvier 2024, Ottawa

Tout mon visage brûle.

Je n'ai jamais connu de douleur similaire. J'ai arrêté de crier, mais le sel de mes larmes attise mes plaies. Elles coulent sans discontinuer même si j'essaie de les retenir. Isabella tient ma main fermement dans la sienne dans l'ambulance.

Je suis terrifiée. Je veux lui demander si c'est grave, si je vais mourir, si l'un de mes yeux est touché. Je ne comprends toujours pas ce qu'il s'est passé, tout est allé trop vite. Je sais juste que je tournais sur moi-même, puis que soudain j'ai été projetée au sol.

Je me souviens du bruit du choc, surtout.

La douleur a été telle que j'ai eu l'impression que mon visage était scié en deux.

Encore maintenant, j'ai la sensation que celui-ci est lacéré de partout. J'ai peur de poser la question.

– Lily, tu m'entends ?

Je rouvre les paupières et aperçois trois médecins penchés vers moi. Leur expression ne laisse rien paraître, mais je suppose qu'ils ont l'habitude.

– Ça va piquer un peu, d'accord ? On doit t'anesthésier.

Isabella est toujours là, elle me murmure que ça va aller, qu'elle a appelé mes parents, que je dois me montrer forte. Cela me fait pleurer davantage encore. J'ai honte, mais je demande d'une voix minuscule :

– Est-ce que je vais mourir ?

– Non, Lily, tu ne vas pas mourir. On doit juste refermer la plaie.

Je suis rassurée de l'entendre, même si mon cœur continue à battre la chamade dans ma poitrine.

– Vous allez lui faire des points de suture ? demande ma coach.

Je sens la morsure d'une piqûre, et très vite la douleur se calme, tout comme mes pleurs.

– Oui, mais vu le nombre nécessaire, il faut qu'on l'endorme…

J'ai peur de ne jamais me réveiller.

Je serre les doigts d'Isabella dans les miens avec le peu de force qu'il me reste. Je veux lui dire de ne pas me laisser m'endormir, mais c'est trop tard.

Je sombre.

❄

– Tu as eu beaucoup de chance.

C'est ce que le médecin m'annonce à mon réveil. Je suis tellement droguée aux antidouleurs que je me contente de le regarder en silence, allongée dans un lit d'hôpital. Je peine à garder les yeux ouverts.

J'ai envie de lui demander de quelle chance il parle, au juste. Parce que je suis presque sûre d'être défigurée.

Isabella se trouve à mon chevet, l'air indéchiffrable. Je devine qu'elle ne veut pas m'inquiéter, mais son silence est si inhabituel qu'il n'annonce rien de bon.

– Qu'est-ce qu'il s'est passé ? je demande, la gorge douloureuse.

Mon visage me fait toujours mal. Il me gratte, aussi, mais je force mes mains à rester tranquilles. Je n'ai pas envie de le toucher, de peur de ce que je vais y trouver.

– Orion… a perdu l'équilibre le temps d'une seconde, m'annonce Isabella d'un ton doux. Son patin a heurté ton visage.

C'est bien ce qu'il me semblait. Malgré tout, l'entendre envoie une onde de choc dans tout mon corps.

– Combien ?

Ma voix n'est qu'un souffle quasi inaudible. Mes yeux s'embuent mais je résiste, cachant mes mains tremblantes entre les draps.

Isabella comprend tout de suite, et je vois son expression fléchir. Elle se racle la gorge, comme pour retarder l'évidence, puis annonce :

– Quatre-vingts. Tu as eu quatre-vingts points de suture.

C'est plus fort que moi, je me mets à pleurer.

J'aimerais pouvoir faire disparaître les preuves de ma faiblesse, mais c'est au-delà de mes forces.

– Je veux voir mes parents, je supplie entre deux sanglots.

C'est Jane qui entre le premier dans la pièce.

J'ai arrêté de pleurer depuis quelques minutes déjà, mais je sens que mes yeux sont gonflés par les larmes autant que par les cicatrices.

Je peux déjà deviner ce qu'Isabella a dû leur dire avant qu'ils ne toquent à la porte : « Préparez-vous. Essayez de ne pas réagir pour éviter de lui faire peur. » C'est manifestement un échec, car l'expression fermée de mon grand frère cède au moment où son regard se pose sur moi.

Le temps d'une nanoseconde, il ne peut masquer son choc, puis il couvre sa bouche avec sa main.

– Hey.

Je tente de lui sourire, parce que je me suis fait la promesse de ne pas craquer devant eux. Je ne veux pas inquiéter mes parents.

Malheureusement, ma mère s'effondre dès qu'elle me voit. Ses larmes inondent ma main, qu'elle tient dans un étau de fer.

– Ma magnifique petite fille…

Mon père lui caresse le dos et lui intime de se reprendre. J'essaie de la rassurer en lui disant que je vais bien, que je n'ai plus mal, que ça va aller.

Je n'ai aucune idée de la véracité de mes propos, mais je m'en fiche.

– Viens, on va aller lui chercher de quoi boire, dit mon père en prenant ma mère par les épaules. Jane, reste avec ta sœur.

Mon frère hoche la tête en s'asseyant à côté de moi. Il n'a pas articulé un seul mot jusqu'ici. Il évite de croiser mes yeux.

Quand la porte se referme, nous laissant seuls, je demande :

– C'est si horrible que ça ?

Il me dévisage enfin, les sourcils froncés. Il a l'air vulnérable et tout petit, comme ça. Je n'ai pas l'habitude. Je préfère quand il m'embête et me tire les cheveux.

– De quoi ?

– Mon visage. Tu refuses de me regarder en face, alors c'est que ça doit être affreux.

Il commence à secouer la tête, la bouche entrouverte, mais rien ne sort pendant un long moment. Je devine qu'il aimerait me rassurer… mais qu'il déteste avoir à me mentir.

– Dis la vérité, je le supplie dans un souffle.

Il hésite, puis ses doigts trouvent les miens sur le matelas.

– Tu restes toi. Tu restes… belle.

– Mais ?

– Mais ça prend toute la place, chuchote-t-il en laissant échapper une larme. Je te regarde, et je ne vois que ça.

Je revois le moment exact où sa lame a touché ton visage et… putain. J'ai eu tellement peur.

Il baisse la tête, cherche à dissimuler son émotion. J'avais complètement oublié que lui et mes parents devaient suivre la compétition sur leur télé. Je n'ai pas imaginé une seule seconde qu'ils puissent être témoins de l'accident.

– Je veux voir.

Jane renifle, les yeux rouges, et me demande si je suis sûre. Je hoche la tête, même si c'est un mensonge. Je n'ai aucune envie de faire face à mon reflet, pas si tôt.

Mais j'ai peur d'attendre et de ne jamais avoir la force de le faire.

Mon frère sort son téléphone de sa poche, puis il me prend en photo avec des mains tremblantes.

Lorsqu'il me tend l'objet, je ferme les paupières et prends une grande inspiration avant de faire un décompte.

Ne panique pas, Lily. Ça va aller.

3.

Tu es en vie, c'est tout ce qui compte.

2.

Le reste, on s'en fout. Ce n'est qu'un visage.

1.

Je trouve le courage de contempler la moi qui me fait face sur l'écran.

Cette fois, je ne pleure pas.

À la place, je sens quelque chose en moi se briser pour toujours.

Quand je sors de l'hôpital, mes parents m'emmènent chez eux.

Mes seules affaires sont celles que j'ai apportées avec moi à la patinoire, à savoir mes patins et mon costume de cygne désormais taché de sang.

Je sais que tout le monde parle de ce qu'il s'est passé, dans les médias comme sur Internet, mais Jane m'interdit d'y jeter le moindre coup d'œil. Je n'ose pas non plus demander à Isabella ce que ça veut dire pour la compétition. Je sais déjà quelle sera sa réponse, alors je retarde l'évidence.

À la place, j'ose enfin demander :

– Où est-il ? Orion…

Je me suis interdit de penser à lui jusqu'ici. Un peu égoïstement, je l'avoue.

– Il… va bien, hésite ma coach au téléphone. Enfin, je crois. Personne n'arrive vraiment à le joindre.

Elle n'a pas besoin d'en dire plus. Je sais très bien ce qu'il doit vivre en ce moment, c'est pourquoi je ne lui en veux pas de ne pas avoir pris de mes nouvelles. Au contraire, mon premier réflexe est de m'inquiéter pour lui. Je suis persuadée qu'à l'heure qu'il est, la culpabilité l'étouffe jour et nuit.

Il a honte. Trop pour me faire face.

– Repose-toi, d'accord ?

– OK.

Je raccroche peu après, emmitouflée dans un plaid sur le canapé familial. Mon visage me gratte et me fait mal, si bien que j'avale un comprimé d'antidouleur.

Jane débarque peu avant l'heure du dîner, un sac à la main, et retire son masque en tissu. Il adore faire sa star, mais je suis persuadée que les gens ne le reconnaissent pas autant qu'il le dit.

– Tiens, je suis allé récupérer des affaires à toi.

Je cligne des yeux, surprise.

– T'es allé chez lui ?

Mon frère acquiesce sans me regarder en face, l'air tendu. Les questions me démangent fortement. Comment va-t-il ? Qu'est-ce qu'il a dit ?

Est-ce qu'il a demandé de mes nouvelles ?

Mais je les garde pour moi, parce que c'est trop dur.

J'aimerais l'aider… mais je n'ai pas la force de porter sa culpabilité à bout de bras. Mon propre choc prend trop de place dans ma tête.

Je passe mes journées à sourire à mes parents, mais la nuit je pleure dans l'obscurité secrète de ma chambre. Je pleure un échec cuisant et la perte d'un visage que j'aimais…

– Merci, dis-je en prenant le sac.

Je cache un sourire amer en voyant Spooky dépasser de la fermeture. *Évidemment, qu'il a pensé à mon doudou.*

Jane s'assied à côté de moi et dégage une mèche de mes cheveux sur le côté. Ses yeux contemplent mon visage sans rien dire, et soudain, il lâche un petit rire.

– Qu'est-ce qu'il y a de drôle ?

– Rien, je viens de penser à un truc.

Je hausse un sourcil interrogateur. Mon frère semble hésiter, mais je vois le sourire qui menace d'éclater sur son visage.

– Je me disais juste… Tu ressembles *vraiment* à Kreattur, maintenant.

J'ouvre la bouche, choquée par ce qu'il vient d'oser dire.

Nous nous regardons fixement, moi avec stupéfaction, lui avec appréhension.

Puis j'explose de rire.

Je ne sais pas ce qu'il me prend, mais soudain je ris sans m'arrêter, si fort que j'en ai les larmes aux yeux. Mon frère se joint à moi, soulagé, jusqu'à ce que son rire se transforme en vraies larmes de tristesse.

C'est mon premier sourire depuis l'accident.

Je ne me rends compte que maintenant à quel point j'avais besoin de ça. Que quelqu'un dédramatise la situation.

– Espèce d'enfoiré, dis-je en posant ma tête contre son torse. Quitte à être comparée à un elfe de maison, tu pourrais au moins m'appeler Dobby, c'est mon favori.

– Justement, ce serait trop facile.

Jane entoure mes épaules de son bras, essuie ses larmes silencieuses et laisse tomber son menton sur mon crâne.

– T'étais déjà moche, petite sœur. T'as rien perdu.

– Je te déteste.

– Et moi je t'aime. Tellement.

Il me serre plus fort contre lui.

– T'es ma personne préférée, Lily.

– Et toi la mienne, je chuchote en retenant mes larmes.

Nous restons un long moment dans cette position. Je ferme les yeux, apaisée par le rythme régulier des battements de son cœur.

Alors que je pensais qu'il n'allait rien ajouter, sa voix me parvient tout bas :

– Tu devrais l'appeler, un de ces quatre… Je crois qu'il en a besoin.

Je n'ai pas besoin de demander à qui Jane fait allusion.

Il n'a pas quitté mes pensées depuis l'accident…

18

ORION

Janvier 2024, Montréal

Je ne compte plus le nombre de messages et d'appels manqués qui inondent mon téléphone.

Tous de Scott, d'Aydan, d'Harper… de Lily.

Le nom de cette dernière s'est affiché sur l'écran hier soir, et mon cœur s'est arrêté de battre dans ma poitrine. J'ai pris le portable dans ma main, j'étais à ça de répondre, je le jure.

Puis je me suis rappelé.

Si je décroche, je ne serai même pas capable d'entendre sa voix.

Au lieu de balancer l'engin contre le mur avec rage, j'ai bloqué son numéro en espérant qu'elle lâche l'affaire. Depuis, j'ignore tout le monde en dormant et en me bourrant la gueule comme un *loser*.

Scott est toutefois plus tenace que je ne le pensais.

Je m'inquiète, Orion.

La petite a besoin de toi.
Si tu ne réponds pas, je me pointe.

Lily a le droit de savoir ce qui t'arrive…

Et il faut qu'elle l'entende de toi.

Cela fait une semaine que je revis la scène, encore et encore, en tentant de comprendre ce que j'ai fait de mal et comment j'aurais pu éviter le drame… en vain.

Ce jour-là, j'ai suivi l'ambulance. J'ai passé la soirée à l'hôpital, paniqué, pour m'assurer que Lily allait bien. Je sais qu'elle a eu des points de suture. Je sais qu'elle n'a rien perdu de vital.

Je sais aussi avoir brisé son rêve.

Comme avec toutes les autres.

Parce que j'avais tort : Lily n'est pas l'exception. Je lui ai donné trop de responsabilités, et voilà que la malédiction m'a rappelé à l'ordre.

« C'est très rare. »

« Vous n'avez pas eu de chance. »

C'est ce qu'a dit le médecin en m'annonçant que ma deuxième oreille m'avait elle aussi abandonné. Ou plutôt, c'est ce qu'il a tapé sur l'écran de son ordinateur. J'ai voulu lui répondre « je sais », « ne vous inquiétez pas », « je suis habitué ».

Mais même Scott, qui m'accompagnait, n'avait pas les mots face à cette nouvelle.

À la place, j'ai demandé :

– Est-ce qu'il y a des chances que ça revienne ?

Je n'ai même pas pu entendre ma propre voix en posant la question. Depuis l'accident, c'est le silence. Il faut crier près de mes oreilles pour que je puisse capter une quelconque fréquence.

L'expression compatissante du docteur n'a fait que me confirmer ce que je redoutais. Je connaissais déjà la réponse, mais les mots qu'il a ensuite tapés sur l'ordinateur me hanteront à jamais.

« Vous avez perdu plus de quatre-vingt-dix décibels d'audition, Orion. Vous êtes sourd. Je suis désolé. »

Le mot en lui-même m'a fait l'effet d'un uppercut.

Sourd.

Je suis sourd.

Cette fois, Dieu m'a vraiment puni pour tout le mal que j'ai pu faire à mes partenaires. Cette fois, c'est moi qui trinque. Il fallait bien une justice, non ?

« Je comprends que cela puisse être un choc. »

« On va devoir vous appareiller. Vous verrez, ça vous aidera à amplifier les sons que vous réussissez encore à capter. »

« Vous n'êtes pas seul, d'accord ? »

Je me suis contenté d'acquiescer et je n'y suis pas retourné depuis.

Quand je suis sorti, Scott m'a pris dans ses bras sans un mot. C'est idiot, mais j'ai eu l'impression de le laisser tomber. De le décevoir.

Depuis, je reste enfermé chez moi, prisonnier de mon silence, et je bois.

Comme un trou.

Je ne sors que pour aller acheter de l'alcool.

J'ai du mal à tenir debout, si bien que les gens me prennent pour un ivrogne.

Le médecin m'a prévenu que les problèmes d'équilibre sont normaux, et je comprends désormais ce qu'il voulait dire par là.

Je me fais klaxonner par une voiture en traversant hors du passage piéton. Je l'entends à peine, mais je comprends en la voyant piler devant moi, le conducteur hurlant des choses à mon égard.

Le caissier ouvre la bouche pour me demander quelque chose, mais je ne réponds rien. Je dépose un billet sur le comptoir avant de partir.

Je me barricade… et je fais l'erreur d'aller regarder Twitter.

Les gens ne parlent que de ça, bien sûr.

« La malédiction Williams de nouveau à l'œuvre ! », « Une autre de tombée ! Qui sera la prochaine ? »

Je ne peux pas le supporter.

Et si je l'avais tuée ?

Mon égoïsme a mis Lily en danger, et voilà qu'elle en paye aussi le prix. J'ai fait d'elle une énième victime, tout ça parce que j'ai persisté tout en sachant les risques qu'elle encourait.

Voilà pourquoi je n'ai pas d'amis, Lily.

Parce que je suis terrifié chaque jour qu'ils meurent par ma faute.

Pour une fois, j'avais envie d'y croire. J'ai voulu penser que ce serait différent.

Mais c'est ça le problème avec les héros des tragédies grecques.

Le destin finit toujours par les rattraper.

Je ne peux pas continuer à faire subir cela à Lily.

Alors je choisis d'envoyer un message à Scott. Sans répondre aux siens.

Je me contente de lui annoncer la nouvelle.

Cette fois, j'arrête pour de vrai.
Dis à Lily… que je suis désolé.

19

LILY

Janvier 2024, Montréal

Ça fait déjà une semaine.

J'ai passé ce temps à dormir, endurer la douleur et déprimer. Jasmine m'appelle tous les jours pour s'assurer que je vais bien, me divertissant à coup d'anecdotes Tinderesques. Camelia a proposé de venir pour me soutenir, mais j'ai refusé.

– Qui s'occupe de toi ? s'est inquiétée Nolia. Tu dois te sentir seule…

– Jane ! Et toute l'équipe de hockey, qui passe tous les jours pour déposer des donuts et tenter de m'extirper des photos embarrassantes de mon frère.

– Comme si t'avais besoin qu'on te supplie, a ri ma cousine derrière l'écran de son téléphone.

– C'est moi-même qui les ai payés pour qu'ils diffusent les photos partout sur Twitter.

Les filles ont ri avant que Camelia me demande :

– Et ta copine Piper ? Elle passe te voir ?

Je n'ai pas répondu mais la vérité a dû s'afficher sur mon visage, car les filles ont perdu leur sourire. La vérité c'est que Piper n'est venue me voir qu'une seule fois : le jour de mon retour à Montréal. Elle m'a apporté des fleurs en me disant que je lui avais fait peur. « Je t'avais prévenue », s'est-elle exclamée, avant d'enchaîner : « Jane est là ? »

Depuis ce jour-là, silence radio. Elle ne prend pas de mes nouvelles, ni de celles d'Orion. Elle passe ses soirées à m'envoyer des TikTok drôles, auxquels je ne réponds jamais.

Ce n'est pas bien grave. J'ai d'autres choses à penser.

À commencer par le patinage. Parce que nous n'avons pas pu terminer notre programme, Orion et moi avons dû déclarer forfait… J'ai peur de savoir ce que cela veut dire pour la suite.

J'ai essayé de le contacter plusieurs fois, sans succès.

Salut. Comment tu vas ?
Je vais bien, tu sais. Promis.

On peut parler ? C'est important.

Orion, je m'inquiète…

Je peux revenir chez toi ?
Princesse me manque.

Ton sale caractère aussi…
Mais je t'interdis de prendre la grosse tête !

Mes messages et mes appels sont restés sans réponse jusqu'à présent.

Jane a fini par accepter de me ramener à la patinoire, ce qui m'a valu les remontrances d'Isabella, mais mon partenaire reste introuvable.

– Qu'est-ce que tu fais ? m'interroge ma coach lorsqu'elle me voit enfiler mes patins.

– Je viens bosser, je réponds d'un ton qui veut dire : « À ton avis ? »

– C'est une plaisanterie ?

– Je suis très sérieuse. Je suis restée une semaine dans le canapé de mes parents alors que j'ai une mère asiatique au foyer : tout prétexte est bon pour m'échapper avant que je l'étrangle et fasse la une des faits divers.

– Tu devrais te reposer. On ne t'a même pas encore retiré tes fils…

Je lui offre un sourire rassurant, bien qu'un peu fébrile.

– Ce ne sont que des points de suture et une petite commotion. Mes jambes et mes bras vont bien, et c'est ce qui compte !

Ce n'est pas totalement vrai. Mon corps est fatigué et les muscles de mon visage me font souffrir.

J'ai passé la semaine à ressentir le manque de la patinoire… tout en craignant le moment du retour.

Là est le problème.

Je suis terrifiée de retrouver la glace, et c'est bien pour cela que je vais me forcer.

Plus tôt je recommencerai, mieux ça sera. Il est hors de question que je laisse la peur me voler ma passion.

Je suis Elizabeth Pham, bordel. Je serai plus forte que ce putain de stress post-traumatique.

– Laisse-la faire, nous coupe Scott en croisant les bras sur sa poitrine. Lily a raison, elle doit affronter ses angoisses le plus vite possible.

Isabella le fusille du regard avant de finalement accepter.

– Vas-y doucement. Pas de figure compliquée, c'est compris ? Sinon ta mère aura ma peau.

Je le lui promets, si bien qu'elle finit par nous laisser.

Je me retrouve seule et tente d'ignorer la curiosité évidente des autres patineurs. Je sais ce qu'ils pensent et les questions qui tournent dans leur tête.

– Salut.

Je lève la tête vers l'homme qui s'assied à côté de moi, surprise. Je le reconnais tout de suite, ou plutôt son sourire séducteur.

L'ami non imaginaire d'Orion.

– Kayden, c'est ça ? Enfin… *Aydan*, à ce que j'ai cru comprendre, je précise dans une grimace qui le fait rire. Désolée.

– Tu peux m'appeler comme tu le souhaites, beauté.

Il m'adresse un clin d'œil complice. J'aurais pu trouver son comportement lourd, mais il me met étrangement à l'aise.

– On patine un peu ensemble ? me propose-t-il soudain. T'as l'air d'avoir perdu ton partenaire, et la petite blonde qui te sert de copine ne semble pas être là...

En effet. J'ai dit à Piper que je serais là aujourd'hui, et elle m'avait promis de m'accueillir. J'ai joué l'indifférente, mais j'étais rassurée d'avoir quelqu'un à mes côtés. Malheureusement, un message d'elle m'est parvenu plus tôt ce matin : « Je suis rentrée de soirée à quatre heures, je vais probablement rester dormir aujourd'hui. Déso XOXO. »

J'ai ravalé ma déception comme j'ai pu, terrifiée à l'idée d'affronter la glace toute seule.

– Avec plaisir.

Je ne sais pas comment Aydan a compris que j'avais besoin d'un support physique et émotionnel, peut-être est-ce inscrit sur mes traits, mais je lui suis reconnaissante pour son geste.

Je le suis jusqu'à la patinoire, le cœur battant plus fort à chaque pas. Je m'efforce de ne pas scruter la glace et serre mes poings pour éviter que mes mains ne tremblent.

– C'était un magnifique programme, lance Aydan. Toi et Orion formez un très beau duo... Vous irez loin.

Je reste immobile, bloquée à l'entrée de la patinoire. Mes jambes refusent de faire un pas de plus.

Aydan me sourit, et même s'il ne fait aucun commentaire, je sais qu'il sait. J'ai tellement honte que je fuis ses yeux.

– Tu fais une Odette parfaite, ajoute-t-il en prenant ma main dans la sienne. Ne doute jamais de toi.

Sa peau est froide et plus calleuse que celle de mon partenaire, mais sa poigne est douce et rassurante.

– Ce n'est pas mon genre, je souffle sans réfléchir.

Cela le fait rigoler. Je suis surprise qu'il ne me trouve pas prétentieuse ou imbue de moi-même.

– Orion a raison d'avoir peur : tu vas très certainement lui voler la vedette un de ces jours.

– Orion n'a pas peur de moi. Personne ne lui arrive à la cheville.

– C'est faux et vrai à la fois, sourit Aydan en baissant les yeux sur mes patins.

Je fais de même… et me raidis instantanément. Je ne m'en étais pas rendu compte, trop occupée par notre conversation, mais je suis sur la glace.

– Ne regarde pas en bas, me conseille mon accompagnateur sans se départir de son sourire. Tout va bien.

Il serre ma main tandis que nous patinons l'un en face de l'autre, lui à reculons. Mes jambes tremblent et mon cœur devient fou sous mon sein. Je vois les gens nous épier et j'étouffe.

– Je… Je ne peux pas…

– Tu te débrouilles très bien.

Ma gorge se serre et m'empêche d'en dire plus. Aydan comprend que je panique, si bien qu'il s'approche pour me dire de respirer. Sa voix est tendre et apaisante, mais cela ne suffit pas.

Je suis prise de vertiges. Le patin d'Orion qui me percute le visage me revient à l'esprit, et soudain je ne peux plus bouger. Je suis paralysée, le visage brûlant d'humiliation.

– Je ne peux pas. Je veux partir. Lâche-moi, dis-je en arrachant ma main à celle d'Aydan.

– Du calme, Lily. Tout va bien, c'est promis. Laisse-moi t'aider.

Je n'ai pas la force de l'arrêter lorsqu'il me soulève dans ses bras et me ramène à la terre ferme. Il me relâche sur un banc et me demande si ça va. Je suis consciente du regard de pitié que me lance Scott à quelques mètres, et c'est ce qui déclenche mes larmes de rage.

Qu'est-ce qu'il m'arrive ?

Je ne peux pas me permettre d'avoir peur, putain.

– Lily ? Est-ce que ça va ? répète Aydan. Tu as besoin de quelque chose ?

L'aveu s'échappe de mes lèvres avant que je puisse l'en empêcher.

– J'ai besoin d'Orion.

20

ORION

Janvier 2024, Montréal

Naïvement, je pensais réussir à continuer de vivre isolé jusqu'à la fin de mes jours. Mais c'était sans compter sur Harper. Qui se pointe devant ma porte en fauteuil roulant et qui refuse de partir tant que je ne l'invite pas à l'intérieur.

– Tu devrais rentrer chez toi, je déclare, étouffé par la culpabilité. Il fait froid.

Elle hausse un sourcil peu impressionné. Ses lèvres bougent, mais le silence qui me parvient est l'énième preuve de mon problème.

Je pousse un soupir profond.

– Je ne t'entends pas, Harper.

Elle répète, probablement plus fort, mais je secoue la tête. *Toujours rien.*

– Il va falloir hurler très fort, parce que je ne t'entends pas. Tu comprends ce que je suis en train de te dire ?

Soudain, son visage s'affaisse. Je sais qu'elle saisit tout de suite l'allusion. Elle fronce les sourcils, les traits déformés par la tristesse, et fait comprendre à son mari de repartir sans elle.

Je le remarque seulement maintenant, au volant de leur voiture. Harper me fait signe de l'aider à entrer, et je finis par céder. Je la porte jusqu'à l'intérieur, où je lui prépare un café.

Je sens son regard sur moi, pesant. C'est la première personne avec laquelle j'échange depuis l'accident et je ne sais pas comment me comporter…

Quand je me retrouve face à elle autour de la table basse, Harper a déjà sorti son téléphone portable.

Qu'est-ce qu'il s'est passé ?

Je fixe les mots sur l'écran, silencieux. J'essaie de rester désinvolte, parce que je ne me sens pas légitime de me plaindre, encore moins auprès d'elle. Je sais toutefois qu'Harper a vu les bouteilles vides près de la poubelle.

– Surdité brusque, je réponds à voix haute. Les deux oreilles, l'une après l'autre. Ça craint, hein ? Pas totale, mais profonde. Ce qui revient au même, si tu veux mon avis.

Je lui accorde un rictus en coin, le cœur douloureux.

Malgré mon petit cirque, elle n'est pas dupe. Ses yeux s'embuent et sa main serre soudain la mienne de toutes ses forces.

Je lui explique le concert, les acouphènes, puis l'accident. Elle me demande pourquoi je n'ai pas encore d'appareils, mais je secoue la tête.

– Je n'en ai pas besoin. C'est pour les…

Je m'interromps. Harper devine ce que j'allais dire, et elle sourit tristement.

C'est pour les sourds.

C'est justement le problème, pas vrai ? Je n'ai pas encore accepté cette réalité.

Si j'accepte de porter des appareils, ça deviendra réel. Et alors quelle sera la prochaine étape ? Une carte d'invalidité ? Des cours de langue des signes ?

– Ça va revenir, j'assure avec un aplomb vacillant.

Et si ça ne revenait pas ?

Je secoue la tête, incapable d'envisager cette éventualité. Je suis trop jeune, j'ai trop de choses à faire, je ne peux pas devenir sourd.

Pas moi.

Pas déjà.

– J'y crois.

Orion… Se retrouver handicapé du jour
au lendemain, j'ai donné.

C'est dur. Je sais.

Surtout au début. Tu veux croire que ça va
changer, tu pries pour un miracle, tu refuses
de faire partie de « ces gens-là ».

Ma gorge se serre lorsque je lis les mots sur son téléphone. J'ai honte qu'ils soient tous vrais.

Mais crois-moi : plus vite tu accepteras la
réalité, plus facile ce sera. Contrairement
à ce que tu penses, ta vie n'est pas terminée.
Elle continue d'être belle.

– Ce n'est pas pareil et tu le sais. Tout va changer. Tout a déjà changé, je rétorque sans réussir à me contenir. J'ai passé la semaine à me réveiller à onze heures parce que je n'entends plus mon réveil. Hier, il m'a fallu un temps infini pour me rendre compte que Princesse m'appelait derrière la porte parce que je l'avais enfermée dehors.

Je sais, et tu as raison. Je ne vais pas te
mentir… Ton quotidien sera bouleversé à
tout jamais. Ça ne sera pas un long fleuve
tranquille. Le regard des gens va changer,
aussi. Certains vont même partir. Mais c'est…

Je secoue la tête avant même de lire la fin de son message.

– Je n'ai pas envie de ça, je réponds d'une voix que j'espère ferme.

L'expression d'Harper se fait douloureuse, et je devine toute la pitié que je lui inspire. C'est ce qui me fait le plus mal, je crois. Ai-je réagi comme ça, moi aussi, quand j'ai su qu'elle ne remarcherait plus jamais ?

Tu n'as pas le choix, Orion. C'est en train
de se passer. Tu ne peux pas l'arrêter.
Tu ne peux que l'accepter et être fort.
Ça prendra du temps... mais tu y arriveras.
On est là pour toi.

C'est plus fort que moi : je craque. Je cache mon visage de mes mains et me laisser aller à pleurer. Harper m'étreint, ses bras entourant mes épaules dans un étau de fer. Tout ce que j'ai accumulé ces derniers jours – ces dernières années – sort d'un seul coup et je ne peux plus en interrompre le flot.

Ma peur, ma culpabilité, mon deuil.

Parce qu'il s'agit bel et bien d'une mort. Celle de mon ouïe, mais aussi celle de ma carrière.

Le champion des glaces déchante.

– Merci, dis-je quand je suis enfin calmé. D'être venue.

Je lis le mot « Toujours » sur ses lèvres souriantes.

21

LILY

Janvier 2024, Montréal

– Il a dit *quoi* ?

Tout mon corps tremble de colère. Scott m'offre une moue désolée, avant d'assurer que c'est compliqué, qu'Orion a ses raisons. Je sens la main rassurante d'Isabella sur mon épaule, mais cela ne m'aide pas à me calmer.

– Mais quel lâche ! je peste en faisant demi-tour.

Ce cirque a déjà trop duré.

Je passe mes journées ici à combattre ma peur, et mes nuits à lui envoyer des messages, mais monsieur décide de me laisser tomber ? Et il n'a même pas le courage de me l'annoncer lui-même !

Il culpabilise, je sais. Il a peur, je comprends.

Cependant, je lui ai laissé assez de temps pour s'en remettre. Cette fois, je ne vais pas lui donner l'occasion de jouer les héros altruistes qui se sacrifient pour les autres.

– Va le voir, me conseille Scott, et je remarque seulement maintenant à quel point il a l'air fatigué. Je ne saurais pas l'expliquer mais… je pense que, toi, tu réussiras à le convaincre.

Je ne sais pas ce qui lui fait dire cela, mais j'opine.

Lorsque Jane vient me chercher à la patinoire et qu'il découvre mon expression tempétueuse, il s'inquiète.

– On va tuer qui, au juste ? Que je prépare mon alibi, ajoute-t-il une fois que je suis installée dans la voiture. Tu as conscience que je ne sais pas mentir.

– Orion.

– Okayyyyyyy.

Il ne me pose pas plus de questions. Il démarre et nous arrivons chez Orion en moins de vingt minutes.

Mon cœur bondit dans ma poitrine quand la voiture s'avance dans l'allée enneigée… et que je l'aperçois. Il est de dos, enveloppé dans une doudoune et un bonnet en laine vissé sur la tête, en train de déblayer la neige devant son perron. Princesse aboie à côté de lui, puis elle l'abandonne pour venir sauter près de la voiture.

– Laisse-moi ici, je demande à Jane en ouvrant la portière.

– Tu es sûre ? Ça va aller ?

Je hoche la tête. Je n'attends pas de voir mon frère repartir, je caresse Princesse entre les oreilles avant de marcher jusqu'à Orion, qui m'ignore toujours, pelle à la main.

– Hé ! je m'écrie, furieuse. Espèce de traître !

Mon partenaire ne se retourne toujours pas. Folle de rage, je me baisse pour saisir une poignée de neige et la jette en visant sa tête.

Orion sursaute sous l'assaut, puis fait enfin volte-face.

Je me fous bien du choc qui se peint sur son visage lorsqu'il me voit, je lui crache sans hésiter :

– Tu te fous de ma gueule ?

22

ORION

Janvier 2024, Montréal

Je suis incapable de bouger, encore moins de respirer.

Elle est là. En face de moi. En chair et en os.

Et c'est la première fois que je vois son visage depuis ce jour-là.

Bordel, Lily… Qu'est-ce que je t'ai fait ?

Une cicatrice d'environ trente centimètres barre son beau visage, en diagonale. Elle est habillée de fils noirs pas encore totalement résorbés et passe par son nez délicat, frôlant son œil gauche de justesse.

Cela ne la rend pas moins belle. Rien ne saurait le faire.

Mais la regarder me rappelle douloureusement mon échec.

– T'as pas le droit ! crie-t-elle en poussant sur mon torse à l'aide de ses mains. T'avais promis de me donner l'or ! T'avais juré de travailler plus dur que les autres !

Je la laisse faire, silencieux. Je me contente de l'observer, submergé par des émotions aussi contradictoires qu'intenses.

Je suis tellement content de la voir.

Plus encore de l'entendre.

Je me félicite intérieurement d'avoir fait poser mes appareils plus tôt ce matin, sans quoi j'aurais été incapable d'entendre ses reproches. Ils sonnent comme du miel à mes oreilles.

Sa voix me parvient légèrement déformée. C'est bizarre et un peu gênant, mais au moins je peux avoir une conversation avec elle.

– Je suis désolé.

Cela semble l'énerver davantage. Son expression se transforme en tempête et elle plante un doigt dans mon sternum.

– Oh, change de disque. Je n'ai pas besoin de tes excuses !

Je suppose que Scott a fait passer le message, alors.

– Lily, c'est compliqué. Je fais ça pour toi…

– Menteur, crache-t-elle. Si c'était vrai, tu m'aurais posé la question avant de prendre la décision pour nous deux. Tu ne t'es jamais demandé ce que j'aurais choisi ?

Bien sûr que si. Je suis parti du principe qu'elle fuirait, comme les précédentes. À raison.

– Lily, dis-je d'un ton ferme mais pas méchant. J'ai failli te tuer.

– Je suis encore là, non ?

Je la fixe avec des yeux écarquillés, mais elle ne se démonte pas et croise les bras sur sa poitrine.

– Je te l'ai dit : « Je n'abandonnerai jamais. » Ce n'étaient pas des paroles en l'air.

– Mais…

– Mais je ne suis pas tes autres partenaires, termine-t-elle sèchement. Elles ont fait leur choix, et j'ai fait le mien. Je veux la médaille d'or cette année… Et je la veux avec toi, personne d'autre.

Je n'ai jamais été aussi confus. Cette fille de tout juste vingt-deux ans, fraîchement sortie de l'hôpital, balafrée par ma faute, me dit qu'elle est prête à recommencer.

Elle est bien plus courageuse que moi.

J'ai peur, constamment, et je fuis.

Lily, elle, fonce au-devant du danger, tête la première. Elle affronte les obstacles, quels qu'ils soient.

Est-elle vraiment réelle ou suis-je en train de rêver ? Ce serait cruel de la part de mon subconscient.

Je tends la main vers sa joue, doucement. Elle se raidit, apeurée, mais elle me laisse faire. Mes doigts caressent sa peau, mes yeux se noient dans les siens.

– Et ton visage ?

Traduction : « *Tu n'as pas peur que je fasse pire ?* »

Lily hausse les épaules d'un air désinvolte, mais je reconnais la lueur de tristesse qui emplit son regard.

– Quoi, mon visage ? Au moins les gens se concentreront sur mon talent, désormais, et non plus sur ma beauté légendaire. Ça devenait franchement agaçant.

– Désolé de te décevoir… je souffle tout bas. Mais ta beauté légendaire n'a pas disparu par magie, Lily.

Ma partenaire cligne des paupières, comme si elle croyait à peine à mes paroles.

Mon sourire s'évanouit soudain, lorsque le secret que je leur cache à tous se rappelle à moi.

– Orion… me supplie Lily dans un murmure. Je t'en prie, laisse-nous une chance.

C'est le moment. Dis-lui, Orion.

Je suis incapable de lui mentir, pas à ce propos. Il faut qu'elle comprenne ce que sa demande implique. Une fois qu'elle connaîtra la vérité, elle changera d'avis. Personne ne veut d'une moitié de champion, pas vrai ?

Un athlète déchu.

Un homme réduit.

– Je ne peux plus te promettre l'or, j'avoue.

– Comment ça ?

J'ouvre la bouche pour prononcer les mots fatidiques.

– Je suis…

Elle attend, mais ça ne veut pas sortir. Je n'y arrive pas. Le mot se bloque dans ma gorge et j'ai envie de me cacher dans un coin.

Mais je me fais violence malgré tout et soupire en retirant mon bonnet.

– Je suis sourd.

Lily ne comprend pas tout de suite. Elle patiente sans rien dire, les sourcils froncés.

Je vois le moment très exact où ses yeux tombent sur les appareils auditifs qui entourent mes oreilles. Une palette d'émotions passe sur son visage : la surprise, la tristesse, la culpabilité.

– Oh… Orion…

– Ça va, je la rassure d'un sourire. Je t'assure.

C'est faux, et nous le savons tous les deux. Je suis bien content qu'elle n'ait pas été témoin de mon état il y a une semaine.

– Mais… Tu m'as dit que ça allait mieux. Ce jour-là, tu m'as promis que tu n'avais plus rien.

Ses mots ne sonnent pas comme un reproche, plutôt comme une question, mais je les prends comme tel.

– J'ai menti.

Je la laisse digérer l'information.

Toute sa colère semble avoir disparu. Je ne bouge pas tandis que sa main se lève jusqu'à mon visage. Ses doigts gelés touchent mes oreilles, puis les appareils autour. Je me force à ne pas frissonner, surpris par ma propre vulnérabilité.

– Mais tu m'entends, non ?

J'acquiesce doucement.

– Et si tu les enlèves ?

Je secoue la tête. Les appareils sont encore nouveaux, je n'ai pas eu le temps de m'y habituer. Le docteur a dit que bientôt je ne les sentirai plus, mais je ne le crois pas. Ils sont un poids impossible à ignorer.

– C'est douloureux ?

– Non, pas vraiment. Et toi ?

– Oui, avoue-t-elle tout bas.

Aucun de nous ne dit rien pendant un long moment. Je n'ose pas l'avouer, mais je suis content qu'elle soit venue jusqu'à moi. Je n'aurais jamais eu le courage de le faire moi-même.

Égoïstement, je suis aussi soulagé qu'elle ne me déteste pas. Je ne sais pas si je l'aurais supporté. Lily et moi avons connu des débuts compliqués, c'est vrai, mais… il y a un truc chez elle, ce petit je-ne-sais-quoi, qui parle à mon cœur.

Elle m'apaise.

Il faut croire que j'ai bel et bien envie de devenir son ami.

– Faisons-le, lance-t-elle tout à coup, déterminée.

– Lily…

– Si tu me dis que c'est trop dur, je comprendrai. Je ne te forcerai jamais. Mais ne dis pas non pour *moi.* S'il te plaît, prends le temps d'y réfléchir.

Son côté intrépide me laissera toujours à la fois interdit et subjugué. J'aimerais lui dire oui… mais j'ai peur de provoquer les dieux au-dessus de nos têtes. Peur qu'ils ne redoublent d'efforts en voyant mes piètres essais pour me rebeller.

– Je ne crois pas que tu veuilles abandonner. Je ne crois pas que tu doives laisser ta peur dicter ton avenir. Je pense… que tu l'as déjà assez fait comme ça, non ?

Je ne sais pas comment elle se débrouille, mais soudain je ne trouve plus d'excuses pour refuser.

– Orion, j'ai besoin de toi, ajoute-t-elle dans un murmure. Et tu as besoin de moi.

C'est tout ce qu'il faut pour me faire céder. Ses yeux sombres me sondent et une petite voix vicieuse, au plus profond de moi, surgit :

« Tu lui dois bien cela. »

Puis :

« Arrête d'avoir peur, pour une fois. »

– OK.

Je regrette déjà ma décision, mais Lily s'élance vers moi et me prend dans ses bras. Je reste aussi immobile qu'une statue, bouche bée.

– Tu ne le regretteras pas, chuchote-t-elle timidement contre mon cou.

Je suis parcouru par un frisson qui me pousse à l'entourer de mes bras.

– Amis, alors ?

Elle me présente son petit doigt, et j'y accroche le mien.

– Amis.

– Cool. Je suis désolée d'avoir dit que tu étais un enfoiré snob et *has been*.

Je plisse les yeux sans comprendre.

– Tu ne m'as jamais dit ça…

Lily grimace comiquement.

– Pas à toi. Mais à mes amies, à mon dentiste et au barista de Starbucks, en revanche…

J'éclate de rire. Elle sourit aussi, longtemps, avant que le silence s'installe de nouveau.

Je suppose que je n'ai plus le choix.

Je dois rappeler Scott au plus vite.

– Orion ?

– Hm ?

Une pause.

– Je suis désolée… pour tes oreilles.

Une seconde pause. Plus longue, cette fois.

– C'est pas grave, je mens en affichant un sourire que j'espère rassurant. Tant que j'ai encore mes yeux…

Je m'arrête à temps, interrompu par mon cœur qui se compresse douloureusement quand je comprends ce que je m'apprêtais à dire.

Je ne suis pas encore prêt à me pencher sur ces sentiments nouveaux, alors je les enferme et les dissimule au fond de mon cœur.

Tant que j'ai encore mes yeux pour te voir.

23

LILY

Janvier 2024, Montréal

Orion est de retour. *Enfin !*

Scott n'en croyait pas ses yeux, et pourtant : j'ai bel et bien réussi à lui ramener son champion. Évidemment, je ne l'ai pas fait pour Scott. Ni pour moi, d'ailleurs. J'aurais pu, puisqu'il s'avère que lui seul réussit à apaiser mes craintes une fois sur la glace.

Mais non. Je l'ai fait pour *lui*.

Parce qu'il était hors de question qu'il s'abandonne à la dépression. Parce que je refuse qu'il se sacrifie en pensant me sauver.

Orion me ressemble sur un point : il ne peut pas vivre sans le patinage. Il est né pour être sur la glace.

– Tu t'en sors à merveille…

Je lève les yeux vers mon partenaire, sceptique.

– Tu dis ça parce que je suis en train de te broyer les mains.

Il sourit malgré tout, ses oreilles cachées par son bonnet. Je sais que surmonter les regards en arrivant ce matin n'a pas dû être facile. Sa surdité n'est pas officielle, mais pas non plus un secret gardé. Toutefois, je comprends qu'il veuille se faire discret.

– Tu veux mettre le harnais ? demande Isabella depuis les gradins.

Je secoue la tête, déterminée. Hors de question de revenir au harnais. Pas pour des pirouettes que je sais déjà effectuer à la perfection. *Je peux le faire.* Je suis capable de tout et ce n'est pas une petite chute de rien du tout qui va me traumatiser à vie. *Si Orion est assez courageux pour revenir sur la glace après avoir perdu l'ouïe, alors je le serai aussi.*

Je prends de l'élan, le vent fouettant mes joues. Mon visage me brûle mais je l'ignore. Si mes fils ont disparu, mes points restent très sensibles. Ils me démangent jour et nuit malgré la crème que j'y applique.

J'ai encore du mal à m'y faire, même si je ne le montre pas.

Je réceptionne mon quadruple un peu maladroitement, mais je ne chute pas. J'ai remarqué que, depuis l'accident, j'ai du mal à me repérer dans l'espace, notamment quand je sors d'une pirouette. Scott affirme que c'est dû à ma commotion cérébrale, que cela peut mettre des années à revenir à la normale. Même chose pour Orion, qui souffre de forts déséquilibres à cause de ses oreilles.

En bref, les deux champions forment désormais une belle équipe de bras cassés.

– OK super, passons aux figures à deux.

Je fais taire mon cœur qui proteste contre ma cage thoracique, et je souris à mon partenaire pour le rassurer. Je n'ose pas lui dire que chaque pas gèle le sang dans mes veines. Je dois me montrer forte pour lui. Je dois tenir mes promesses et lui prouver que, en dépit de tout, je lui fais confiance.

Parce que c'est vrai. Je ne lui en ai jamais voulu pour ce qu'il s'est passé, pas une seule seconde.

Rien n'était sa faute.

– Ne stresse pas, dis-je tout bas, ma main dans la sienne. Ça va bien se passer.

– Lequel de nous deux essaies-tu de convaincre, au juste ?

Bonne question.

Nous patinons côte à côte avec fluidité, sous les yeux des autres patineurs. Ils pensent être discrets, mais je sais très bien ce qu'ils se demandent. Ils veulent savoir si nous sommes finis…

Si la voie est libre.

Nous commençons par un porté parmi les plus faciles. Je monte sur ses cuisses, il fléchit les jambes, quasiment en position assise, et s'agrippe fermement à moi.

J'ai envie de vomir, mais je tiens bon.

Lorsqu'il faut tenter un porté plus complexe, tous mes muscles se raidissent à se déchirer.

Orion a le front perlant de sueur, mais je lui souris malgré la peur.

– Le buste en avant, Lily !

Il pose ses mains sur mes hanches, prêt à me jeter dans les airs. Il me soulève, l'effroi peint sur son visage, mais il refuse de me lâcher au moment fatidique. Je reste donc plaquée contre lui, son visage tout près de mes seins.

– Merde, jure-t-il doucement tandis que mon corps glisse contre le sien. Pardon… J'ai paniqué.

– Ce n'est rien, t'inquiète.

Scott et Isabella ne font aucun commentaire, mais leur silence est éloquent.

Nous réessayons plusieurs fois, malheureusement Orion ne réussit jamais à me lâcher. Il se dérobe toujours à la dernière seconde.

Je ne le presse pas, je sais que ça ne servirait à rien.

Il ne se fait pas confiance.

– On s'arrête là, lance Scott. Il vous faut du temps pour vous remettre de l'accident.

Ni Orion ni moi ne le contredisons.

– Je t'attends dehors, murmure mon partenaire, sa main dans mon dos.

Je rejoins le vestiaire pour me laver, incapable de mettre en sourdine les pensées qui troublent mon esprit.

Nous sommes tellement chanceux de pouvoir continuer, nous ne pouvons pas tout gâcher une seconde fois.

J'étais terrifiée que notre tragédie ait un impact sur notre admissibilité aux prochaines compétitions, mais Isabella et Scott ont fait leur possible auprès des organisateurs. Il s'avère que nous avons encore une chance si nous réussissons d'autres épreuves de qualification.

Encore faut-il que nous arrivions à combattre notre peur paralysante.

– … tellement dommage ! j'entends dire une fille quand elle entre dans les douches.

Je continue à me frotter les aisselles, dos aux nouvelles venues.

– C'est vrai, répond une autre. Elle était si belle… C'est du gâchis.

Je me raidis instinctivement. *Est-ce qu'elles parlent de moi ?* Non, je dois rêver. Comme me l'a déjà fait remarquer Orion, je ne suis pas le centre du monde. Mais j'ai un mauvais pressentiment. C'est pourquoi je voûte mes épaules en finissant de me laver, gênée.

– Tu trouves ? Je ne l'ai jamais trouvée particulièrement jolie. Elle est plutôt basique.

– Arrête, elle a un corps de dingue. Les mecs adorent ce genre de filles.

– Seulement parce qu'elle est exotique.

« Exotique ». Une colère noire monte en moi, mais je serre les dents pour ne pas faire d'esclandre. Je ne les vois pas, alors je suppose qu'elles sont assises sur les bancs près des lavabos.

– Être fine ne veut pas dire être bien foutue. Elle est plate comme une limande.

L'une d'elles pouffe de rire.

– T'es juste jalouse, Ariana.

– De quoi devrais-je être jalouse ? Tu as vu son visage ? Pauvre Orion, sérieux.

Je me fiche totalement que les gens médisent de moi. Du moins, c'était le cas avant. Mais vu la puissance avec laquelle mes mains tremblent à ce moment précis, je suppose que leurs mots me touchent plus que je ne l'aurais pensé.

Je n'ai qu'une envie : fuir. Cacher mon corps nu et mon visage honteux.

– Ce n'est plus *Le Lac des cygnes* qu'ils devraient faire, mais *Quasimodo*.

Les filles éclatent de rire, et l'une d'elles répond : « T'es mauvaise ! » Aucune larme ne coule sur mes joues, mais je sens mon cœur se pincer douloureusement.

« Pauvre Orion. »

Est-ce laid à ce point-là ?

Je me fiche d'être jolie ou non. Je n'ai jamais considéré ma beauté comme un avantage ou une arme. Ce n'est pas quelque chose dont j'étais fière. La preuve, ma mère m'a toujours reproché de ne pas m'en servir, de la gâcher.

Être belle peut être une malédiction, une excuse pour ne pas nous prendre au sérieux. Je n'aurais pas cru que perdre la mienne me pousserait à la regretter.

Est-ce vraiment difficile pour Orion de devoir me regarder de si près tous les jours ?

Pourquoi cela me brise-t-il le cœur ?

– Peut-être que ça la rendra plus humble. Je n'ai jamais aimé ses petits airs méprisants. Elle se comporte comme si elle était *tellement* meilleure que nous, mais c'est juste la petite favorite d'Isabella…

Quelle garce ! Je ne méprise personne, si ce n'est les jalouses mesquines dans son genre.

Je suis tellement énervée que j'éteins l'eau avec rage. Les murmures s'arrêtent de l'autre côté du mur. Au lieu de m'envelopper dans ma serviette, je la prends à la main et rejoins le vestiaire, nue comme un ver. Je garde le menton levé et le dos droit en passant devant les filles, et j'espère qu'elles ont honte.

Aucune ne parle tandis que je me sèche devant mon casier, indifférente. Je m'habille en faisant comme si elles n'existaient pas. Ce n'est qu'au moment de sortir que je leur accorde un sourire froid.

– Bonne journée, les filles ! Et Ariana : bon courage pour ton *triple lutz*. Ça fait combien de temps que tu le répètes… dix mois ? Tu vas finir par y arriver, j'assure d'un ton rempli de pitié et de mépris.

Elle rougit comme je le souhaitais.

– Ça va ? me demande Orion quand je claque la portière de la voiture derrière moi.

Je hoche la tête sans répondre, je n'ai pas le cœur à lui mentir.

Nous restons silencieux le temps du trajet jusqu'à chez lui, où j'ai réemménagé.

Mes yeux sont rivés à travers la fenêtre, perdus dans le vide. Lorsqu'ils croisent mon reflet dans le rétroviseur extérieur, cela me fait l'effet d'une gifle. Je ne suis pas encore habituée à mon nouveau visage. Il me semble étranger. Comme si ce n'était pas le mien.

– Qu'est-ce qui t'attire physiquement chez une fille ? je questionne Orion.

Je m'en veux immédiatement d'avoir posé la question. Je prends conscience seulement maintenant que…

J'ai envie qu'il me trouve belle.

Mon partenaire se tourne vers moi, surpris. Je continue à regarder droit devant moi, l'expression neutre.

– Ce qui me saute aux yeux en premier, tu veux dire ?

Je hausse une épaule pour toute réponse. Il réfléchit un moment, les mains serrées autour du volant. Il semble hésiter entre dire la vérité et mentir pour rentrer dans mes bonnes grâces.

– Je vais passer pour un connard si je dis les fesses ?

– Un peu.

– OK, alors les yeux d'abord.

Sa réponse me fait sourire malgré moi.

– Puis seulement après, vraiment très loin derrière, les fesses.

Je secoue la tête, amusée. Je m'apprête à lui répondre : « T'es bien un mec… » avant de me rendre compte que c'est aussi la première chose que je regarde chez un homme, après le sourire, bien sûr.

Orion a un beau sourire.

Un beau cul, aussi.

Je me racle la gorge pour clore le sujet, étonnée du chemin que prennent mes pensées. Mais Orion choisit d'ajouter :

– Aucune de mes aventures ne se ressemble vraiment, alors je suppose que ça dépend… J'ai toujours eu un faible pour Pocahontas, cela dit.

– Parce qu'elle est « exotique » ? je demande avec une expression meurtrière.

Mon ton sec l'interpelle, si bien qu'il fronce les sourcils sans comprendre. Je regrette que les paroles d'Ariana m'aient autant touchée.

– Euh… non. C'est une femme, pas un fruit tropical.

Il me scrute bizarrement, puis explique :

– Seulement parce qu'elle est canon et que son meilleur ami est un raton-laveur. Je trouvais ça cool, à sept ans.

Mmh. J'imagine qu'Orion n'est pas un crétin, alors.

– Est-ce que cet interrogatoire très étrange a un rapport avec ta chasse Tinder ?

Je ricane sèchement à cette idée saugrenue. J'avais oublié que j'avais installé cette appli idiote sur les recommandations de Jasmine.

– Non, je l'ai supprimée.

– Cool. Pourquoi ? demande-t-il en tentant de dissimuler sa curiosité.

Je sais que ce n'est pas sa faute, qu'il n'y est pour rien et qu'il ne mérite pas ma colère, mais la frustration me démange et je réponds d'un ton froid :

– Tu imagines le pauvre gars qui va voir Quasimodo arriver au *date* à la place de la jolie fille sur les photos ?

Je n'avais pas anticipé sa réaction. Sa tête se tourne vivement vers moi, comme s'il venait d'être heurté violemment. Il me dévisage avec une expression stupéfaite… et un peu énervée.

– Qu'est-ce que tu viens de dire ?

L'espace d'une seconde, il me fait peur. Mais je finis par soupirer, lui faisant signe de laisser tomber.

– Tu m'as très bien entendue.

Il semble sur le point d'ajouter quelque chose, mais soudain son regard tombe sur mes cicatrices et il se détourne en serrant les dents.

Ce seul geste, pourtant anodin, me fait mal.

« Pauvre Orion. »

Mon partenaire laisse la conversation mourir et je ne sais pas si j'en suis soulagée…

Ou un peu déçue qu'il ne m'ait pas contredite.

❄

Une fois rentrée, je fais une sieste pour la première fois depuis… mes quinze ans, je dirais.

Quand je me réveille, je remarque que quelqu'un a éteint la lumière de ma chambre avant de fermer la porte. Princesse est emmitouflée dans le creux de mes jambes repliées, occupée à mâchouiller l'un de ses jouets.

Je m'étire avant d'aller prendre ma deuxième douche de la journée. Tout mon corps est lourd et me fait mal.

Je suis encore en serviette lorsque je croise Orion dans le salon. Il est en train de visionner un match de hockey à la télévision, les jambes étendues devant lui sur le canapé.

– Tu aimes le hockey ? je demande en m'asseyant sur le coin du canapé, juste à côté de lui.

– Je suis canadien, Lily. À ton avis ?

Il se retourne vers moi et soudain son visage pâlit. Je hausse un sourcil, mes doigts démêlant mes cheveux mouillés, mais il serre les dents avant de détourner les yeux. Comme dans la voiture.

Est-ce que me regarder va l'énerver à chaque fois, maintenant ?

– Jane est joueur professionnel. Il a un match, ce soir.

Il me demande qui est Jane. Quand je réponds qu'il s'agit de mon frère, son regard curieux revient sur moi.

– Drôle de prénom pour un homme.

– Ma mère est fan d'*Orgueil et Préjugés*, j'explique en roulant des yeux. Jane, Elizabeth… Bref.

– Il occupe quel poste ? De quelle équipe ?

– Attaquant. Chez les Canadiens de Montréal.

Je souris en voyant ses yeux qui s'illuminent comme ceux d'un enfant le matin de Noël. J'en étais sûre.

– Attends… Jane Pham est ton frère ? s'étonne-t-il avant de grimacer. Maintenant que je pose la question, je me rends compte de ma stupidité de ne pas avoir fait le rapprochement plus tôt.

Je lui demande s'il veut assister au match, un peu timidement. Jane me donne toujours des places bien situées, mais j'ai rarement le temps d'y aller.

Orion écarquille les yeux, comme s'il se contenait de faire éclater son excitation.

– J'aimerais bien. Mais ça risque d'être bruyant…

Mes yeux tombent sur ses appareils auditifs, qu'il déteste. Je sais qu'ils le dérangent car il passe son temps à grogner dans sa barbe à leur propos.

Depuis que je suis revenue vivre ici, on a mis plusieurs stratagèmes en place pour lui faciliter la vie. Il se réveille désormais grâce au vibreur de son téléphone contre son matelas, et ses appels émettent des flashs lumineux. Princesse a compris elle aussi que quelque chose clochait, car chaque fois que le four sonne, je la vois courir jusqu'à son maître pour l'en alerter.

– Tu peux toujours les enlever s'ils t'embêtent, tu sais ?

Orion acquiesce en me remerciant, même si je sais qu'il ne le fera pas. Il ne veut plus se sentir démuni de nouveau.

J'ai passé la nuit à éplucher Internet à la recherche de conseils, parce que je veux l'aider et lui montrer qu'il n'est pas seul. Je lui ai même proposé de m'accompagner à des cours de langue des signes, mais il m'a regardée droit dans les yeux et m'a dit :

– Pourquoi tu veux apprendre ça ?

Pour pouvoir communiquer avec toi.

Je ne l'ai pas dit à voix haute, de peur que ce soit mal interprété.

– C'est toujours pratique, ai-je répondu à la place.

– Je n'en ai pas besoin, mais merci.

La conversation s'est arrêtée là.

Évidemment, j'ai tout de même l'intention d'apprendre à signer, avec ou sans lui.

– Bon, bah… je vais prévenir Jane qu'on passera ce soir, alors. Je fais vite, promis !

Je me lève pour aller m'habiller dans ma chambre, mais soudain j'appuie mon pied sur un endroit meurtri et trébuche sous la douleur.

– Aïe !

Je me rattrape à quelque chose au dernier moment. Il s'agit manifestement du bras d'Orion, qui s'est levé en vitesse.

Je jette un coup d'œil à mon pied et fais la moue. Mes ampoules se sont multipliées et les frictions à l'intérieur de mes patins m'ont irrité les gros orteils jusqu'au sang.

Orion suit mon regard et son expression s'adoucit.

– C'est douloureux ? murmure-t-il.

Je ne sais pas pourquoi, mais j'ai honte. Mes pieds sont dans un état abominable. Ce n'est ni propre ni beau. Je n'ai pas envie qu'il voie ça, c'est pourquoi je tente de rétracter mes orteils sur eux-mêmes.

D'abord mon visage, puis ça.

N'ai-je vraiment plus aucun atout ?

– Pas du tout. Essaie de faire un *back flip* et de retomber à plat sur la glace ; *ça,* c'est douloureux.

– OK, Rocky, se moque-t-il en me lâchant enfin.

Je n'essaie pas de jouer les gros durs. J'ai effectivement connu pire, à commencer par le coup de patin dans le visage. Bien sûr, je ne le dis pas à voix haute… Même si je sais qu'Orion y pense aussi.

Son regard glisse le long de ma silhouette et sa mine s'attriste. Je me rappelle trop tard que je suis encore en serviette. Les hématomes sur mes épaules et sur mes cuisses sont visibles, et je n'ai aucun moyen de les cacher.

– Assieds-toi, murmure Orion en disparaissant.

Il revient avec une trousse de secours, et je roule des yeux en comprenant ses intentions.

– Ce n'est vraiment pas nécessaire…

– J'ai dit : *assieds-toi.*

Sa voix se fait autoritaire, une facette de lui que je n'ai pas encore eu l'occasion de voir. Je suis tellement prise de court que j'obéis et pose mes fesses sur le coin du canapé.

C'était… *sexy* ?

Oh, waouh. C'est nouveau, ça.

Orion ouvre la trousse sous mon regard attentif. Les gestes concentrés, il sort plusieurs pansements, s'agenouille devant moi, prend mon mollet dans ses mains douces et pose la plante de mon pied sur sa cuisse.

Le geste et la position sont tellement intimes que je sens mes joues brûler. Mes mains sont jointes devant moi, appuyant sur la serviette qui cache misérablement mes cuisses, mais Orion ne vole même pas un seul coup d'œil.

Ses yeux sont baissés sur mon pied, qu'il désinfecte délicatement avec un coton. Quand il souffle dessus pour que ça sèche plus vite, je me sens frissonner jusqu'à la racine de mes cheveux. Une chaleur inhabituelle prend naissance au creux de mon ventre, et j'ai peur de mettre un mot dessus.

– Tu dois prendre soin de toi, brise-t-il le silence en déposant un premier pansement le long de mes doigts de pied.

Ses gestes sont doux et méticuleux, remplis d'une délicatesse que je ne lui aurais jamais soupçonnée.

– Pour quoi faire ? Tu le fais déjà à ma place.

Et j'aime ça.

J'en suis la première surprise, moi qui n'ai jamais eu besoin de personne, mais j'aime qu'il s'inquiète pour moi.

– Si je pouvais te séquestrer et te forcer à dormir, je le ferais. Malheureusement, il paraît que c'est un crime répréhensible.

Je le fusille du regard quand nous nous levons, ses genoux frôlent les miens, mais il se contente de secouer la tête.

– Tu n'as aucune vie sociale hors du travail, Lily, me coupe-t-il en me poussant à me tourner, mon dos collé à son torse. Même Princesse sort plus souvent que toi.

Je m'apprête à réfuter ces accusations quand je sens quelque chose de froid sur ma peau. Je tressaille et arque mon dos, mais Orion me stabilise d'une main rassurante. Je comprends qu'il étale une crème le long de mon épaule.

Je veux lui demander pourquoi il prend soin de moi, mais les mots restent bloqués dans ma trachée. Ses mouvements sont lents et délicats. Ses doigts tournent en cercle pour faire pénétrer le gel.

C'est tellement bon que je ferme les yeux.

Faites qu'il ne s'arrête jamais.

– Je dis ça pour ton bien, pas pour être méchant, précise Orion, dont la voix grave vibre le long de ma peau nue et sensible. Je sais combien le patinage est important pour toi… mais dans quelques années, tu vas te réveiller un matin, et tu vas te rendre compte de tout ce que tu as raté.

Une tristesse étrange s'abat sur moi. Ses mots pénètrent mon cœur avec une facilité qui me fait peur.

– Je ne veux pas que tu passes à côté de ta vie, pas même pour ta passion… Ni que tu aies des regrets.

Ce n'est pas ce que je fais. *Si ?*

J'ai des amis, même s'ils ne sont pas nombreux.

Je travaille beaucoup, c'est vrai, mais je suis heureuse.

Et pourtant.

J'ai toujours privilégié le travail, parce que c'est la chose la plus importante à mes yeux. Je n'ai pas envie de le regretter, pas quand je suis à deux doigts de réaliser mes rêves les plus fous. Pas quand je suis tout près de *le* battre.

– Je n'ai pas l'impression de rater grand-chose, j'assure en me relaxant sous le contact de ses doigts sur mes omoplates.

Le silence s'étend, tellement que je pense n'avoir jamais de réponse. Puis son souffle balaye les cheveux dans ma nuque quand il murmure :

– Laisse-moi te montrer, alors.

24

ORION

Janvier 2024, Montréal

Je ne sais pas ce qu'il me prend.

J'ai sûrement perdu la tête, c'est la seule explication possible. Lily doit penser la même chose, car elle tourne le menton vers moi, très légèrement, et je vois ses lèvres s'ouvrir sous le coup de la surprise.

Embrasse-la, idiot.

J'en ai terriblement envie, et ça ne date pas d'aujourd'hui. Je m'apprête même à le faire avant que sa voix ne m'interrompe :

– Tu as raison.

Je me raidis, ma main toujours sur son épaule. Lily est là, son dos contre mon torse, seulement vêtue d'une serviette que j'ai envie de faire tomber à ses pieds…

– C'est généralement le cas, en effet, je murmure. À propos de quoi, cette fois ?

Je tente de contrôler ma respiration, mais je manque de m'étouffer lorsque Lily répond :

– J'ai besoin de m'envoyer en l'air.

Quoi ?

Je me recule, stupéfait, tandis qu'elle se retourne pour me faire face.

– Euh… OK.

– Je vais réinstaller Tinder, s'exclame-t-elle avec un aplomb terrifiant. La vie est courte, après tout. J'ai besoin de vivre un peu, de prendre des risques !

Elle semble se parler à elle-même, perdue dans ses pensées, et j'ai le malheur de trouver sa détermination adorable. Une terrible jalousie se diffuse toutefois en moi à la pensée qu'elle couche avec un autre parce que *je* le lui ai conseillé.

– Oui, enfin tu peux aussi faire du saut en parachute, je propose à la place. Il paraît que ça fait l'affaire…

– Il faut que je m'habille, et vite !

– Attends, tu veux faire ça *ce soir* ?

Elle s'élance vers sa chambre, et je la suis d'une démarche paniquée. Ça ne lui ressemble tellement pas que je ne peux m'empêcher de me demander quel genre de monstre j'ai créé avec mes conneries.

– On va au match, m'apprend-elle. Je vais appeler mon frère, puis Aydan…

– Pourquoi Aydan ? Rembobine deux secondes !

– Pour lui proposer de se joindre à nous, répond Lily comme si c'était évident. Maintenant sors, trop de gens m'ont déjà vue nue aujourd'hui.

Je reste planté là tandis qu'elle me ferme la porte au nez. Les dernières minutes repassent en boucle dans mon esprit, et je tente de comprendre où j'ai foiré, en vain.

Quand je me rappelle qu'elle a évoqué mon ami, je crie cependant à travers la porte :

– Ne me dis pas que tu veux coucher avec Aydan ?

– Merci d'avoir pensé à moi.

Tandis que nous rejoignons nos places au sein du Centre Bell, mes yeux fixent le dos d'Aydan, qui cherche nos places avec un grand sourire aux lèvres. Je note son bras entrelacé à celui de Lily, et je serre les dents si fort que c'en est douloureux.

Je vais tuer quelqu'un.

– J'avais trois places, autant en faire profiter quelqu'un ! répond Lily avec bonne humeur.

Je secoue la tête, dégoûté par sa petite comédie. Elle croise mon regard et je fais mine de vomir. Deux secondes plus tard, mon téléphone vibre. Elle vient de m'envoyer un message.

C'est quoi, ton problème ?

N'importe qui mais pas Aydan, Lily.

Pourquoi ?

Déjà, parce que tu ne connaissais pas son prénom il y a encore huit jours.

Il a dit que je pouvais l'appeler comme je le souhaitais ;)

Ugh.

Plus sérieusement, Aydan est bel homme, gentil, drôle. Et en plus il est patineur, comme moi !

– Moi aussi, je suis patineur, je laisse échapper à voix haute sans réfléchir.

Aydan et Lily me regardent de concert, surpris. Mon ami hoche la tête en fronçant les sourcils.

– On sait, mec. Tout le monde le sait, pas besoin de frimer partout où tu vas.

Je grogne de frustration tandis que Lily nous mène à nos sièges.

Je l'avoue, quand elle m'a proposé de venir au match, ce n'est pas vraiment ce que j'avais en tête.

Pour commencer, dans mon imagination, Aydan n'était pas là.

Sur le papier, cette soirée a pourtant tout pour être cool : le frère de ma partenaire a pu nous réserver les places les mieux situées du Centre Bell, où les Canadiens de Montréal affrontent les Canucks de Vancouver.

Le bruit des conversations et le chant des supporters ne font pas bon ménage avec mes appareils, mais je me force à endurer la douleur.

Lily passe la première dans la rangée, et je m'apprête à la suivre pour m'asseoir à côté d'elle, mais Aydan me coupe la route au dernier moment. Je lui fais un croche-pied, agacé.

Ma vengeance a l'effet inverse de celui souhaité car mon ami trébuche et se retrouve sur Lily.

– Oups, pardon… J'ai marché sur un truc, s'excuse Aydan en me fusillant du regard.

Je lui offre un doigt d'honneur, caché de Lily. Je sais qu'elle ne pensait pas à un rencard quand elle m'a proposé de venir, je ne suis pas idiot. Malgré tout…

« Laisse-moi te montrer, alors. »

Je crois que j'ai un énorme *crush* sur Lily et ma petite voix intérieure me crie que c'est un problème. Seulement mon cœur affolé refuse de se rappeler pourquoi.

Je profite qu'elle ne fasse pas attention à nous, probablement en train d'envoyer un message à son frère, pour me pencher vers Aydan et l'accuser :

– T'es le pire *cockblocker*[1] de la terre.

Aydan prend un air innocent, faussement choqué.

– Ah parce que c'était un rencard ? Si j'avais su…

– Techniquement, non…

Mon pote grimace comme s'il avait pitié. Je l'ignore et lui demande de changer de place avec moi. Il jette un

1. Personne qui empêche, intentionnellement ou non, quelqu'un d'avoir des rapports sexuels.

coup d'œil à mon voisin de gauche, qui mange un énorme pot de *chicken wings* et touche tout avec ses mains sales.

Nous grimaçons de dégoût au même moment.

– Non, désolé, je suis bien ici. Le shampoing de Lily sent la lavande, ajoute-t-il dans un murmure.

Je serre la mâchoire et bougonne entre mes dents :

– Je *sais.*

Je veux insister, mais j'aperçois soudain ce que Lily porte en dessous de sa longue doudoune, et les mots meurent sur ma langue.

Oh.

Waouh.

Je suis habitué à la voir en jogging ou en leggings. À la maison, elle se balade principalement en pantalon de pyjama ou en cycliste et pull *oversize.* J'ai vite compris que c'était son style, ainsi je ne m'attendais pas à ce qu'elle vienne en robe. Mais ce soir, Lily porte un *crop top* en laine blanc qui s'arrête au-dessus du nombril, révélant un ventre plat et… *percé* !

J'essaie de ne pas trop la scruter, mais c'est plus fort que moi. Mes yeux embrassent le fin anneau doré qui perce sa peau mate, duquel pend une petite perle. C'est subtil, élégant, captivant.

Elle a troqué son jogging fétiche pour un jean *boyfriend* qui tombe bas sur ses hanches. Si bas qu'on peut apercevoir son sous-vêtement Calvin Klein gris.

Elle est tellement sexy que je dois empêcher mes pensées de trop divaguer. Ce qui est manifestement un échec, car Aydan m'offre un sourire en coin que je connais trop bien.

– Espèce de pervers, chuchote-t-il.

– Ta gueule.

Il tire la langue et c'est seulement quand elle touche ma joue que je me rends compte à quel point je suis près de lui. Je me renfonce sur mon siège en essuyant sa salive, dégoûté.

– Je sens que cette soirée va être intéressante, s'exclame-t-il en souriant. Je suis content d'être venu.

Après une demi-heure passée à afficher un air renfrogné tandis que mes deux amis discutent et rient ensemble, je dois me rendre à l'évidence. Quand sont-ils devenus aussi proches, au juste ?

« Si tu ne reviens pas vite, je risque de te voler ta partenaire », m'a prévenu Aydan quand je déprimais sur mon canapé. Je n'aurais jamais pensé que ça m'embêterait autant.

– Il est là ! C'est mon frère ! dit Lily en pointant du doigt l'un des joueurs qui envahissent enfin la patinoire.

– Putain, je n'avais jamais fait le rapprochement ! siffle Aydan, impressionné. Pourtant, vous avez la même tête. Deux stars de la glace dans la famille… Vos parents doivent être fiers.

– Flippés, surtout. Ce sont deux sports plutôt dangereux.

Je vois Jane saluer sa sœur depuis la patinoire, le regard caché par la visière de son casque. Son sourire éclatant est toutefois tellement visible de tous que certains visages se tournent vers nous avec curiosité.

Le match commence enfin. Il suffit de quelques minutes à Lily pour se transformer. Elle m'avait de toute évidence caché qu'elle aimait le hockey autant que son frère… et que c'est également sa plus grande supportrice.

Elle se lève et hurle pour l'encourager, insulte les joueurs de l'équipe adverse lorsqu'ils poussent trop fort… Évidemment, personne ne tique devant son comportement, puisque tout le monde fait pareil, Aydan le premier. Je suis le seul à rester sagement assis sur mon siège, en compagnie de mon voisin, qui fait semblant de ne pas essuyer ses mains graisseuses sur son jean.

J'aimerais pouvoir dire que je passe un bon moment, mais c'est faux. Tout est trop bruyant. J'essaie de régler mes nouveaux appareils auditifs sous ma casquette, sans succès.

Cette merde me casse la tête !

Parce que je ne supportais pas les précédents – ils faisaient le contour de mon oreille et attiraient tous les regards, ce que je déteste –, j'ai demandé des modèles intra-auriculaires. Ils se glissent dans mes conduits auditifs, comme des écouteurs. Mon médecin m'a affirmé qu'ils étaient toutefois moins performants, mais cela m'importe peu. Au moins, personne ne les voit.

Lors du premier tiers-temps, Lily et Aydan vont se chercher à manger. À leur retour, ma partenaire semble un peu perturbée. Je le vois tout de suite à son regard fuyant et à la manière dont elle essaie de camoufler son visage avec ses mèches de cheveux noirs.

Je comprends trop tard ce qui lui provoque cette réaction. Nos voisins de devant la scrutent d'une manière qui se veut discrète. L'un d'eux chuchote à l'oreille de sa copine, le front plissé.

– Hé, Juste Lily !

Celle-ci se tourne vers moi. Je visse ma casquette bleue sur sa tête et arrange ses cheveux avec délicatesse.

– Pourquoi tu me donnes ça ? se méfie-t-elle.

– Elle me gêne. Tu me la gardes pour la soirée, s'il te plaît ?

– Mais… et toi ? hésite-t-elle.

Je lui fais comprendre que ça va, ce qui la pousse à accepter. Je déteste l'idée qu'elle tente de cacher le sublime visage dont elle a hérité, et tout ce que je souhaite, c'est qu'elle se sente à l'aise.

Quand les deux de devant se retournent de nouveau pour la fixer, j'attire leur attention grâce à un mouvement furtif de la main, puis je pointe la patinoire, l'air de dire : « C'est devant toi que ça se passe, connard. »

Ils ne se retournent plus après ça.

Au deuxième tiers-temps, l'écran géant diffuse la Kiss Cam, pour le plus grand plaisir de l'arène. Le premier couple s'embrasse chastement tandis que le second refuse, la jeune fille hurlant « C'est mon père ! », ce qui fait rire tout le monde.

Je me raidis lorsque je reconnais le visage à moitié caché de Lily à l'écran… et Aydan à son côté. On me voit aussi, mais il est clair que ce n'est pas de moi qu'il s'agit. Les gens les encouragent aussitôt, mais Lily ouvre la bouche avec surprise.

– Mon Dieu… Mon frère me tuerait à mains nues.

Elle fait signe qu'elle ne le fera pas, mais la caméra reste braquée sur eux. Toute la patinoire les encourage désormais : « Un baiser ! Un baiser ! Un baiser ! »

Aydan se penche vers moi tandis que je reste de marbre, le ventre douloureux.

– Question : tu me pètes une ou deux rotules si jamais je le fais ?

– Deux.

Il grimace comiquement, les bras croisés.

– Mmh… Ça ne m'arrange pas des masses.

Je ne sais pas ce qu'il me prend, peut-être le soupir résigné de Lily qui se tourne vers Aydan me pousse-t-il à l'action, j'attrape soudain le visage de mon ami et plaque mes lèvres contre les siennes.

La foule explose dans des rires et des cris d'encouragement. Je veux me reculer mais Aydan s'agrippe à mes cheveux et se jette littéralement sur moi. Tellement fort que mon appareil droit manque de glisser de mon oreille.

Je tente de le repousser, ce qui fait hurler la foule de rire.

Lorsque Aydan me laisse enfin respirer, il m'offre un clin d'œil séducteur.

– Alors… T'as aimé ?

– Va te faire foutre, je bougonne devant une Lily hilare.

Ce n'est pas vraiment la personne que j'espérais embrasser aujourd'hui, mais je suppose qu'il vaut mieux ça plutôt que de le voir se tourner vers Lily.

Celle-ci se moque de nous toute la dernière partie du match, prétendant être la troisième roue du carrosse.

Les Canadiens de Montréal perdent 2 contre 5, à notre plus grande déception.

C'est une véritable libération lorsque nous retrouvons le silence de la voiture. À ce stade, je sais très bien qu'Aydan a vu mes appareils. Il n'est pas aveugle. Pourtant, son regard ne s'attarde jamais. Il ne pose aucune question non plus.

J'en suis presque déçu. Peut-être qu'il s'en fout.

Nous décidons d'aller manger quelque part, mais il est si tard que tout est fermé. Nous finissons donc dans le *drive-in* du McDonald's.

– Je ne pensais pas qu'Orion était ton style, plaisante Lily, la bouche pleine de frites, le regard rivé sur Aydan.

Nous sommes installés dans la voiture, nos sacs en papier posés sur nos genoux et les portières ouvertes. Je voulais rentrer, mais ma partenaire a insisté pour qu'on se gare dans un parking désert.

La radio tourne tout bas, la voix de Jackson Wang nous accompagne en sourdine.

– N'est-il pas le style de tout le monde ? demande Aydan depuis la banquette arrière. Impossible de ne pas craquer, admire-moi cette bouille ! Bon… peut être pas quand il tire cette tronche.

Je vais finir par le tuer, je le jure.

Aydan passe sa tête entre les deux sièges avant, puis il caresse ma joue avec une tendresse exagérée.

– Ne me dis pas que… c'était ton premier baiser ?

Je tape sa main pour l'éloigner de mon visage, ce qui fait sourire Lily.

– Tu m'embrasses chaque fois que t'es ivre mort, connard, je lui rappelle en enfonçant un nugget entre ses lèvres fines. Je t'ai emballé plus que mon ex. Je vais commencer à penser que t'es amoureux de moi.

– Tu serais chanceux, assure-t-il. Je suis un petit ami d'exception.

J'ai envie de lui répondre que moi aussi, je ferais un petit ami d'exception, mais Lily me devance en changeant de sujet.

Ils sont copains comme cochons, ces deux-là…

Je reste silencieux pendant tout leur échange, occupé à bouder, jusqu'à ce qu'Aydan propose :

– Et si l'on partait en week-end tous ensemble ? J'ai un chalet de famille qui prend la poussière…

– Sérieusement ? demande Lily avec des yeux écarquillés. Est-ce que Piper peut venir ?

Je sais qu'Aydan n'a aucune idée de qui est Piper, mais il lui sourit malgré tout.

– Bien sûr. Plus on est de fous, plus on rit !

Elle finit par sortir de la voiture pour appeler son amie et lui soumettre l'idée, excitée comme une puce.

Je n'ai pas eu mon mot à dire, mais ce n'est pas nouveau avec Aydan.

Je me retrouve enfin seul avec lui. Maintenant que Lily est partie, l'atmosphère n'est plus la même.

J'attends… Longuement. Mais rien ne vient.

– Tu ne vas pas me poser la question ?

En guise de réponse, il se contente d'avaler une nouvelle frite, l'air tranquille.

– Je ne vois pas de quoi tu parles.

– Je sais que tu les as vus, je déclare d'un ton rauque.

Aydan se tourne enfin vers moi, et cette fois ses yeux tombent sur mes appareils. Il hausse une épaule indifférente, comme si ce n'était rien. Comme si ce simple engin n'était pas la preuve que toute ma vie a basculé.

– Je suis censé être surpris ? Tu n'as pas été très discret, Orion. Je te rappelle qu'on partage des douches à la patinoire. J'ai *tout vu* de toi.

Oh. Je me sens tellement idiot, tout à coup, que je déglutis sans rien dire.

– Je suis désolé, ajoute-t-il d'une voix sincère. Dis-toi que ça aurait pu être pire…

Je fronce les sourcils dans sa direction, confus. Je comprends à son rictus amusé qu'il va dire une connerie, et ça ne rate pas.

– T'as toujours ton biscuit.

Je le déteste.

– Tu imagines, si c'était ta bite ? reprend-il, motivé par le sourire qui prend naissance sur ma bouche. Il n'y a pas d'appareils pour la faire fonctionner si elle est cassée, celle-là…

– Je t'en prie, ferme-la.

– Quoi ? J'essaie de voir le verre à moitié plein, c'est tout.

Je ne sais pas si c'est la fatigue, mais je finis en fou rire. Aydan se joint à moi, et…

Le temps d'une seconde, j'arrive à relativiser.

Le temps d'une seconde, je me persuade qu'il a raison.

Ça aurait pu être pire.

25

LILY

Janvier 2024, Montréal

Chaque nuit, dans mes rêves, je meurs.

Je me vois sur la glace, vêtue d'un magnifique costume pailleté, seule devant des milliers de gens. La musique commence, je patine avec le sourire. Je suis confiante. J'ai fait ça des tonnes de fois. Mais soudain, je sens des mains sur mes hanches et les lumières s'éteignent, plongeant la patinoire dans l'obscurité. Je n'ai pas le temps de réagir : je suis propulsée dans les airs. Je me réceptionne maladroitement et mes chevilles se brisent sous le poids et la vitesse de mon corps. Je tombe tête la première et le bruit de mon crâne qui s'écrase contre la glace me réveille en sursaut.

Parfois, je suis sagement dans mon lit tandis que Princesse pleure en frottant son museau contre moi, comme si elle avait senti ma détresse. Il me faut alors plusieurs minutes pour me calmer et me rendormir. D'autres fois, comme cette nuit, je me réveille sans savoir où je suis. Je me retrouve debout au milieu de la cuisine, une poêle à la main, en train de hurler à l'aide.

Orion est toujours là pour me calmer quand ça arrive. Pas parce que mes cris réussissent à le réveiller… mais parce que ses propres insomnies le gardent debout. Je sais qu'il passe ses nuits dans le salon, seul.

Je me demande s'il revoit l'accident chaque fois qu'il ferme les yeux, lui aussi…

… ou s'il a peur de dormir sans ses appareils.

– Tu es en sécurité, chuchote-t-il en me prenant dans ses bras rassurants. Tout va bien, Lil. Ce n'était qu'un mauvais rêve.

Je me laisse aller contre lui, le corps tremblant. Mes larmes coulent silencieusement le long de mes joues, inondant son cou, mais il n'a pas l'air de s'en soucier. Sa main droite tient l'arrière de ma tête contre lui, si bien que je sens son souffle contre mes cheveux.

– Désolée… je murmure en le serrant à mon tour.

Je ne remarque que maintenant qu'il est torse nu, seulement vêtu du short de sport qu'il utilise pour dormir. Sa peau mate est brûlante et son cœur bat la chamade sous mon oreille, preuve qu'il a eu peur lui aussi.

Je sais être somnambule, mais je n'avais jamais eu de terreurs nocturnes avant. C'est nouveau. Je le dois à l'accident, je suppose.

– Tu veux que je te fasse un thé ? me propose-t-il, sa main caressant mes cheveux avec tendresse.

– Il est trois heures du matin… On se lève dans pas longtemps.

– Tu vas pouvoir te rendormir ?

Je hausse une épaule, les yeux fermés. Je sais très bien que non. Pas après ce que je viens de voir.

– Ça va aller, je le rassure en reculant à contrecœur. Plus petite, je me réveillais souvent n'importe où dans la maison. C'est toujours Jane qui venait me remettre au lit. Il restait avec moi après, juste au cas où.

Orion sourit tendrement.

– Si tu veux… Je peux rester, moi aussi.

Je lève les yeux vers lui, pas certaine de comprendre. À son regard intense, je devine tout de suite qu'il me propose de dormir avec moi.

Je déglutis en sentant mes joues brûler. C'est visiblement ce qui arrive dès que je suis trop proche de lui, depuis quelque temps.

L'idée me plaît. Pour des raisons que je ne veux pas nommer, mais aussi parce que cela l'obligera à se reposer.

– Le temps que tu te rendormes, bien sûr, ajoute Orion en prenant mon silence pour de l'hésitation, amusé. Tu n'as quand même pas cru que je te proposais une nuit de folie ?

– OK. Mais je te préviens, Spooky dort avec nous. Princesse aussi.

– S'il te plaît, ne me dis pas que Spooky est ce chiffon borgne qui a l'air de sortir tout droit d'un film d'horreur…

Je prends un air indigné, même s'il a raison.

– Arrête, il risque de t'entendre ! De toute façon, c'est non négociable.

Orion ferme les yeux d'un air dramatique, puis soupire.

– Ça fait beaucoup de gens dans le même lit, Lily. Pas que ça me dérange d'habitude…

Je lui assène un coup de coude dans l'estomac, ce qui le fait rire.

Je n'y pense pas à deux fois et pars m'emmitoufler dans les couvertures. Il est toujours torse nu lorsqu'il fait de même, fusillant mon doudou du regard comme s'il s'agissait d'une poupée vaudou.

– C'est Chucky, que tu aurais dû l'appeler… Je suis à peu près sûr qu'il se réveille dès que tu as les yeux fermés pour se livrer à des meurtres sanglants.

– Tu imagines ? dis-je, amusée par cette idée saugrenue. J'ai toujours adoré *Toy Story*. Et avant que tu te poses la question, *oui*, c'est totalement normal d'être attiré sexuellement par Buzz l'Éclair.

Orion fronce les sourcils.

– Personne ne se posait la question, Lil. Mais maintenant j'en ai *beaucoup*, à commencer par : pourquoi ?

– Tais-toi et dors.

Orion retire ses appareils et les pose sur ma table de chevet. Je suis trop fatiguée pour penser au fait que nous sommes à moitié nus dans le même lit, alors je ferme les yeux en serrant ma peluche contre mon sein.

Je sens le regard de mon partenaire sur moi, mais ça ne me gêne pas. Au contraire, sa présence et la sensation de ses jambes chaudes qui frôlent malencontreusement les miennes m'apaisent.

Au matin, je me réveille en sursaut d'un nouveau rêve. Comme chaque nuit, mon souffle est erratique, ma peau brûlante, et mon cœur bat la chamade. Mais cette fois, je sens quelque chose de nouveau : une chaleur inédite entre mes jambes… une pression qui ne demande qu'à être soulagée.

C'est en jetant un coup d'œil au corps d'Orion enlacé au mien que des images interdites me reviennent en tête, comme des souvenirs : sa bouche pulpeuse autour de mes seins, ses cheveux entre mes cuisses écartées, le son de son prénom sur mes lèvres quand je jouis.

Et merde.

J'ai fait un rêve érotique dans lequel Orion tenait un rôle primordial.

❄

Je dois me rendre à l'évidence.

Pour la première fois de ma vie, j'ai un *crush*.

Je ne l'avais pas vu venir, même si apparemment je suis la seule.

Cela me heurte avec la force d'un boulet de canon, même si je commence à penser que cela me pendait au nez depuis des semaines, voire des années.

Le sourire en coin d'Orion me fait mal. Son regard sombre et intense me fait mal. Sa main dans le bas de mon dos quand on patine, brûlante, finit de m'achever.

C'est comme si, du jour au lendemain, il était partout. Dans ma tête, dans mon cœur, dans mes veines.

Et je ne peux pas lui échapper.

– Personne n'est choqué, Kreattur. Ça n'a pas toujours été le cas ? demande Jane quand je lui en parle au téléphone. Je sais que tu nies en bloc, mais je me rappelle bien t'avoir surprise en train d'embrasser l'un de ses posters…

– N'importe quoi ! C'était de l'admiration, ça n'a rien à voir.

Et c'est vrai. J'ai voué une admiration sans limites à Orion, dès la première fois où j'ai posé mes yeux sur lui. Il était majestueux. Je l'ai trouvé beau, comme tout le monde, mais depuis qu'on vit ensemble… C'est différent. Je n'ai jamais ressenti ça de ma vie.

– Pourquoi tu ne demandes pas conseil à tes copines, sérieusement ? se plaint mon frère.

En effet, j'aurais pu commencer par là.

Lily : Question. Est-ce que c'est bizarre
si j'ai envie de plaquer Orion
sur la glace ?

Nolia : Attends, je comprends plus rien.
Tu fais du patinage ou du hockey ?

Camelia : Pour lui faire mal,
ou pour le chevaucher ?

Nolia : Je ne le connais pas,
mais il le mérite sûrement.

Lily : Le chevaucher. Je crois ?

Nolia : Ah. Dommage.

Jasmine : AAAAAAHHHHHH !!!
MA COUSINE A ENFIN ENVIE
DE CHEVAUCHER QUELQU'UN !

Camelia : Pas bizarre du tout. J'ai envie
de plaquer Lou au sol du matin au soir.

Camelia : Il me dit de préciser
qu'il adore ça, d'ailleurs ;)

Nolia : Ça ne compte pas.
Lou a un problème psychologique.

Je souris devant mon téléphone tandis que les filles font savoir leur dégoût. Nolia ajoute qu'elle hait les hommes, puis elle se déconnecte pour aller s'occuper de sa fille. Jasmine, quant à elle, m'envoie un message privé.

J'AI BESOIN DE TOUS LES DÉTAILS !!!

Je sors des toilettes en riant et vais rejoindre mon partenaire sur la glace. À force d'entraînement intensif, je réussis désormais à patiner sans trembler, et Orion arrive à me porter de nouveau.

La peur est toujours là, mais nous la combattons ensemble.

Je me dissocie complètement de mon propre corps, ce qui m'aide à terminer nos chorégraphies sans faire de crise d'angoisse. Jane m'assure que ce n'est pas la solution, que je reste dans le déni, que je rejette ce que je ressens, mais je m'en fiche. Tant qu'elle fonctionne pour les deux prochains mois, même si cette méthode est temporaire, elle me convient.

– … truc de merde !

Je m'immobilise, surprise par un cri qui vient d'éclater dans la patinoire. Je reconnais tout de suite la voix d'Orion, et en tournant au prochain virage, mes yeux tombent sur lui. Il est assis sur la glace et ses mains cachent son visage. Scott lui murmure quelque chose, l'expression frustrée, mais mon partenaire secoue la tête sans s'arrêter.

– Il n'arrête pas de tomber, ça me saoule, s'énerve-t-il en retirant quelque chose de son oreille droite.

Il jette son appareil auditif par terre devant mon regard stupéfait. Scott essaie de le raisonner, mais Orion quitte la patinoire.

D'autres patineurs le suivent des yeux, murmurant entre eux. Orion a arrêté de cacher l'évidence sous ses bonnets, mais personne n'ose trop en parler à voix haute.

– Qu'est-ce qu'il lui prend ? chuchote Piper, qui vient d'apparaître à mon côté. Pourquoi est-ce qu'il gueule ?

Je fronce les sourcils, cependant, ne voulant pas me montrer trop sur la défensive, je réponds calmement :

– Il « gueule » parce qu'il est frustré… Ça fait des jours que je le sens sur le point d'exploser. Ses appareils auditifs ne lui conviennent pas.

Piper hausse les sourcils d'un air peu ennuyé.

– Pourquoi il les met, alors ?

– S'il n'a pas d'appareils auditifs, il n'entend pas, je lui rappelle froidement. C'est le but, Piper.

Elle ne répond rien pendant un moment, même si je vois sur son visage qu'elle n'est pas convaincue.

– Oui, enfin il n'a pas l'air de faire beaucoup d'efforts non plus…

Je suis tellement étonnée par sa remarque que je reste bouche bée. Comment peut-elle dire une chose aussi insensible ? Je n'aurais jamais cru entendre cela de sa bouche.

Je ravale ma déception avec difficulté.

– Ton handicap est bien plus chiant que le sien, ajoute-t-elle en grimaçant devant ma cicatrice.

Je résiste à l'envie de cacher cette dernière derrière une mèche de cheveux.

– Ce n'est pas un handicap.

– C'est quand même en plein milieu de ton visage… Il n'a pas le droit de se plaindre alors que c'est sa faute. Au moins, il peut le cacher, *lui*. Pas toi.

J'ouvre la bouche pour lui demander de répéter, les joues brûlantes d'humiliation, mais elle m'interrompt en ajoutant qu'elle m'avait prévenue.

– Waouh, je souffle en lui adressant un regard noir chargé de dégoût. Je ne pensais pas qu'une seule phrase suffirait à remettre toute notre amitié en question, il faut croire qu'on peut toujours être surpris.

Je ne lui laisse pas le temps de répondre, je la quitte pour rejoindre Orion, qui semble prêt à partir. Le discours de Piper me déçoit mais ne m'étonne pas. Je sais que beaucoup ont le même.

Orion devrait s'estimer heureux parce que ses appareils lui permettent de continuer à entendre. Il faudrait qu'il se taise parce que son handicap est invisible. Il ne sera pas toujours pris au sérieux, alors que lui-même lutte contre cette nouvelle identité.

Handicapé.

Comme si c'était une tragédie, ou même un gros mot.

Une fatalité.

Je sais que c'est ce qu'il pense, et c'est pourquoi il s'énerve du matin au soir depuis l'accident. Rien ne va jamais comme il le souhaite. Il déprime parce qu'il n'arrive pas à s'adapter. Il déteste ses appareils mais il refuse d'apprendre la langue des signes avec moi.

Il déteste les endroits bruyants mais il ne veut pas décliner les invitations.

C'est un cercle vicieux.

Il est persuadé que ce handicap réduit ses capacités en tant qu'homme, en tant que champion. Il n'est pas prêt à faire face.

Pourtant, il va falloir… parce que seuls quelques jours nous séparent de notre prochaine compétition.

Et si nous ne gagnons pas, c'est fini pour nous.

❄

– Tu m'emmènes où ? me demande Orion au bout d'une heure de route.

Quand j'ai demandé à prendre le volant en sortant de la patinoire, il a accepté malgré ses suspicions. Il ne sait toujours pas où je le conduis, mais il a arrêté de bouder. Peut-être grâce aux *three chocolate cakes* qu'on a pris sur la route, et dont il raffole.

Il a remis ses appareils aussi, bien qu'à contrecœur.

– On est arrivés.

Orion fronce les sourcils, et pour cause : nous sommes au milieu de nulle part.

J'arrête la voiture, descends et souris face à la vue qui s'offre à nous. Un lac gelé, entouré par les montagnes et recouvert de neige. Celle-ci a toutefois été balayée à un endroit pour former une patinoire naturelle. La lumière dorée de la *golden hour* se réfléchit sur la glace, créant une ombre presque pailletée sur nos visages.

– Tu nous as amenés jusqu'ici pour continuer à bosser ? se plaint mon partenaire, les mains fourrées dans ses poches.

– Je voulais qu'on soit seuls pour répéter, qu'on change un peu de cadre. Et puis c'est romantique, non ?

– Très. Tu devrais demander à Aydan de nous rejoindre, se moque-t-il avec un sourire froid.

Il se renfrogne, mais je m'approche et dézippe son manteau pour le lui retirer. Je fais de même avec mes affaires, puis je lace mes patins sans trop serrer.

– Tes appareils te gênent ?

Orion reste silencieux un moment, puis acquiesce.

– Et tu as mal aux oreilles quand tu les enlèves ?

– Non. Au contraire, c'est plutôt… paisible, dit-il en scrutant le vide d'un air mélancolique.

– OK. Alors enlève-les.

Il me regarde comme si j'étais idiote, mais je me contente de hausser les épaules. Piper n'avait pas totalement tort, même si nos raisonnements n'ont rien à voir l'un avec l'autre.

– Rien ne t'oblige à en porter. Beaucoup de personnes sourdes choisissent de ne pas en mettre.

– Et je suis censé faire comment pour communiquer avec les gens ?

– Il y a beaucoup d'alternatives, j'explique en cherchant les bons mots. Certaines personnes utilisent la langue des signes. D'autres se contentent de la lecture labiale. Il y a aussi cette application absolument géniale, que j'ai trouvée sur Internet : les gens parlent et ça te retranscrit tout à l'écrit…

Son expression se ferme. Il se braque, je suis en train de le perdre.

Il refuse d'entendre la vérité, il ne veut pas avoir à changer ses habitudes… par peur d'être confronté à cette nouvelle réalité.

Je poursuis malgré tout, quitte à ce qu'il s'énerve.

– Ta vie ne s'arrête pas là. Tu peux continuer de faire ce que tu faisais avant. Juste… différemment. Et c'est normal que tu aies besoin de temps pour t'adapter, c'est normal que tu sois en colère contre la vie, les dieux, peu importe, mais arrivera un jour, bientôt, où tu devras l'accepter, Orion. Tu ne seras jamais heureux sinon.

Mes mots sont durs. Je n'aime pas le savoir triste. Néanmoins, j'essaie de l'aider.

– Comment veux-tu que j'entende la musique sur laquelle on patine ? soupire-t-il.

– Qui a dit que tu avais besoin de l'entendre ? Tu as seulement besoin de la sentir… et de me laisser te guider. Avec ceci, je précise en posant une main à plat sur son cœur. Il y a aussi des patineurs artistiques sourds, regarde David Michalowski !

– Je ne veux pas être un « patineur artistique sourd », Lily, me rabroue-t-il d'un ton sec. J'ai l'impression que c'est tout ce qui me définit depuis l'accident, et je déteste ça. J'apprécie tes efforts, vraiment, mais…

– Essaie, au moins.

Orion hésite, les dents serrées.

– Pour me faire plaisir, j'ajoute dans un rictus triste qui le persuadera pour sûr.

Il soupire et je sais tout de suite que j'ai gagné.

Lorsque nous posons un pied sur la glace, je prends sa main pour le guider au centre, appréciant le silence de la nature qui nous entoure.

On dirait un décor de film.

– Est-ce que tu crois que ça, je demande en pointant ma cicatrice du doigt, ça me définit en tant que personne ? Est-ce que c'est la seule chose qui te vient en tête quand tu penses à moi ?

Orion plisse le front comme si l'idée était ridicule. Sa naïveté me fait sourire. *Il est mignon.*

– Bien sûr que non. Ça fait partie de toi, mais ce n'est qu'un détail. Tu es bien plus que ta cicatrice… et ça me rend fou quand tu essaies de la cacher, commente-t-il dans un murmure.

Je frissonne tandis que ses doigts caressent la ligne de mon nez. Ses yeux sont rivés sur la longueur de ma cicatrice, qu'il suit de la pulpe de son doigt, quand il ajoute :

– Tu ne devrais pas en avoir honte.

– Toi non plus. Tu es bien plus que ton handicap… et ce n'est pas lui qui va t'empêcher de faire ce que tu veux, Orion Williams.

Son regard plonge dans le mien. Nous sommes si proches que je sens sa poitrine se soulever contre la mienne à chaque respiration. Je vois qu'il comprend où je veux en venir.

Il est sur le point de flancher, je le sens.

C'est pourquoi j'en profite pour me mettre sur la pointe de mes lames, une main sur son épaule. Je lui retire ses appareils d'un geste délicat, puis je les fourre dans la poche de son gilet.

– Laisse-moi te guider, j'articule en allumant la musique sur mon téléphone.

Il accepte de s'abandonner tandis que je commence notre programme libre. Je lui tapote le doigt quand la mélodie retentit, signe que nous devons commencer.

Orion se prend au jeu, l'œil rivé sur chacun de mes mouvements. Le début est maladroit, nos gestes ne sont pas aussi fluides que d'habitude, mais nous apprenons à nous faire confiance au fil des minutes. Nos patins glissent au rythme de la musique, et je souris vers le ciel quand Orion effectue un porté en étoile quasi parfait.

Il a à peine flanché.

Je ne cesse de le toucher, mes mains caressant ses bras et mes doigts tapotant l'intérieur de sa paume chaque fois qu'une figure arrive. Nous communiquons en silence, preuve que nous n'avons pas besoin de mots pour parvenir à cette fameuse alchimie qui nous a toujours manqué.

Au bout d'une heure, alors que le soleil décline, éclairant nos mouvements d'une lumière si particulière, je change de musique pour « Stay » de Rihanna et Mikky Ekko. Je hausse un sourcil interrogateur et lui montre l'écran de mon téléphone. Il opine en esquissant un petit rictus.

Cette fois c'est lui qui me guide, en totale improvisation, sans même entendre la musique. Je lui fais confiance et suis chacun de ses mouvements. Il me tient fermement entre ses bras, son nez frôlant le mien tandis qu'il nous fait glisser sur la glace sur un genou.

Quand la musique s'arrête, je lui souris avant de signer quelque chose avec mes mains. C'est probablement maladroit, puisque j'ai appris ça en dix minutes pendant la pause déjeuner, mais je suis fière de voir l'étonnement dans ses yeux.

– Qu'est-ce que ça veut dire ?

– « Je ne te lâcherai pas », j'articule tandis qu'il lit difficilement sur mes lèvres.

Sa gorge se contracte avec émotion. Je suis heureuse de voir que j'ai réussi à le toucher.

Je rajoute quelque chose que j'ai mémorisé juste pour rire, ce qui lui vaut un air interrogateur.

– « Imbécile », je traduis avec un sourire arrogant.

Je ne sais pas combien de temps nous restons là, mais c'est seulement en revenant, la nuit désormais pleinement tombée, que je remarque qu'Orion n'a toujours pas remis ses appareils.

FÉVRIER

26

ORION

Février 2024, Montréal

Parce que j'ai toujours été abandonné, j'ai cru que Lily ferait pareil. Mon erreur a été d'attendre qu'elle me fuie, comme les autres. Parce que c'est ce à quoi on m'a habitué.

« Je ne te lâcherai pas. »

Je tairai les émotions qui m'ont traversé en devinant cette simple phrase, articulée en silence.

Pour une fois, quelqu'un reste.

– Tu comptes l'inviter à sortir bientôt ou t'attends qu'elle soit à la retraite ? me demande Aydan un beau jour.

Je veux lui dire que c'est compliqué, que Scott interdit toute relation romantique ou sexuelle entre partenaires, que Lily n'a pas l'air intéressée… Mais ce ne sont que des excuses.

J'ai bien vu la façon dont elle me regarde.

Elle me veut autant que je la veux.

– Ce n'est pas le bon moment.

– Orion, le « bon moment » s'est fait la malle depuis des lustres. Vous observer vous dévorer des yeux sur la glace, c'était mignon au début. Mais depuis quelque temps, c'est devenu *douloureux*. Même pour moi.

Je soupire en me massant les tempes.

– Mettez fin à mon calvaire et couchez ensemble, s'il vous plaît.

– Je ne suis pas sûr qu'elle veuille d'un… handicapé.

Je n'avais pas l'intention de prononcer ces mots, mais ils se sont précipités sur ma langue.

Aydan me scrute. Je me sens bête d'avoir dit un truc pareil, et pourtant je ne peux pas changer ce que je pense.

Lily est différente des filles avec qui j'ai pu coucher avant. Avec elle, j'ai peur que ce ne soit pas assez. Je suis terrifié à l'idée de faire l'amour avec elle et de devenir accro, de vouloir plus, de ne plus imaginer ma vie sans elle.

Si je tombe amoureux, je dois me préparer à l'éventualité qu'elle me brise le cœur.

– Bah demande-lui.

– Pardon ?

– Pose-lui la question, répète mon ami. Pour être honnête, j'ai surtout l'impression que tu essaies de te défiler, et que tu mets ta lâcheté sur le dos de Lily.

J'y réfléchis longuement avant de me rendre compte qu'il a raison.

– Mec, tu sais que tu n'es pas complètement idiot ?

– Évidemment que je le sais, répond-il en roulant des yeux. Mais personne ne me croit jamais quand je le dis.

❄

Je profite que Lily soit absente pour passer la journée sans mes appareils auditifs. Je ne veux pas l'avouer à voix haute, mais *bordel ce que c'est apaisant.*

Ma partenaire passe son samedi en famille, alors je m'occupe à faire le ménage. Je lance une machine à laver avant de nettoyer la salle de bain de fond en comble. Mais quand je commence à étendre le linge, quelque chose m'arrête.

– Oh non… Non, non, non !

J'ouvre la bouche, choqué par ce qui me fait face. Le doudou de Lily me fait toujours peur, c'est pourquoi je l'ai rebaptisé Chucky, mais il me provoque une bouffée d'angoisse pour une tout autre raison.

Son pelage blanc a pris une couleur bleu délavé.

Mes yeux tombent sur le coupable : mon sweat à capuche indigo. Je n'ai pas fait attention, Chucky devait trôner quelque part près de la pile à linge, et j'ai tout embarqué en même temps.

Elle va me tuer.

Lily m'a déjà dit combien ce doudou compte pour elle. Elle l'a depuis sa naissance, c'est la première peluche qu'on lui a donné à la maternité. Son frère l'a choisie lui-même, à savoir la personne la plus importante de sa vie.

Je sors tous les produits que je possède et tente de faire disparaître la couleur. Je frotte tellement fort que les poils de la brosse se retournent sur eux-mêmes.

Ça ne veut pas. La couleur persiste et me nargue…

Je n'ai pas le temps de réfléchir, j'enfile mes chaussures en vitesse, attrape le lapin borgne et prends la voiture pour me rendre chez le seul teinturier que je connaisse.

La dame au comptoir m'adresse un salut que je n'entends pas. Pourtant, ses lèvres bougent.

Putain.

Je remarque seulement maintenant que j'ai oublié mes appareils sur le meuble de la cuisine.

Mes mains commencent à transpirer à cause de la panique. C'est la première fois que je me retrouve dans ce genre de situation. Je ne sais pas quoi faire, alors je dis bonjour et lui montre le doudou.

– Est-ce que vous croyez qu'on peut faire quelque chose ?

Au lieu d'acquiescer ou de secouer la tête, la femme ouvre la bouche et débite des choses que je suis incapable de comprendre.

Je lui adresse une grimace désolée, pointant mon oreille du doigt :

– Pardon, je n'entends pas bien… Vous pouvez me faire signe de la tête ? Ou alors parler moins vite.

Je peux peut-être lire sur ses lèvres, comme me l'a conseillé Lily. Mais la dame fronce les sourcils tandis que la porte s'ouvre derrière moi et qu'un couple entre à son tour. Elle dit quelque chose, mais je suis incapable de saisir quoi. Je lui tends le doudou, désespéré, mais je vois bien qu'elle est agacée. Elle ne semble pas comprendre le problème puisqu'elle continue à me parler comme si de rien n'était. Ou peut-être qu'elle s'en fiche.

– Je suis… je commence sans parvenir à prononcer le mot tabou. Je ne vous entends pas. Est-ce que vous pourriez écrire sur un bout de papier ?

Elle soupire fortement puis lance un regard blasé aux gens derrière moi. Je crois décrypter : « Je n'ai pas le temps pour ça » sur ses lèvres.

Je suis tellement gêné que j'acquiesce avant de partir tête baissée.

Dans la voiture, je télécharge l'application dont m'a parlé Lily, qui retranscrit l'oral à l'écrit.

Je visite plusieurs teinturiers, et l'application est un soutien précieux, mais au bout de trois j'abandonne. Chucky est mort. Irrécupérable.

Après avoir jeté un coup d'œil à ma montre, je comprends qu'il ne me reste qu'une seule solution.

Trouver un remplaçant.

Je fais toutes les boutiques qui n'ont pas encore fermé, un peu à la hâte. Je montre la peluche pour référence et demande si un modèle qui lui ressemble existe. Peut-être qu'avec ça, Lily me pardonnera…

Je parle le moins possible, gêné par les regards curieux lorsque les gens comprennent que je ne les entends pas. Je parie que ça les arrange bien, vu les murmures qu'ils échangent quand je rejoins enfin ma voiture.

J'ai fini par trouver plusieurs lapins blancs quelque peu similaires, même s'il est évident que ce n'est pas Chucky.

Je reviens à la maison avec cinq doudous à la main, dépité.

Je remets aussitôt mes appareils auditifs, rassuré, et vais dans la chambre de Lily pour déposer l'un des nouveaux doudous. Je sursaute presque en découvrant la silhouette de celle-ci allongée sous les couvertures.

– Lily ? je souffle dans l'obscurité.

Elle n'était pas censée rentrer si tôt. Je remarque qu'elle est encore habillée, alors je m'inquiète. Peut-être qu'elle est malade.

Je me penche vers elle, un coude sur le matelas, pour poser le dos de ma main sur son front. Sa peau est chaude, mais rien d'inquiétant.

Je la regarde dormir quelques secondes. Elle a l'air si paisible… La voir ainsi me donne envie de faire pareil. Cette journée a été exténuante psychologiquement. Je m'allonge donc à ses côtés dans un soupir fatigué.

– T'étais où ?

Je suis tellement surpris par sa question murmurée dans un demi-sommeil que je me contente de scruter son dos sans répondre.

– Et toi ? Je croyais que tu devais rester en famille.

Le silence s'étend un long moment, jusqu'à ce que sa voix me parvienne de nouveau :

– Je crois… que je n'aime pas mes amis.

Je fronce les sourcils en entendant la tristesse dans son ton, et étonné qu'elle change de sujet ainsi. J'ai envie de tendre la main pour la toucher, la prendre dans mes bras, la rassurer.

Mais je ne fais rien de tout ça.

– C'est comme si je ne la connaissais pas vraiment, et que je ne m'en rendais compte que maintenant. Est-ce que j'ai été tellement autocentrée que je n'ai pas remarqué que la fille avec qui je passe mes journées est… mon opposé.

Je ne sais pas quoi dire. Pour être honnête, j'ai toujours pensé que Piper et Lily n'avaient rien à voir l'une avec l'autre. Je n'ose pas lui donner mon avis sincère, mais au fond de moi je suis convaincu que Piper a vu le potentiel de Lily très tôt et s'est greffée à elle en espérant briller elle aussi.

– Pendant des années, je me suis sentie coupable de la jalouser, coupable d'être si mesquine au lieu d'être heureuse pour elle, ajoute Lily dans un souffle quasi inaudible.

– *Toi*, tu la jalousais ? Pourquoi ?

Cela me semble inconcevable.

– Parce qu'elle avait tout ce que je voulais. Sa vie est facile. Elle est blonde, blanche, belle. Moi, j'ai dû bosser plus dur qu'elle, plus dur que les autres, pour qu'on me prenne au sérieux, pour qu'on me remarque, pour qu'on ne m'oublie pas. J'ai dû faire le double, et ce n'était encore pas assez.

Soudain, je comprends. Pourquoi elle n'a pas de vie sociale, pourquoi elle veut toujours être parfaite, pourquoi elle n'a pas supporté que je la sabote par simple caprice. Lily n'a pas le privilège de pouvoir se reposer sur ses lauriers. En tant qu'homme métis, je le comprends.

Encore une chose qu'on a en commun.

Cette fois, je me colle à son dos et enlace sa taille de mon bras. Lily se laisse aller à mon étreinte, son corps moulé parfaitement contre le mien.

– Il faut que je t'avoue un truc, je souffle, ma bouche contre ses cheveux. Le jour de notre rencontre, ce que tu m'as entendu dire… c'était un mensonge. Je n'ai jamais pensé que tu étais une « débutante », j'ai dit ça pour convaincre Scott de me laisser tranquille.

Elle reste silencieuse, mais je sais qu'elle écoute attentivement.

– La vérité, c'est que j'avais visionné une vidéo de toi la veille et que j'ai vu une future championne. Alors j'ai eu peur de tout gâcher… peur de te briser comme j'ai brisé les autres. Tu ne méritais pas ça. Je voulais que tu ailles loin.

J'ai à peine terminé ma phrase que Lily se retourne pour se retrouver face à moi. Nos nez se touchent presque tant nous sommes proches. Le doux éclat de la lune éclaire faiblement son visage.

– Tu crois vraiment à ces conneries, hein ?

Mon index descend le long de son nez, caressant sa cicatrice. Le plus étrange dans toute cette histoire, c'est qu'*elle* n'y croit toujours pas.

– Comment faire autrement ? je rétorque sans oser croiser ses yeux. Tous ceux que j'aime tombent comme des mouches… Les uns après les autres…

– Je suis toujours là, moi.

Mon regard rencontre enfin le sien tandis que ses doigts s'accrochent à mon tee-shirt.

– Je ne crois pas que tu sois maudit, Orion. Je pense que tu préfères le penser parce qu'il te faut un coupable… et que c'est plus facile de se blâmer, plus facile de se saboter. Parce que tu refuses d'être heureux, tu culpabilises d'avancer sans eux… Mais ce n'est pas ce que tes parents auraient voulu.

Non, je le sais bien. Et ça fait plaisir d'entendre ces quelques mots, précieux, qui font que mon cœur palpite plus fort dans ma poitrine. Où est-ce à cause de son corps si proche du mien ? De son regard voilé de désir ? De l'odeur de lavande qui émane d'elle et fait de moi un affamé ?

Sa main gauche repousse une mèche invisible sur mon front, puis ses doigts caressent ma tempe. La tension est telle que j'ai peur de briser le silence.

Mais soudain elle le fait.

Elle me sourit timidement. Et dit :

– Continue de briller plus fort que les autres, Petite Étoile.

J'arrête de respirer.

Petite Étoile.

Quelque chose me transperce en plein cœur et je sens une larme solitaire couler le long de ma joue. Je dévisage ce bout de femme incroyable qui me fait face, cette force de la nature qui n'a pas une seule fois abandonné, pas même quand son corps la suppliait de le faire.

Ma rivale, ma fan et ma partenaire à la fois.

Mon amie et bien plus que ça.

En une seconde, ma main se pose sur sa joue et ma bouche trouve la sienne.

Ses lèvres sont douces et chaudes, mais je n'ai pas le temps d'en apprécier le contact.

Merde, qu'est-ce qu'il me prend ?

– Pardon, je murmure en reculant. J'aurais dû deman…

Mes prochains mots meurent sur ses lèvres. Lily m'embrasse en retour, une main nichée dans mes cheveux, l'autre empoignant mon tee-shirt. *Oh.*

C'est tout ce qu'il me fallait.

L'adrénaline fuse dans mes veines, le sang me monte au cerveau, un feu inonde ma poitrine. Je serre sa taille entre mes bras, apprécie le contact de ses seins pressés contre mon torse, prends le temps de savourer celui de nos corps dans l'obscurité. Je n'ai pas envie de me précipiter, surtout parce que je détesterais que le moment prenne fin trop vite…

– Ouvre la bouche, Lily, je chuchote entre ses lèvres.

Elle s'exécute aussitôt pour me laisser goûter sa langue. J'explore sa bouche avec douceur et avidité. Elle est divine. C'est un putain de feu d'artifice dans ma tête, et c'est douloureux, mais d'une souffrance plaisante que je n'arriverai pas à oublier, je le sais.

Je veux plus, mais je me retiens.

Pas encore. Ne lui fais pas peur.

Lorsque l'une de ses paumes s'infiltre sous mon tee-shirt, caressant mes abdos d'un toucher hésitant, je pousse un soupir qu'elle avale aussitôt. Elle essaie de reprendre son souffle mais je la serre plus fort pour l'en empêcher.

– Est-ce que tu veux qu'on s'arrête ? je la questionne en priant que non.

Lily secoue la tête en silence. *Dieu merci.*

Mes doigts jouent avec la couture de son tee-shirt, mais je les garde accrochés à sa hanche tandis que mes lèvres migrent vers le creux de son cou. J'embrasse cet endroit sous son oreille, tendrement, et soupire :

– Bordel… tu vas me *détester*.

Elle me repousse gentiment, un sourcil arqué pour marquer son interrogation. La vue de ses lèvres humides et gonflées, ainsi que de ses joues roses, me fait tourner la tête.

Je soupire et attrape Chucky, qui traînait au sol. En le voyant, Lily écarquille les yeux.

– Il y a eu un léger accident aujourd'hui… Je suis tellement désolé. J'ai tout essayé, mais ça ne voulait pas partir. J'ai voulu t'en acheter un nouveau, mais aucun ne lui ressemblait vraiment et je n'étais pas sûr duquel te plairait le plus, alors… j'ai paniqué…

Je dépose les cinq lapins sur le lit, dans l'espace qui nous sépare. Lily regarde la pile de peluches avec la bouche grande ouverte, toujours silencieuse.

– Je sais ce qu'il représente pour toi… Tu peux m'en mettre une, si tu veux. Juste pas trop fort s'il te plaît, je suis douillet.

J'attends son verdict avec angoisse, mais elle finit par serrer Chucky contre elle… et par sourire doucement.

– Ce n'est rien. Je l'ai délavé un nombre incalculable de fois avant toi, alors ne t'inquiète pas.

Elle dépose un baiser sur le doudou, puis le range dans le tiroir de sa table de chevet.

Je l'ai échappé belle.

Je veux continuer à l'embrasser, mais je n'en fais rien. Ma main reste posée dans le creux de ses reins et effectue des cercles apaisants sur sa peau. Elle me considère un long moment, silencieuse.

– Je préfère te prévenir, Orion… Je ne veux pas d'un petit copain, déclare-t-elle calmement. Je ne peux me permettre aucune distraction, pas maintenant. On vient tout juste de devenir amis, je ne veux pas gâcher ça non plus.

Ses paroles ne m'étonnent pas, pourtant je ne peux éviter la déception qui tire sur mon cœur. Parce que j'avais raison : après seulement un baiser, voilà que j'ai envie de faire d'elle ma petite amie.

Je veux qu'elle soit à moi. Et que je sois à elle.

– En revanche, ajoute-t-elle dans un chuchotement, tu l'as dit toi-même, on a besoin d'évacuer le stress… et j'ai ouïe-dire que certains amis couchent parfois ensemble…

Je pince les lèvres pour m'empêcher de sourire, sans succès.

Lily veut coucher avec moi. Pas avec Aydan ou n'importe quel gars de Tinder.

Avec moi.

Ma prise se raffermit autour d'elle. Ma main glisse de ses hanches à ses fesses. J'ai peur de ne pas réussir à me retenir, même si ma raison m'assène d'y aller doucement. Je veux me laisser le temps d'apprendre à connaître chaque courbe de son corps, chaque son qui s'échappe de sa bouche, chaque zone érogène…

– J'ai ouïe-dire ça aussi, je réponds dans un murmure amusé. Tu l'as déjà fait ?

Je me rappelle l'avoir entendue dire qu'elle n'aimait pas le sexe sans sentiments. Pourquoi s'engager dans ce genre de relation si elle n'a pas l'intention de mettre son cœur en danger ?

Mais surtout : vais-je réussir à me contenter de ce qu'elle voudra bien me donner ?

– Non, avoue-t-elle sans oser me regarder dans les yeux. Est-ce que c'est un problème ?

Je lui demande ce qu'elle veut dire par là, confus.

– Que je n'aie jamais couché avec personne.

Oh. J'ouvre la bouche sous l'effet de la surprise. Je… ne m'attendais pas à cela. De toute évidence, il y a eu malentendu.

– Comment ça se fait ?

Je la crois, bien sûr, même si je ne peux m'empêcher d'être curieux.

Lily hausse les épaules.

– Je n'en ai pas eu l'occasion jusqu'ici… Ni l'envie, pour être honnête. Tu trouves ça bizarre ?

– Pas du tout. Et non, ce n'est pas un problème tant que tu es sûre de toi et que tu choisis de le faire parce que tu en as envie, avec quelqu'un en qui tu as confiance.

Soudain, je m'en veux de l'avoir poussée à « se détendre » dans les bras de quelqu'un d'autre. Je suis un idiot. Même si je suis bien placé pour savoir que personne ne force jamais Elizabeth Pham à faire quelque chose qu'elle ne veut pas.

– J'ai envie de le faire avec toi.

– Waouh. Pas de pression.

– T'inquiète, me rassure-t-elle en me tapotant l'épaule. Je n'ai aucune attente. En fait, la barre est plutôt placée bas. Si c'est nul, je n'aurai même pas de quoi comparer.

Je ne sais pas si elle dit ça pour m'embêter, mais je la fusille du regard malgré l'amusement.

– C'est tout de suite très rassurant, merci.

– De rien. On s'organise comment, du coup ? Tu veux faire ça maintenant, ou tu préfères qu'on prenne le temps de se préparer ? Merde, je n'ai pas de préservatif… J'irai en acheter demain. Tu connais ta taille ?

– Lily.

Je prends son visage en coupe pour l'obliger à arrimer ses yeux aux miens, ce qu'elle fait. Elle semble légèrement essoufflée, et je devine qu'elle panique un peu.

Comme dans tous les autres aspects de sa vie, Lily est une perfectionniste. Elle est organisée, préparée, déterminée. Elle veut bien faire. Elle n'a pas d'autre choix que d'être la meilleure.

Je veux lui montrer qu'elle n'est pas toujours forcée d'être comme ça.

Cette fois, je veux qu'elle se laisse aller.

– On ne va pas coucher ensemble, je souffle par-dessus la peau de sa gorge. Pas ce soir, en tout cas.

Elle fronce les sourcils, vexée. Elle semble même en colère le temps d'une seconde.

– Je ne suis pas une nonne non plus, tu sais ? J'ai vu des vidéos et je lis les livres de Helen Hoang. Je sais des choses, peut-être un peu trop. Je pense même que je serais douée !

Je jure dans ma barbe, les yeux clos. Un frisson délicieux descend le long de mes cuisses jusqu'à la pointe de mes pieds. *Elle essaie de m'achever, ce n'est pas possible.*

– Je n'ai aucun doute là-dessus. Mais Lil… Le sexe, ce n'est pas une compétition. Le jour où on couchera ensemble, on ne sera pas sur la glace. Il n'y a ni points, ni juges, ni adversaires. Juste nous et un peu de magie. Ce n'est pas grave, si ce n'est pas parfait.

Son visage se radoucit, si bien que je continue :

– J'ai envie qu'on prenne notre temps. Je veux apprendre à connaître ton corps… à savoir ce qui t'excite… ce que tu n'aimes pas… Fais-moi confiance, OK ? Je m'occupe de tout.

Je sens ses joues chauffer sous mes paumes, preuve que je l'ai ébranlée. Je me penche pour capter ses lèvres dans les miennes, un doigt sous son menton.

Lily accepte mon baiser avant de murmurer :

– OK.

Elle me rappelle toutefois à l'ordre, insistant sur le fait que cette nouvelle « relation secrète » ne peut pas aller plus loin.

– Je ne serai pas une distraction, je promets.

Son sourire me fait presque culpabiliser d'avoir menti.

27

LILY

Février 2024, Séoul

Après dix-huit heures de vol, nous voilà enfin arrivés à Séoul, en Corée du Sud, où se déroulent les championnats des Quatre Continents.

Orion a passé la moitié de ce temps à dormir sur mon épaule, ses doigts entrelacés aux miens.

– Je rêve ou vous êtes enfin devenus amis ? s'est réjouie Isabella sous le regard suspicieux de Scott.

– Oh là, tout doux ! « Amis » est un grand m…

– *Meilleurs amis*, a répondu Orion en levant nos mains entremêlées comme preuve ultime. Aydan nous a obligés à nous couper les ongles de pied l'un l'autre, ça nous a rapprochés.

Je grimace de dégoût devant ce mensonge. Mais je l'avoue, c'est mieux que de dire la vérité : « On a prévu de coucher ensemble incessamment sous peu. On vous tient au jus ! »

Je ne l'aurais pas pensé, mais Orion est du genre collant. Je n'ai jamais trop aimé les hommes tactiles, néanmoins il y a une certaine fragilité chez mon partenaire qui me plaît et m'apaise.

Comme tout le reste.

J'ai évidemment demandé l'avis de mes amies après ce qu'il s'est passé dans mon lit l'autre soir.

Lily : Est-ce que c'est bizarre,
si je décide de perdre ma virginité
sur un coup de tête… sans même être
en couple avec ledit mec ?

Camelia : Bien sûr que non. Je déteste cette sacralité de la virginité. Ça nous donne des complexes, et bizarrement ça ne concerne que les femmes !

Avant Lou, je n'avais que des coups d'un soir ou des plans réguliers… et je me suis éclatée.
#0regret

Nolia : Pas du tout. Fais juste attention de ne pas te précipiter pour les mauvaises raisons… Je l'ai fait trop tôt, trop jeune, parce que j'étais follement amoureuse.

Je pensais être prête alors que je ne l'étais pas, et cette mauvaise expérience me suit encore aujourd'hui.

Jasmine : C'est différent pour chacune d'entre nous. Je suis du genre romantique… Je n'arrive pas à coucher avec quelqu'un sans sentiments.

Mais je pense que tu devrais suivre tes envies et te faire confiance.

Leurs réponses m'ont rassurée.

J'en ai envie. Pour la première fois de ma vie, j'ai envie d'être touchée. Et pas par n'importe qui, par *lui*.

Toute ma vie, j'ai été trop occupée pour faire comme les jeunes de mon âge, et je ne l'ai jamais regretté. Mais depuis l'accident, j'ai compris que le temps dont on dispose est trop court. Je ne veux pas passer à côté de quelque chose.

Orion est là, mais pour combien de temps encore ?

– Isa et moi devons passer au *Mokdong Ice Rink* avant demain, nous apprend Scott tandis que nous attendons notre taxi à l'aéroport.

– On vient avec vous. Il faut qu'on répète.

Deux têtes se tournent vers moi d'un air blasé. Isabella, elle, soupire par habitude.

– Non, pas de répétition aujourd'hui, refuse-t-elle. Ça ne fera que te stresser si tu rates une figure. Allez vous reposer !

Orion acquiesce en ouvrant la portière de notre taxi, qui vient d'arriver. Il me bouscule presque pour monter dans la voiture, l'air pressé de partir.

Je suis un peu déçue qu'on ne puisse pas s'entraîner, mais Orion me rassure pendant le trajet.

– On aura tout le temps d'angoisser demain, Juste Lily.

Alors nous profitons de la chance qu'on a de voyager si loin pour notre travail. C'est ma première fois en Corée du Sud, aussi j'accepte de me détendre.

Nous quittons Incheon et roulons jusqu'à Cheonggyecheon, ce qui prend une éternité. Il fait un froid terrible, mais en tant que bons Canadiens, nous sommes habitués aux températures rudes.

Orion marche à mes côtés, sa main dans ma poche de manteau. Et on ne se démarque absolument pas, puisqu'il y a des couples partout.

– Tiens, dit mon partenaire en glissant une chaufferette entre mes doigts. J'en ai d'autres dans mon sac, si jamais.

– Merci. Tu es un homme surprenant, Orion Williams.

Il fera un petit ami parfait pour celle qui viendra après moi.

– Ce n'est pas faute de le dire à qui veut l'entendre.

Plusieurs filles se retournent sur son passage en murmurant. Je ne comprends pas le coréen, mais leurs joues rouges en disent long.

J'observe Orion avec plus d'attention, curieuse. J'ai toujours pensé qu'il était beau, même à treize ans, mais d'une beauté irréelle. Divine. Mais maintenant que je le regarde, mon cœur s'emballe de façon indécente quand je repense à la sensation de sa langue contre la mienne, à la chaleur de ses mains dans mon dos nu, et à ses promesses chuchotées contre le creux de ma gorge…

« Je m'occupe de tout. »

– On fait un selfie ?

Je souris, les cheveux dans le vent, tandis qu'Orion prend la photo d'un bras tendu. De l'autre, il entoure mes épaules dans une pose naturelle et détendue.

– Les gens vont devenir fous, dit-il en postant le cliché sur ses réseaux sociaux.

– Attends ! je m'écrie, ma main s'abattant sur la sienne. Je… Fais voir.

Mes cheveux cachent quasiment la moitié de mon visage, mais ce n'est pas assez pour dissimuler la cicatrice qui barre mon nez. Orion, à côté, est la perfection incarnée.

– Tu n'aimes pas ? Tu veux qu'on en prenne une autre ?

– Ce n'est pas ça…

Je n'ose pas le dire. Mais Orion voit tout, comprend tout, parce que soudain son sourire disparaît. Cela ne dure qu'une seconde. Celle d'après, il quitte Instagram et met la photo comme fond d'écran.

– Finalement, je préfère la garder pour moi seul, affirme-t-il avec un sourire à tomber.

Nous nous promenons le long de la rivière, profitons de l'air pur et de l'odeur de la nourriture de rue. Nous nous arrêtons pour manger un bibimbap au bœuf ainsi que des *tteokbokki*[1] épicés. Orion manque de s'étouffer et je réussis à immortaliser ce moment avec mon téléphone.

L'après-midi, nous visitons le village Hanok de Bukchon, un quartier vieux de six cents ans. J'admire la construction des maisons traditionnelles coréennes tandis qu'Orion prend de nouvelles photos en hauteur.

1. Snack coréen fait à partir de pâte de riz épicée.

– C'est officiel, j'adore cette ville, lance-t-il quand nous sommes de retour à l'hôtel à Mok-dong.

– Et la ville t'adore en retour. Je ne compte plus le nombre d'*halmeoni*[2] qui t'ont offert à manger gratuitement aujourd'hui.

– Oui… Certaines avaient les mains un peu baladeuses, d'ailleurs, grimace-t-il, ses bras croisés en travers de sa poitrine comme si cela pouvait protéger sa vertu.

Je souris. Maintenant qu'il le dit, moi aussi j'adore cette ville. Nous avons passé une journée exceptionnelle. Je suis bien contente de ne pas être restée enfermée à répéter sur la glace. J'avais besoin de décompresser.

Encore maintenant.

C'est pour cela que je ralentis le pas quand nous arrivons à notre étage. Je n'ai pas envie que la journée se termine. Orion et moi n'avons pas reparlé de ce qu'il s'est passé l'autre soir, dans mon lit.

– Tu veux entrer ?

Je tourne la tête vers mon partenaire, qui pointe sa porte du doigt avec une assurance attirante. Je remarque que sa chambre fait face à la mienne dans le long couloir.

– Loin de moi l'idée de te distraire, bien sûr, ajoute-t-il d'un ton amusé.

Je ne devrais pas faire ça la veille d'une compétition importante. Et pourtant, je n'arrive pas à refuser. J'ai justement besoin de cela : penser à autre chose. Et Orion est parfait pour le rôle. Il a le don de faire disparaître tout ce qui m'entoure en quelques secondes.

– Je crois… que ça ne me dérangerait pas d'être distraite, ce soir.

Il me regarde sans rien dire, sa pomme d'Adam roulant sous la peau fine de son cou. Je rêve d'y poser ma bouche, même si cette pensée me choque moi-même.

---

2. « Grand-mère », en coréen.

– C'est dans mes cordes, assure-t-il d'une voix basse mais profonde.

Je pénètre donc dans sa chambre, non sans avoir vérifié que personne n'espionnait à l'extérieur. Nous n'avons pas besoin d'un autre scandale.

À peine suis-je entrée qu'Orion me plaque contre la porte à la force de son corps. Sa bouche emprisonne la mienne aussitôt, ses mains posées sur mes hanches.

– Bordel, j'ai eu envie de faire ça toute la journée, souffle-t-il en m'embrassant de plus belle.

Moi aussi.

Je me laisse faire, savourant le goût sucré du soda qu'il a bu plus tôt. Ma langue caresse la sienne avec lenteur, parce que je préfère prendre mon temps. Je goûte chaque parcelle de lui : ses lèvres, son palet, ses dents…

C'est si bon que je crains de ne plus réussir à m'en passer. Mais je suis trop faible pour m'arrêter à temps, alors je rejette la tête contre le montant derrière moi tandis qu'il embrasse mon cou. Il prend son temps lui aussi, et bordel tous ses gestes sont sensuels mais tendres.

– J'ai besoin de savoir ce qui te rend folle, chuchote-t-il avant de faire glisser sa langue jusqu'à ma clavicule.

Je croyais qu'on avait déjà établi que j'étais novice à ce jeu. Je m'apprête à le lui rappeler lorsqu'il ajoute :

– Comment tu te touches, quand tu es seule ?

Son regard plonge dans le mien, ses lèvres ouvertes contre ma bouche. Je suis trop surprise par sa question indécente pour penser à lui répondre.

En pensant à toi.

– Je commence par mes seins…

Je sens sa main remonter le long de mes flancs jusqu'à ma poitrine.

– Est-ce qu'ils sont sensibles ? demande-t-il tout bas.

Son doigt caresse la pointe de mon téton par-dessus le tissu de mon tee-shirt, lentement. La sensation est écrasante… une vague de plaisir qui me tord le ventre et menace de grossir, encore et encore, jusqu'à me submerger. Mais c'est Orion, en observant chacune de mes réactions avec des pupilles dilatées, qui m'excite le plus.

Je l'attire à moi pour l'embrasser, joins ma langue à la sienne.

– Je peux ? souffle-t-il après m'avoir mordu la lèvre.

J'acquiesce sans y réfléchir à deux fois, ivre de ce sentiment nouveau, et voilà qu'il me retire mon tee-shirt. Le tissu passe par-dessus ma tête avant de finir sur le sol.

Je ne suis pas pudique. J'ai confiance en moi, j'aime mon corps. Mais je dois avouer que la façon dont ses yeux me dévorent me donne le sentiment d'être invincible.

– J'ai tellement hâte de les avoir dans ma bouche, grogne-t-il en embrassant l'un de mes seins par-dessus mon soutien-gorge en dentelle.

Je gémis sans le vouloir, prise de court. Tout mon corps est brûlant, hypersensible, tendu... Plus encore lorsque je sens son érection pousser contre ma hanche.

– Si je fais quelque chose qui ne te plaît pas, tu me le dis, OK ? demande Orion avant de soulever mes cuisses sans effort.

Mes jambes s'enroulent naturellement autour de sa taille musclée. Ma bouche ne quitte la sienne que lorsqu'il me dépose sur son lit.

– Je veux te toucher, moi aussi, je murmure enfin.

Il retire son pull dans un mouvement fluide et sexy, m'offre ce que j'ai demandé sans hésitation aucune. Mes yeux contemplent la beauté à la fois guerrière et délicate de son corps. Son torse imberbe est un champ de bataille tout en vagues et en creux.

– Et toi ? je l'interroge sans qu'il comprenne le sens de ma question. Comment tu te touches, quand tu es seul ?

Il serre les dents sans bouger. Je me redresse, à genoux sur le lit, et embrasse son menton.

– Je pourrais te montrer, souffle-t-il d'une voix rauque. Mais pas ce soir.

Mes mains déboutonnent son jean, geste qui réussit à le faire rougir. J'adore le fait que son visage soit si expressif. Orion ne cache pas ce qu'il ressent, jamais, et même s'il le voulait, il en serait incapable.

– Pourquoi ?

– Parce que ce soir, *je* m'occupe de *toi*.

Je l'attire pour l'embrasser de nouveau, son torse frôlant la pointe sensible de mes seins. Je sais qu'il le sent car il frissonne contre moi.

Le désir est tel qu'il me fait mal. J'en ai besoin, *maintenant*.

Les yeux d'Orion glissent de mon soutien-gorge en triangle à l'anneau qui perce mon nombril. Il me dévore du regard, ses doigts suivant le même chemin.

– Je ne sais pas qui t'a fait croire que tu étais autre chose que divinement belle… mais c'est un mensonge.

Cette fois, je ne pense même pas à ma cicatrice. Je me sens jolie, sexy, désirable. J'aime ce qu'il me renvoie. Plus encore lorsqu'il baisse la tête pour embrasser ma clavicule.

Il descend jusqu'à prendre l'un de mes tétons dans sa bouche. La sensation, ajoutée à la vue de sa langue tournoyant autour de mon sein, suffit à m'exciter davantage.

– Oh… Orion…

Après de longues minutes, le voilà qui descend de plus en plus bas, jusqu'à atteindre mon ventre. Je ne le lâche pas du regard tandis que sa langue vient lécher mon nombril. Il joue avec mon piercing pendant de longues secondes, ce qui me donne le souffle court.

J'ai chaud, trop chaud. Ses mains exaucent mes prières et tirent sur mon jean déboutonné. Je me retrouve en sous-vêtements en dessous de lui, brûlante de désir.

C'est vraiment en train de se passer !

– J'ai hâte de découvrir les sons que tu fais quand tu jouis, chuchote Orion avant d'embrasser l'intérieur de ma cuisse.

Il s'apprête à baisser ma culotte quand quelqu'un frappe à la porte. Nous sursautons, comme pris en faute.

C'est une blague ?

Orion me fait signe de me taire. Je ne suis pas certaine de respirer. J'attends que la personne parte, mais c'est peine perdue.

– Orion ! s'exclame une voix que nous reconnaissons tous les deux. Je sais que tu m'entends. Ouvre.

Scott !

J'écarquille les yeux, me redresse subitement et donne un coup de tête à mon partenaire, qui grogne de douleur et retombe en arrière.

– Merde, merde, merde ! je chuchote avant de me rhabiller en vitesse.

Orion enfile son tee-shirt en criant à Scott d'attendre une minute. Je tourne en rond à la recherche d'une cachette, le cœur battant, mais le placard à vêtements est trop petit pour que j'y rentre.

– Sous le lit ! murmure Orion.

Ma mine s'assombrit, même si ce n'est pas sa faute. Je finis toutefois par obéir, car je n'ai pas le choix. Je me faufile sous le matelas, le visage pressé sur la moquette.

Je vois les pieds d'Orion se diriger vers la porte. Il marque un temps d'arrêt, probablement pour s'assurer que rien ne traîne par terre, et ouvre.

– T'en as mis du temps, se plaint Scott en entrant.

– J'allais me coucher… T'as besoin d'un truc ?

Le lit grince au-dessus de ma tête lorsqu'il s'y installe. À ma plus grande horreur, Scott retire ses chaussures.

– Je vais dormir là.

Je ferme les yeux, dépitée. *Il ne manquait plus que ça !*

– Pardon ? demande Orion dans un rire nerveux.

– J'ai vu la façon dont tu *la* regardes, petit con. Tu as peut-être réussi à berner Isabella, mais je ne suis pas dupe. Et il est hors de question que tu couches avec cette fille, alors je m'assure que toi et ton petit oiseau restez dans votre chambre.

Je crois n'avoir jamais été aussi gênée de toute ma vie. Dieu merci, Scott ne sait pas que je suis là, sous le lit.

– Alors déjà, bredouille Orion avant de hausser la voix pour que je l'entende bien, mon « oiseau » n'est pas *petit.*

– Pourquoi tu cries ?

– Ça me paraissait important de le préciser…

– Je me fous de la taille de ton engin, bougonne Scott en s'installant plus confortablement sur le matelas.

Orion ne dit rien pendant un moment. Puis reprend :

– On est vraiment amis, rien de plus. Je croyais que tu voulais qu'on en joue pour le public ?

Dans un sens, il ne ment pas. Orion sait choisir ses mots avec soin pour ne pas avoir à faire des promesses qu'il n'est pas capable de tenir.

– Tant que ce n'est que ça, répond Scott. Éteins la lumière, je suis crevé. T'as de la chance, je ne ronfle pas… Par contre, je dors les yeux ouverts.

Super. Pas du tout flippant.

Hors de question que je passe ma nuit ici, la veille de la compétition !

Malheureusement, je n'ai pas d'autre choix que d'attendre que Scott s'endorme pour m'extraire de là. Orion doit penser la même chose car il accepte à contrecœur.

Je reste silencieuse tandis qu'ils se couchent. Scott parle pendant quelques minutes, surtout pour donner des conseils à son poulain concernant demain.

Il se révèle que Scott est un menteur.

Parce qu'une heure après qu'ils ont éteint la lumière, je l'entends ronfler bruyamment. Orion se relève lentement, en silence, et me fait signe de sortir.

– Plus jamais, je mime des lèvres en lui coulant un regard noir.

Il m'offre une grimace désolée mais amusée à la fois. Sa main m'attire à sa suite. J'avance sur la pointe des pieds, terrifiée par Scott endormi les yeux grands ouverts.

Je vais en faire des cauchemars, c'est sûr.

Orion m'ouvre la porte, ses doigts s'entremêlant naturellement aux miens. C'est bête... mais ce simple geste fait frissonner mon cœur. C'est comme si l'on partageait un secret.

– Tu crois que Scott couperait ton « petit oiseau » s'il savait ? je chuchote avant de le quitter.

Orion s'adosse au chambranle, l'air fatigué. L'image de lui torse nu au-dessus de moi, les joues rouges, et de sa langue sur mon ventre, me revient en tête. *Bordel.*

– Je crois que ça vaut le coup.

La vérité, c'est que demain m'angoisse. J'aurais bien voulu oublier tout ça ce soir, ne serait-ce que pour quelques heures.

Mes pensées fusent dans tous les sens et mon ventre est en vrac. Je sens l'insomnie menacer...

– Moi aussi, dis-je en relâchant doucement sa main.

Je m'apprête à partir quand il resserre sa prise pour me tirer vers lui, comme s'il refusait de me laisser m'échapper. J'ouvre la bouche pour dire quelque chose, mais soudain ses lèvres se plaquent sur les miennes.

Son baiser est dur et urgent, et je peux sentir toute la frustration qui l'habite.

– C'était pour quoi, ça ?

Son sourire espiègle m'aveugle.

– Pour que tu rêves de moi.

❄

Tout le monde me dévisage.

Ou du moins, c'est l'impression que j'ai. C'est la première fois que le public me voit depuis l'accident. La première fois que les gens découvrent les séquelles de ma chute.

Je ne regarde personne dans les yeux. J'ai rabattu la capuche de mon gilet sur mes cheveux et ai fourré mes écouteurs dans mes oreilles. Je baisse la tête en longeant le couloir, consciente du poids de ma cicatrice. Elle m'a l'air si lourde aujourd'hui. J'ai l'impression qu'elle brûle, qu'elle prend toute la place, qu'on ne voit que ça.

Orion ne dit rien à mes côtés, et je comprends vite pourquoi : lui aussi, c'est la première fois qu'on le revoit depuis l'accident. Lui aussi, il en revient avec des séquelles.

Quelle équipe nous formons ! Deux pantins désarticulés.

J'aimerais pouvoir le rassurer, mais je suis incapable d'ouvrir la bouche.

Je lève les yeux vers la patinoire qui nous fait face, et les battements de mon cœur s'accélèrent.

C'est notre tour. Nous passons les premiers aujourd'hui.

Mes mains tremblent à mesure que les flash-back de ce jour-là me reviennent brutalement en mémoire.

Mon pas se ralentit instinctivement. Je dois faire preuve d'une force inimaginable pour ne pas faire demi-tour.

Je n'en suis pas capable. Je vais me planter.

Je suis fichue.

Je ne serai jamais capable de patiner aussi bien qu'avant, parce que tout ce qui occupe mon esprit quand je suis sur la glace, c'est la possibilité de mourir.

Je remarque trop tard qu'une crise d'angoisse est en train d'émerger. J'essaie de respirer un bon coup, mais c'est peine perdue. Mes jambes sont faibles, mon rythme cardiaque devient fou, et bordel, pourquoi tout le monde me regarde si fixement ?

« Pauvre Orion. »

« C'est tellement dommage… Elle était si belle ! »

« C'est en plein milieu de ton visage. »

– Hé.

Soudain, mon champ de vision est accaparé par une seule personne. Les mains d'Orion saisissent les miennes et ne me lâchent plus. Sa prise est ferme, peut-être pour me montrer qu'il est solide, que je peux m'appuyer sur lui.

Qu'il ne me lâche pas. Qu'il ne me lâchera jamais.

C'est ce qu'on se promet mutuellement en tant que partenaire. On est dans le même bateau. On affronte tout ensemble.

J'oublie la foule en gradins qui nous reluque, les caméras qui immortalisent l'instant. Je me concentre seulement sur Orion, sur ses prunelles lourdes d'intensité, sur la chaleur de ses mains, sur son sourire rassurant.

Son front se colle au mien et nos yeux se ferment au même moment lorsqu'il chuchote :

– Une fois qu'on est sur la glace… Ne regarde que moi, Petite Fleur.

Je me mords la joue pour m'empêcher de pleurer.

Nous restons une bonne minute dans cette position, et je sais qu'il attend que je me calme, que je sois prête.

Je me recule la première. L'angoisse est passée. La détermination a pris le dessus, et elle m'empêche presque de respirer.

Lorsque Orion rouvre les paupières, je lui souris en retirant mon gilet.

– Allons-y, Champion.

Il replace correctement ses appareils auditifs pour être sûr qu'ils ne bougent pas pendant notre performance.

– Après un forfait au championnat du Canada, Orion Williams et Elizabeth Pham font leur retour sur la glace !

J'ignore les commentateurs et patine en faisant coucou aux spectateurs. J'en vois certains sourire nerveusement, d'autres chuchoter entre eux. Je sais ce qu'ils se disent, mais ça n'a pas d'importance.

Parce que je me suis fait une promesse il y a presque dix ans de cela.

Rien ni personne ne m'empêchera de réaliser mes rêves.

Je suis inarrêtable.

Lorsque la musique de « Show Me How to Burlesque » retentit, je me transforme. Je me déhanche contre Orion, puis sa main m'emporte à travers la glace, sur laquelle nous volons avec dynamisme et sensualité.

Je ne vois que mon partenaire. Mon ami. Mon meilleur allié. La tension sexuelle n'a jamais été aussi présente qu'aujourd'hui, surtout après notre nuit ratée d'hier.

Je patine pour moi, mais aussi pour lui.

Le regard enflammé qu'il me renvoie me prouve qu'il fait exactement la même chose. Parce qu'aujourd'hui, et pour la première fois depuis qu'on répète cette chorégraphie, nous ne faisons pas semblant.

Orion réussit à me soulever et à me faire tourner à la perfection. Je me sens en sécurité tout du long.

J'ai peine à croire lorsque la musique s'arrête… et que c'est déjà fini.

– Une représentation parfaite pour le couple maudit qui fait rêver tout le public !

Orion m'emprisonne dans un câlin, le souffle court. Je le serre contre moi, heureuse malgré mes jambes tremblantes.

Je suis dans un état second tandis que nous allons écouter nos résultats. Ils sont très bons, même excellents : *82,25*. Pourtant, je ne me réjouis pas.

J'attends de voir les autres passer.

Orion me tient la main tout du long. Ce n'est qu'au bout de plusieurs heures, lorsque le classement final est affiché, que je me permets une larme silencieuse.

Orion et moi sommes vainqueurs de ce premier tour.

28

ORION

Février 2024, Séoul

Je crois n'avoir jamais vu Lily aussi heureuse.

Nous voilà dans un bar en plein centre d'Itaewon, un quartier de fête à Séoul. Nos adversaires nous ont invités à nous détendre avant le programme libre de demain, et à fêter les premiers résultats. Je pensais que Lily refuserait pour s'isoler dans sa chambre d'hôtel et dormir, comme la petite asociale qu'elle est et que j'adore, mais j'avais tort. Elle est là, les cheveux détachés comme je les aime, vêtue d'un jean serré et d'un pull qui s'arrête à son nombril. Son piercing est caché mais je sais qu'il est là, et cela suffit à me rendre dingue.

– Tu vas finir par avoir une crampe, je murmure à son oreille, attendri sans le vouloir.

Lily se tourne vers moi sans comprendre. Son sourire éclatant ne bouge pas d'un poil.

– Quoi, je n'ai pas le droit d'être heureuse ?

Au contraire. S'il faut lui offrir toutes les premières places et toutes les médailles d'or qui existent pour revoir ce visage ensoleillé… je crois que ça vaut le coup d'essayer.

– Tu as plus que le droit ! Vous étiez incroyables, s'extasie Giulia, notre concurrente italienne, dans un anglais maladroit. Lily, je suis jalouse de ta souplesse.

Giulia et Aurelio sont des adversaires de taille. On s'entend bien, même si ce dernier me répète depuis des années que son rêve est de me battre.

Évidemment, lui et Lily ont tout de suite accroché.

– C'est plutôt pratique, oui... répond ma partenaire en avalant une gorgée de son *soju*[1] à la pêche.

Elle m'adresse un clin d'œil timide. Je comprends trop tard qu'elle essaie de me séduire à coup de sous-entendus sexuels, et je suis tellement surpris que je m'étouffe avec ma bière.

Est-ce qu'elle essaie de me tuer ?

Hiro, concurrent japonais, me tend une serviette avec un petit sourire complice. Satomi, sa partenaire, prend Lily à part pour lui demander d'où elle vient.

– *Việt Nam*, explique celle-ci. Ma grand-mère paternelle est également thaïlandaise, mais je ne la vois pas souvent.

– Mon père a grandi à Phuket, répond Satomi.

– J'adore Phuket ! Tu y es déjà allée ?

Satomi sourit tristement et hausse une épaule.

– Non... Mon père refuse d'y retourner depuis le tsunami de 2004. Il a perdu sa sœur dedans, et je crois qu'il ne s'en est jamais vraiment remis.

Lily perd son sourire. Je la vois poser sa main sur celle de Satomi en signe de soutien.

Les filles discutent entre elles tandis que Giulia défie les garçons dans un jeu d'alcool coréen. Je crois comprendre la moitié des règles et tape dans mes mains aux moments opportuns, mais je finis par perdre.

Au bout de deux heures, le bar est plein à craquer. Les fenêtres ouvertes laissent entrer le bruit des fêtards sur le trottoir. Gêné, je grimace et tente de régler mes appareils.

Rien à faire, c'est trop bruyant, et les conversations finissent par se mélanger entre elles. Je me ferme comme une huître, agacé.

1. Alcool populaire en Corée du Sud, fait à base de riz.

Nous changeons de bar plusieurs fois. Les rues d'Itaewon sont si bondées qu'il est difficile de marcher. Je pose une main dans le bas du dos de Lily pour éviter de la perdre. Elle me laisse faire, les joues roses à cause de l'alcool.

– Tu ne parles plus, me fait-elle remarquer quand je la fais passer devant moi, mes mains sur ses épaules pour la guider à travers la foule.

– Le son de ma voix te manque ?

– S'il y a trop de bruit, tu peux toujours les enlever… Ou on peut aussi rentrer, c'est toi qui choisis.

Mes doigts se crispent légèrement autour d'elle. Lily n'insiste pas malgré mon silence.

– Et manquer de t'entendre parler vietnamien ? Hors de question. Les préliminaires, c'est le moment que je préfère.

– *Bạn thật phiền phức*[2], sourit-elle sans remarquer l'homme qui la bouscule.

– Je parie que tu vantes mes mérites… Un truc du genre : « Tu es un homme au grand cœur, Orion. »

– *Bạn hơi ích kỷ và ngu ngốc quá*[3].

– « Je serai à jamais ta plus grande fan, ô être de beauté et de talent extrêmes. »

Son éclat de rire me fait comprendre que je ne pouvais pas être plus loin du compte.

– *Bạn thật may mắn khi tôi thích bạn*[4], soupire-t-elle en tapotant ma joue.

– « Je t'aime vraiment bien, même si ça m'arrache la bouche de l'avouer », je traduis un peu au hasard. Alors, j'ai tout bon ?

Je joue les mecs confiants, mais je suis prêt à parier qu'elle m'insulte depuis tout ce temps. Ce serait bien son genre.

---

2. « Tu es vraiment agaçant », en vietnamien.
3. « Tu es un peu égoïste et bête, aussi », en vietnamien.
4. « Tu as de la chance que je t'aime bien », en vietnamien.

– Presque.

– Oh, les amoureux ! s'écrie Hiro à travers la foule. Par ici !

Je crois d'abord que Lily va le rectifier, mais elle se contente de passer son bras sous le mien pour me faire avancer plus vite.

Nous atterrissons dans un nouveau bar dédié aux signes du zodiaque. Lily commande un nouveau cocktail, mais je l'arrête en lui rappelant que nous patinons demain.

Giulia me la pique pour aller danser. Je reste sur la banquette avec Aurelio et Satomi tandis que les autres sautent et se déhanchent sous nos yeux comme des démons.

Ça me fait plaisir de voir Lily s'amuser. C'est si rare.

Elle a l'air plus jeune dans ces moments-là, plus insouciante. C'est rassurant de constater qu'elle peut se laisser aller… quand on la bouscule un peu.

– Ça fait combien de temps que vous êtes ensemble ?

Je tourne la tête vers Aurelio, qui m'observe du coin de l'œil.

– On n'est pas ensemble.

– Vraiment ? s'étonne Satomi à son côté, le regard méfiant. Tout le monde le pense, pourtant.

Quand Lily revient s'asseoir à côté de moi, elle est trempée de sueur. Elle retire son pull un peu maladroitement, laissant découvrir un débardeur très court. À travers le tissu, je remarque qu'elle n'a pas de soutien-gorge… tout comme le reste des gens dans le bar.

– On devrait y aller. Il faut qu'on se repose, dis-je en lui prêtant mon manteau.

Elle proteste mais je lui rappelle qu'il fait froid dehors et qu'il est hors de question qu'on patine avec le nez bouché demain.

Les autres nous souhaitent de bien rentrer.

Une fois à l'extérieur, Lily ferme mon manteau jusqu'au cou, puis elle lève les mains pour capturer quelques flocons de neige qui pleuvent sur nous. Elle tire la langue, les yeux fermés, et les laisse atterrir sur celle-ci.

Elle est tellement belle que je m'approche pour déposer un baiser sur le bout de sa langue.

– Berk ! dit-elle en reculant.

Je referme mes mains autour de son col puis remonte la capuche sur sa tête.

– Fais attention, Petite Étoile, me prévient Lily en marchant à côté de moi. Je crois que tu commences à te comporter comme un petit ami…

Est-ce vraiment une si mauvaise chose ?

Je fourre les mains dans mes poches, le regard baissé. Il y a encore du monde dehors, mais c'est plus paisible que dans le centre d'Itaewon. Je peux respirer.

– C'est faux.

– Tu me réchauffes les mains, tu finis mes verres pour m'éviter d'être ivre, tu me prêtes ton manteau pour que j'aie chaud… T'appelles ça comment, toi ?

Elle a raison. J'ai été bête. Pourtant, je l'ai écoutée ce soir-là. Lily ne veut rien de sérieux. Si elle me suspecte de prétendre à plus, si elle sait que j'essaie de la faire changer d'avis…

Elle risque de tout arrêter.

Je ne peux pas me le permettre, pas alors que ça n'a même pas encore commencé.

Je m'arrête et saisis son menton dans mes doigts, mes lèvres effleurant sensuellement sa mâchoire.

– Crois-moi, Lily, je chuchote contre sa peau. Quand je jouerai aux petits amis, tu le sauras.

La façon dont elle me regarde après ça me fait perdre tous mes moyens.

– Tu n'aimes pas ça ? je murmure.

Si ça ne lui plaît pas, je peux toujours reculer d'un pas et attendre qu'elle soit prête.

– Je n'ai pas l'habitude, c'est tout.

– D'avoir quelqu'un qui veuille prendre soin de toi ?

Elle secoue la tête.

– Non. De le laisser faire, avoue-t-elle timidement.

Je comprends mieux. Lily est si indépendante qu'elle a oublié qu'elle n'était pas obligée de tout faire ni de tout subir seule. Elle laisse Jane être là pour elle, mais c'est son frère.

– Pourquoi, à ton avis ?

– Je n'ai besoin de personne.

En effet. C'est d'ailleurs ce que j'aime le plus chez elle. *Sa force.*

– C'est vrai… Mais parfois, c'est l'inverse. Parfois, les gens ont besoin de pouvoir apporter leur aide.

Lily semble y réfléchir. Elle serre mon manteau autour de ses épaules, ses cheveux emprisonnés dans le col de celui-ci.

– C'est ton cas ? Ça te rassure, que les gens aient besoin de toi ?

Je hausse les épaules. Je n'avais pas l'intention d'avoir une discussion si profonde à cette heure-là.

– D'une certaine manière… oui, j'avoue d'une voix douce. Ça me conforte dans l'espoir que, peut-être, je ne suis pas seulement bon à porter malheur. Si je fais sourire une personne telle que toi… alors peut-être que je ne suis pas si maudit que je le pense.

Quelque part, prendre soin des autres est aussi une manière de compenser le désespoir que j'ai ressenti à la mort de ma mère. Je n'ai pas pu m'occuper d'elle. J'étais trop petit pour cela, trop naïf. Elle ne m'en a pas laissé l'occasion non plus.

Tout ce que je fais, c'est détruire.

Blesser.

Tuer.

Pour Lily, je veux être quelqu'un de bien. Je veux être la source de ses sourires. Je veux qu'elle ait besoin de mon aide et que mon prénom soit le premier qui passe ses lèvres quand elle se trouve dans une impasse.

Je veux être sa bouée en pleine mer. Son contact d'urgence.

– Orion ?

Je tourne la tête vers elle après avoir divagué dans mes pensées pendant une seconde. Lily m'offre un sourire tendre malgré ses yeux embués.

– J'ai mal aux pieds… Tu peux me porter sur ton dos jusqu'à l'hôtel ?

Bordel. Si elle essaie de m'achever, c'est réussi.

Je hoche la tête avant de m'accroupir dos à elle. Elle n'hésite pas une seule seconde avant de grimper et d'enrouler ses jambes autour de ma taille. Je pose mes mains sur ses cuisses pour la soutenir, le cœur léger.

– *Đừng làm cho tôi thích bạn nhiều hơn nữa*[1], soupire-t-elle en posant sa joue sur mon épaule.

Je ne sais pas ce qu'elle dit, mais mon cœur ressent que c'est positif. C'est pourquoi je la laisse faire quand elle retire les appareils auditifs de mes oreilles après avoir murmuré :

– Tu n'en as pas besoin. Pas avec moi.

Nous passons tout le trajet du retour à l'hôtel dans un silence réconfortant. Je profite de la sensation de son corps contre le mien, de son souffle contre mon épaule, de ses mains autour de mon cou…

Je n'ai pas besoin de poser la question pour savoir qu'elle s'est endormie. Je le sais au rythme de son cœur qui palpite doucement contre mon dos.

Je la dépose sur son lit, puis je remplace mon manteau par les couvertures douillettes.

Quand je sors de sa chambre, la vue d'Isabella dans le couloir m'immobilise. Elle me regarde fixement, puis soupire. Ses lèvres bougent légèrement avant qu'elle continue son chemin.

Je ne l'ai pas entendue, mais j'ai compris les mots sur sa bouche sans trop d'efforts.

---

1. « Ne me fais pas t'aimer encore plus », en vietnamien.

Ils m'empêchent de dormir jusqu'au matin.

« Quoi que tu ressentes, c'est une erreur. »

Je retrouve une Lily exténuée dans le hall de l'hôtel.

Elle boit café sur café au petit déjeuner pour tenter de se réveiller. Isabella lui reproche d'être sortie faire la fête, ce qui m'agace.

– Ça va, ce n'est qu'une fois, je les coupe d'un ton sec. Elle ne fait jamais rien de ses soirées.

Tout le monde me contemple avec surprise. Scott me réprimande, mais je préfère quitter la table plutôt que de partir dans un débat. J'ai passé l'âge de me faire disputer comme un adolescent, et Lily aussi.

– On fait comme hier, dis-je à cette dernière quand nous nous échauffons sur la glace. Pas de pression, OK ?

Lily opine, mais je vois combien elle est stressée. C'est pour cette raison que je ne veux pas qu'Isabella la fasse culpabiliser d'être sortie. Elle le fait déjà toute seule.

– Tu n'as pas l'air dans ton assiette, me fait remarquer Lily quand la compétition est sur le point de commencer. Qu'est-ce qu'il se passe ?

Je l'observe effectuer des retouches de maquillage, conscient de mes dents serrées et de mes sourcils qui se froncent.

– Rien d'important.

Je n'ai presque pas dormi. J'angoissais déjà assez pour aujourd'hui, sans les paroles d'Isabella.

« Quoi que tu ressentes, c'est une erreur. »

Qu'est-ce que ça veut dire, au juste ? Elle est de l'avis de Scott, même si je devine qu'elle ne lui a pas parlé de ce qu'elle a vu hier. Est-ce qu'elle sous-entend juste que mêler plaisir et travail est une mauvaise idée ? Ou me prévient-elle que je risque d'y laisser mon cœur si je persiste ?

– Ne me laisse pas tomber, plaisante Lily quand c'est notre tour, vêtue de son beau tutu à plumes.

Je déglutis sans réussir à lâcher un sourire, mon bras autour de sa taille.

– Jamais.

J'essaie de faire le vide le temps de la chorégraphie, en vain. Je suis plus tendu que jamais lorsque la musique retentit. Lily doit forcément le sentir, mais elle joue son rôle à la perfection.

Je remarque toutefois ses mains tremblantes dès que je la touche. Elle a peur et je ne l'aide pas à se détendre.

Reprends-toi, nom d'un chien !

Je me concentre plus fort, virant Isabella de mon esprit, mais ça ne suffit pas. Nous ratons plusieurs de nos figures. Nous ne tombons pas, mais la crainte de Lily la fait à flancher à chaque début de porté.

Nos triples deviennent des doubles. Elle retombe sur le mauvais pied lors de son *salchow*. Je vois la frustration et la colère se dessiner sur son visage au fil des secondes.

– Pardon, je chuchote dans son oreille quand la musique s'arrête enfin.

Elle ne répond pas, mais je sais qu'elle ne me tient pas pour responsable de nos erreurs. Ce n'est pas son genre.

Je serre sa main dans la mienne au *Kiss and Cry*.

Nos résultats sont bons, ce qui est un soulagement. 143,69, rien que ça !

Malheureusement, pas assez bons pour nous assurer une seconde victoire.

Hiro et Satomi nous passent devant au dernier moment, avec un résultat de 147,87.

À la fin de la journée, Lily et moi montons sur la deuxième marche du podium.

29

LILY

Février 2024, Montréal

– Tada ! s'écrie Aydan alors qu'Orion conduit le 4x4 à travers la neige.

Après un virage derrière un sapin, le pare-brise révèle le fameux chalet des Lambert… dans lequel nous allons passer le week-end grâce à notre ami.

Oh waouh.

C'est une beauté. Édifiée au bord d'un lac, entouré de sapins et de montagnes enneigées. Il fait tellement froid que le ciel est dissimulé par un brouillard grisâtre, cela me plaît.

On ne risque pas de se baigner, mais Aydan a promis qu'il y avait un jacuzzi.

– Tu vois, *lui*, il a tout compris, ai-je glissé à l'oreille d'Orion sur le coup.

Il a alors adressé un doigt d'honneur à son pote, en fronçant les sourcils.

Une nouvelle dynamique s'est installée entre mon partenaire et moi. Depuis notre séjour en Corée du Sud, nous sommes inséparables.

Peut-être qu'il avait raison…

Peut-être qu'Orion est devenu mon meilleur ami.

Des meilleurs amis qui s'embrassent à chaque occasion.

Des meilleurs amis qui dorment ensemble, collés l'un à l'autre.

Parfois, sa main s'infiltre sous mon tee-shirt.

Mais jamais plus.

– Je prends la plus grande chambre, prévient Jane en sortant de la voiture.

Lorsque mon frère m'a appris qu'il avait été invité à mon week-end entre amis, je ne l'ai pas cru. Après tout, Aydan ne le connaît pas. Et pourtant, quand je lui ai posé la question, il m'a confirmé les dires de Jane.

J'ai fait promettre à ce dernier de ne pas me faire honte. En évitant par exemple de m'appeler Kreattur en public.

– Ceux qui prennent la plus grande chambre devront y dormir à deux, prévient Aydan en déchargeant ses sacs du coffre.

Mes yeux trouvent ceux d'Orion comme par réflexe. Nous nous détournons au même moment, mais son sourire ne m'échappe pas.

– Les filles peuvent la prendre, propose l'hôte de maison.

Piper me sourit, victorieuse. Je fais de même, même si le cœur n'y est pas. En ce moment, mon amitié avec Piper est… compliquée. Je l'ai toujours trouvée différente de moi, ce qui n'a jamais été un souci jusqu'à maintenant, mais jamais insensible.

J'essaie toutefois de passer au-dessus. Qui sait ce qu'elle vit de son côté ?

– Faites comme chez vous ! déclare Aydan avec un grand sourire après avoir ouvert la porte d'entrée. Sauf toi, Orion.

Celui-ci le fusille du regard mais Aydan ne se départit pas de son sourire.

L'intérieur est spacieux, bien plus que mon propre appartement. Les baies vitrées du salon donnent vue sur le lac, ce qui fait sourire Orion lorsqu'il voit la grimace que ça me provoque.

Il passe derrière moi et déclare à voix basse :

– Peur que quelqu'un te *stalke* ?

– Le seul pervers ici, c'est toi, je siffle en lui donnant un coup de coude.

– Tu ferais mieux de faire attention, alors.

Je rougis fortement à sa promesse à peine déguisée, ce qui le fait rire tandis qu'il part visiter la cuisine américaine.

Je reste là, à regarder autour de moi sans rien oser toucher. Mes yeux s'attardent sur la cheminée en pierre, sur la grande table basse faite de chêne, ainsi que sur le canapé en cuir marron usé.

– Tu crois que je lui plais ?

Je me tourne vers Piper, qui prend mon bras pour m'emmener à l'étage comme si elle connaissait déjà les lieux par cœur.

Nous montons l'escalier en bois avec nos sacs.

– À qui ?

– À ton frère, idiote, répond-elle en pouffant. C'est moi qui ai tanné Aydan pour qu'il l'invite. J'ai apporté mon bikini préféré exprès, attends je te le montre…

Je m'arrête net devant l'entrée de notre chambre, au bout du couloir. Je remarque à peine le lit king size et le balcon avec vue sur le lac.

– C'est toi qui as dit à Aydan d'inviter Jane ?

Piper acquiesce avant d'ouvrir sa valise sur le lit. Elle fait à peine attention à moi, si bien qu'elle ne voit pas l'agacement sur mes traits.

Je me disais bien que c'était étrange !

– Et il a accepté, juste comme ça ?

– Il m'a demandé si t'étais d'accord, et j'ai dit oui, répond-elle en posant avec son bikini devant elle. Alors ? Canon ? J'en ai un plus osé, mais je ne veux pas non plus que tout le monde me reluque. Je suis en pleine repousse, en plus.

J'ouvre la bouche, interloquée par son culot, et encore davantage par son indifférence face à ma réaction.

– Et si je n'avais pas envie ?

– Hein ?

– Tu ne peux pas parler pour moi sans même me poser la question, Piper, j'assène d'un ton ferme.

Cette fois, mon amie remarque que je suis énervée. Elle semble tomber des nues, preuve qu'elle n'y avait pas du tout réfléchi.

– Jane est ton frère. J'ai pensé que ça ne poserait pas de problème…

– *Justement.* Peut-être que ça me dérange que mon grand frère s'incruste dans mes week-ends entre potes.

– OK, lâche-t-elle, soudain sur la défensive. Bah désolée.

Je vois bien qu'elle ne le pense pas, mais ce n'est pas grave.

Je dépose mon sac sur mon lit et souris pour désamorcer la situation.

– Ton bikini est canon. Mais s'il te plaît, *je t'en supplie*, ne flirte pas avec Jane devant mes pauvres yeux qui n'ont rien demandé.

Elle s'esclaffe en me traitant de prude, et la dispute est déjà terminée.

Nous rejoignons les garçons dehors, où je découvre qu'ils ont déjà commencé à préparer leur matériel de pêche.

Orion me fait signe de prendre la chaise sur laquelle il était, puis il me tend un café brûlant. Je l'accepte en silence, reconnaissante. Je me retrouve assise avec Aydan recouverte d'un plaid en fausse fourrure. À côté de nous brûle un petit feu qui nous réchauffe les mains.

– Ils sont devenus amis pour la vie ou quoi ?

Je suis son regard et tombe sur Orion et Jane près du lac, canne à la main. Les deux sont hilares, visiblement à propos de quelque chose sur leurs téléphones. Piper tente quant à elle de s'intégrer à la conversation.

– C'est un problème, dis-je sombrement.

Les deux réunis ont un potentiel trop grand pour que j'espère faire face.

Je jette une pomme de pin en direction de Jane, mais celle-ci atterrit deux mètres à côté.

– Waouh. C'était pathétique, constate le patineur à mon côté.

Je l'ignore et recommence. Cette fois, mon projectile atteint le crâne d'Orion. Celui-ci se tourne vers moi, téléphone en main, et il ne me faut qu'une seconde pour reconnaître la vidéo qu'il montre à mon frère. Je me redresse d'un seul coup, la bouche figée dans une expression d'horreur, mais Jane est déjà mort de rire.

– Qu'est-ce que tu fais ! j'accuse Orion d'un doigt accusateur.

Celui-ci lève les mains pour se défendre, prenant peur.

– Rien, je le jure !

– On s'est échangé des trucs sur toi, répond mon frère avec un sourire machiavélique. Celle-ci va directement aller sur mon compte Instagram « bestoflilythepoo ».

– Tu m'avais juré de la supprimer ! je hurle en m'élançant vers eux.

Je savais bien que c'était une mauvaise idée d'avoir ces deux-là réunis.

Je fonce sur Orion, déterminée à faire disparaître les preuves qui m'incriminent. Jane a déjà un dossier grand comme le bras, rempli de photos et de vidéos qu'il ressortira dans un PowerPoint de dix minutes lors de mon mariage.

C'est la raison n° 143 pour laquelle j'ai décidé que je ne me marierai jamais. Ma mère a pleuré quand je lui ai annoncé la nouvelle, mais je lui ai répondu qu'elle ne pouvait s'en prendre qu'à elle-même d'avoir donné naissance à un démon de Satan.

– Il a promis de me payer ! se défend Orion en prenant la fuite. Je suis ric-rac en ce moment !

– Sale vendu ! Viens là !

Nos amis rient en nous regardant faire. Je lui cours après malgré la neige.

Je réussis enfin à attraper le dos de son manteau, mais soudain je trébuche sur une pierre. Orion et moi tombons dans la poudreuse avec un grognement de douleur, mon coude heurtant son nez par maladresse.

– Décidément… Tu aimes me frapper au visage !

– Jusqu'ici, tu l'as toujours mérité.

J'essaie de saisir son téléphone en grimpant sur son corps élancé, mais il cache l'objet dans son pull.

– Viens le chercher si tu l'oses, me défie-t-il.

Son rictus est rempli de malice, parce qu'il sait que je ne vais pas le peloter devant nos amis, encore moins devant mon frère. *Orion 1 – Lily 0.*

– Un conseil : ferme ta porte à clé ce soir, je le menace avec un regard noir.

Je me relève difficilement tandis qu'Orion reste allongé sur le dos, les joues roses à cause du froid.

Son sourire est adorable lorsqu'il répond :

– Au contraire, je t'attendrai la porte grande ouverte.

Bordel. Heureusement, les autres sont trop loin pour entendre cela.

Je reviens auprès de Jane pour l'obliger à supprimer ce qu'il a reçu d'Orion. Il obéit après de longues minutes à lui rappeler ce que je sais de lui… et ce qui pourrait foutre en l'air sa réputation de play-boy adulé.

Aydan m'apprend à pêcher et je sautille de fierté lorsque j'attrape une carpe de mes propres mains, même si Orion a dû me tirer par la capuche afin de m'éviter de tomber dans le lac.

– Je n'avais pas besoin de ton aide, je suis assez forte pour me débrouiller seule.

Mon partenaire hoche la tête d'un air sérieux.

– J'ai pris ton coude en pleine face assez de fois pour le savoir, ne t'en fais pas. Mais je sais aussi que tu as les jambes remplies de bleus mystérieux. Sérieusement, avec qui tu te bats dans ton sommeil ?

– Ma peau marque facilement, c'est tout.

Évidemment, il faut que mon frère ajoute son grain de sel :

– Je te rappelle qu'il y a deux ans tu t'es cassé deux côtes en toussant trop fort. Et l'année dernière, tu t'es foulé la cheville en tentant un mouvement de salsa…

Je lui tire les cheveux jusqu'à ce qu'il se taise, puis j'accuse Aydan de l'avoir invité. Celui-ci rit nerveusement et jette un coup d'œil étonné à Piper que j'ignore.

Une fois que le soleil se couche, nous préparons le dîner tous ensemble. Je m'occupe du riz tandis que Piper et Jane tentent d'allumer un feu dans la cheminée. Aydan, lui, fait griller la viande, l'air concentré.

Je m'approche d'Orion, missionné pour couper les légumes et les fruits en carrés.

– Bonjour, chef.

Je m'empêche difficilement de rire en découvrant le tablier qu'Aydan lui a prêté : avec des froufrous sur les bretelles et l'inscription « Attention, très chaud ! »

Sexy.

– Bonjour, commise de cuisine, répond-il sans se déconcentrer. Tiens, goûte.

Je n'ai pas le temps de réagir. Il plante son couteau dans un morceau de poire et le tend près de ma bouche. J'ouvre celle-ci pour le prendre entre mes dents, puis je demande tout bas :

– Ça va ?

Il semblerait que j'aie développé un super pouvoir depuis l'accident : celui de sentir dès qu'Orion a mal aux oreilles. Je ne veux pas le materner ni lui faire croire que je le prends en pitié.

Mais j'ai aussi conscience qu'il n'osera pas retirer ses appareils de lui-même. J'aimerais qu'il sache qu'il a le droit, que personne ne le jugera.

C'est à nous de nous adapter, pas à lui.

– Merde, jure-t-il sans répondre à ma question. Je n'ai plus de batterie.

Je jette un coup d'œil à ses appareils, curieuse. Orion est sur le point de les enlever, mais ses mains sont sales. Je lui dis de me laisser faire.

Mes doigts froids touchent son oreille, le faisant frissonner. Le geste est intime, et je suis émue qu'il me fasse confiance, alors je m'attarde plus longtemps que prévu.

– Je vais les mettre à charger, OK ? j'articule en mimant mes paroles avec les mains.

Il hoche la tête, tendu. Je me rends dans sa chambre pour trouver son boîtier.

Quand je redescends, Aydan m'interpelle :

– On va chercher du bois avec Jane, tu nous aides ?

– Je peux le faire, propose Piper en se levant du canapé où elle est assise depuis une heure.

Aydan lui sourit poliment, mais je le connais assez pour savoir qu'il n'en pense pas moins.

– Non, ne t'inquiète pas. Tu voulais en profiter pour prendre une douche, non ?

Je vais prévenir Orion que je m'absente, puis je prends mon manteau pour suivre les garçons dehors.

La nuit est déjà tombée. Il fait si froid que je crains de perdre mes orteils.

– C'est moi ou Piper me colle un peu ? demande Jane en se grattant la tête.

Aydan et moi répondons au même moment, l'air blasé :

– Tu as mis tout ce temps à remarquer ?

– Sans blague ?

Nous plaisantons à ses dépens quelques minutes, jusqu'à ce que je culpabilise. Piper n'est pas méchante, je ne devrais pas me moquer… Mais j'aimerais *vraiment* qu'elle arrête d'utiliser le nom de mon frère et le mot cunnilingus dans la même phrase.

Je dépose les rondins de bois devant la porte, essouf-flée par l'effort. La douce odeur de la nourriture nous accueille quand Jane ouvre la porte du chalet et, l'espace d'un instant, j'ai un grand sourire sur le visage…

Jusqu'à ce que j'entende les cris.

Le salon est désert. Pas de Piper en vue.

En revanche, Orion est toujours à son poste, occupé à cuisiner. Son regard capte du mouvement du coin de l'œil, si bien qu'il nous salue d'un geste de la main.

Je comprends tout de suite. Le sang se glace dans mes veines. Dans celles d'Ayden aussi, visiblement, car il fonce à l'étage.

Merde !

Je fais de même malgré l'air confus de mon partenaire.

– Piper ?

Nous retrouvons celle-ci nue, allongée sur le sol de la salle de bain, en train de crier à pleins poumons. Je lui demande si ça va, paniquée, tandis qu'Aydan saisit une serviette pour la recouvrir.

Un gentleman, même dans la pire des situations.

– Ça va ? je m'enquiers en l'aidant à se relever.

Jane et Orion débarquent enfin, l'air paniqué.

– Qu'est-ce qu'il s'est passé ?

Piper essuie les larmes sur ses joues. Elle tient la serviette autour de son corps et pointe un doigt accusateur vers Orion, qui hausse un sourcil stupéfait. Elle est furieuse.

– Je crie à l'aide depuis dix minutes pendant qu'il cuisine en fredonnant, voilà ce qu'il se passe !

Orion comprend qu'on parle de lui mais il n'entend pas. Son regard trouve le mien avec urgence, comme si je pouvais l'aider. Mon cœur se serre.

– Il ne t'a pas entendue, Piper.

– Comme c'est pratique…

Je fronce les sourcils, agacée. J'ai envie de rétorquer que rien n'est pratique à propos de ce handicap, mais je me tais. Elle est blessée, énervée, humiliée. Normal qu'elle dise des choses qu'elle ne pense pas.

– Tu as glissé ? demande Aydan en l'aidant à s'asseoir.

Il se baisse pour jeter un coup d'œil à sa cheville, mais Piper n'en a pas fini. Elle continue à accuser Orion en lui reprochant de l'avoir laissée mourir toute seule.

– Tu n'es pas morte, commente Jane dans un murmure ennuyé.

– Il ne l'a pas fait exprès, Piper.

– Je hurlais à la mort, *Lily*. Même un sourd aurait pu m'entendre !

Tous les regards se rivent sur elle. Le visage d'Aydan se ferme et Jane laisse échapper un rire froid, bouche bée.

Elle n'a quand même pas dit ça ?

– Lil. Qu'est-ce qu'il se passe ? demande Orion d'une voix incertaine, et je comprends qu'il sait déjà mais qu'il demande pour ne pas être isolé de la conversation.

Je retiens mes élans de violence, les poings fermés, et réussis à lui offrir un sourire rassurant.

– Tout va bien, j'articule avant de me tourner vers Piper. Il a retiré ses appareils. Même l'alarme incendie, il ne l'entendrait pas. Ce n'est pas la faute d'Orion si tu te casses la gueule dans la douche parce que tu ne fais pas assez attention.

Elle ouvre la bouche d'un air indigné, mais ses joues rouges trahissent son embarras. *J'en ai assez.*

– C'est quoi ton problème, depuis quelque temps ? Tu me tombes toujours dessus ! On dirait que tu as pris la grosse tête…

– Mon problème, c'est ton comportement de pourrie gâtée insensible, Piper. Tu te rends compte de ce que tu dis quatre-vingt-dix pourcent du temps ?

Elle oublie soudain sa blessure comme par magie. Énervée, elle s'approche de moi pour rétorquer :

– Je n'ai rien à me reprocher ! C'est *toi* qui as changé. Depuis que tu vis avec Orion, il n'y en a que pour lui.

Il faut toujours faire attention à ce qu'on dit, attention à ne pas froisser ses pauvres petits sentiments !

– Ça suffit, la coupe Aydan avec un regard noir.

Mais Piper ne s'arrête pas.

– N'oublie pas que c'est *lui* qui t'a mise dans cet état ! C'est à cause de ce type que tu ressembles à *ça* ! Je t'avais prévenue. Il porte la poisse. Je savais qu'il m'arriverait quelque chose à moi aussi en sa présence…

– Fais très attention à ce que tu dis, la prévient Jane dans un grondement menaçant.

Je remarque seulement maintenant que mon frère s'est avancé dans une posture protectrice. Toute bonne humeur a abandonné son visage, chose assez rare. Piper le comprend, car elle déglutit sans rien ajouter.

J'aimerais pouvoir répondre à toutes ses accusations, lui dire que je n'ai pas changé, que j'ai seulement ouvert les yeux sur le genre de personne qu'elle était. Cependant, à la place, je me tourne pour quitter la pièce sans un mot de plus.

Et m'aperçois qu'Orion a disparu.

30

ORION

Février 2024, Montréal

Mon téléphone vibre une nouvelle fois dans la poche de mon manteau, mais je l'ignore.

Je sais qui c'est. Lily est du genre tenace.

Je lui ai envoyé un message pour la prévenir que j'allais m'aérer l'esprit, il y a deux heures de cela. Elle continue malgré tout à me demander où je suis.

Je n'ai pas répondu parce que je préférais être seul. Après tout, personne n'a pensé à me laisser participer à la conversation. Les voir parler de moi, me pointer du doigt, sans pouvoir les entendre ni comprendre de quoi il s'agissait…

Cela m'a rappelé la réalité de mon handicap.

J'ai merdé. J'ai mis Piper en danger. Je ne mérite pas que Lily me défende avec tant de ferveur.

Je profite donc du silence et du froid, la tête levée vers les étoiles.

J'aurais dû l'entendre. Et si Piper s'était gravement blessée ? Et si les autres n'étaient pas intervenus à temps ?

Et si cela arrivait à Lily ?

Nous vivons ensemble, après tout. Et si elle se blessait et criait à l'aide sans que je l'entende ? Et si le détecteur de fumée se déclenchait pendant la nuit ? Et si quelqu'un entrait par effraction à mon insu ?

Cette surdité est dangereuse. Je la déteste.

Est-ce que c'est ce à quoi ma vie va ressembler maintenant ? Devoir charger mes appareils pour entendre la plus basique des conversations ? Devoir demander aux gens de se répéter, de parler moins fort ? Devoir éviter les endroits trop bruyants et empêcher mes amis de faire la fête ? Voir la pitié s'installer dans les yeux de Lily… et la laisser prendre ma défense parce que je suis trop faible pour le faire moi-même ?

Sur la glace, c'est pareil. Ma partenaire me pousse à enlever mes appareils, mais je suis censé la guider, non l'inverse.

Je suis encore trop fâché contre les dieux.

Je ne comprends pas pourquoi je suis tant puni.

Quand je rentre enfin au chalet, les lumières sont éteintes. C'est pourquoi je suis surpris de voir Lily assise sur le canapé, seule, les jambes repliées sous son menton. Son visage illuminé par le feu de cheminée qui crépite me laisse apercevoir la colère sur ses traits.

Le chalet est plongé dans la semi-obscurité, et les assiettes vides sont toujours sur la table ; sauf une, toujours pleine. Sûrement la mienne.

– Tu ne dors pas ? je demande doucement en retirant mes bottes pleines de neige.

Lily tend la main vers moi, et je devine que celle-ci contient mes appareils auditifs, désormais chargés. Je les prends pour les remettre, silencieux.

Sa voix me parvient enfin lorsqu'elle dit :

– T'étais où ?

– Je prenais l'air.

Lily m'observe sans répondre, un plaid recouvrant ses pieds. Elle a enfilé son pyjama et a attaché ses cheveux dans une queue-de-cheval. Elle a l'air crevée.

– Où sont les autres ?

– Ils sont montés dormir.

Je laisse tomber mon manteau sur le fauteuil le plus près, les mains frigorifiées. Je n'ose pas m'approcher d'elle.

– Et toi ? Il est deux heures du matin.

– Je préfère dormir sur le canapé ce soir, avoue-t-elle en scrutant les flammes qui dansent devant ses yeux.

Elle ne veut pas partager la chambre avec Piper… et je suis prêt à parier qu'elle m'attendait. Si elle s'apprêtait à dormir, elle n'aurait pas laissé la musique tourner sur le tourne-disque.

– Je suppose qu'il est trop tard pour aller m'excuser auprès de Piper… Je le ferai demain, je soupire en m'asseyant à côté d'elle.

– Tu n'as pas à t'excuser. C'est plutôt l'inverse.

Je ferme les yeux et pose une paume rassurante sur son genou.

– Elle aurait pu se faire très mal… Heureusement que vous étiez là.

Lily repousse ma main avec une froideur qui me surprend. Sa colère ne fait que grandir sur son visage, si bien qu'elle prend bientôt toute la place. Une peur monstrueuse me tord le ventre à l'idée qu'elle puisse m'en vouloir.

– Qu'est-ce que j'ai dit ?

Son regard noir me trouve et ne me quitte plus.

– Est-ce qu'un aveugle devrait s'excuser de ne pas avoir vu un enfant se noyer devant lui ?

Je serre les dents devant la comparaison. Elle a raison, même si cela me fait toujours aussi mal.

– Je ne suis pas sans défense, tu sais ? dis-je en repoussant une mèche de ses yeux. Je n'ai pas besoin que tu te battes pour moi, Petite Fleur. Tu as assez de tes propres batailles pour jouer les justicières.

– Je…

– Ce n'est pas parce que je réagis à la colère différemment de toi que je suis faible, j'ajoute sans la laisser m'interrompre. Je peux être fort et silencieux, fort et doux.

Je sais qu'un homme doit crier et taper dans les murs pour avoir l'air viril, mais…

Lily pose son index sur mes lèvres pour me faire taire. Toute colère a disparu de son expression.

– C'est faux. Tu es parfait comme ça… Même si c'est frustrant pour moi, qui suis plutôt du genre à foncer dans le tas.

Je lui offre un sourire en coin amusé.

– J'ai remarqué.

Pour être honnête, je n'ai pas réagi aux accusations de Piper parce que je n'ai rien entendu. J'ai évidemment compris la situation de moi-même, mais ses remarques me sont passées au-dessus de la tête.

– Prends ma chambre, je propose sans la quitter des yeux. Je vais dormir ici.

Lily ne répond rien. Sa bouche pulpeuse s'ouvre légèrement, mais aucun son n'en sort. Je la détaille par réflexe, me rappelant le goût incroyable de sa peau.

– Je crois que je vais rester encore un peu… si ça ne te dérange pas.

Je secoue la tête tandis qu'elle approche son visage du mien. L'attente est une véritable torture. Nos nez se frôlent, nos lèvres se touchent sans vraiment s'unir, et nous restons comme ça de longues secondes.

Je la respire, mes doigts jouent avec la naissance de ses cheveux, dans sa nuque.

Je l'embrasse lentement, avalant chaque soupir, chaque frisson. Je me délecte de son goût autant que des réactions de son corps. J'aime savoir que c'est moi qui lui fais ressentir tout ça.

Plus les secondes passent, plus notre baiser devient passionnel, presque urgent. Le désir qui fuse dans mes veines est tel que je suis incapable de cacher mon érection naissante.

– Tu me fais perdre la tête, je chuchote entre deux baisers. Tu le sais, ça ?

Sa bouche migre plus bas, dans mon cou, vers cet endroit sensible derrière l'oreille. Lorsque sa langue lèche la pomme d'Adam qui roule sous ma peau fine, des images plus qu'indécentes me viennent en tête.

Un feu s'allume dans le creux de mon estomac.

J'attrape sa cuisse de ma main gauche pour la faire basculer sur mes genoux. Mon dos retombe sur le dossier du canapé et la voilà qui me domine, ses jambes de part et d'autre de mon corps.

Une putain d'œuvre d'art.

Mes doigts s'agrippent à la chair de ses hanches. Elle m'embrasse avec une telle fièvre que je peine à garder le rythme.

Ma peau s'enflamme et mon cœur bat trop vite dans ma poitrine, plus vite encore lorsque je me redresse pour sentir ses tétons durs contre mon torse. Mon bras s'enroule autour sa taille, la poussant à se cambrer.

– Je ne pensais pas... souffle-t-elle en brisant notre baiser. Je n'ai jamais pensé que ça pourrait être *comme ça*...

Ses pupilles sont dilatées lorsque mon pouce effleure sa lèvre inférieure. J'effectue une légère pression dessus pour l'ouvrir, et soudain sa bouche se referme sur mon pouce. Je manque d'exploser lorsque sa langue caresse la pulpe de mon doigt... lentement... de haut en bas.

Seigneur.

– Lily, je grogne. Si quelqu'un descend...

Son regard reste rivé au mien alors qu'elle suce mon pouce avant de le libérer de son étau mouillé.

Mon corps tout entier brûle. J'ai tellement envie d'elle que c'en est douloureux.

– Pour moi non plus, je reprends, le souffle court. Ça n'a jamais été... comme *ça* avant.

J'ai connu plusieurs filles, mais je n'ai jamais été incapable de respirer à leur contact. Seule Lily réussit cet exploit.

Soudain, elle ondule du bassin contre mon entrejambe et je deviens son obligé.

Je contemple le spectacle qu'elle m'offre, happé par la symphonie de nos respirations mêlées au crépitement des flammes et à la musique douce qui remplit la pièce. Je n'aurais jamais cru voir Lily Pham me chevaucher de la sorte, dans un chalet au milieu de la forêt.

– Comme ça ? souffle-t-elle.

Une mèche de ses cheveux retombe sur son visage et s'accroche à ses lèvres humides. Je la décale pour pouvoir voir ses yeux à loisir, puis je passe la main dans son dos pour tirer sur son élastique. Sa chevelure noire retombe sur ses épaules, et je la caresse du bout des doigts.

– Là, c'est parfait.

J'embrasse son menton tandis que mes doigts s'infiltrent sous le tissu de son pyjama. J'explore la peau brûlante de son dos, doucement. Lily emprisonne alors mon cou de ses bras pour accélérer le rythme. Bouche contre bouche, nos respirations saccadées se mélangent. Je la vois se mordre la lèvre pour s'empêcher de gémir, et cela suffit à m'exciter davantage.

Je niche ma tête contre sa poitrine, entre ses seins, et ferme les yeux. La friction de son entrejambe contre la couture de mon jean me fait craquer et je lâche un grognement de plaisir.

– Et si quelqu'un nous regardait ? demande-t-elle dans un souffle erratique.

Je sais qu'elle fait référence à la baie vitrée du salon, dans son dos, qui donne vue sur le lac. Sa question me fait sourire contre son tee-shirt fin.

Elle ne porte pas de soutien-gorge, putain.

– Personne ne nous regarde, Lily.

– Comment tu peux en être sûr ?

Je relève la tête, assez pour rencontrer son expression intimidée. Puis ma main glisse sous l'élastique de son short, ce qui la surprend. Je lui laisse le temps de me repousser, mais elle n'en fait rien. Au contraire, son bassin pousse contre ma paume, impatient.

– Si c'est le cas, autant qu'ils en aient pour leur argent, non ?

Elle est si mouillée que l'espace d'un instant j'ai peur de jouir trop tôt.

– Oh… mon Dieu, jure-t-elle à mon contact.

Je la touche, encore et encore, tout en l'embrassant jusqu'à en perdre haleine. J'explore ses replis avec patience, tentant de savoir ce qui lui plaît, mais aussi ce qu'elle aime moins.

– La prochaine fois que tu te toucheras, je souffle dans son oreille, je veux que tu te souviennes de ce moment, de l'empreinte de mes doigts sur toi…

Au moment où ses cuisses tremblent de façon incontrôlable, le plancher grince au-dessus de nos têtes. Je me raidis instantanément. Lily a tout juste le temps de bondir de mes genoux avant qu'une silhouette ne descende l'escalier.

Faites que ce ne soit pas Jane, faites que ce ne soit pas Jane, faites que…

– Vous ne dormez pas ?

Lily et moi tournons la tête vers Piper, qui contourne le canapé pour prendre un verre d'eau. Elle s'arrête net en nous voyant, son regard bondissant entre nous.

Et merde.

Je sais très bien de quoi nous avons l'air. Nos joues rouges, nos lèvres gonflées, nos cheveux ébouriffés… et nos mines coupables.

Elle scrute le coussin que j'ai posé sur mon entrejambe puis lâche un petit rire jaune.

– Je vois… Tout s'explique.

Elle s'adresse à Lily en disant cela, et je peux deviner au ton qu'elle emploie qu'elle n'a pas l'intention de garder le secret.

Lily la dévisage sans rien dire, la mâchoire serrée.

Au moment où Piper s'apprête à nous laisser, je lance :

– Au fait, Piper. Désolé, pour tout à l'heure… Ta cheville a l'air d'aller mieux, cela dit.

Elle hoche la tête en silence. Je devine qu'elle se fiche bien de mes excuses, lesquelles auraient été sincères, si elle ne s'était pas foutue de moi.

– C'est drôle… j'ajoute en plissant les yeux. Je pensais que c'était cassé, ou du moins foulé.

En guise de réponse, elle me lance un regard mauvais.

– Je n'ai jamais dit qu'elle l'était.

– Et malgré ça, tu es restée dix minutes au sol sans pouvoir te relever seule ? Waouh… Ça devait être douloureux.

Nous sommes tous les trois patineurs, nous avons tous connu des entorses et des foulures. On sait ce que c'est que de se casser un os. Si sa cheville n'était pas cassée ni foulée, Piper était capable de se relever toute seule.

Je lui souris, appréciant la honte sur ses traits.

– En tout cas, je suis content que ça ne soit rien de grave ! Ce serait dommage que cela t'empêche de gagner les nationaux.

– Je n'ai pas été sélectionnée pour les nationaux.

– Ah… Bon. Un jour, peut-être !

Je tends mon pouce dans les airs pour lui montrer tout mon soutien, mais elle se contente de partir, les lèvres pincées.

Ce n'est que lorsque sa porte claque à l'étage que Lily se tourne vers moi. Sa mine impressionnée me fait sourire.

– Tu vois ? Moi aussi, je sais me défendre… à ma manière.

31

LILY

Février 2024, Montréal

Je n'ai pas revu Piper depuis ce week-end-là.

Le lendemain, j'avais trop honte pour soutenir son regard au petit déjeuner. Jane et Aydan ont compris que quelque chose se tramait, alors ils ont tout fait pour détendre l'atmosphère.

Sans succès. Piper a fait la tête dans son coin, et je n'ai pas essayé d'arranger les choses non plus. L'idée qu'elle ait pu dramatiser sa chute pour accuser Orion me hante, je n'arrive pas à passer au-dessus.

J'étais donc soulagée de revenir auprès de Princesse dimanche soir, ainsi que sur la glace. Prochaine étape : gagner les Jeux olympiques d'hiver, qui ont lieu mi-février, soit dans dix jours.

– Vous effectuez votre programme court à la perfection, nous confirme Isabella lorsque nous reprenons l'entraînement. En revanche, il faut absolument qu'on bosse votre programme libre.

Je sais déjà tout ça, mais j'acquiesce sagement aux côtés de mon partenaire. Notre dernier classement était honorable, mais l'accident continue de nous coller à la peau.

– Lily, tu as peur d'effectuer tes sauts. Quant à toi, assène notre coach en pointant Orion du doigt, tu as peur pour *elle*. Ça ne va pas du tout. Alors au boulot !

Nous répétons toute la journée comme des malades, tellement que nous n'avons même pas la force de nous détendre le soir. Orion nous ramène en voiture, et j'ai à peine le temps d'avaler quelque chose que je m'effondre de fatigue.

Chaque fois que je me réveille, Orion somnole près de moi, son bras en travers de ma taille. Je sais que dormir à mes côtés le rassure, parce que c'est le seul moment où il se permet de retirer ses appareils. Quant à moi, mes cauchemars continuent de me tirer du sommeil en pleine nuit. Mais les bras d'Orion me serrent plus fort dès que je me réveille en sursaut et m'aident à me calmer plus vite.

Il est devenu mon doudou officiel. *Désolée, Spooky.*

Les jours passent et se ressemblent. Lever, entraînement, souffrance, coucher…

– On est encore en guerre froide ? demande Aydan en s'asseyant à notre table alors que nous sommes en train de déjeuner.

Orion opine, la bouche pleine de pâtes. Je ne réponds rien, occupée à faire mes étirements. Je me maintiens sur l'épaule d'Orion, ce qui ne semble pas le déranger.

Je suis consciente de la présence de Piper, qui mange non loin, en compagnie d'Ariana et des autres. Je ne leur accorde aucun regard, pas même une once de mon attention. Je n'ai pas le temps pour ça.

J'ai une médaille d'or à gagner.

– Tu devrais aller lui parler.

– Pardon ?

Je suis surprise d'entendre le conseil sortir de la bouche d'Orion. Je sais pertinemment qu'il ne l'apprécie pas des masses. Aydan non plus.

– C'est ton amie, Lily, soupire-t-il. Il faut que vous ayez une conversation honnête sur le sujet. Peut-être qu'elle est incomprise, elle aussi…

Cela m'étonnerait fort, mais je me sens bête de ne pas avoir eu la présence d'esprit d'y penser. Orion a raison. Je n'ai peut-être pas été claire avec elle sur ce qui me dérangeait dans ses propos.

– Maintenant que j'y pense, on n'a même pas eu l'occasion d'essayer le jacuzzi ! déclare Orion en changeant de sujet, certainement à dessein.

Aydan nous offre un sourire en coin et murmure :

– Moi, si. Et en bonne compagnie...

Hein ? Avec qui ?

Orion et moi échangeons un regard curieux. Je procède par élimination : ce n'est certainement pas moi, ni Orion, et cela m'étonnerait qu'il s'agisse de Piper, ce qui ne laisse que...

JANE !

– Attends, quoi ? je m'écrie un peu trop fort au moment où Orion s'étouffe avec sa fourchette de pâtes.

Aydan s'esclaffe devant nos réactions interloquées.

– Ton frère est vraiment très surprenant, Lil.

Avec un dernier clin d'œil, il s'en va, me laissant stupéfaite et remplie de questions.

Qu'est-ce qu'il vient de se passer, au juste ? Je rêve où Aydan vient d'insinuer qu'il s'est passé quelque chose entre lui et Jane ?

Orion guette ma réaction, bougeant une main devant mes yeux.

– Lily, ça va ? Tu veux un sac pour vomir ?

Il s'inquiète de ma réaction, mais je me contente de sourire.

– Aussi surprenant que cela puisse paraître... Ça va.

C'est la vérité. Jane est toujours sorti exclusivement avec des filles, du moins à ma connaissance, aussi je suis étonnée. Mais je suis moins dégoûtée à cette idée que quand Piper parlait de fellation...

– Ça va très bien, même ! je m'exclame avec un sourire. J'ai hâte d'avoir Aydan pour beau-frère.

– Je crois que tu t'emballes un peu, là… Peut-être qu'ils couchent juste ensemble. Comme nous.

J'arque un sourcil.

– « Comme nous » ? Je ne me souviens pas d'avoir couché avec toi… Ou alors j'ai déjà oublié ? Si c'est ça, il faut que tu te remettes en question, Petite Étoile.

Je l'embête pour m'amuser, mais Orion ne semble pas impressionné par mes tactiques. Au contraire, il me sourit en retour, se penchant vers moi par-dessus la table.

– Et moi, je me souviens de mes doigts dans…

Je plaque ma main sur sa bouche indécente, paniquée. Son sourire grandit, signe qu'il a gagné. Les gens autour nous regardent, surpris, mais je finis par me relever.

– Tu devrais avoir honte.

Le souvenir est encore brûlant dans mon esprit.

– Pas de ça, non, répond-il, désinvolte.

Je jette mes déchets à la poubelle. Isabella serait fière, je n'ai presque pas touché à mon sandwich. Elle me tanne pour que je perde du poids, sous prétexte que ce sera plus facile pour Orion de me porter.

J'essaie, promis, mais… c'est plus fort que moi, le snack de vingt-trois heures m'appelle chaque soir.

Nous sommes censés reprendre les répétitions dans dix minutes. Je veux en profiter pour intercepter Piper et avoir une vraie discussion. C'est pourquoi je me rends dans le vestiaire pour filles, à sa recherche.

Elle n'est nulle part en vue, même si je croise le chemin de son amie Ariana.

– Est-ce que c'est vrai ?

Je me tourne vers la fille qui vient de m'adresser la parole. Elle a à peine seize ans, mais je l'ai déjà vue sur la glace : dangereuse et arrogante, tout comme je l'étais à son âge. Elle ira sûrement très loin.

– Qu'est-ce qui est vrai ?

– Que tu sors avec Orion Williams.

J'ouvre la bouche, interdite. Toutes les filles présentes dans la pièce se tournent vers moi, à la fois curieuses, jalouses et mal à l'aise. L'une d'elles bougonne :

– « Sortir avec lui » n'est pas le terme qui a été utilisé…

Quelques-unes pouffent de rire, mais j'en vois certaines qui ont un air gêné, comme si elles n'approuvaient pas cette exécution publique mais qu'elles n'étaient pas assez courageuses pour intervenir.

Je ne me laisse pas démonter et réponds :

– Non, ce n'est pas vrai. D'où tu tiens ça ?

La petite hausse les épaules.

– Tout le monde en parle. Les filles disent que c'est comme ça que tu as réussi à devenir sa partenaire… Même si personnellement, je n'y crois pas.

– « Comme ça », c'est-à-dire ?

– En le suçant, répond Ariana.

Cette fois, aucune ne rigole. Je suis tellement choquée par l'affront que je reste silencieuse. Mes poings se serrent pour dissimuler mes mains tremblantes.

Piper.

C'est forcément elle qui a lancé la rumeur, et elle n'a pas perdu de temps. Et dire que j'envisageais de m'excuser d'avoir été trop dure avec elle !

– Je suis devenue sa partenaire parce que le temps que tu passes à bitcher sur les autres par jalousie, je le passe à travailler mes pirouettes, Ariana. Réfléchis-y, la prochaine fois.

Je ne leur donne pas le loisir de voir qu'elles m'ont atteinte. Je me pose sur le banc, puis j'enfile mes patins.

– C'était ton plan depuis le début, avoue-le.

Ariana insiste, mais c'est bien la seule. Je remarque avec satisfaction que la plupart des filles se sont reculées, et la moitié a déjà tourné la tête de l'autre côté de la pièce.

Elles ont juste trop peur d'affronter Ariana parce que c'est une peste qui peut facilement vous pourrir la vie.

– On a débuté en même temps que toi, Lily, me rappelle-t-elle. Je connais ton passé. Tu es la plus grosse fan d'Orion Williams que j'ai jamais rencontrée. Tu sais ce que je pense ?

– Avec ce petit cerveau ? Pas beaucoup, j'en ai peur.

Je grimace sans lui accorder un regard.

– Je pense que tu as tout manigancé depuis le début parce que c'est *lui* que tu voulais. Tu étais prête à tout pour l'avoir lui et la médaille. Tu n'es qu'une petite opportuniste qui se la pète.

Waouh. Elle y a vraiment réfléchi, à ce que je vois.

– Qui sait ? continue-t-elle en s'approchant de moi. Peut-être que si toutes ses partenaires ont dégagé, c'est ta faute.

Cette fois, je m'immobilise dans mes mouvements.

– Pardon ?

– Tu ne trouves pas ça bizarre, toi ? Que tu sois la seule à rester.

Je rêve ou cette pimbêche insinue que je suis à l'origine des accidents de ces filles, tout ça pour qu'Orion soit assez désespéré pour me donner ma chance ?

Maintenant que j'y pense, cela ferait une bonne intrigue de romance à suspense.

– Donc tu es en train de dire que j'ai fait exprès de m'infliger ça ? je demande en pointant du doigt la cicatrice qui barre mon visage.

– Ça suffit, Ariana.

Je jette un coup d'œil à la fille qui vient de nous interrompre. Je ne connais pas son prénom, mais je l'ai déjà vue répéter ici et là.

Je n'attends pas que quelqu'un d'autre réagisse. Je me relève, prête à patiner, et saisis mon sac. Avant de passer la porte, je balance sans un sourire :

– Je sais que ça te tue, Ariana, mais je n'ai pas couché avec Orion pour avoir le rôle… J'ai couché avec lui *après* l'avoir eu.

La vue de sa mâchoire qui tombe est satisfaisante.

À dire vrai, je me fiche pas mal de ce que pensent les gens, encore plus de ce qu'ils disent dans mon dos. Ce n'est que du bruit. « Suis mon exemple », dit toujours Orion avec un sourire. « Fais la sourde oreille. » Il se croit drôle, mais au fond, il a raison.

Alors c'est ce que je choisis de faire.

J'ai passé des années à porter la réputation de fille « froide, prétentieuse et méprisante », je peux bien endurer la version « ambitieuse et opportuniste qui couche pour réussir ».

Mon seul problème, c'est Scott.

Ce n'est qu'une question de temps avant qu'il ne l'apprenne.

Il faut que je prévienne Orion avant que ça nous tombe dessus.

– Salut.

Je m'arrête au milieu des gradins, où Piper est assise toute seule. Mon regard noir lui répond tandis que je passe devant elle sans ouvrir la bouche.

– On en est là, alors ? Je voulais juste te parler…

– À moi ? je demande en faisant volte-face, énervée. J'ai cru comprendre que tu aimais surtout parler *de* moi.

Piper fronce les sourcils, mais je la connais assez pour savoir qu'elle comprend très bien.

– Lil, attends. Ce n'est pas moi, je le jure…

– Personne d'autre ne savait, je la coupe d'un ton froid. Jure-moi que tu n'es pas allée raconter à Ariana ce que tu as vu l'autre soir.

Piper serre les dents, puis avale sa salive.

– J'ai raconté ça, c'est vrai, mais je n'ai jamais dit que tu avais couché avec lui pour être sa partenaire ! Je sais très bien que ce n'est pas vrai…

Je ne vois pas en quoi c'est censé régler quoi que ce soit. Comment a-t-elle cru que c'était normal d'aller parler de ma vie privée avec des inconnus, plus encore avec des gens qui veulent me voir tomber ?

– Tu es une mauvaise amie, Piper, je reprends alors. Tu ne traînais avec moi que dans l'espoir de croiser mon frère, de qui je t'ai demandé maintes fois de ne pas parler en ma présence. Tu aimais rester avec la chouchou d'Isabella parce que ça te donnait de l'importance. Mais quand il a fallu me soutenir, tu étais aux abonnés absents. Tu as essayé de me dissuader de patiner avec Orion, et aujourd'hui tu me fais passer pour une fille facile et ambitieuse.

Je n'arrive plus à me contrôler. Je déteste faire preuve de faiblesse, en particulier devant des gens qui ne le méritent pas, mais voilà que je pleure parce que mon cœur me fait trop mal, parce que je déteste le sentiment de trahison et d'abandon qui me tord le ventre.

– Tu n'as jamais été là pour moi. Je suis défigurée, putain de merde ! T'étais où quand on me recousait la figure ? T'étais où quand j'étais terrifiée de revenir sur la glace ? T'étais où quand j'avais besoin d'entendre que ce n'était pas si grave, que j'étais toujours belle, que je pouvais tout surmonter ? Devine : *t'étais pas là*.

Cette fois, elle pleure elle aussi. Je ne savais pas moi-même que toutes ces choses m'avaient touchée en plein cœur. Il faut croire que j'accordais plus d'importance à notre amitié que je ne le pensais.

– Tu m'as fait me sentir misérable, Piper. T'as fait comme si le handicap d'Orion n'existait pas et tu l'as accusé sans te préoccuper de ce qu'il pouvait ressentir.

– Je… Je suis désolée…

Je la crois. Au fond, elle n'est pas malveillante. C'est une bonne personne, et c'est pourquoi nous sommes devenues amies en premier lieu. Mais quelque chose s'est cassé à jamais…

– Les gens n'ont pas besoin de savoir qu'Orion et moi couchons ensemble, j'ajoute plus doucement. Personne, d'ailleurs. C'est privé. Et si jamais Scott l'apprend, on est foutus…

Piper écarquille les yeux, le corps soudainement raidi comme un piquet.

Une voix familière retentit alors dans mon dos :

– Je confirme.

32

ORION

Février 2024, Montréal

Alors qu'Aydan m'apprend ce qui se dit sur nous, j'aperçois Lily en haut des gradins avec Piper.

La première chose que je remarque est son air furieux.

La deuxième, ses larmes.

– Attends, m'arrête mon ami quand je m'apprête à la rejoindre. Laisse-les. Elles en ont besoin.

J'obtempère malgré la douleur qui s'insinue dans mon cœur. Je n'ai jamais vu Lily pleurer avant.

Enfin, si.

Une fois.

Quand elle hurlait de souffrance sur la glace à cause de moi. Je me suis promis de ne jamais revoir cette image après ce jour-là.

– Lâche-moi.

Je me défais de l'emprise d'Aydan, monte l'escalier pour atteindre les filles et aperçois Scott derrière ma partenaire.

– Les gens n'ont pas besoin de savoir qu'Orion et moi couchons ensemble. Personne, d'ailleurs. C'est privé. Et si jamais Scott l'apprend, on est foutus…

Mon coach serre les dents par-dessus son épaule, son regard rivé au mien.

– Je confirme, dit-il dans un grondement sombre.

Lily écarquille les yeux sans oser se retourner. Je scrute autour de nous, gêné. Tout le monde nous observe avec insistance.

– On peut peut-être en parler autre part ?

J'enroule mes doigts autour du poignet de Lily et lui fais signe de me suivre.

Je garde un sourire poli sur mon visage tandis que nous quittons la patinoire en direction d'un couloir isolé. Isabella est là elle aussi, l'expression fermée. Lorsqu'elle referme la porte d'une salle vide derrière nous, Scott éclate le premier.

Sa colère est pleinement dirigée contre moi :

– Espèce de petit con ! Tu n'étais pas capable de la garder dans ton pantalon pendant *cinq minutes* ?

Je me retiens de lui répondre que j'ai duré plus que ça avec Lily qui se frottait contre moi, et qu'il devrait être fier !

Ma partenaire reste silencieuse à côté, mais son menton reste haut. Elle assume tout, comme je m'en doutais.

– *Techniquement*, je l'ai gardée dans mon pantal…

Scott m'assène une claque violente sur l'arrière du crâne, ce qui fait vibrer mes appareils auditifs. Je ne sais pas pourquoi je fais le malin. Scott a raison de s'énerver : je lui avais promis de ne pas succomber.

– Ne joue pas au plus intelligent avec moi, gamin. Tu m'écoutes quand je te parle ?

– Désolé.

C'est tout ce que j'ai à dire. Je n'ai aucune excuse. Je savais que je n'avais pas le droit, et j'ai foncé malgré tout. Le pire, c'est que je n'ai aucun regret. Je recommencerais tout encore et encore, j'irais même jusqu'à ne pas perdre de temps.

Si je le pouvais, je reviendrais dans le temps trois ans plus tôt. Je l'inviterais à boire un verre après les Mondiaux et je l'embrasserais à la fin de la soirée.

– À quoi tu t'attendais, au juste ? intervient Isabella dans un soupir. C'est toi qui les as obligés à vivre ensemble.

Scott ouvre la bouche, surpris par son intervention, avant de se reprendre :

– Je voulais simplement qu'ils se rapprochent ! Je ne leur ai pas dit de se jeter dessus.

– Je ne vois pas ce qui pose problème, déclare Lily d'une voix douce. Vous vouliez qu'on en joue, vous disiez que c'était un bon moyen de promotion.

– *Pour de faux*, rectifie Scott d'un air blasé. Est-ce que j'avais vraiment besoin de le préciser ?

– Les gens le croient de toute façon, c'est ce qu'ils veulent. Alors qu'est-ce que ça change, que ce soit vrai ou non ?

– Ça change que quand vous posez un pied dans cette patinoire, vous êtes au travail. Rien d'autre ne doit venir interférer avec ça. Dès lors que vos histoires de cœur entreront en jeu, et crois-moi cela arrivera, plus rien ne sera pareil. Que ce soit une histoire d'amour impossible ou une aventure sans lendemain, je m'en fiche. Ça s'arrête aujourd'hui, c'est compris ?

Lily semble sur le point de rétorquer, mais un regard dans ma direction l'en dissuade. Quand Scott s'énerve, mieux vaut aller dans son sens. Je l'ai appris à mes dépens.

– On met fin à cette colocation idiote, décide-t-il sur un coup de tête. Vous n'êtes pas des animaux. Contrôlez-vous jusqu'à la fin des Mondiaux, et une fois que Lily aura retrouvé son partenaire, vous pourrez faire ce que vous voulez.

Et comme si ce n'était pas assez, il jette un coup d'œil déçu vers elle.

– Je croyais que tu étais plus intelligente que ça.

Sur ce, il s'éclipse telle une véritable tempête. Isabella soupire avant de s'adresser à moi :

– Je t'avais prévenu.

– Ce n'est pas…

– Scott a raison, me coupe-t-elle. Lily n'a pas besoin d'un chagrin d'amour. Elle est promise à de grandes choses, et tu le sais. Ne ruine pas ses chances pour une histoire éphémère.

Isabella nous quitte à son tour en nous rappelant que les répétitions reprennent dans cinq minutes et qu'on a intérêt à être prêts.

La porte se referme derrière elle et un silence de mort pèse sur mes épaules.

« Lily n'a pas besoin d'un chagrin d'amour. »

Je laisse échapper un petit rire à cette idée, si bien que ma partenaire me demande ce que je trouve drôle.

– Qu'elle pense que, de nous deux, je serai celui qui te brisera le cœur. Tellement ironique…

Elle rougit légèrement, mais sa mâchoire reste crispée. Je reconnais cette expression : elle est furieuse. Je ne suis pas très surpris par sa réaction. Je commence à la connaître par cœur, et je sais qu'elle déteste qu'on lui dise quoi faire.

Malgré tout, le patinage reste sa priorité.

Pas moi.

– Qu'est-ce que tu veux faire ? je demande en ravalant mon appréhension. Je te suis, quoi que tu décides.

Je suis terrifié à l'idée qu'elle choisisse de tout arrêter, mais je ne cherche pas à argumenter. Après tout, elle m'a toujours dit qu'elle ne voulait pas d'un petit ami.

– Je ne suis pas du genre à suivre les règles quand je les trouve injustes, assène-t-elle en croisant les bras. Et toi… Tu n'as pas peur des répercussions ?

– Je comprends les raisons de Scott, mais contrairement à lui, je sais qu'il n'y aura aucun chagrin d'amour. Tout va bien se passer.

Lily me demande comment je peux en être sûr. Je hausse les épaules, et je prends son visage en coupe dans mes mains.

– Parce que toi et moi, on n'est pas en couple.

À peine les mots ont-ils dépassé mes lèvres que je regrette de les avoir prononcés. Je vois les dégâts qu'ils font sur son visage qui s'affaisse, sur ses dents qui mordent l'intérieur de sa joue.

Merde. Est-ce que j'ai fait une erreur ?

Je pensais que ça la rassurerait !

Après tout, c'est elle qui a décidé de ne pas s'engager dans quelque chose de sérieux, c'est elle qui a refusé que je sois une distraction.

– Enfin, si tu n'as pas chang…

– Tu as raison, m'interrompt-elle avec un sourire hypocrite. On fait ça pour s'amuser, c'est tout. Tu ne risques pas de me briser le cœur.

Et pourtant, tu es en train de briser le mien.

❄

Lily reste silencieuse lors du trajet retour. Une fois à la maison, elle m'annonce que Jane va venir la récupérer une fois qu'elle aura fait ses valises. Le mini-sapin de Noël posé dans le salon, qu'aucun de nous n'a eu l'envie de remballer, me nargue vicieusement.

– Tu pars vraiment ? je demande bêtement.

– Scott nous tuerait s'il savait que je reste.

L'idée de me retrouver seul ici me déprime, mais je n'essaie pas de la retenir. Je la regarde faire ses sacs et décoller les photos au-dessus de son lit.

Princesse pleure un peu, elle sent que quelque chose se prépare, quelque chose qui ne va pas lui plaire. Je la caresse derrière les oreilles pour la rassurer, en vain.

– Je ne sais même pas où tu habites.

– Je t'enverrai mon adresse par message, assure-t-elle en pliant son pyjama.

Je remarque qu'elle emmène l'un des nouveaux doudous que je lui ai achetés, et ce simple geste me fait mal. Je n'ai pas envie qu'elle parte. Je n'ai plus envie de dormir seul.

– Et la nuit ?

– Je ferai comme je l'ai toujours fait jusqu'ici, Orion. Je ne suis plus une enfant.

– Je parlais de moi, je marmonne, frustré qu'elle me tourne le dos.

J'ai besoin que tu restes, je pense sans réussir à articuler les mots.

Parce que j'ai fait l'erreur de tomber amoureux de toi, Juste Lily… et il n'y a plus de retour en arrière possible.

– Justement, pense à t'acheter une alarme lumineuse. Juste au cas où…

Elle ne finit jamais sa phrase. Mes bras entourent ses épaules et je la serre contre moi par-derrière. Je niche mon visage dans son cou, les yeux fermés. C'est l'odeur que j'ai pris l'habitude de humer pour m'endormir. C'est le corps que j'ai appris à étreindre pendant mes insomnies.

L'idée de revenir dans mon lit froid me terrifie.

– Je n'ai pas envie que tu partes, je chuchote comme je lui confierais un secret.

Lily ne dit rien pendant un moment, si bien qu'on reste ainsi sans bouger. Sa main se pose sur mon bras, chaude et rassurante.

– Je peux te laisser Chucky, si ça te rassure, plaisante-t-elle malgré son sourire triste.

– Non merci. Il risque de m'assassiner dans mon sommeil.

– On savait que c'était temporaire, Orion. Que ce soit aujourd'hui ou dans un mois, c'est la même chose.

Elle ment, et nous le savons tous les deux. La vérité, c'est que je la sens déjà s'éloigner. Depuis que j'ai dit ce que j'ai dit, depuis que j'ai prononcé ces mots, elle s'est complètement fermée.

Si elle déménage, j'ai peur de la perdre complètement.

Alors je me jette dans le vide.

Je tente un truc, peu importe les conséquences.

Je joue mon cœur, pour la première fois de ma vie.

– J'ai menti.

Ses gestes se suspendent dans les airs. Mon rythme cardiaque s'accélère quand elle se retourne entre mes bras. Son regard est méfiant, mais elle m'écoute.

– Quand j'ai dit que je ne serai pas une distraction, je murmure en caressant ses joues de mes pouces. Je sais que tu ne voulais pas d'un petit ami, parce que tu as peur que ce soit un obstacle à ta carrière, un danger à ta victoire. Mais la vérité, c'est que quand je fais quelque chose, je m'implique à fond ou pas du tout.

Je ne pensais vraiment pas tomber amoureux d'elle, encore moins si vite. Mais comment pouvais-je résister ? Lily me pousse à être moi-même. Elle me fait sourire même quand je n'en ai pas envie. Je ressens le besoin de la protéger du monde entier, de la soutenir dans tous ses projets.

Je veux qu'elle aille le plus loin possible.

Et j'ai envie d'être là pour elle quand ça arrivera.

– J'ai mes défauts, mais je pense faire un bon petit ami. Je suis un peu collant, c'est vrai. Un peu jaloux aussi. J'ai l'oreille dure, dans tous les sens du terme, je plaisante malgré mon cœur battant la chamade. Je ne sais pas très bien cuisiner non plus. Mais je suis là quand tu en as besoin.

S'il te plaît, dis oui. Donne-moi une chance.

– Si tu me laisses faire, je serai la meilleure distraction possible, Lil. Je ne m'opposerai jamais à ton succès. Je serai le premier à te pousser.

Je ne sais même plus ce que je dis, à ce stade. C'est ridicule, et j'en ai bien conscience.

Peut-être qu'elle me considère seulement comme un ami. Peut-être qu'elle ne voudra *jamais* se mettre en couple.

Ou alors peut-être qu'elle ne veut pas de moi. Parce que je suis maudit.

– Orion, répond-elle d'une voix ferme malgré son tremblement. Qu'est-ce que tu me demandes, au juste ? Sois plus clair, parce que j'ai peur de mal comprendre.

Je prends une grande inspiration avant de me lancer :

– Je veux être ton exception. Alors laisse-moi te montrer ce que tu rates, Elizabeth Pham… Laisse-moi faire de toi la petite amie la plus chérie du pays. Laisse-moi t'aimer comme tu mérites d'être aimée. Mais surtout : laisse-moi une chance de te montrer qu'une vie à mes côtés vaut bien mieux qu'une vie sans.

Je suis presque certain qu'elle va prendre peur et fuir à toutes jambes.

Presque.

Lily me regarde comme elle ne l'a jamais fait avant, avec un mélange d'effroi et de choc.

– Je… Je te l'ai dit, je ne peux pas…

– Mais pourquoi ? j'insiste sans pouvoir m'en empêcher.

– Parce que ! Scott a raison, dès qu'on pense avec le cœur, on s'attire des problèmes.

Elle tente de s'écarter, mais je tiens bon.

– Un rencard, je la supplie. Un seul.

Lily cille avant de déglutir. Un sourire résigné habille soudain sa bouche.

– Tu penses pouvoir me convaincre en *un* rencard ?

– J'ai confiance en mes charmes.

Elle acquiesce alors, non sans un soupir.

– OK. Faisons ça, Petite Étoile.

Je lui souris, soulagé. Je sais qu'elle n'a pas envie de se laisser charmer, qu'elle est terrifiée, mais ce n'est pas grave.

J'ai bien l'intention de la faire changer d'avis.

33

LILY

Février 2024, Montréal

C'est en retrouvant mon petit appartement que je me rends compte à quel point il ne m'avait pas manqué. Je me suis trop habituée au canapé d'Orion, aux baies vitrées à travers lesquelles je pouvais contempler les étoiles, ainsi qu'aux dimanches matin passés au lit avec Princesse.

– Tu vas vraiment porter ça ? demande Jane lorsque je lui ouvre la porte.

J'ignore sa grimace dubitative et lui ferme le battant au nez. Il le bloque malheureusement avec son pied et pousse pour entrer.

– Qu'est-ce que tu fais là ? Je n'ai pas le temps !

Je suis déjà en retard. Orion est censé venir me chercher dans dix minutes et je sors à peine de la douche. Mes vêtements sont éparpillés sur mon lit tandis que j'essaie de trouver quoi porter.

Je ne suis jamais allée à un rencard, et ça se voit.

J'avais fait promettre à Orion de ne pas s'attacher. Je m'étais juré la même chose, pour notre bien commun. Mais il faut croire que jamais rien ne se passe comme prévu, parce que l'idée seule de m'éloigner de lui me donne envie de pleurer.

Quand j'ai demandé son avis à Jasmine, elle m'a dit que je tombais amoureuse.

– Impossible, ai-je croassé d'effroi. Je veux juste coucher avec lui !

– Tu n'as *jamais* envie de coucher avec personne. S'il est l'exception, pose-toi des questions.

– C'est parce qu'il est canon, ai-je répondu comme une évidence.

– Orion n'est pas le premier beau mec que tu croises. Alors pourquoi lui, Lily ?

Je n'ai pas eu besoin de réfléchir très longtemps. Orion m'attire sexuellement parce qu'il est drôle, attentionné, généreux…

– En gros, que des trucs qui n'ont rien à voir avec son physique, a jubilé Jasmine. Tu es en train de tomber amoureuse, cousine. Il n'y a rien de mal à cela.

Bien sûr que si ! Depuis notre conversation, le mot en A tourne en boucle dans ma tête. J'ai promis un rencard à Orion et je compte bien tenir ma promesse. Mais je ne sais pas si je suis capable de *plus*.

J'ai trop peur des conséquences si ça ne marche pas.

– Je sais, répond mon frère, qui me ramène à la réalité. Vous avez rendez-vous à trente, non ?

Je me fige au milieu de mon petit salon, les sourcils froncés. Jane s'assied dans le sofa à deux places, l'air désinvolte.

– Comment tu sais ça ?

Je ne lui en ai jamais parlé. Seules les filles sont au courant.

– Aydan me l'a dit, répond Jane en jetant un coup d'œil à sa montre. Tu ferais mieux de te dépêcher, ils vont bientôt arriver et j'ai faim.

Pardon ?

Je remarque seulement maintenant sa tenue soignée. Mon frère porte un pull noir sous une veste en cuir toute neuve. Ses chaussures ont été nettoyées et… c'est du gel, que je vois dans ses cheveux ?

– Jane… Pourquoi t'es là ?

J'ai peur de l'avoir déjà compris.

– Pour notre *double date* !

– Je ne me souviens pas de t'avoir invité à mon rencard, et puis avec qui tu viendrais ?

C'est un cauchemar, le pire de tous.

Je saisis mon téléphone pour appeler Orion sur-le-champ, mais je suis distraite par le rouge qui monte aux joues de mon frère. Il hésite quelques secondes, fuit mon regard, puis il lâche enfin le morceau.

– Aydan.

Oooooooh.

Je m'assieds à côté de lui et pose une main rassurante sur son genou.

– Cool. Aydan est un type bien.

Mon frère laisse échapper un souffle rassuré, comme s'il n'avait pas voulu me faire part de son angoisse. Il doit pourtant savoir que rien ne pourra jamais changer l'amour que j'ai pour lui.

On se chamaille tout le temps, mais je pourrais mourir pour lui. Jane est ma seconde moitié.

– Je trouve aussi, avoue-t-il en souriant. T'as pas l'air surprise, cela dit. Il vous l'a déjà dit, c'est ça ?

– J'ai entendu parler d'un jacuzzi, en effet…

Il se cache le visage d'une main, embarrassé. S'il savait ce qu'il s'est passé sur le canapé du salon ce même week-end !

– Et toi ? murmure-t-il en plongeant son regard dans le mien. J'ai entendu parler de ce qu'il s'est passé à la patinoire… Ça va ?

Je hausse les épaules, et il n'insiste pas. De toute façon, il faut que je m'habille, et vite ! C'est en retirant mon jean que je reçois un message d'Orion.

OK, j'ai un petit problème.

Aydan veut s'incruster.
Promis, je le fais vite partir.

Je soupire dans l'intimité de ma chambre. Ce n'est pas vraiment ce que j'avais prévu, mais je connais assez Jane pour savoir qu'il n'est pas venu pour m'embêter. C'est lui qui a besoin de mon soutien. Il est angoissé de sortir avec Aydan. C'est mignon, en un sens.

Laisse-le venir.

... je vais devoir coucher avec lui aussi ?
Aydan n'est pas trop mon genre.

Je laisse échapper un rire malgré moi.

« Aussi » ?
Je vois que t'es confiant.

Ça s'appelle du manifesting, madame.
C'est en imaginant nos rêves
qu'on force le destin à les réaliser.

Ton rêve est de coucher avec moi ?
Je suis flattée.

Mon rêve, c'est toi, Elizabeth Pham.
Mais pas de pression ;)

Pas de pression, en effet.

Je lâche mon téléphone sur mes couvertures pour enfiler plusieurs tenues différentes. Jane me crie de défiler devant lui pour m'aider à choisir, ce que je fais.

– Tu ne veux pas essayer une robe ?

– Pourquoi ?

– Pour faire un effort, peut-être ? C'est un rencard, pas un rendez-vous chez le dentiste.

– Fais attention, t'es en train de te transformer en maman, je rétorque en affichant un doigt d'honneur.

Il écarquille les yeux puis s'excuse à profusion, ce qui me fait sourire.

J'ai envie d'être belle pour mon premier rencard, bien sûr, mais je n'ai pas besoin de mettre quelque chose qui ne me ressemble pas. Orion sait comment je suis, il m'a vue tous les jours pendant des semaines, du réveil jusqu'au soir. Et s'il peut me trouver belle avec cette balafre en plein milieu du visage, il peut supporter mon style *tomboy*.

J'enfile donc un tee-shirt court à rayures mauves et bleues, ainsi qu'un pantalon noir taille haute. Je me dépêche de nouer mes cheveux en deux nattes collées, puis je me maquille très simplement.

Je suis en train de lacer mes bottes quand la sonnerie de la porte d'entrée retentit. C'est Jane qui va ouvrir, non sans avoir pris une grande respiration avant.

– Bien le bonsoir, les Pham ! s'exclame Aydan avec un sourire rayonnant. Oh waouh…

Il reluque mon frère des pieds à la tête, les mains dans ses poches. La lueur qui scintille dans son regard est assez parlante pour me donner des haut-le-cœur.

– Salut.

Je me tourne vers Orion, et soudain, toute pensée cohérente disparaît de mon esprit. J'ai passé toute la journée à tenter de me rappeler pourquoi j'ai accepté de sortir avec lui après tant d'années à refuser toute relation sérieuse…

Maintenant qu'il est là, je m'en souviens.

Sa présence suffit tout de suite à m'apaiser.

Il dépose un baiser sur ma joue, sa main dans le bas de mon dos. Je souris intérieurement en remarquant sa tenue : il a troqué ses sweats à capuche et ses joggings gris pour un pull noir sous un manteau long beige, qui lui donne l'air chic.

– Désolé, s'excuse-t-il tout doucement. J'ai essayé de le semer, mais il s'est quasiment jeté sous mes roues. Je crois qu'il est stressé…

Aydan, stressé ? Impossible ! Cet homme ne connaît pas cette émotion, encore moins quand il s'agit de séduction.

Et pourtant. Quand je tourne la tête vers lui, je constate qu'il s'humidifie beaucoup les lèvres, que ses poings se serrent et se desserrent, et que son sourire est crispé.

– Incroyable… Je n'aurais jamais cru voir ça.

– Moi non plus, confirme Orion. J'imagine qu'il l'apprécie vraiment.

À voir le sourire timide de Jane quand Aydan retouche ses cheveux, je comprends que lui aussi.

Mon cœur s'attendrit devant un si beau tableau.

Voilà que cette soirée s'annonce intéressante.

❄

– C'est juste moi ou il y a vraiment beaucoup de couples ce soir ?

Orion a raison. Nous sommes à la patinoire pittoresque du Vieux-Port, qui offre une vue imprenable sur le dôme argenté du marché Bonsecours ainsi que sur la Grande Roue de Montréal, et c'est soirée DJ On Ice !

Les lumières éclairent l'obscurité, berçant les couples qui patinent en se tenant la main au rythme de la musique pop.

– On dirait qu'ils nous narguent, je grimace en frissonnant.

Jane et Aydan nous regardent d'un air blasé tandis que nous nouons les lacets de nos patins sur un banc.

– On est le 14 février.

– C'est la Saint-Valentin, bande d'idiots.

Orion cligne des yeux, surpris. Je compte sur mes doigts pour être sûre, mais les garçons ont raison. Je n'avais même pas fait le rapprochement ! La seule date que nous avons en tête, c'est celle des Jeux olympiques, dans quelques jours à peine.

– Tellement cliché, je plaisante en donnant un coup de coude à Orion. Tu l'as fait exprès, avoue.

– Ce n'était pas voulu…

– Et est-ce que je peux savoir pourquoi tu m'as emmenée patiner pendant un rencard alors qu'on fait déjà ça tous les jours ?

Il m'adresse un sourire en coin craquant avant de se pencher à mon oreille. Son souffle me chatouille le cou lorsqu'il murmure :

– Comme ça, on pourra se cacher d'Aydan et Jane, et les laisser se débrouiller seuls… J'aime beaucoup ton frère, mais chaque fois qu'il me regarde, j'ai l'impression qu'il peut lire dans mes pensées. Et crois-moi, ce n'est pas propre.

– Oh ! je le taquine en frottant mon nez contre le sien. Dis-moi tout, je suis curieuse…

Orion se lèche les lèvres avant de déglutir, ses yeux rivés sur ma bouche.

– Je pourrais te le montrer… quand on sera seuls.

Encore mieux.

Nous nous élançons tous sur la glace, et je dois avouer que nous passons un bon moment.

Orion tente le tout pour le tout afin de nous éloigner des garçons, mais mon frère s'accroche. Il me colle comme une moule à son rocher, jusqu'à ce qu'Aydan vienne à ma rescousse.

– Jane, j'ai soif. Et si on allait se poser ailleurs ?

– Et les autres ? demande Jane d'un air légèrement paniqué.

Je lui serre la main en guise d'encouragement, puis le lâche. Aydan prend le relai, il entremêle ses doigts aux siens. Et Jane se détend immédiatement.

Je souffle un « merci » silencieux au patineur, qui m'adresse un clin d'œil. Je ne comprends pas ce qu'il veut quand il s'approche de moi, mais soudain je sens qu'il fourre quelque chose dans ma main.

– Amusez-vous bien, chuchote-t-il contre mon oreille.

C'est quand ils sont déjà partis que j'ouvre ma paume et découvre… plusieurs préservatifs. Je referme mon poing, gênée, en sentant le bras d'Orion autour de ma taille.

– Qu'est-ce qu'il t'a dit ?

– Qu'ils n'avaient plus besoin de nous, j'invente en lui souriant. On y va ?

– Dieu merci.

Il me serre contre lui, puis sa bouche trouve la mienne presque automatiquement. Je range les préservatifs dans la poche de ma courte doudoune sans manches et laisse ma langue rencontrer la sienne.

Nous nous embrassons longuement, jusqu'à ce que mon ventre gargouille de faim.

Orion me ramène à Ville-Marie pour aller manger dans un restaurant indien, Le 409, où il avait manifestement réservé une table. La façade est décorée d'une guirlande lumineuse et le bar intérieur me coupe le souffle. C'est chaleureux, cosy, romantique.

Nous sommes installés devant la fenêtre, dans un coin isolé.

Orion s'apprête à m'enlever ma doudoune, tel un gentleman. Mais au moment où il veut sauver mon téléphone, qui pend dangereusement de ma poche, quelque chose tombe par terre. Un serveur arrive pour nous accueillir, mais son sourire se fige en même temps que nous lorsqu'il aperçoit les préservatifs étalés sur le sol.

Merde, merde, merde.

Je suis pétrifiée, trop gênée pour dire quoi que ce soit. Heureusement, Orion lâche un petit rire et se baisse pour les ramasser.

– C'est à moi, pardon, s'excuse-t-il poliment. Est-ce que vous pouvez nous apporter la carte, s'il vous plaît ?

Le serveur acquiesce avant de repartir aussitôt.

J'ai le visage caché dans mes mains lorsque mon partenaire s'assied en face de moi, avec un grand sourire.

– Je vois que je n'étais pas le seul confiant…

– Ce n'est pas ce que tu crois, je marmonne, mortifiée.

– Quatre, vraiment ? me taquine-t-il. Je prends ça comme un challenge…

Je lui explique que c'est Aydan qui me les a donnés, mais son sourire ne s'efface pas pour autant. Il finit par faire la conversation pour me détendre, et très vite, j'ai l'impression d'avoir fait ça toute ma vie.

J'avais peur de venir ce soir, principalement parce que je ne sais pas dans quoi je m'embarque. C'était idiot.

C'est ce que j'aime, chez Orion.

Tout est facile.

Et pourtant, un seul regard dans sa direction suffit à faire voler les papillons dans ma poitrine.

Je commande un poulet rogan josh, dans lequel je laisse Orion piocher, à condition qu'il partage son agneau vindaloo avec moi. Nous parlons de tout et de rien – sauf de patinage, pour une fois. Comme un accord tacite entre nous.

Il me raconte les fois où il a fait le mur étant ado, pour ensuite se faire enguirlander par Scott le lendemain matin. Notamment ce jour où il a vomi tripes et boyaux sur la glace après une grosse cuite avec Aydan.

En retour, je lui parle de mon enfance aux côtés de mon meilleur ami : Jane, mon frère, que j'aime autant qu'il m'agace.

Il cherche à savoir pourquoi je ne suis jamais tombée amoureuse.

Je lui réponds que j'étais trop occupée.

– Et maintenant ? me demande-t-il, les yeux plissés au-dessus du verre qu'il sirote tranquillement.

– Je le suis plus encore, je réponds alors que je pense : « Pour la première fois de ma vie, j'ai envie de libérer du temps. »

Lorsque nous sortons du restaurant, mon estomac est plein. Je pose les mains dessus, comme une femme enceinte.

– À quoi tu penses si intensément ? m'interroge Orion.

Il passe un pouce sur mon front, comme pour apaiser le V entre mes sourcils. Nous marchons côte à côte sur le trottoir, et je sais qu'aucun de nous ne veut que cette soirée se termine, parce que ni lui ni moi n'avons jamais marché aussi lentement.

– À notre première rencontre. Je t'ai vraiment pris pour un connard, j'invente en regardant droit devant moi.

Il grogne d'agacement, ce qui me fait sourire davantage. C'était il n'y a pas si longtemps, pourtant j'ai l'impression qu'on se connaît depuis une éternité.

– Qu'est-ce que tu vas faire, une fois que ce sera fini ? je lui demande lorsque nous sommes de retour dans la voiture.

– Après qu'on aura gagné, tu veux dire ?

Je souris devant son optimisme. Il semble y réfléchir longuement, signe qu'il ne s'était pas vraiment posé la question. Personnellement, j'y songe jour et nuit depuis quelque temps. J'imagine qu'une fois qu'on aura gagné, je retournerai auprès d'Oliver. Je ne verrai Orion qu'ici et là, si on a de la chance.

La jalousie remplace la déception lorsque j'imagine le regarder patiner avec une nouvelle partenaire.

– J'arrêterai, répond Orion après avoir démarré.

Je tourne la tête vers lui d'un seul coup, stupéfaite. Je ne m'attendais pas à ça.

Je suis tellement sous le choc que je crois avoir mal entendu.

Mais son sourire triste me confirme qu'il le pense réellement. Le temps d'une seconde, j'imagine un monde du patinage sans Orion Williams. Cette simple pensée m'emplit d'un vide triste et nostalgique.

C'est bête, parce qu'on vient tout juste de se rencontrer… Mais Orion représente une grande partie de ma vie. Il ne le sait pas, mais il était là pour moi bien avant ça. Il m'a inspirée et poussée à faire de mon mieux. Ce sont des vidéos de lui que je regardais quand j'étais triste. C'est à lui que je pensais quand mon corps fatigué me faisait mal.

– Quoi ? Pourquoi ?

Pour une raison que j'ignore, j'ai l'envie soudaine et irrépressible de pleurer. Si Orion arrête le patinage, cela signera aussi la fin d'une ère pour moi.

Il n'a pas le droit. Il doit continuer de m'inspirer, j'ai besoin de lui, le monde a besoin de lui !

– Prendre ta retraite maintenant, ce serait du gâchis… je lâche sans pouvoir empêcher mes mains de trembler. Tu ne peux pas faire ça, tu as encore tant de choses à accomplir !

Orion garde les yeux rivés sur la route déserte et enneigée, étonné par ma fougue.

– Je ne vais pas prendre ma retraite, je veux juste arrêter la compétition en couple…

– Non ! je continue d'une voix plus forte. Je dois te battre, tu te rappelles ? Tu m'as promis de donner le meilleur de toi-même, tu as dit qu'on serait rivaux sur la glace un jour, tu n'as pas le droit de te défiler du jour au lendemain ! De quoi t'as peur, bordel ?

L'idée qu'on ne patine plus ensemble était déjà douloureuse à accepter, mais je pensais au moins qu'on se verrait. Je nous imaginais déjà adversaires, chacun se battant pour être le meilleur.

~~Ça m'aurait donné une excuse pour continuer à l'appeler.~~

Orion ouvre la bouche sans rien dire, ses yeux balancent entre moi et le pare-brise.

– Je ne pensais pas que ça avait tant d'importance pour toi…

– Tu abandonnes toujours trop vite, et en particulier les choses que tu aimes. On dirait que tu fais exprès de te saboter pour t'empêcher d'être heureux ! Harper a son accident, tu disparais pendant trois ans. Scott te trouve une nouvelle partenaire, tu tentes tout pour faire capoter le contrat. Et maintenant que je pars à mon tour, tu préfères tout arrêter ?

Ugh, je n'arrive pas à croire que je suis sur le point de pleurer pour quelque chose de si stupide ! Orion le voit et son expression s'adoucit. Sa main vient trouver la mienne sur ma cuisse.

– Lily. Tu m'as mal compris.

Je ne dis rien, agacée de m'être emportée devant lui.

Son sourire résigné fait fondre mon cœur lorsqu'il ajoute :

– Je ne veux plus continuer si ce n'est pas avec toi.

Mon cerveau arrête de fonctionner tandis que je tente de digérer l'information.

– J'ai passé toutes ces années à passer de partenaire en partenaire, mais ça n'a jamais été comme ça. Je ne pense pas pouvoir retrouver ça avec quelqu'un d'autre. Alors si ce n'est pas toi… ça ne sera personne.

Quelque chose se libère à l'intérieur de moi, et je suis persuadée qu'il s'agit de l'étau sur mon cœur.

Parce qu'il vient de mettre les mots exacts sur ce que je ressens, pour le patinage comme pour tout le reste.

Je ne voulais pas de petit ami par peur d'être distraite, parce que ma carrière a toujours été plus importante.

Puis Orion est arrivé. Il m'a fait sortir de mes gonds, mais aussi de ma zone de confort.

Je ne me vois plus continuer sans lui. Même si je dois prendre un risque, même si je fonce dans un mur.

C'est pourquoi je le regarde fixement malgré le tambourinement dans ma poitrine, et je dis :

– Arrête-toi.

34

ORION

Février 2024, Montréal

– Arrête-toi.

Je cligne des yeux, surpris par son ton ferme.

Suis-je allé trop loin ? Je ne veux pas qu'elle prenne peur.

Je mets mon clignotant malgré la route déserte et je m'arrête sur le côté. À peine ai-je tiré sur le frein à main que Lily s'empare de ma nuque pour me tirer à elle.

Nos bouches s'entrechoquent avec violence et passion. Je grogne de douleur et de surprise mêlées. Mes doigts appuient sur sa ceinture de sécurité au hasard, priant pour la libérer, puis sur la mienne après que j'y suis parvenu.

Ses fesses heurtent le volant lorsqu'elle essaie de me chevaucher, ce qui déclenche le klaxon. Nous rions comme des enfants.

Je l'embrasse avec avidité, mes mains sur ses cuisses. Elle est incroyablement sexy. Ce jean lui fait un cul de folie, même si je la préfère en leggings de sport. Les siens laissent très peu de place à l'imagination, et j'avoue honteusement en avoir profité.

– Tu me rends dingue, dit-elle en fourrant ses mains dans mes cheveux.

Je lève le menton pour lécher son cou dans une descente lente et provocatrice.

– Bienvenue au club.

Mes mains remontent sur ses flancs, relèvent son tee-shirt à rayures sur ses seins. Ma bouche immortalise chaque centimètre carré de sa peau brûlante, ce qui la fait respirer plus fort.

– C'est un oui, alors ? je demande en écartant sa brassière sur le côté.

Je suis tellement concentré sur la vue de ses seins que je manque presque le rouge pivoine qui colore ses joues et ses oreilles.

– Je ne sais pas, souffle-t-elle avant d'avouer : Ça m'effraie.

Je prends son sein dans une main, puis le lèche du plat de ma langue. Lily frissonne, son bassin ondulant délicieusement contre mon érection.

La sensation est divine.

– Je croyais que tu aimais prendre des risques ? Qu'il en fallait plus pour te faire peur ?

J'embrasse son téton avec révérence avant de le prendre dans ma bouche. Je le suce et joue avec, doucement, passionnément.

Plus elle soupire de plaisir, plus j'accélère le rythme.

– Tu es la seule personne que je connais qui ne craint pas de tomber, Lil, j'ajoute en espérant qu'elle cède. Pourquoi ce serait différent du patinage ?

– Je peux me permettre de blesser mes jambes et mes bras. S'ils se cassent, ils pourront être réparés, chuchote-t-elle en plaquant mon visage contre sa poitrine. Mais mon cœur, non.

Je m'écarte pour la regarder droit dans les yeux.

– Si tu tombes, je serai là pour te rattraper, Petite Fleur.

Je signe alors quelque chose avec mes mains, et son visage s'affaisse. Je sais qu'elle comprend, parce que ce sont les mots qu'elle a utilisés ce jour-là, sur le lac gelé. Je les ai appris par cœur exprès.

Je ne te lâcherai pas.

J'aperçois des larmes au coin de ses yeux tandis qu'elle laisse tomber son front sur mon épaule. Je lui accorde le temps qu'il lui faut, ma main dans sa nuque. Après un moment, elle se dégage précipitamment de moi, si bien que je perds mon sourire. Merde. Est-ce que je viens vraiment de tout gâcher en voulant trop insister ?

Je m'apprête à lui dire de revenir quand je la vois passer entre les deux sièges… et s'asseoir au milieu de la banquette arrière. Ses yeux se plongent dangereusement dans les miens tandis qu'elle passe son tee-shirt au-dessus de sa tête, ainsi que son soutien-gorge. Ma bouche devient sèche de la regarder faire. Tout mon corps grésille et devient dur à sa vue. L'étincelle d'indécence qui brille dans ses prunelles est le parfait miroir de la mienne.

Elle balance ses bottes par terre, puis elle se penche pour saisir le col de mon manteau.

Je suis à sa totale merci.

– Tu n'as pas intérêt à me briser le cœur, Orion Williams.

Putain. Je rêve ou c'est un oui ?

Je n'ose même pas lui poser la question. Je la rejoins, difficilement à cause de mon grand corps. Lily m'aide à retirer mon haut, et bientôt seuls nos souffles excités résonnent dans la voiture.

Je tente de lui enlever son jean, ce qui se révèle d'une complexité sans nom au vu du manque d'espace, et cela la fait rire.

J'ai à peine le temps de déboutonner le mien qu'elle fait dévaler une cascade de baisers le long de mon torse nu.

– Allonge-toi sur le dos, Petite Fleur.

Lily s'exécute, curieuse. Son corps est seulement illuminé par la petite lumière du rétroviseur intérieur, mais cela me suffit à le dévorer des yeux.

La perfection incarnée. Je caresse sa poitrine d'une main jusqu'à l'anneau perçant son nombril… puis plus bas.

Sa respiration se coupe lorsque je baisse sa culotte le long de ses jambes.

Mes mains tirent sur celles-ci, assez pour poser ses fesses sur mes genoux. Je tends deux doigts vers elle.

– Prends-les dans ta bouche.

Ses lèvres s'ouvrent, laissant découvrir sa langue, puis se referment sur mes doigts. Elle les lèche et les suce sans me quitter du regard, et c'est le truc le plus sexy de la terre.

Je sais que ça fait longtemps que je n'ai pas fait l'amour, Aydan a assez insisté là-dessus… mais bordel, je ne me souvenais pas que c'était aussi intense.

Aussi puissant.

Je la veux tellement que je suis incapable de penser à autre chose. Matin, midi, soir. Lily ne quitte pas un seul instant mon esprit.

Je reprends possession de mes doigts mouillés par sa salive. Ses jambes s'ouvrent dans une douce invitation qui me fait frissonner.

– S'il y a quoi que ce soit que tu n'aimes pas, dis-le-moi.

Elle acquiesce avant que je ne caresse son clitoris dans des mouvements circulaires. J'explore jusqu'à trouver ce qui lui plaît, même si je commence à avoir ma petite idée.

Quand mes doigts entrent en elle, l'un après l'autre, Lily gémit.

Nous n'allons pas coucher ensemble ce soir. Je ne veux pas que sa première fois se fasse à l'arrière d'une voiture dans laquelle je dois me plier en deux. Je veux pouvoir prendre le temps, et que nous ne risquions pas de nous faire arrêter par la police pour exhibitionnisme.

Pour autant, je compte bien lui faire découvrir un plaisir inédit pour elle.

– Tu veux que j'aille lentement… ou plus vite ?

– Les deux, souffle-t-elle sans me regarder. Je ne sais pas.

Une de mes mains lui caresse les seins tandis que l'autre va et vient en elle dans des gestes lents. J'accélère à mesure qu'elle laisse entendre son plaisir. Ses bruits sont tellement sexy qu'ils me donnent envie de la goûter avec ma bouche.

Je recourbe mes doigts à l'intérieur d'elle, cherchant ce point sensible qui la fera basculer. Lorsqu'elle est proche de l'orgasme, je ne tiens plus. Je retire mes doigts pour soulever ses cuisses plus haut.

Lily laisse échapper un cri de stupeur au moment où mes lèvres trouvent son centre.

– Oh oui… Orion…

Je serre ses cuisses entre mes bras pour la tenir contre mon visage. Le premier coup de langue sur son clitoris est doux et hésitant, pour m'assurer que ça lui plaît.

Mais lorsque je sens ses hanches pousser contre ma bouche, je lui donne ce qu'elle veut. Je dévore ses lèvres mouillées tel un festin, grogne contre son sexe pour lui montrer que c'est aussi bon pour elle que pour moi.

Elle est tellement belle, là, tout de suite, dans cette position… Je suis bien content qu'elle ne puisse pas lire dans mes pensées à ce moment précis, car ça lui ferait sûrement peur.

Je n'ai plus jamais envie de la laisser partir.

J'ai envie qu'elle abandonne son appartement et trouve refuge dans mon lit chaque soir.

Je veux la goûter toutes les nuits et me réveiller avec son corps entre mes bras.

– Je pourrais faire ça toute la journée, je murmure sans m'arrêter. La prochaine fois, ce sera dans mon lit. Sur le comptoir de la cuisine, aussi. Putain, *partout.*

– Tu es complètement fou…

– On m'a déjà dit pire, Lil.

Je suce son clitoris puis la pénètre de ma langue à défaut de ne pas pouvoir entrer en elle autrement. Mon sexe est si dur que c'en est douloureux. Une de mes mains le caresse pendant que je continue à tourmenter Lily.

– Je… Je vais venir, s'écrie-t-elle en s'accrochant à mes cheveux courts.

Ses cuisses tremblent de manière incontrôlable autour de moi sous la force de son orgasme.

Ses yeux voilés de plaisir rencontrent les miens quand je me redresse, sexe en main. Elle me regarde pendant que je me masturbe au-dessus d'elle, passant la langue sur mes lèvres mouillées.

Il ne m'en faut pas beaucoup.

La vue de son corps nu et moite me fait partir.

Je grogne au moment de l'orgasme, la tête levée vers le ciel, et éjacule sur son ventre.

Putain. Je n'arrive pas à croire qu'on vient de faire ça.

Je ferme les yeux pour profiter de cette sérénité d'après-sexe, puis j'attire Lily à moi malgré nos poitrines collantes.

– Waouh, je chuchote contre son cou. Bordel. De merde.

Sa bouche m'embrasse avec tendresse. Son corps est chaud, son cœur est enragé sous son sein.

Comme le mien.

– On se croirait dans une scène de *Titanic*, plaisante-t-elle en faisant référence à la buée sur les vitres.

Je ris avant d'attraper sa main et de la plaquer contre la fenêtre.

– Voilà, dis-je devant notre empreinte. Là, c'est parfait.

Nous restons comme ça de longues minutes. Ce n'est pas du tout confortable, mais aucun ne veut briser la magie du moment.

Je n'arrive pas à croire qu'on ait fait ça.

Dans ma voiture, qui plus est.

C'est la sonnerie de mon téléphone qui nous sort de notre bulle. J'ouvre la vitre avant pour aérer, puis je décroche en voyant le nom d'Aydan.

– Tu nous déranges. Qu'est-ce que tu veux ?

– Scott essaie de vous joindre depuis une heure, répond mon ami d'un ton sérieux qui réussit à m'inquiéter.

Je jette un coup d'œil à l'heure, puis à mes appels manqués : 8. *Merde.* S'il me dérange à cette heure-là un soir de Saint-Valentin, c'est que c'est sérieux !

– Qu'est-ce qu'il se passe ? je demande en essuyant mon torse à l'aide d'un mouchoir.

Je fais de même sur le ventre de Lily, qui me regarde avec curiosité.

– Je ne sais pas… Mais ça a l'air grave. Tu devrais le rappeler au plus vite.

Je promets de le faire avant de raccrocher.

Lily se rhabille en me demandant pourquoi Scott nous harcèle hors du travail.

– Aucune idée. Viens, je te ramène chez toi.

Une fois que nous reprenons la route, je connecte mon téléphone à la voiture et rappelle Scott. Je n'ai pas besoin de prévenir Lily, ma partenaire garde les lèvres scellées.

– T'es où ? répond mon coach avec fureur.

Oh, je vois. Pas de bonjour ni de civilités.

– Je suis en train de conduire, j'ai loupé tes appels. Tout va bien ?

– À toi de me le dire, Orion. Qu'est-ce que tu fous, au juste ? Ça te fait plaisir de foutre ta vie en l'air ?

Je plisse le front en même temps que Lily, les yeux sur la route.

– Je ne comprends pas… Tu peux être plus clair sur ce que tu me reproches ?

– On vient de recevoir tes résultats de tests anti-dopage.

Je me raidis instinctivement. Le temps que je digère la nouvelle, Scott enchaîne déjà :

– Et ils sont positifs.

35

LILY

Février 2024, Montréal

Je relis les gros titres de ce matin, la gorge serrée.

« Patinage – Orion Williams, champion canadien, visé par une procédure du TAS pour une affaire de dopage. »

Je n'arrive toujours pas à y croire. Les Jeux olympiques d'Oslo ont lieu dans trois jours et personne ne sait s'ils vont nous laisser patiner. Pire encore : les Mondiaux approchent à grands pas, à savoir l'objectif de toute ma vie. Si l'on nous interdit de participer, je ne sais pas de quoi je suis capable.

En bref, c'est la panique. Scott est fou de rage, Isabella tente de rester optimiste, et Orion…

Orion est sous le choc. Je le connais assez bien pour savoir qu'il n'a aucune idée de ce qu'il s'est passé. Je le crois, quand il prétend être innocent.

Jamais il ne ferait une chose pareille.

– Ils ont retrouvé des traces de trimétazidine dans tes urines, nous apprend Scott.

Nous sommes tous les quatre dans son bureau, silencieux. L'ambiance est morose et défaitiste. Personne ne le dit, mais je sais que nous pensons la même chose : le destin s'acharne sur nous.

Quelqu'un, là-haut, refuse de nous faciliter les choses.

Je suis énervée, principalement parce que ça conforte Orion dans son idée qu'il est maudit.

– Qu'est-ce que c'est ? je demande.

J'ai toujours préféré croire que le dopage en patinage artistique n'était qu'un mythe. Bien sûr, je ne suis pas naïve. Je suis au courant de l'utilisation de transfusions sanguines ou d'hormones synthétiques. L'érythropoïétine, par exemple, est connue pour améliorer le flux d'oxygène, et donc pour réduire la fatigue. Mais je n'ai jamais vu quelqu'un y avoir recourt.

– On ne connaît pas très bien ses effets à visée dopantes, soupire Scott en passant une main dans ses rares cheveux.

– Alors c'est complètement idiot !

– Le problème, c'est qu'elle figure dans la liste des interdictions de l'AMA depuis 2014, répond Isabella d'une voix posée. C'est généralement prescrit en cas d'angine de poitrine et a été placé dans la catégorie des « modulateurs hormonaux et métaboliques ».

Orion reste silencieux sur sa chaise, le regard baissé et les coudes sur ses genoux écartés. À tous les coups, il s'en veut de ruiner nos chances – *une fois encore*. J'aurais pensé la même chose si ça avait été moi.

C'est ça, d'être une équipe. Ce qui touche l'un a des répercussions sur l'autre.

– Il faut que tu sois honnête avec moi, fiston, lance Scott lorsque toutes les têtes se tournent vers mon partenaire. Je ne peux pas t'aider si tu ne me dis pas la vérité.

Orion relève les yeux vers son coach, l'expression triste et perdue. Je meurs d'envie de le prendre dans mes bras, mais je me contiens. *Pas en public*.

– Je n'ai jamais rien pris, coach. Je le jure.

Scott hoche la tête. Je suis rassurée de voir qu'il ne doute pas de sa parole. Je sais combien son avis est important pour Orion, qui le considère comme un père.

– Les seuls comprimés que j'avale, ce sont ceux qui m'ont été prescrits. Mon médecin m'a donné quelque chose pour mes oreilles, mais…

– Quel genre de truc ? Montre.

Orion fouille son sac de sport à la recherche de ses médicaments. Scott tape quelque chose sur son téléphone, les sourcils froncés. J'arrête presque de respirer en attendant son verdict.

Si Orion a bel et bien violé les règles antidopage, il encourt une suspension de tous nos résultats obtenus jusqu'ici, ainsi qu'une confiscation des médailles et des prix. Ce serait une catastrophe, pour nous deux.

– Putain, jure soudain Scott.

Il serre la boîte en carton dans son poing, agacé.

– C'est cette merde que t'as ingérée, idiot !

– Je ne comprends pas…

– La trimétazidine est aussi utilisée pour le traitement symptomatique des vertiges et des acouphènes. Il n'y a rien d'étonnant à ce qu'elle s'affiche dans tes résultats.

Mes mains deviennent moites. Je n'ose pas ouvrir la bouche de peur d'énerver Scott davantage. Heureusement, c'est Isabella qui demande à ma place :

– Mais c'est une bonne chose, non ? Il s'agit d'un traitement. Orion n'était même pas au courant, et la dose était minime.

– Je ne sais pas… Je vais devoir m'en occuper.

– Les JO sont dans trois jours, je leur rappelle en masquant difficilement mon angoisse. Si on les manque, c'est fini pour nous.

Je ne le dis pas à voix haute, mais je suis terrifiée à l'idée qu'on ne puisse pas y participer. Les Jeux olympiques, c'est une chance, le rêve de tout athlète…

– On a encore une chance, me rassure Isabella. La trimétazidine n'est pas un médicament assez puissant pour offrir un réel avantage en patinage.

Elle m'explique qu'au contraire il s'accompagne de troubles de la marche et facilite les chutes. Dans ce cas, ça n'aurait aucun sens de le prendre pour tricher !

– Personne ne communique dessus pour le moment, c'est clair ? dit Scott en nous pointant du doigt. Je vais appeler le TAS[1] et leur expliquer la situation. Restez loin des médias et des réseaux sociaux.

Nous hochons la tête avant qu'il prenne congé. Isabella presse mon épaule avec un sourire chaleureux, mais je ne suis pas dupe. Ça s'annonce mal pour nous.

S'ils nous laissent patiner après ce scandale, nous avons intérêt à être exceptionnels. Tout le monde nous a à l'œil.

– Ça va ? je demande en m'accroupissant en face de mon partenaire.

Mieux encore : mon petit ami.

Il me cache son visage d'une main. Je réussis toutefois à entendre son misérable « Putain, je suis désolé… encore… »

Je plaque mon front contre le sien, mes mains caressant tendrement ses cheveux. Je pensais sincèrement que la nouvelle me détruirait. Si ça avait été Oliver, je lui en aurais voulu de gâcher mes chances.

Mais Orion… *Bordel. J'ai surtout envie de le rassurer.*

– Scott va tout arranger. On ne peut rien faire de notre côté… Si ce n'est continuer à répéter. OK ?

– Même s'ils décident que je ne l'ai pas fait délibérément… Ça restera, répond Orion d'une voix ferme. Les gens ne vont retenir que ce qu'ils veulent. À leurs yeux, je ne serai plus seulement maudit, mais un sourd et un tricheur !

– On s'en fout, de ce qu'ils pensent.

Il relève enfin le menton, son nez frôlant le mien. Sa mâchoire est serrée et ses yeux sont embués de larmes de honte. Le voir dans cet état me brise le cœur, surtout après la soirée incroyable que nous avons passée hier.

1. Tribunal arbitral du sport.

Je n'ai jamais ressenti le besoin de protéger qui que ce soit avant. Il n'y en avait que pour moi et ma famille.

Et pourtant.

J'irais en guerre pour Orion Williams.

C'est bien pour cette raison que j'ai fait une entorse à mes règles pour accepter de sortir avec lui.

– Lil. Si jamais on est disqualifiés à cause de moi…

Il ne finit pas sa phrase, mais je sais ce qu'il s'apprête à dire. Il m'a promis qu'il ne serait pas un obstacle à mon succès pas plus tard que cette semaine. J'ai peur moi aussi, mais je ne veux pas qu'il pense que je lui en tiens rigueur.

– Gardons espoir.

Le sourire que je lui adresse ne réussit à convaincre aucun de nous deux.

❄

Nous passons deux jours à nous entraîner comme si de rien n'était.

Malgré tout, ignorer la situation est impossible. L'humeur des troupes est au plus bas.

Je n'arrive pas à dormir la nuit, surtout maintenant que j'ai retrouvé mon lit solitaire. Orion passe ses journées dans le silence à déprimer. Isabella nous fait répéter seule pendant que Scott tente de nous sortir de là.

Je n'ai jamais été aussi angoissée de ma vie.

Scott nous a interdit de lire les médias, mais je ne peux pas m'en empêcher. Le public est déchaîné : certains croient Orion incapable d'une chose pareille, d'autres veulent que nous soyons interdits de compétition.

Quoi que le TAS décide, nous allons devoir faire face aux réactions que cela engendrera.

La veille de notre départ en Norvège, nous ne savons toujours pas ce qu'il en est. Ce n'est qu'en me réveillant que je reçois un message d'Isabella :

RDV à l'aéroport, je t'envoie un taxi.

Cela me donne de l'espoir.

Ma valise étant déjà faite, j'enfile un jogging et un sweat à capuche avant de partir.

Isabella et Orion m'attendent déjà devant les bornes d'enregistrement de l'aéroport. Orion m'offre un petit sourire, même s'il n'atteint jamais ses yeux.

– Où est Scott ? Si on prend l'avion… C'est bon signe, n'est-ce pas ?

– Il arrive, m'annonce ma coach sans préciser davantage.

Je vais me poster près d'Orion en attendant. Il enroule un bras autour de mes épaules, et je serre sa main dans la mienne en toute discrétion.

Scott nous fusille du regard en arrivant, sac de voyage en main.

– Tu as vraiment le cul bordé de nouilles, grogne-t-il à l'intention de son protégé.

Mon partenaire roule des yeux, l'expression neutre.

– Ce n'est pas vraiment l'impression que j'ai…

– Ils nous laissent concourir, alors ? je m'empresse de demander.

Scott acquiesce une seule fois. Je pousse un soupir soulagé, la main sur mon cœur douloureux.

– J'ai insisté sur le fait que tu as pris ce traitement sans le savoir, et ton médecin a confirmé ma version. Ce qui a joué en ta faveur, c'est que la dose était vraiment infime… et personne ne croit aux effets dopants de la trimétazidine, de toute façon.

– Je ne suis pas étonnée, confirme Isabella tandis que nous nous dirigeons vers les contrôles douaniers. Ces prétendus effets sont mis en doute depuis plusieurs années déjà. Ils ont même été contestés devant la justice sportive en 2021, sans succès…

Avec un peu de chance, cette histoire les poussera à reconsidérer la question. Quoi qu'il en soit, c'est un réel soulagement. Nous pouvons désormais avancer comme si rien ne s'était passé. Ou presque.

Nous pouvons encore gagner.

– Rien n'est définitif, mais vous êtes autorisés à participer aux Jeux en attendant que l'affaire soit tranchée sur le fond. Tu peux remercier ta bouille, ajoute Scott à l'intention d'Orion.

– Qu'est-ce que ma « bouille » a à voir là-dedans ?

– Tu es le petit chouchou du public. Personne ne veut se retrouver avec une guerre sur les bras si l'on t'empêche de gagner l'or.

Cette dernière remarque ne semble pas plaire à mon partenaire, qui se contente de rester silencieux. J'essaie de capter son regard pour lui sourire, mais il m'évite.

J'envoie un message à Aydan et Jane pour les prévenir de la bonne nouvelle.

Jane : Putain, c'est génial ! Déchirez tout.

Aydan : Tant mieux. Comment va Orion ?

Je ne suis pas surprise qu'il s'inquiète de son ami. Il le connaît bien.

Moi : Bof. J'essaierai de le faire sourire ce soir.

Jane : UGH JE NE VEUX PAS SAVOIR !

Moi : PAS COMME ÇA, CRÉTIN !

Aydan : Ce n'est pas une mauvaise idée, cela dit…

Jane Pham a quitté la conversation.

Aydan : J'adore son côté prude ^^

Dans l'avion, Orion enlève ses appareils et tourne la tête vers le hublot. Je comprends le message implicite : il n'a pas envie de parler. Je le laisse donc tranquille et passe neuf heures à visionner des vidéos de patinage en boucle.

Cette fois, nous devons être parfaits. Je n'ai pas le droit à l'erreur, Orion encore moins. Surtout face aux Russes, qui se montrent absolument impitoyables dans leurs programmes, comme tous les ans.

J'ai déjà évoqué le sujet avec Isabella et Scott : j'aimerais intégrer de nouvelles figures dans notre programme libre. Je veux prendre des risques, offrir un vrai show !

– C'est une mauvaise idée, m'a tout de suite arrêtée Isabella. Tu crois peut-être que ton stress post-traumatique a disparu en un mois ?

– Orion n'est pas prêt non plus, a confirmé Scott. Essayez déjà de perfectionner ce que vous avez.

Leur refus catégorique m'a frustrée, même si je suis assez intelligente pour admettre qu'ils ont raison. Après tout ce qu'il s'est passé, nous sommes encore fragiles.

Malgré tout… *J'ai envie de tenter le tout pour le tout.*

À notre arrivée à Oslo, je comprends pourquoi les hivers norvégiens sont réputés rudes. Il fait si froid que j'ai envie de mourir. La nuit est déjà tombée, mais je n'ai aucune idée de l'heure qu'il est.

– En arrivant à l'hôtel, prenez un dîner léger et allez dormir, nous ordonne Scott une fois dans le taxi.

Orion n'a toujours pas articulé un seul mot, et ça commence à me faire peur. J'attends que nous soyons seuls, ce qui n'arrive qu'une fois que nous sommes dans le hall de l'hôtel. Je laisse Scott et Isabella gérer les réservations, puis j'en profite pour entrelacer mes doigts à ceux d'Orion.

– Tu n'as pas beaucoup parlé… Tu n'es pas soulagé ?

– Si. Je suis juste fatigué. Je n'ai pas dormi depuis trois jours.

Je ne suis pas très étonnée de l'entendre.

Je veux lui proposer de me rejoindre cette nuit, mais c'est le moment que choisit une horde de journalistes pour nous approcher, micro en main.

Je sursaute avec stupeur, ne les ayant pas entendus arriver.

– Orion ! Comment vous sentez-vous ?

– Avez-vous quelques mots à dire sur les accusations de dopage à votre sujet ?

– Trouvez-vous la décision du TAS juste envers les autres compétiteurs ?

– Que répondez-vous aux gens qui vous accusent de corrompre les Jeux ?

En trente secondes top chrono, nous voilà encerclés, emprisonnés, noyés.

Je lâche la main d'Orion par réflexe, les joues brûlantes, mais celui-ci s'accroche à moi d'un bras autour de ma taille.

Il leur offre un sourire hypocrite que je connais trop bien en disant :

– Je n'ai aucune communication à faire sur le sujet.

C'est Scott qui nous sort de là, bravant la foule pour nous dire de monter à l'étage.

Je perds la main d'Orion dans la cohue.

Ils se fichent bien de moi, c'est son sang à lui qu'ils veulent.

Une fois seule dans la sécurité de ma chambre, je me rends enfin compte de l'ampleur que cette histoire risque encore de prendre…

36

ORION

Février 2024, Oslo

J'ai dormi quatre heures cette nuit.

C'est toujours plus que ces trois derniers jours.

Ce matin, Lily est arrivée dans ma chambre avec sa trousse à maquillage. « Juste pour cacher tes cernes », a-t-elle dit. Je l'ai laissée faire sans rien dire. Je m'en veux de l'ignorer de la sorte, mais j'ai trop honte pour lui faire face. Scott dit que je suis protégé par le TAS mais ce n'est pas quelque chose qui me rassure.

Au contraire.

Si je ne suis pas sanctionné, le public me tombera dessus… et j'entraînerai Lily dans ma chute.

– Ne répondez à aucune interview, nous conseille notre coach lorsque nous arrivons à la patinoire. Et souriez comme si vous étiez heureux d'être là.

Je ris presque de l'ironie de sa plaisanterie. Lily et moi nous rendons en coulisses, sac de sport sur l'épaule.

Lors de notre apparition, je sens tout de suite le changement d'ambiance. Les autres participants se retournent tous sur nous, certains curieux, d'autres méprisants. Giulia m'accorde un sourire encourageant, mais elle ne vient pas nous saluer pour autant. Satomi est la seule à s'approcher de Lily pour lui souhaiter bon courage.

Personne ne m'adresse la parole, et je comprends pourquoi.

Je m'échauffe seul dans mon coin. Aydan et Harper m'envoient chacun un message pour m'encourager, mais j'y répondrai plus tard.

– J'ai un bon pressentiment, murmure Lily en me rejoignant. Je pense qu'on est capables d'arriver premiers.

– Ah bon.

– En même temps, avec une partenaire comme moi…

Elle m'adresse un sourire taquin, mais je ne mords pas à l'hameçon. Je m'étire en tentant d'ignorer le bruit du public de l'autre côté du mur. Ça va bientôt commencer et je sais que tout le monde attend notre prestation.

Il faut que je me réveille, et vite.

– Je reviens, dis-je sans attendre la réponse de ma partenaire.

Elle ne me suit pas, mais je peux sentir son regard perçant entre mes omoplates. Lily n'a pas besoin de ressentir mon stress, alors je préfère m'éloigner.

Je passe une bonne demi-heure loin d'elle, accroupi contre un mur, les yeux fermés. J'essaie de me recentrer. Je sais que nous passons avant-derniers, alors nous avons le temps.

J'en profite. Je ne veux pas voir ce que font les autres. Je refuse d'écouter les commentaires des journalistes, aussi je retire mes appareils auditifs, et j'attends.

Je prie pour ne pas faire tomber Lily.

Je prie pour pouvoir aller chercher cette première place avec elle.

Je ne prie pas Dieu, jamais, mais ma mère. Toujours. Je lui demande de veiller sur moi, parce que je sais que personne d'autre ne le fait là-haut.

Soudain, quelque chose me touche le bras. Je sursaute légèrement et lève les yeux vers ma partenaire. Elle m'offre un sourire hésitant, puis s'assied à côté de moi.

Je remets mes appareils pour pouvoir l'entendre, un geste qui suffit à me déprimer davantage.

– C'est à nous ?

– Bientôt, murmure-t-elle en posant la tête sur mon épaule. Tu n'es pas obligé de les remettre.

Je sais à quoi elle fait référence. Je lui suis reconnaissant de vouloir m'aider à me sentir mieux, mais ce n'est pas un bon jour pour cela.

Aujourd'hui, je suis agacé.

Aujourd'hui, j'ai l'impression qu'elle ne comprend rien.

– Si je les retire, je ne t'entends pas, Lily.

– Je sais, répond-elle, et je peux sentir la tension dans sa voix. Mais comme je te l'ai dit, on peut communiquer autrement. Tiens, lis sur mes lèvres.

Elle me sourit avant d'articuler quelque chose en silence. Je ne fais même pas l'effort de lorgner sa bouche. Je n'arrive pas à faire semblant.

– Alors ? J'ai dit quoi ?

Je hausse les épaules, fatigué.

– J'ai dit : « Ton pantalon moule tes fesses à la perfection. »

Elle m'offre un rictus amusé, sa main chatouillant légèrement ma cuisse. Mon cœur brûle de la toucher, de lui rendre son affection, mais quelque chose m'en empêche.

– Je n'ai pas envie de « communiquer autrement », Lily.

– Pourquoi pas ? Tu seras fier de moi en voyant les progrès que j'ai faits en langue des signes…

– Ça n'a aucune importance, je la coupe avant qu'elle aille plus loin. Tu perds ton temps, avec ces cours idiots.

– Oh. OK…

Lily s'écarte de moi, l'expression vexée. Et parce que je suis un idiot, je m'enfonce plus encore pour me justifier.

– Tu dis toujours ça comme si c'était facile. Ça ne l'est pas, d'accord ?

– Je n'ai jamais pensé que c'était facile…

– Pourtant tu continues de me pousser.

Elle ouvre la bouche, confuse.

– Je suis désolée si c'est l'impression que je t'ai donnée, ce n'était pas mon intention. Je veux juste que tu sois à ton meilleur potentiel, je veux que tu saches que rien n'est perdu, que…

– Tu ne comprends pas, je m'agace en secouant la tête. Tu ne pourras jamais comprendre.

Lily me regarde comme si je l'avais giflée. Je me déteste immédiatement. Mais c'est trop tard, les mots sont sortis.

Blessée, ma partenaire se relève et s'en va.

Au moment où je m'apprête à la retenir, elle fait volte-face. Cette fois, elle est énervée.

– T'as raison, lance-t-elle sèchement. Je ne suis pas à ta place, je ne peux pas comprendre ce que ça fait. Mais au lieu de te tourner le dos comme les autres, j'essaie. *Tous. Les. Jours.* Contrairement à *toi* !

Elle marque une pause, comme si elle se retenait, avant de changer d'avis.

– Est-ce que tu t'es déjà demandé ce que *moi* je ressentais ? Tout ce que j'essaie de faire depuis le début, c'est justement de te comprendre ! De te redonner le sourire. Mais bien sûr, c'est plus facile de s'apitoyer sur son sort.

– Je ne…

– Pour moi aussi c'est dur, me coupe-t-elle d'un ton glacial. Nos peines ne sont pas comparables et je ne suis pas là pour jouer à « Qui est le plus malheureux ? », mais tu n'es pas le seul à avoir perdu quelque chose ce jour-là. Je me suis pris ton putain de patin en plein visage !

Mon corps a un mouvement de recul, comme si elle m'avait giflé. Je sais qu'elle ne le dit pas comme un reproche, mais plutôt comme un rappel. Toutefois, l'entendre me fait toujours aussi mal.

– Sauf qu'on ne peut pas être deux à s'effondrer. Quelqu'un doit faire semblant d'aller bien. Alors j'encaisse. Je fais des blagues. Je me dépasse. Et si tu n'étais pas trop occupé à penser à ta petite personne et à ta culpabilité merdique…

– « Ma petite personne » ? je répète, incrédule. Je ne fais que penser à *toi*, Lily !

– Alors ne me rejette pas quand j'essaie d'être là pour toi ! s'écrie-t-elle en levant les bras au ciel. Ce qui t'est arrivé, c'est dur. Et tu as le droit d'être triste, Orion… Tu as le droit de déprimer, de faire le deuil de ta vie d'avant.

Je me mords la joue, les larmes menaçant de couler. *Putain.* Je pensais vraiment avoir accepté mon sort. Après tout, je me suis fait à mon nouveau quotidien. Mais il faut croire que je suis encore dans le déni, parce que je n'ai toujours pas pris ces cours d'ASL[1], ni fait de demande pour une carte d'invalidité…

Plus que tout, je n'ai pas envie que Lily pense qu'elle doit s'occuper de moi.

De tous, c'est bien la dernière personne dont je veux recevoir de la pitié.

– Prends le temps qu'il te faut, dit Lily d'une voix radoucie. Je ne te pousserai jamais à aller trop vite. Mais je vais continuer à être là, que tu le veuilles ou non. Tu ne pourras pas m'empêcher de vouloir la meilleure version de toi. Alors ne me reproche plus jamais de ne pas te comprendre alors que j'ai passé des semaines à tenter de te soutenir.

Elle me jette un truc, que j'attrape sans comprendre tout de suite de quoi il s'agit.

– Tu m'as dit que tu n'avais pas de porte-bonheur, donc j'ai pensé… Peu importe.

Sur ce, elle disparaît sans un mot de plus.

Je baisse les yeux vers la peluche que je tiens entre les mains. Je soupire misérablement en reconnaissant Chucky, toujours borgne et désormais à moitié bleu.

---

1. « American Sign Language » : la langue des signes américaine.

Et merde, quel crétin !

Je m'en veux.

Je n'aurais pas dû m'emporter comme je l'ai fait. Lily n'y est pour rien. Elle a raison, elle a tout fait pour rendre ce traumatisme plus vivable.

Sans elle… je ne sais pas si j'aurais été capable d'accepter la réalité aussi vite.

« Ma culpabilité merdique », comme elle l'appelle, je me la traîne depuis toujours. Ce n'est pas quelque chose que je peux mettre de côté en un clin d'œil.

Elle est toujours là, en train de guetter le meilleur moment pour attaquer.

Mais ce n'est pas une raison pour la faire subir aux gens que j'aime.

T'es où ? Vous êtes les prochains.

Je soupire devant le message de Scott, avant de me lever. Je n'aurais pas dû déclencher une dispute avec Lily quelques minutes avant notre programme libre. J'ai l'impression de perdre tout ce à quoi je tiens, et ce depuis toujours. Je commence à avoir l'habitude.

Lily, en revanche…

Je ne compte pas me la laisser prendre.

Ma partenaire m'attend près de la patinoire, la mâchoire serrée. Je n'accorde d'importance ni au public ni aux journalistes lorsque je marche jusqu'à elle d'un pas déterminé.

Ses yeux croisent les miens.

Et je lui offre le sourire le plus rayonnant possible.

– Tu n'allais pas commencer sans moi, si ? je plaisante une fois arrivé à sa hauteur.

Je remarque son lacet de patin défait, qu'elle a laissé en suspens lors de mon arrivée, et m'accroupis en face d'elle.

Je suis conscient des caméras qui immortalisent nos moindres faits et gestes. Mais j'en fais abstraction. Seuls Lily et moi existons tandis que je lace ses patins avec soin.

Elle me sourit de haut, les joues légèrement roses.

Quand je me relève, nos poitrines se touchent. Je prends son cou dans mes deux mains, puis embrasse tendrement son front.

Je sais déjà que cette image fera le tour d'Internet.

– Désolé, je souffle contre sa peau.

Elle hoche la tête, et je réussis à capter son rictus réjoui en voyant le doudou que j'ai planqué sous mon gilet de sport. Je le donne à Scott, qui me regarde comme si j'étais fou.

– Tu me le gardes, deux minutes ?

– Dépêche-toi de monter sur la glace avant que je ne te botte le c…

Je tends la main vers Lily, qui la prend sans hésiter. Dans cette poigne, je lui communique toute ma détermination, toute mon admiration… *Tous mes mercis.*

Depuis le début, c'est elle. Elle qui me motive, elle qui me pousse à faire de mon mieux.

Une fois lancé, je donne tout. Je performe comme je n'ai jamais performé. Je ne réfléchis même pas. Je me laisse aller contre elle, je la laisse me guider à travers la glace, je la soulève comme si le risque de la faire tomber n'existait pas.

Quand la musique se termine, je sais déjà que nous avons été majestueux. Lily aussi, visiblement, car elle me saute au cou presque immédiatement.

Je la serre contre moi, ses jambes enroulées autour de ma taille, et je nous fais tourner. Les applaudissements rythment mes battements de cœur.

– Ne vous réjouissez pas trop vite, dit Isabella lorsque nous retrouvons la terre ferme.

– Quelle rabat-joie ! je raille en remarquant son petit sourire satisfait.

Lily me tient la main tandis que nous allons nous installer au *Kiss and Cry*. J'espère que ses parents la soutiennent derrière leur télé, et qu'ils sont fiers de leur fille. J'espère qu'Aydan et Jane font de même, ensemble, et qu'ils sourient pour nous.

– Oh mon Dieu ! se réjouit Lily en plaquant sa main contre sa bouche.

J'étais tellement ailleurs que j'ai loupé nos résultats. Elle me prend dans ses bras, les larmes aux yeux, et je comprends enfin pourquoi.

Un score de 93,91 ! Bordel.

– Bravo, nous félicite Scott d'une tape dans mon épaule. Faites ça demain et la victoire est à vous.

❄

– « Pham et Williams dominent le programme libre ! » lit ma partenaire sur son téléphone, un grand sourire aux lèvres. « Arrivés en tête lors de ce premier jour des JO, le tout nouveau couple réussit à rester soudé malgré les récentes rumeurs… »

Nous nous promenons dans le village olympique, où nous et tous les autres athlètes qui participent aux JO vont résider lors des deux prochaines semaines.

La prochaine épreuve du programme court n'arrivera que dans dix jours. Nous sommes donc priés de rester ici jusque-là, à Oslo, pour répéter.

– Lil.

Je tire légèrement sur sa main. Elle s'arrête en pleine rue, adorablement enveloppée dans sa chapka.

Je n'ai pas eu l'occasion de m'expliquer après notre dispute, seulement de m'excuser. Même si je sais qu'elle m'a déjà pardonné, je tiens à le faire.

– T'avais raison. J'ai… l'impression que tout ce qui arrive est ma faute, et c'est dur. Mais je suis conscient de tous les efforts que tu fais pour moi… Je crois que c'est justement pour ça que je déprime. Je ne veux pas être un fardeau. Je ne veux pas t'empêcher d'aller où tu dois aller…

– Orion, m'interrompt-elle. Les fardeaux, on ne les choisit pas. On les subit.

Elle dépose un baiser sur mes lèvres.

– Tu ne peux pas être un fardeau si je choisis de rester à tes côtés. Et je n'ai aucune envie d'aller quelque part sans toi. T'es coincé avec moi, Williams.

Je la serre contre moi, ému. Ce sont des mots que j'ai toujours rêvé d'entendre. Je ne peux m'empêcher d'espérer de nouveau : *la chance me sourit-elle enfin ?*

Lily libère ses mains pour signer quelque chose que je ne comprends pas. Je lui demande ce que cela veut dire, mais elle se contente de sourire d'un air taquin.

– Tu le saurais, si t'avais fait l'effort d'apprendre…

– On dirait que je n'ai plus le choix, alors.

Je sais qu'elle ne me croit pas, mais je m'en fais la promesse.

Le soir même, c'est devant des tutoriels YouTube que je comprends ce qu'elle m'a dit plus tôt.

« Je t'aime. »

Moi plus encore, Petite Fleur.

37

LILY

Février 2024, Oslo

Toute accusation de dopage portée contre Orion a officiellement été abandonnée par le TAS.

C'est un énorme soulagement, même si je sais que le doute restera dans l'esprit de beaucoup. Le principal, dans l'immédiat, c'est que nous remportions les Jeux olympiques.

Le monde entier a les yeux rivés sur nous.

Nous répétons donc sans relâche. Les Russes sont impitoyables, et ce n'est pas seulement un préjugé fondé sur du vide. Une petite de quinze ans suffit à terrifier Orion. Quant à moi, ils me poussent à redoubler d'efforts. Au contraire, je les admire. Ils n'ont pas peur de se dépasser, ils sont en constante recherche de nouveaux sauts et de nouveaux portés.

Ça me plaît.

– Et si l'on intégrait un *quad twist* ? je demande à Isabella au bout de trois jours.

Nos deux coachs me regardent comme si j'avais perdu la tête. Je comprends pourquoi. Lors d'un *quad twist*, la patineuse est lancée par son partenaire, puis elle effectue quatre rotations sur elle-même avant d'être rattrapée par celui-ci.

C'est dangereux, et peu sont ceux qui s'y risquent.

– Il ne nous reste qu'une semaine avant le programme court, c'est trop juste.

– Ça ne nous coûte rien d'essayer.

Scott jette un coup d'œil dubitatif à Isabella, mais je vois dans ses yeux qu'il est de mon côté. Orion reste silencieux, assis sur un gradin, occupé à vider sa gourde d'eau.

– J'ai dit non, Lily, tranche Isabella avec fermeté. On ne va certainement pas risquer que tu te blesses.

Je suis frustrée par sa décision, mais je n'insiste pas.

Je passe mon temps à observer les autres patineurs, inspirée par leur technique et leur rigueur.

Tous les matins, Orion m'accueille au petit déjeuner de l'hôtel avec un nouveau mot en langue des signes qu'il a appris la veille. Les soirs, nous sommes trop fatigués pour aller faire la fête en ville.

Le jour J arrive plus rapidement que je ne l'aurais cru. J'abandonne mon costume de cygne blanc pour ma robe burlesque. Satomi vient dans ma chambre pour qu'on se maquille ensemble. Nos partenaires nous attendent dans le lobby, déjà en costume sous leur manteau.

– On a ajouté un *back to back quad throw*, m'avoue Satomi dans le taxi qui nous emmène au stade olympique. Et vous ?

J'ouvre la bouche, mais rien n'en sort. Je ne devrais pas, mais la jalousie enfle dans ma trachée. Moi aussi, j'aurais aimé rendre notre chorégraphie plus compliquée. Je veux montrer au monde de quel bois on se chauffe !

Malheureusement, Isabella ne m'en croit pas capable.

– Nos coachs ont préféré rester prudents…

– Oh, répond Satomi d'un ton surpris. Je vois. C'est bien aussi !

J'arrive à la patinoire plus stressée que je ne l'étais déjà. Orion le devine à mon expression car il s'excuse auprès de nos amis et m'entraîne dans un coin isolé. Il n'a pas le temps de me demander si ça va, je lâche aussitôt :

– Et si ce n'était pas assez ? Et si l'on était *trop* prudents ? Et si l'on perdait des points à cause de ça ?

– Lily… Je sais ce que tu vas proposer, et c'est une mauvaise idée.

– Je crois qu'on devrait essayer.

Orion secoue la tête, frustré. Il n'est pas surpris, il devait s'y attendre. Je sais qu'il déteste me refuser quoi que ce soit, raison pour laquelle il fuit mon regard avant de répondre :

– C'est trop dangereux. On ne peut pas tenter un *quad twist* sans l'avoir répété avant.

Après de longues supplications ne menant nulle part, j'abandonne. Orion me demande de lui faire confiance, et c'est ce que je fais.

Avec Oliver, c'était différent, je n'en faisais qu'à ma tête. Mais je ne peux pas me permettre de la jouer solo aujourd'hui, et je n'en ressens pas l'envie, de toute façon.

Orion et moi ne faisons qu'un. Je respecte sa décision.

Nous sommes les avant-derniers à passer. Nous restons près des gradins pour observer nos concurrents, stressés.

Mauvaise idée.

Ils sont tous incroyables. Satomi et Hiro en particulier, surtout grâce à leurs nouvelles figures. Leur programme n'est pas parfait, ils ratent un porté ainsi qu'un lancé, mais leur prise de risque va être récompensée.

– Ne fais pas de folie, d'accord ? me murmure Orion quand nous nous mettons en place sur la glace. Je ne te le pardonnerai pas si tu me prends de court comme tu l'as fait avec Oliver…

Je déglutis sans m'arrêter de sourire au public.

– Promis. Mais si on perd, ce sera ta faute.

Orion rit doucement sans prendre la peine de répondre.

La musique familière retentit et plus rien n'existe. Je patine avec grâce et dynamisme. Nous allons vite, toujours plus vite. Je n'ai plus peur. Je plonge et me jette dans le vide en sachant qu'Orion sera là pour me rattraper.

La voix de Christina Aguilera nous porte dans notre tango sensuel. Les mains de mon partenaire sont partout sur moi, et le souvenir de son toucher électrique à l'arrière de sa voiture m'inspire.

À travers cette danse, je lui dis combien j'ai envie de lui, combien j'ai hâte qu'on soit seuls, combien son corps moulé dans ce pantalon m'excite. Et je sens, dans l'intensité de son regard et dans la fermeté de ses mains sur mes hanches, qu'il fait de même.

Le temps que la musique s'achève, je suis à bout de souffle. La salle explose en applaudissements tandis qu'Orion me prend dans ses bras.

– Dors avec moi ce soir, chuchote-t-il contre mon oreille.

Je frissonne sous l'effet d'un mélange d'adrénaline et de désir. Quand j'opine de manière presque imperceptible, Orion s'écarte pour nous ramener près de nos coachs.

Nous sommes tous tendus quand il est temps de faire face au score final. Isabella presse une main sur mon épaule, debout derrière nous.

– Quoi qu'il se passe, je suis fière de vous, assure-t-elle.

– Il y a toujours moyen de s'amélio…

– Oh tais-toi, Scott !

Orion et moi rions de concert. Je suis tellement distraite que je loupe presque nos résultats, qui s'affichent soudain devant tout le monde.

Mon cœur s'arrête dans ma poitrine. La salle explose de joie et je sens Orion m'étreindre avec force. Du coup de l'œil, je vois Isabella essuyer une larme, et Satomi qui nous applaudit à quelques mètres.

Je suis incapable de réagir.

Je ne réussis qu'à pleurer silencieusement devant le score qui nous a été donné.

Orion et moi sommes passés premiers.

Bien sûr, il reste un dernier couple à performer, mais étant donné leur précédent classement, ils n'arriveront jamais à nous dépasser.

Cela est confirmé à la toute fin, lorsque les scores sont finalisés. 232,32 au total !

Je n'y crois toujours pas.

Nous avons gagné les Jeux olympiques, bordel !

Ce qui veut dire que nous sommes bien partis pour remporter les Mondiaux dans quelques semaines.

Après tout ce qu'il s'est passé, il nous reste encore une chance. Et j'ai bien l'intention de la saisir à pleines mains !

– Félicitations, Juste Lily, chuchote Orion lorsque nous sommes postés devant les marches du podium. Tu le mérites.

Les appareils photo nous mitraillent de tous les côtés. Satomi et Hiro sourient depuis la seconde marche tandis que mon partenaire passe le cordon de la médaille d'or autour de mon cou.

– C'était un effort d'équipe, je réponds en faisant de même pour lui.

Orion baisse la tête pour me faciliter la tâche, le visage rayonnant.

Lorsque nous sommes tous les deux médaillés, il pose ses mains sur mes hanches pour me faire monter sur la première marche du podium. Je ris sans pouvoir m'en empêcher lorsqu'il me rejoint et me porte assise sur son épaule tel un trophée. Je brandis notre médaille haut dans le ciel, le cœur léger.

Je n'ai jamais été aussi heureuse.

Orion et moi sommes assis derrière une longue table, le visage à moitié caché par des micros. Notre médaille d'or pèse lourd sur ma poitrine tandis qu'une foule de journalistes nous fait face. Je déteste les conférences de presse, c'est l'un des mauvais côtés du métier, selon moi.

Je ne suis pas douée pour parler en public. Je passe toujours pour quelqu'un de froid et de hautain, c'est pourquoi je suis bien contente d'avoir Orion à mes côtés. Lui, il sait faire. C'est un charmeur-né.

Au début, les questions sont inoffensives.

– Comment vivez-vous ce sacre ? demande l'un d'eux. Que représente-t-il pour vous ?

Orion se tourne vers moi, un sourire encourageant aux lèvres. Je m'approche du micro pour répondre :

– C'est un rêve éveillé. Il n'y a pas si longtemps de ça, je regardais Orion sur ma télé en espérant devenir sa rivale. Aujourd'hui, je gagne les Jeux olympiques à ses côtés. J'aime à croire que c'est le début d'une belle histoire.

Mon partenaire serre ma main sous la table, ce qui aide mon cœur à se calmer dans ma poitrine.

– Orion, vous n'avez gagné les Mondiaux en couple qu'une seule fois, il y a trois ans. Êtes-vous confiant pour l'étape finale ? demande une femme avec un iPad en équilibre sur ses genoux.

– S'il y a bien une personne capable de me donner la victoire en dehors d'Harper, c'est bien Lily. Mais nos adversaires sont redoutables, alors on ne peut que donner notre maximum…

Les questions se succèdent. Je me détends au fil des minutes, pressée d'en finir pour pouvoir profiter de mon lit douillet, et de mon partenaire.

Mais soudain, un murmure se répand dans la salle. Les journalistes se regardent entre eux, et beaucoup de mains se lèvent en même temps.

Je remarque trop tard que tous leurs téléphones sont allumés. Une femme se lève quand Orion la pointe du doigt, et je devine à son expression sombre que la question ne va pas me plaire.

– Il semblerait que votre médaille soit contestée. Comment vous sentez-vous à cette annonce ?

Je me fige sur ma chaise, le teint livide. *Contestée ?*

Qu'est-ce que ça veut dire, au juste ? Est-ce même possible ?

Je cherche nos coachs du regard, mais ils sont introuvables.

Orion bafouille sans comprendre, mais la journaliste le devance avec cruauté :

– Le jury est accusé d'avoir délivré des résultats fondés sur du favoritisme.

Ma main se referme autour de ma médaille par réflexe, comme terrifiée qu'on vienne jusqu'ici pour me l'arracher.

C'est la mienne. Je l'ai méritée.

J'ai l'impression d'être dans un terrible cauchemar. Ma respiration s'accélère devant les centaines d'yeux qui nous fixent, étouffée par le bruit des murmures mélangés aux click ! incessants des appareils photo.

Je n'arrive pas à retenir les mots qui passent mes lèvres :

– « Favoritisme » ? Je ne comprends pas…

– Beaucoup s'interrogent sur l'objectivité de Charles Roy, qui entretient d'ailleurs une grande amitié avec votre coach.

Orion fronce les sourcils, l'expression obscure. Son sourire taquin a disparu, tout comme le mien.

– Mais…

– Malgré votre programme parfait, le Japon a offert une performance plus alambiquée. Ne pensez-vous pas que vos concurrents auraient dû être récompensés pour leur prise de risque ?

Je veux lui répondre que je ne suis pas jury, que ce n'est pas mon travail ni mon problème.

Ont-ils le droit de contester une médaille qui nous revient de droit, juste à cause de rumeurs idiotes ?

– Ce n'est pas notre place de remettre en cause la décision des juges, répond Orion dans un sourire crispé. Nous respectons énormément nos adversaires japonais, et…

– Donc Roy n'a eu aucune influence sur votre retour aux Jeux olympiques ? lance un autre journaliste, sa caméra braquée sur nous. Pouvez-vous affirmer avec certitude que la trimétazidine que vous avez ingérée « par erreur » n'a eu aucune incidence sur vos prouesses d'aujourd'hui ?

Je tremble de tout mon corps devant son audace.

Il a osé, le salopard !

– Orion a été forcé d'arrêter son traitement pour… je commence, avant d'être interrompue :

– D'autres patineurs ont été suspendus et sanctionnés pour moins que ça. Dans ce cas, comment expliquez-vous la décision du TAS ?

Tout le monde sait ce qu'il insinue. En embrassant la salle du regard, je devine qu'ils pensent tous la même chose. À l'heure où nous parlons, les médias clament que nous avons triché. Que le jury est corrompu.

Pire que cela : que nous ne méritons pas de gagner.

Cette simple pensée m'empêche de respirer.

L'extrême joie que j'ai pu ressentir il y a quelques instants disparaît. C'est comme s'ils venaient de me voler ma victoire…

Comme s'ils avaient effacé tout ce pour quoi j'ai travaillé si dur.

Ils ont gâché le meilleur moment de ma vie en une seconde.

– Une partie du public demande que vous soyez retirés de la compétition, ajoute quelqu'un que je ne vois pas parmi la foule. D'autres aimeraient que la finale soit reconduite, avec un nouveau jury. Seriez-vous prêts à accepter cette décision ?

– Je crois que nous allons arrêter les questions, lance Orion en éteignant nos micros. Merci à tous d'être venus.

Je l'entends à peine. Les larmes s'accumulent à la lisière de mes yeux. Tout ce que je veux, c'est partir.

S'ils pensent que je ne mérite pas cette médaille, alors je n'en veux pas. Je n'ai que faire d'une médaille tachée par leurs rumeurs.

C'est pourquoi je me lève au milieu du chaos, ignorant les appels de mon partenaire.

Je pars, tout simplement. Mes jambes tremblent mais je tiens bon, le visage sans expression.

– Elizabeth, une dernière question, s'il vous plaît !

C'est le moment que je choisis pour imploser. Avant de savoir ce que je suis en train de faire, ma main s'accroche à ma médaille.

Une larme s'échappe quand je l'enlève violemment, le geste ébouriffant mes cheveux, et la jette à travers la pièce.

Tout le monde hoquette de surprise, les appareils photo désormais braqués sur moi.

– Prenez-la, je n'en veux plus.

Sur ce, je quitte la pièce sans regarder en arrière.

Je n'ai pas besoin d'un bout de métal pour me dire ce que je vaux. Et pourtant, j'ai passé ma vie à courir après cette médaille, parce que sans elle je ne suis rien.

Je n'aurais jamais cru la refuser un jour.

MARS

38

ORION

Mars 2024, Montréal

– Vous vous prenez pour qui, au juste ?

Je ne réagis pas, le dos droit et les mains liées dans mon dos. Quand Lily a éclaté à la conférence de presse d'Oslo, Isabella nous a ramenés à l'hôtel avec un simple : « On en parlera plus tard. »

J'imagine que plus tard est aujourd'hui, après deux jours de silence inconfortable, dans son bureau. Et je ne l'ai jamais vue aussi furieuse.

– C'est juste moi, ose répondre Lily, le regard droit devant elle. Orion n'y est pour rien.

– Justement, non. Mais peut-être que la prochaine fois que tu auras envie d'agir comme une idiote, tu te rappelleras que tes actions ont des conséquences sur vous en tant qu'équipe. Tu le sais, pourtant : si tu tombes, ton partenaire tombe avec toi.

Lily se pince les lèvres pour s'empêcher de rétorquer.

Son comportement lors de cette conférence de presse a lancé les loups après nous, bien qu'ils n'aient pas attendu sa petite rébellion pour nous attaquer. Malgré ça, je ne peux pas me résoudre à lui en vouloir. Je sais très bien ce qu'elle ressent : avec leurs accusations, c'est comme s'ils avaient entaché notre victoire. Cette médaille, Lily a bossé dur pour l'avoir. Elle la mérite. Mais ils lui ont fait penser qu'elle l'avait volée à quelqu'un d'autre… et s'il y a bien une chose que je sais d'elle, c'est que Lily déteste la charité.

On a cela en commun, entre autres.

– Tu t'es pris un blâme, annonce Isabella à son élève.

– Pour être partie alors qu'on m'accusait sans preuves ?

– Pour avoir jeté la médaille d'or des jeux Olympiques comme si c'était un morceau de plastique ! hurle Isabella en plaquant violemment ses mains sur son bureau. Tu te rends compte de ce que tu as fait ? Tu passes pour une sale morveuse pourrie gâtée aux yeux du monde entier !

Lily se tait, la tête baissée vers le sol. Je sais qu'elle ne regrette rien. Elle est énervée de l'injustice qui nous tombe dessus, et je le suis aussi. Mais contrairement à ma partenaire et à son caractère impulsif, je prends toujours le temps de réfléchir aux conséquences avant d'agir.

– Alors tu vas t'excuser. Auprès d'Orion, pour commencer, puis auprès du public.

Lily se mord la joue avant d'acquiescer une fois. Isabella en rajoute une couche, se demandant ce qu'elle va faire de nous. Lorsqu'elle semble enfin se radoucir, j'en profite pour lever la main.

– Et en ce qui concerne notre victoire ? Est-ce qu'elle est *vraiment* contestée ?

– Pas officiellement. Le public remet votre médaille en cause, mais il n'a aucun poids. Vous l'avez méritée, et tout le monde le sait sauf quelques idiots. Maintenant, déguerpissez.

En sortant, j'aperçois Aydan qui trébuche. Je comprends tout de suite qu'il écoutait avec une oreille collée à la porte. Il m'offre une grimace en voyant nos expressions abattues.

– Alors ? C'est grave ?

– Tu n'as pas déjà tout entendu ? je gronde en donnant une pichenette à son oreille gauche.

– Les murs sont étonnamment épais, ici… Ce qui me donne des idées plutôt sympa, maintenant que j'y pense.

Il tente de me faire sourire, sans succès.

Lily nous fait signe de nous éloigner. Lorsque nous sommes dans la cafétéria de la patinoire, ma partenaire se détend enfin.

– C'était… intense.

– Elle a raison à propos d'une chose, cela dit, soupire Lily avant de plonger ses yeux dans les miens. Je suis désolée. J'aurais dû penser à toi avant d'agir.

Je fais disparaître ses excuses d'un geste désinvolte de la main.

Aydan nous demande ce qu'on va faire désormais. Selon lui, ce n'est pas aussi mauvais qu'on le pense. Beaucoup sont ceux qui encouragent Lily depuis son accès de colère, aussi révoltés qu'elle par cette injustice. Ils aiment qu'elle ne se laisse pas faire et qu'elle ait du caractère. D'autres pensent qu'elle n'est qu'une gamine prétentieuse et méprisante, mais ceux-là ne la connaissent pas.

– Je n'ai pas dit mon dernier mot, lance-t-elle soudain. Les Mondiaux vont arriver vite, il faut qu'on fasse quelque chose, sinon…

Je fronce les sourcils devant son expression noire. Je connais ce visage, elle manigance quelque chose !

– Hors de question qu'on nous vole cette médaille. Ton scandale de test anti-dopage n'est qu'une excuse. Leur problème, c'est que Satomi et Hiro n'aient pas gagné.

– Je ne te suis pas, là, commence Aydan.

– Ils pensent qu'on ne méritait pas nos scores parce qu'on n'a pris aucun risque. Alors…

Je vois tout de suite où elle veut en venir, c'est pourquoi je me permets de finir :

– … tu veux qu'on leur prouve ce qu'on vaut.

Lily hoche la tête avec un sourire carnassier. Son air excité devrait m'inquiéter, au lieu de quoi j'imite son expression. Cette fois, pas question de nous brider.

Je suis prêt à suivre cette femme dans toutes ses folies !

– Je ne veux pas qu'on ait de regrets. Si on veut la première place aux Mondiaux, on va devoir monter le niveau d'un cran. C'était l'objectif de départ, non ?

– Je suis d'accord. Alors je suppose qu'on n'a plus le choix… On doit tenter le *quad twist*.

– Et vos coachs sont d'accord avec ça ? interroge Aydan, un sourcil levé au ciel.

Lily et moi le regardons comme s'il était idiot. Évidemment, ni Scott ni Isabella ne doivent savoir quelles sont les nouvelles figures que nous intégrons à notre programme. Ils essaieront de nous en empêcher, et nous serons bons pour un énième savon. Lily et moi joignons donc nos petits doigts dans une promesse silencieuse.

Ne pouvant pas nous entraîner devant nos coachs, nous allons répéter nos nouvelles figures tard le soir, à la patinoire qu'utilisent Jane et le reste de son équipe de hockey.

Parfois, ils restent plus tard pour nous regarder. Tous sifflent ou applaudissent en nous voyant patiner, ce qui fait rire Lily. Si je comprends bien, ils sont nombreux à l'avoir connue plus jeune. Ils la considèrent tous comme une petite sœur, ce que je trouve mignon. Un peu moins lorsqu'ils me crient dessus au moment où Lily se ramasse sur la glace, tête la première. Je pousse un juron en l'aidant à se relever, inquiet.

– Tu essaies de la tuer, ou quoi ? hurle l'un d'eux.

– Non, je…

– Fais doucement ! Ses jambes valent de l'or, imbécile !

– Je sais, mais…

– Tu devrais aller à la salle plus souvent, si t'es pas capable de la rattraper correctement !

Ce n'est pas qu'ils me font peur, mais j'avoue que leur carrure me force à hocher la tête sans trop répondre.

À la fin de la soirée, j'ose à peine toucher Lily, conscient des regards noirs qui me transpercent le dos. C'est elle qui finit par chasser les coéquipiers de son frère, agacée par leur comportement surprotecteur.

Seuls Aydan et Jane restent pour nous encourager, ou pour roucouler depuis les gradins.

– Ugh, on n'y arrive pas ! s'énerve Lily au bout d'une semaine de travail acharné.

– On s'en approche, doucement mais sûrement.

C'est faux… et c'est ma faute, je le sens. Mes muscles sont trop tendus, je ne suis pas assez concentré. J'ai l'impression de revenir à nos débuts, quand j'étais trop flippé à l'idée de la soulever dans les airs.

Ne pas avoir Scott et Isabella en soutien empire la situation. J'ai trop peur de la faire tomber, peur qu'elle ne se blesse pour de bon, cette fois, et que ce soit irréversible.

Une semaine s'écoule encore tandis que nous répétons douze heures sur vingt-quatre, tous les jours. Lily a le corps recouvert d'hématomes, mais elle continue d'enchaîner *triple axel*, *quadruple jump* et *throw quad salchow*.

Nous les réussissons une fois sur quatre. Ce n'est pas beaucoup, mais aucun de nous n'est prêt à abandonner. Je sens que Lily est tendue, et je comprends pourquoi : elle touche son rêve du doigt. Elle s'entraîne pour les Mondiaux depuis toujours. Elle veut battre mon record, et je sais qu'elle en est capable… mais elle se met trop de pression, et je crains que cela ne lui pose problème.

Dans quelques jours, c'est notre dernière chance.

Notre dernière épreuve.

Nous n'avons même plus le temps de nous voir en tête à tête, si bien que, même si je la vois tous les jours…

Lily me manque.

– Il faut que tu me donnes plus d'élan, me conseille-t-elle un soir, le front en sueur.

– Si je fais ça, je risque de te lancer trop fort.

– Tant mieux. Ça me laissera le temps d'effectuer mes rotations avant de me réceptionner.

Aydan et Jane sont installées dans les gradins en train de grignoter des chips. Ils rigolent à propos de quelque chose sur leur téléphone.

Lily et moi essayons une fois de plus, avec la musique pour changer. Nous patinons côte à côte à une vitesse fulgurante, le vent soufflant dans nos cheveux. Lorsque je pose les mains sur ses hanches, j'obéis… et la propulse dans les airs avec force.

Je comprends que c'est une erreur à la seconde où je le fais, et pour cause : nous sommes trop près du mur.

Non !

Mes yeux s'écarquillent alors qu'il est déjà trop tard pour que je réagisse.

Lily effectue ses rotations à la perfection, mais lorsqu'elle atterrit, ses patins tremblent et la font chuter. Son corps s'écrase sur la glace à une vitesse terrifiante, et je la vois rebondir contre le bord en bois avec une force qui me paralyse aussitôt.

La plaque de plastique transparent au-dessus tremble bruyamment sous son poids, ce qui interpelle Jane et Aydan.

– Lily !

Je fonce vers elle et tombe à genoux à ses côtés, au moment où Jane s'élance sur la glace. Je ne l'ai jamais vu aussi effrayé.

Mon cœur pulse d'effroi lorsque je palpe le corps de ma partenaire à la recherche d'une quelconque blessure.

– T'es malade ou quoi ? hurle Jane en me repoussant.

– Jane, arrête, grogne Lily de douleur. Je vais bien.

Le soulagement m'inonde la poitrine, mais pas pour longtemps. On répète depuis deux semaines, sans succès. Il faut se rendre à l'évidence… Ça ne fonctionne pas.

– Tu n'as pas vu ce que j'ai vu, rétorque son frère en l'aidant à se relever. Il t'a jeté comme un vulgaire sac à patates !

– J, intervient Aydan, resté légèrement en retrait. Ce n'est pas la faute d'Orion. C'était un beau lancé, pour ce que ça vaut. Ils étaient juste trop proches du bord.

Jane le fusille du regard, mais cela semble lui clouer le bec. Je bafouille quelques excuses, même si Lily roule des yeux en me faisant comprendre que ce n'est rien.

Nous l'emmenons jusqu'aux gradins pour vérifier l'état de sa cheville et de sa tête. Elle dit avoir le tournis, ce qui m'inquiète tout de suite, mais au bout de cinq minutes, elle prétend aller mieux.

– Avoue, tu l'as fait exprès, plaisante-t-elle avec un sourire en coin que j'ai tout de suite envie d'embrasser.

– Ce n'est pas une plaisanterie…

– Plus de peur que de mal, non ?

– Ça ne marche pas, Lily. Je crois qu'on devrait laisser tomber. Désolé… J'ai essayé.

Cette fois, son sourire s'évapore. Aydan comprend qu'une dispute menace et persuade Jane de partir plus tôt ce soir. Nous les laissons prendre leurs affaires et s'éclipser en silence.

Très vite, Lily et moi sommes les derniers dans la patinoire.

– Ne me regarde pas comme ça, je soupire devant son air mi-énervé mi-suppliant.

Je ne supporte pas de voir la déception dans ses yeux.

– Pourquoi ? Est-ce que ça fonctionne ?

Oui.

(Un peu.)

Je suis vraiment trop faible !

– Lily, c'est un trop gros risque. Imagine si tu t'étais cassée la cheville ce soir !

Ma partenaire tente d'insister, mais ma décision est déjà prise. Les gens peuvent penser ce qu'ils veulent : que nos programmes sont trop prudents, que nous ne méritons pas de gagner, peu importe. Elle comme moi savons ce que nous valons. Nous avons réussi à remporter les Jeux olympiques avec ce programme, alors pourquoi commencer à douter de son efficacité ?

– Je ne crois pas qu'on devrait se laisser influencer par les autres. C'est comme ça qu'on se trompe.

– Et si cette décision nous coûte l'or ? me défie Lily.

Je hausse les épaules, déterminé.

– Alors ainsi soit-il. Je ne vais pas parier ta vie là-dessus.

C'est cette dernière phrase qui finit par la convaincre.

– On arrête. Désolé, Petite Fleur… j'ajoute après qu'elle a hoché la tête.

Je retourne au vestiaire en ignorant son air penaud. Je sais qu'elle s'en remettra vite. Contrairement à elle, je nous fais entièrement confiance. Nous avons le potentiel pour remporter les Mondiaux.

Et c'est ce que nous allons faire.

39

LILY

Mars 2024, Montréal

Je sais qu'Orion a raison…

Mais cela ne m'empêche pas de faire la tête pendant le trajet jusqu'à la maison. Je suis incapable de dissimuler ma déception, de toute façon.

– Tu as faim ? me demande-t-il en retirant son manteau recouvert de flocons de neige.

Je secoue la tête. Isabella m'a rappelé que plus j'étais légère, plus je facilitais la tâche à mon partenaire. D'habitude, je grignote dans son dos sans m'en préoccuper. Mais cette fois, je veux mettre toutes les chances de notre côté.

– Je vais prendre un bain. Ne m'attends pas.

Je sens son regard rivé entre mes deux omoplates tandis que je disparais dans le couloir obscur en direction de la salle de bain. Je ne ferme pas la porte à clé, je ne le fais jamais.

Je fais couler l'eau chaude pendant que je me déshabille. Chaque mouvement me vaut une douleur lancinante. Les courbatures m'empêchent presque de me pencher vers l'avant. Je me force à les ignorer lorsque je suis sur la glace, mais c'est comme si mon corps tout entier était celui d'une poupée désarticulée.

Je suis en train de retirer mon jean lorsque je perds l'équilibre et trébuche sur celui-ci. Je tombe en emmenant le miroir avec moi, qui s'écrase par terre.

Putain.

Je siffle de douleur lorsque mon coccyx touche le sol. Trois secondes plus tard, quelqu'un toque à la porte.

– Lil ? Tout va bien ?

– Ça va… Je suis tombée, c'est tout.

Pause.

– Je peux entrer ?

Je suis en sous-vêtements, mais je suppose que ça ne fait rien. Orion a déjà tout vu de moi, ou presque. Je laisse donc échapper un « oui » en me relevant. Mon partenaire pousse le battant et embrasse la scène des yeux : la baignoire quasiment remplie d'eau moussante, la grimace de douleur sur mon visage, ainsi que le miroir éclaté à mes pieds.

– Ne bouge pas, m'ordonne-t-il d'une voix douce.

J'obtempère tandis qu'il s'approche avec ses chaussons. Je suis trop fatiguée pour me sentir embarrassée par la situation. C'est pourquoi je me laisse faire lorsque ses doigts caressent la ligne de ma joue et écartent mes mèches de cheveux derrière mon oreille.

– T'as l'air à bout, souffle Orion.

– Je vais bien.

C'est un mensonge, mais je n'ai aucune envie de lui donner une raison de me couver. Orion m'adresse un léger sourire en coin, puis il demande :

– Tu boudes toujours ?

– Oui.

– Oh… Même si je fais ça ? me provoque-t-il en plongeant la bouche dans mon cou.

Mes yeux se ferment d'eux-mêmes, et j'ai honte de sentir la chair de poule recouvrir la peau de mes bras.

Je déteste qu'il ait autant de pouvoir sur mon corps quand personne n'a jamais été capable de faire ça avant lui.

Orion Williams est la clé de mon désir.

Je suis esclave du sien.

– C'est de la triche, je murmure en savourant ses baisers le long de ma clavicule, puis de mon épaule.

Sa bouche chasse l'obstacle que représente la bretelle de mon soutien-gorge. Ses yeux croisent les miens, et j'y reconnais une question silencieuse :

« Est-ce que c'est OK ? »

Je lève le menton pour accrocher ses lèvres des miennes, un oui qu'il accepte aussitôt. Orion accueille mon baiser avec douceur et passion, sa main attrapant ma mâchoire.

– Déshabille-moi, dit-il contre ma langue.

Au même moment, mon soutien-gorge tombe sur le sol. Je n'avais même pas remarqué ses mains dans mon dos.

J'obéis, et une chaleur familière se propage de mes pieds à ma poitrine. Mes doigts attrapent l'ourlet de son pull pour le passer au-dessus de sa tête. Quand je m'attaque à son pantalon, que je déboutonne maladroitement, les battements de mon cœur accélèrent.

Mille et une questions tourbillonnent dans mon esprit.

Va-t-on enfin coucher ensemble ? Peut-être.

Est-ce que j'en ai envie ? Bordel, oui.

Est-ce que j'ai peur ? Non, jamais.

– Je t'avais dit de prendre soin de toi, me reproche Orion, dont le regard s'est attardé sur les hématomes qui maculent ma peau.

La manière dont il me détaille me fait perdre le souffle. Ce n'est pas un regard affamé et fiévreux comme ce soir-là, dans sa voiture… mais bizarrement, c'est plus intense encore.

J'y vois une lueur de surprise, d'admiration, de révérence. Comme s'il n'arrivait toujours pas à croire que je suis réelle. Comme s'il…

J'ai peur de le dire.

~~Comme s'il était amoureux.~~

– Et je t'ai répondu que c'était inutile, puisque tu le fais déjà à ma place.

Orion sourit de nouveau, acceptant sa défaite. Quand il passe le bras derrière moi pour éteindre l'eau de la baignoire, son visage effleure ma joue.

Lorsqu'il retire son boxer, le seul vêtement qu'il lui reste, je fais de même avec ma culotte.

Pour la première fois de ma vie, je me sens intimidée par quelque chose de si trivial que ma nudité. Je suis consciente des os qui piquent la fine peau de mes côtes, de mes petits seins et des bleus parsemés sur mon corps.

– Viens là, dit Orion en se penchant pour attraper mes cuisses.

L'instant d'après, me voilà dans ses bras. J'enroule son cou à l'aide des miens pendant qu'il me soulève sans effort aucun. Tout mon corps est pressé contre la surface dure du sien, mais je n'ai pas le temps d'y penser.

– Je peux entrer dans la baignoire toute seule, tu sais.

– Il y a des bouts de verre partout, m'explique-t-il. Je n'ai pas envie que tu marches dessus.

Je roule des yeux, même si j'avoue que c'est plutôt mignon… Personne n'a jamais pris soin de moi comme il le fait, peut-être parce que je n'ai pas laissé l'occasion à quiconque de le faire, jusqu'à présent.

– Tu parles ! Tu voulais juste me peloter.

Il m'offre un sourire amusé, comme si j'avais vu juste.

– Disons que c'est un bonus.

Orion entre dans l'eau le premier, mes jambes autour de sa taille, et me dépose délicatement. Je laisse échapper un gémissement de plaisir lorsque mes pieds entrent en contact avec l'eau brûlante.

Bordel, ce que c'est bon.

Mon partenaire s'assied au fond de la baignoire, les bras écartés telle une invitation. Je finis donc par m'asseoir à mon tour, dos à lui. Ses jambes s'écartent pour me faire de la place, et je suis bien contente que la mousse cache en partie ma nudité.

C'est… sympa. Plus que sympa, même.

Je laisse mon corps s'allonger sur le sien, ma tête rejetée contre son épaule, et ferme les yeux. Je ne sais pas combien de temps nous restons comme ça, en silence. Je crois même que je m'assoupis un petit moment, bercée par ses mains caressant mon ventre.

Lorsque je rouvre les paupières, je remarque que mes doigts sont entremêlés à ceux d'Orion, nos bras enroulées autour de ma taille.

– Tu dors ? souffle-t-il dans le creux de mon oreille.

Je secoue la tête. Sa bouche embrasse ma tempe, puis l'arrière de mon oreille. Je frissonne au moment où il s'empare de mon shampoing à la lavande.

Il l'ouvre et le sent longuement, les yeux clos.

– Bordel, j'adore cette odeur…

Je lui demande s'il veut se laver les cheveux avec, mais il refuse.

– Ça te va mieux qu'à moi.

Il en verse un peu dans le creux de sa paume avant de commencer à me savonner. Ses doigts me massent le crâne avec douceur et dextérité. Je me laisse aller à la sensation divine, mes propres paumes posées sur ses cuisses.

C'est la chose la plus intime que j'ai jamais faite.

– Tes cheveux sont tellement soyeux, me complimente-t-il en passant les doigts dedans après les avoir rincés à l'aide de la pomme de douche. Je ne peux m'empêcher de les imaginer…

Il ne finit jamais sa phrase, mais soudain il les enroule autour de son poing et tire légèrement dessus. J'ouvre la bouche, surprise. Des images interdites m'envahissent la tête à mesure qu'il embrasse ma gorge dégagée.

– Tu ne retires pas tes appareils ? je lui demande d'une voix entrecoupée. Et s'ils prenaient l'eau ?

Orion ne répond pas tout de suite. Sa main glisse de mes épaules à ma poitrine, qu'il caresse du bout des doigts, tel le contact d'une plume, avant de migrer plus bas.

Lorsqu'elle trouve le trésor tant recherché, j'écarte les jambes pour l'accueillir comme il se doit.

– Non, souffle-t-il contre ma nuque. J'ai envie de t'entendre pour ce qui va suivre.

Au même moment, ses doigts me caressent et me taquinent. Je me raidis par réflexe, mes fesses rencontrant son érection.

– Dis-moi, si tu préfères aller te coucher.

– Si tu t'arrêtes maintenant, je ne te le pardonnerai jamais, je le menace sombrement.

Son petit rire ricoche sur ma peau, mais il s'estompe rapidement à mesure qu'il me touche. Le plaisir monte crescendo, et ce n'est jamais assez.

Je finis par me retourner pour l'embrasser, affamée. Orion prend mon visage en coupe pendant que je le chevauche, sa langue se mêlant à la mienne.

Je ne maîtrise plus rien. Mon cœur prend le contrôle et fait de mon corps son instrument. J'ai tellement envie de mon partenaire. Ce n'est pas nouveau, mais ce soir c'est particulièrement fort.

Je veux me rappeler que ce n'est pas grave, si nous n'avons pas l'or. Parce qu'entre-temps, j'ai gagné quelque chose de plus précieux encore.

Orion.

Il est là, lui. Pour l'instant.

Je vais en profiter le plus possible.

Orion se saisit d'une serviette et écarte les bouts de verre au sol.

– Accroche-toi à moi, m'intime-t-il ensuite en se relevant.

J'enroule mes bras autour de lui pour ne pas tomber, l'eau gouttant de nos corps nus.

– Où est-ce que tu nous emmènes ? je plaisante tandis qu'il traverse le salon, ses mains sur mes fesses.

– Je t'ai promis que je te ferai l'amour dans mon lit, il n'y a pas si longtemps. Je ne l'ai pas oublié.

Oh. Je déglutis avant de l'embrasser, le corps en flammes. Il jure dans sa barbe au moment où il loupe une marche, ce qui me fait rire, mais nous arrivons sains et saufs sur sa mezzanine.

Je ne fais même pas attention à ce qui m'entoure.

Orion me dépose sur ses couvertures et j'ai conscience de l'eau qui ruisselle de mes cheveux lourds sur le lit. Mon partenaire ne semble pas s'en formaliser.

– Tu es sûre ? me questionne-t-il en me dominant, les mains à plat de part et d'autre de ma tête.

J'acquiesce sans hésiter. Orion le veut tout autant que moi, je le vois sur son visage. Nous avons assez attendu.

Après avoir trouvé un préservatif dans le tiroir de sa table de chevet, il l'enfile sous mon regard curieux.

– Si tu savais l'effet que tu me fais, souffle-t-il en prenant l'un de mes tétons entre ses lèvres. Tu me rends fou, Lil.

Il me faut quelques secondes pour réussir à murmurer malgré le plaisir qui me submerge :

– Dans le bon ou dans le mauvais sens ?

– Les deux.

Les choses que sa langue effectue sur mon sein sont une œuvre d'art. Je sens un appel provenant du plus profond de moi-même, comme un besoin irrépressible, presque urgent, qu'il me remplisse.

– Tu m'énerves, continue Orion en se positionnant entre mes cuisses. Je déteste tes regards noirs et tes remarques sarcastiques… je déteste me réveiller et me rendre compte que tu es la première chose à laquelle je pense.

Son front se colle au mien, comme pour m'obliger à rencontrer son regard brûlant, tandis que son sexe taquine l'entrée du mien.

– Mais ce que je déteste le plus… c'est me réveiller et constater que tu n'es pas là, avoue-t-il en me torturant de plus belle.

Je gémis, galvanisée par la sensation de nos corps proches de l'union autant que par sa confession.

– Je le savais, je soupire.

Orion saisit mon visage pour m'embrasser avec tendresse.

– Quoi donc ?

– Que tu serais la pire des distractions, j'avoue en fermant les yeux.

Je sens toutefois son sourire fier contre ma bouche. Soudain, je le sens pousser en moi. Tout mon corps se raidit autour de lui, lui tirant un grognement. La douleur de son intrusion est mordante, en dépit de mon excitation.

– Ça fait mal ? s'inquiète-t-il.

– Un peu.

– Est-ce que je dois m'arrêter ?

– Non, ne t'arrête pas, je le supplie en serrant ses épaules de toutes mes forces.

J'ai du mal à respirer lorsqu'il me pénètre plus encore.

Au bout de quelques secondes, Orion s'arrête pour me laisser le temps de m'habituer à sa présence.

– J'aimerais rester là pour toujours, soupire-t-il. Bordel. Pourquoi est-ce qu'on n'a pas fait ça avant ?

Sa bouche m'embrasse la joue, les tempes, les lèvres… Puis tous les bleus qui colorent mon corps, un par un, comme pour s'en excuser.

Quand je l'autorise enfin à bouger, Orion se retire avant d'effectuer de lents va-et-vient.

Mes mains se posent sur ses hanches, qui ondulent contre moi telles des vagues sur le rivage, et bientôt le plaisir revient en flèche. Mon bassin le rejoint à mi-chemin, impatient.

Je n'ai jamais vécu quelque chose d'aussi intense, et je sais que c'est principalement dû au fait que c'est lui.

C'est comme si nous ne formions qu'une seule et même personne. Je suis complètement aveuglée par la sensation que son corps me procure.

J'en veux plus, toujours plus. Je n'arrive pas à rester silencieuse tandis qu'Orion accélère le rythme. Mes gémissements remplissent la pièce plongée dans l'obscurité.

Il lève une de mes jambes contre son épaule, puis il s'appuie sur moi pour s'enfoncer plus loin. La sensation est délicieusement indécente.

Une vague me submerge sans prévenir, je la sens monter, toujours plus haut, et soudain tout mon corps tremble. Je n'ai même pas le temps de le prévenir, il le sent sans que j'aie besoin d'ouvrir la bouche.

Orion s'empare de celle-ci, avalant mon orgasme. Au même moment, il grogne contre mon cou, sa main tenant ma hanche en place. Sa jouissance dure longtemps.

– Elizabeth ?

Je sursaute presque de surprise. C'est la première fois qu'il m'appelle par mon prénom dans un contexte sérieux. C'est toujours Petite Fleur, Lily, Lil, ou Juste Lily.

Jamais Elizabeth.

Je rencontre son regard voilé de désir, juste au-dessus du mien. Ses joues ont l'air brûlantes et son expression se fait sérieuse lorsqu'il chuchote :

– Je crois que tu es la plus belle chose qui me soit jamais arrivée.

40

ORION

Mars 2024, Montpellier

Nous voilà en France !

Demain, c'est le premier jour des Mondiaux de patinage. Enfin, le moment tant attendu et redouté. Ce pour quoi nous avons tant travaillé depuis quatre mois.

L'objectif absolu de Lily, son rêve de petite fille.

Nous commençons par le programme court, le moins effrayant à mon sens. Lily s'est fait une raison sur le fait que nous n'y ajoutions pas de nouvelle figure, mais je peux sentir le stress qui l'habite grimper au fil des heures. C'est pourquoi je lui propose de profiter de notre soirée et d'aller dîner en tête à tête. Il fait quinze degrés ici, l'équivalent d'un printemps à Montréal et d'un été à Oslo.

J'aime le sud de la France. Et pas seulement pour sa charcuterie, son fromage ou son vin.

– Ma cousine a conduit jusqu'ici pour me voir, m'annonce Lily devant la porte de sa chambre d'hôtel. Je lui ai promis qu'on mangerait ensemble.

– Je vais vous laisser entre vous, alors.

– Ou tu peux aussi te joindre à nous…

Oh ?

Je tente de cacher ma surprise, mais mon sourire m'échappe. L'officialisation de notre relation est encore récente, ainsi je ne m'attendais pas à ce qu'elle veuille que je rencontre sa cousine, qui possède un rôle si important dans sa vie.

Ça me plaît. C'est ridicule, mais j'aime savoir que je suis le premier qu'elle présente à ses proches. Ça me donne l'impression d'être spécial.

– En tant que… ?

– *Petit ami ?* murmure-t-elle avec hésitation.

Petit ami. Bordel, ce que ça sonne bien dans sa bouche. Je crois que je ne m'en lasserai jamais.

– Avec plaisir, dis-je, rayonnant.

Évidemment, je passe une heure à choisir une tenue appropriée. Il faut que je fasse les choses bien, je sais à quel point l'avis de Jasmine compte pour Lily. Aydan tente de me conseiller en FaceTime, mais je me rends compte trop tard qu'il se moque de moi.

– Quoi qu'il arrive, ne passe pas plus de dix minutes à parler de Princesse, me conseille-t-il avant de raccrocher. Personne n'a besoin de savoir que ta chienne est ta seule amie. C'est triste, mec.

J'opte finalement pour un pull à manches longues et un jean clair. Je suppose que c'est un bon choix, vu le sourire que me lance Lily quand je sors de ma chambre.

– C'est nouveau ?

– Non, je mens en lui prenant la main.

Jasmine nous a donné rendez-vous dans un restaurant appelé « Les T'ocqués », que nous trouvons facilement grâce à Google Maps. Sur le trajet, ma petite amie m'explique qu'elle a passé de nombreux étés ici, avec Jane et Jasmine.

– Oh mon Dieu, s'écrie-t-elle en s'arrêtant brutalement.

Je lui demande quel est le problème, mais soudain ses yeux s'embuent de larmes. Je ne tarde pas à comprendre pourquoi : trois femmes sont installées en terrasse, le regard rivé sur nous, et font des signes de bras dans notre direction.

– Rassure-moi, je chuchote à l'oreille de Lily, tu les connais ?

Elle hoche la tête avant de foncer vers ces dernières. Lily est automatiquement faite prisonnière dans un câlin collectif. Je reste en retrait, amusé et un peu timide. Je suppose qu'il s'agit de ses meilleures amies, dont elle m'a parlé à plusieurs reprises.

– Qu'est-ce que vous faites là ? rit Lily à travers des larmes.

Une grande rousse à lunettes lui sourit ; Camelia, je suppose, l'avocate qui vit en Écosse.

– Tu croyais vraiment qu'on allait louper ça ?

– Elle a raison. En plus, c'était l'occasion de passer une soirée loin du gremlins, ajoute une femme à la peau mate et au style *old money*. Même si j'aime mon bébé, je le jure.

Il me faut quelques secondes supplémentaires pour me rappeler le prénom de la maman du groupe : Nolia.

Lily rit en étreignant celle qui se trouve à sa droite, et je comprends sans trop d'effort qu'il s'agit de sa cousine. Jasmine ne ressemble pas beaucoup à Lily : plutôt claire de peau, des yeux chocolat cachés par deux mono-paupières ainsi que des cheveux blonds.

– Les filles, je vous présente Orion.

Je veux leur serrer la main tour à tour, mais Jasmine se penche pour me faire la bise. Je suis pris de court le temps d'un instant, mais Lily m'intime que c'est comme ça qu'on fait ici.

J'avais oublié que les Français embrassaient tout le monde !

– On sait déjà qui tu es, affirme Nolia d'une voix chantante. On a beaucoup entendu parler de toi…

– Depuis des *années*.

– Oui bon, ça va, grommelle Lily en se faisant toute petite. Le but n'est pas de me foutre la honte. J'ai mon frère pour ça !

J'éclate de rire, puis je pince gentiment sa joue en roucoulant : « Ma plus grande fan. » Les filles sourient, mais Lily me fusille du regard.

Je suppose que je peux la garder dans mon pantalon ce soir…

Tant pis, ça valait le coup.

Nous commandons à boire et je laisse les filles rattraper le temps perdu. Nolia me pose beaucoup de questions, elle s'impose comme la plus maternelle des quatre. J'apprends notamment que Camelia sort avec un ancien criminel – j'ai beaucoup de questions à ce sujet – et que Jasmine est wedding planner.

– Du coup, je dois absolument demander…

Tout le monde se tourne vers Camelia après le repas. Jusqu'ici, Lily s'est tenue loin de moi. Je comprends vite qu'elle n'est pas du genre à montrer son affection en public. Ça me plaît. Je suis tout le contraire, mais sa retenue et sa pudeur sont plaisantes.

– Une fois que ce sera terminé, vous comptez faire quoi… ?

Ah. La question à trois millions d'euros.

Je me tourne vers ma partenaire en quête de réponse. La dernière fois que nous avons évoqué le sujet, Lily s'est énervée ; avant qu'on finisse à poil sur la banquette arrière de ma voiture, je veux dire.

J'aimerais autant éviter d'en arriver là, tout de suite. Les Français sont ouverts d'esprit, mais quand même.

– C'est vrai, ça, renchérit Jasmine. Oliver doit être complètement rétabli, maintenant, non ?

– Euh… oui, je crois.

Je comprends à son expression surprise que Lily n'a même pas envisagé la chose. Je suis même prêt à parier qu'elle n'est plus en contact avec son ancien partenaire.

Nous n'avons pas reparlé de « l'après » parce que je n'ai aucune idée de la façon dont l'opinion de Lily a évolué sur le sujet. Tout ce que je veux, c'est continuer à patiner avec elle. Mais si elle retourne auprès d'Oliver, je ne le prendrai pas mal. Je comprendrai.

Je n'étais qu'une pièce rapportée depuis le départ.

– On verra, tranche Lily. On n'y est pas encore.

– C'est quand même dans quelques jours…

Je choisis ce moment pour changer de sujet :

– Donc tu organises des mariages, c'est ça ?

Jasmine sourit en comprenant ma tactique, puis m'explique qu'un de ses couples d'amis vient justement de se fiancer.

– C'est prévu pour cet été, dit-elle d'un air rêveur, et ils veulent que je m'en occupe. Ils parlent de faire ça en Italie. C'est tellement romantique !

– Ugh… marmonne Camelia en faisant mine de vomir. Lou n'a pas intérêt à entretenir ce genre d'idées.

– Je mets ma main à couper qu'il y pense depuis le jour où t'as débarqué dans le parloir, se moque Nolia. Vous êtes tellement bizarres.

– Et toi, Nolia ? demande Lily en sirotant sa limonade.

– Moi ? Le jour où les hommes arrêteront de me décevoir, peut-être que j'y penserai. Sans vouloir t'offenser, Orion.

Je lève les mains, l'air de dire : « Pas de souci. »

– Ma plus grande malédiction est d'être hétérosexuelle.

– Les cartes disent pourtant que tu vas te marier dans l'année, se moque Jasmine. Le jour où ça arrive, tu m'appelles ? Promis, je te ferai moitié prix.

– Je crois que je préfère encore me laver les yeux à l'eau de Javel.

Camelia lui donne un *high five* tandis que Jasmine roule des yeux.

Nous terminons notre dessert dans la bonne humeur, jusqu'à ce que Lily repose sa tête sur mon épaule. Je lui embrasse le front, chuchotant :

– Fatiguée ?

Elle hoche la tête. Je prends cela comme le signe de partir. Les filles s'embrassent et s'étreignent pour se dire au revoir. Elles promettent à ma partenaire de venir nous voir performer après-demain.

– C'était… quelque chose, dis-je quand nous sommes de retour dans la voiture.

– Comment ça ?

– Tu es différente avec elles. Ce n'est pas une mauvaise chose ! je m'empresse d'ajouter en voyant son expression vexée. Au contraire. Je trouve que tu te permets de te détendre… Ça fait plaisir à voir.

Lily sourit doucement, la tête adossée contre la vitre de sa portière. Elle qui a toujours besoin d'être dans le contrôle, elle qui ne se permet aucun écart… Avec ces filles, elle se laisse porter. Elle redevient une jeune femme de vingt-deux ans fragile et insouciante.

– Parfois, j'aimerais que tu sois plus comme ça avec moi.

– Pourquoi ? Tu aimes les filles fragiles ? C'est un *red flag*…

Je lui jette un regard mauvais, ce qui me vaut un sourire moqueur.

– Ce n'est pas ce que je veux dire. Ta force est ce qui m'a plu en premier. Seulement… j'aimerais que tu saches que tu n'as pas à en faire preuve tout le temps. Je te l'ai dit, tu peux t'appuyer sur moi. Avoir confiance en moi.

Lily semble y réfléchir longuement. Je sais que c'est difficile pour elle, car c'est comme ça qu'elle a toujours fonctionné. En Corée du Sud, je l'ai priée de laisser les gens être là pour elle, et Lily a fait des efforts.

Petit à petit, son cœur s'ouvre à moi.

– OK.

Je prends sa main dans la mienne, agrippée à sa cuisse.

– Quoi qu'on choisisse de faire une fois que c'est fini, rien ne changera *ça*. Ce qui se passe entre nous.

– Comment tu peux en être sûr ? chuchote-t-elle avec appréhension.

J'avais donc raison. Lily ne veut pas penser au futur parce qu'elle a peur que notre relation soit seulement due à notre collaboration. C'est bien la preuve qu'elle n'a pas compris ce que je ressens pour elle.

– J'adore patiner avec toi, mais ce n'est pas pour ça que je suis tombé…

Oh. Je me rattrape au dernier moment, les yeux rivés sur la route. *J'ai failli le dire.*

– … sous ton charme, je finis maladroitement. Et ça ne disparaîtra pas en un claquement de doigts, juste parce que tu patines avec quelqu'un d'autre.

– Ça ne te fera rien ?

Je grogne de mécontentement en l'imaginant patiner sensuellement avec Olivier. Celui-ci pourra la toucher comme moi je la touche, et c'est dur. Mais je sais aussi que c'est le travail. Ce qu'on a, *nous*, ça va au-delà.

– Si. Mais je t'ai promis que je ne serai pas un obstacle.

– Et toi ?

Je ne sais pas. Je n'en ai aucune idée.

Je continuerai probablement en solo… Ou alors je pourrais enseigner, qui sait ? J'ai encore le temps de me poser la question.

– On verra.

Elle n'insiste pas. Lorsque je la raccompagne devant sa porte, elle m'embrasse furtivement pour me souhaiter bonne nuit.

J'ouvre la bouche pour mettre des mots sur ce qui me pèse depuis des semaines, mais je me dégonfle à la dernière seconde.

Ce n'est que dans l'intimité de ma chambre que j'ose les murmurer.

J'aimerais que tu me choisisses.

L'ambiance des Mondiaux est unique.

Lorsque le taxi approche de la Sud de France Arena, une queue monstre attend de pouvoir entrer. Lily s'isole dans son propre monde, écouteurs dans les oreilles. Elle est stressée.

Satomi et Hiro sont déjà en coulisses quand nous arrivons. Ma partenaire se fige à mon côté, et je comprends pourquoi : c'est la première fois qu'on se revoit depuis les JO. À ma plus grande surprise, c'est Satomi qui s'avance pour prendre ma partenaire dans ses bras.

– Je tenais à m'excuser pour ce qu'il s'est passé la dernière fois, dit-elle avec une expression désolée.

– Ce n'est pas ta faute…

– Tu méritais ta médaille.

Je vois les mots s'inscrire sur le visage de Lily : « Je sais », mais elle ne les prononce pas. À la place, elle remercie chaudement notre adversaire puis lui souhaite bonne chance.

Je propose à Lily de s'échauffer un peu sur la glace. Nous répétons plusieurs mouvements ainsi que quelques figures de notre programme court, puis enchaînons avec deux-trois interviews. Scott et Isabella s'assurent qu'aucune question ne porte sur nos derniers scandales.

– Ils ne sont pas là ! j'entends hurler tandis que nous revenons en coulisses.

Lily et moi découvrons Satomi en train de fouiller son sac avec frénésie. Tous les autres participants la regardent sans rien faire. Je mets un certain temps à comprendre qu'elle cherche ses patins.

– Ils étaient là ! pleure-t-elle avant d'enchaîner en japonais. Ce n'est pas possible !

Hiro lui répond, désespéré. Lily tente de la calmer tandis que je fouille la pièce à la recherche de ses patins. Nos amis sont les premiers à passer dans le classement, et le championnat ne va pas tarder à commencer.

Je remarque la mine sombre de Lily, dirigée vers Giulia. Celle-ci contemple la scène avec un mini-sourire satisfait.

Oh, la garce.

Avant que je puisse réagir, Lily s'assied et commence à retirer ses propres patins. Je lui demande ce qu'elle fait, mais elle m'ignore.

– Tiens, lance-t-elle en tendant sa paire à Satomi. Ils sont solides, et ils m'ont toujours porté bonheur jusqu'ici.

Satomi la regarde comme si elle avait perdu toute raison. Pourtant, elle les prend dans des gestes lents.

– Mais… et toi ?

– On passe en dernier avec Orion. J'aurai le temps de les récupérer quand tu auras terminé.

Satomi sèche ses larmes. Lily retouche légèrement son maquillage puis s'assure que ses cheveux sont parfaitement plaqués sur son crâne.

– Pourquoi est-ce que tu m'aides ? renifle notre concurrente.

– Je veux mériter la première place. Ce n'est pas drôle, sinon.

Hiro laisse échapper un rire amusé et prononce quelques mots en japonais. Satomi hoche la tête avant de remercier Lily.

Nous les admirons performer depuis les gradins quand je lui murmure :

– C'est gentil, ce que tu as fait.

– C'était purement égoïste de ma part, répond Lily.

Je n'y crois pas du tout, même si je ne réponds rien.

Nos amis obtiennent un très bon score. Les Italiens passent en deuxième position, ce qui réussit à m'énerver. Lily récupère ses patins à temps, heureusement.

Quand c'est notre tour, je fais le vide dans ma tête. Le sourire de ma partenaire me donne assez de courage pour penser que tout ira bien.

C'est le moment ou jamais. La dernière des dernières. *Nous devons donner tout ce que nous avons.*

Et c'est ce que nous faisons. Je patine plus vite que jamais. Je saute, danse et souris à m'en péter la mâchoire.

Je m'inspire de tout le désir que j'ai pour Lily, quitte à ce que ça se voie. C'est justement le but.

Mes patins sont un peu trop serrés et mon appareil auditif menace de tomber à plusieurs reprises, mais je tiens bon.

Quand notre chorégraphie se termine, Lily et moi saluons le public avec des souffles entrecoupés.

– Ce n'était pas assez, râle Elizabeth Pham entre ses dents serrées.

Je ne réponds rien, parce que je sais qu'elle a raison. Je l'ai senti, moi aussi. On a été parfaits, ce n'est pas le problème. Notre programme était très bien maîtrisé.

Mais nous sommes trop lisses, trop plats.

Pas assez surprenants.

Et c'est ce qui va nous coûter la médaille d'or.

41

LILY

Mars 2024, Montpellier

Il y a exactement quatre ans maintenant, je rencontrais Orion pour la première fois.

La vie est drôle, parfois. Pleine de surprises. Qui aurait cru que je participerais aux Mondiaux à ses côtés un jour.

Pour la première et dernière fois.

Je crois que c'est ce qui me rend le plus triste. Le fait de savoir qu'après aujourd'hui, ce sera la fin. Orion n'était qu'un remplaçant. Bientôt, je devrai retourner à ma petite routine en compagnie d'Oliver.

Quant à Orion… Je ne sais pas ce qu'il compte faire.

Il dit qu'il ne veut pas d'autre partenaire, mais Scott n'a-t-il pas menacé de l'abandonner s'il choisit de patiner en solo ?

Tout ce que je souhaite, c'est qu'il continue. Coûte que coûte. *Avec ou sans moi.*

– C'est le grand jour, soupire Isabella au petit déjeuner.

Je suis trop stressée pour répondre, plus encore pour avaler quoi que ce soit. Orion pousse une assiette remplie de protéines et de glucides vers moi, mais je grimace.

– Tu as besoin de force, insiste-t-il.

– Mmh… Si je me goinfre, non seulement je risque de tout vomir sur la glace, mais je ne suis pas certaine que tu réussisses à me soulever…

Orion hausse un sourcil amusé que seule moi réussis à voir.

– Premièrement, ce n'est pas ça qui va te rendre plus lourde, et deuxièmement... Je réussis toujours à te soulever, Lil.

Le souvenir de lui me portant hors de la baignoire me revient en mémoire, et je rougis. Orion le voit et ricane dans sa barbe.

– Il a raison, tu dois avaler un truc. Tu ne peux pas te permettre de tomber dans les pommes avant votre performance. Tu feras ça après, si tu veux.

Génial. Je roule des yeux en picorant dans mon assiette.

Je suis encore déprimée par notre classement d'hier. Si nous n'arrivons pas premiers aujourd'hui, c'est fichu.

J'y ai pensé toute la nuit, me retournant encore et encore dans mon lit. J'ai accepté d'abandonner le *throw quad salchow* pour éviter qu'Orion ne s'inquiète... Mais je commence à penser que c'était une erreur.

J'ai toujours suivi mon instinct jusqu'ici, et ça a toujours payé. Pourquoi faut-il que je change maintenant ?

❄

Je suis en train de recouvrir mes patins de mes collants lorsque je reçois un message de Jane.

Déchire tout !! On te regarde d'ici !
T'es la meilleure. Je crois en toi, Kreattur.

Le texto est accompagné d'un selfie familial le montrant avec mes parents sur le canapé du salon. Je manque de pleurer, mais Orion me rappelle de ne pas ruiner mon maquillage.

J'ai d'autres messages non lus, le premier d'Aydan, le second de Piper.

Bonne chance, les copains.
À votre retour, je paie ma tournée !

Bon courage pour aujourd'hui.
Tu me manques.

Recevoir de la force de la part des personnes dont je suis le plus proche réussit à apaiser mon cœur.

Je m'étire dans les coulisses, un œil suspicieux rivé sur l'équipe italienne. Ils restent discrets, mais je suis persuadée que Giulia a caché les patins porte-bonheur de Satomi exprès pour la saboter.

Évidemment, quelqu'un aurait forcément prêté une paire à la patineuse japonaise si je ne l'avais pas fait, mais cela aurait suffi à lui faire perdre ses moyens. C'était le but.

C'est moche et complètement déloyal.

– Comment tu te sens ? me demande Orion tandis que nous regardons le premier couple performer.

Ses doigts frôlent les miens en secret, envoyant des décharges électriques dans tout mon corps.

– Nostalgique. Et toi ?

Il pousse un grand soupir, les traits tendus.

– Stressé.

En effet, ses traits sont plus tirés qu'à l'accoutumée. Je lui demande pourquoi il angoisse tant. Il allait bien ce matin, contrairement à moi.

– Tu avais raison.

– Quand j'ai dit que tu devrais te faire tatouer la constellation d'Orion sur le cœur ? Ou quand j'ai dit que Phœbe était un meilleur personnage que Rachel ?

– Non, râle-t-il en levant les yeux au ciel. Si c'est la dernière fois qu'on patine ensemble, je veux que ce soit inoubliable. Je veux qu'on gagne. *Ensemble.*

Le sourire triste qu'il me renvoie a le don de me faire chavirer. Moi aussi, j'ai envie de gagner à ses côtés. Je refuse qu'on ait fait tout ce chemin, traversé toutes ces choses, pour perdre au dernier moment.

– Alors faisons en sorte que personne ne nous oublie.

Orion déglutit, puis il jette un regard autour de nous, avant de soupirer. Je comprends très vite qu'il est déchiré entre la peur et l'ambition.

– Lil… On prendrait un risque énorme.

– Mais c'est comme ça qu'on devient des gagnants, n'est-ce pas ? Si on ne le fait pas, on le regrettera.

Il semble réfléchir mais continue à secouer la tête d'un air hésitant.

Je lui en demande beaucoup, je le sais. Il doit me faire confiance aveuglément. C'est toutefois une responsabilité que j'accepte de porter.

– Orion, je murmure en prenant son visage en coupe. Je m'en sens capable. Je le jure.

– Ce n'est pas en toi que je n'ai pas confiance…

Je pensais que nous avions dépassé ça, mais il faut croire que les mauvaises habitudes meurent difficilement.

Cela m'agace, mais je refuse de le pousser. S'il le fait alors qu'il n'est pas à l'aise, il sera plus apte à commettre des erreurs… et à s'en vouloir par la suite.

Il doit le vouloir.

Je ne dis rien de plus, la déception se lit néanmoins sur mon visage.

Orion s'excuse mais je lui serre la main pour le rassurer tandis que nous regardons le couple suivant prendre possession de la glace.

Ils sont hypnotisants. Leur programme est un sans-faute. Chacun d'entre eux tente des choses nouvelles. Je sais que nous ne devrions pas nous comparer, surtout à des couples qui patinent ensemble depuis des années, mais c'est plus fort que moi.

Orion doit penser la même chose, car à la fin de leur performance, il coule un regard déterminé vers moi.

– OK, faisons-le.

L'adrénaline court à toute vitesse dans mes veines.

– Vraiment ?

Il opine une fois. Je résiste à l'envie de lui sauter au cou, excitée. À la place, je souris et chuchote un « Merci » quasi inaudible.

On va vraiment le faire, bordel.

Il ne reste plus que deux couples avant nous. Orion fait les cent pas, la sueur perlant à son front.

– Allez stresser ailleurs, râle Scott en nous voyant. Les gens doivent penser que vous êtes confiants.

J'emmène Orion dans les coulisses, où son souffle ne cesse de s'accélérer. Je lui demande si ça va, mais il secoue la tête sans pouvoir me répondre.

– Ne me dis pas que tu fais une crise d'angoisse...

Il s'avère que si. C'est pourquoi j'entoure son cou de mes mains, posant celles-ci sur sa nuque. Je l'étreins contre moi et caresse ses cheveux d'un geste apaisant. Son souffle est brûlant contre mon cou. Son cœur, quant à lui, tambourine à tout rompre. Je lui chuchote des encouragements en vietnamien. Même s'il ne comprend pas, je sais qu'il aime ça.

Peu à peu, son rythme cardiaque se calme et je le sens se détendre. L'odeur qui se dégage de lui est ensorcelante. J'aime particulièrement le voir dans cette tenue de prince. Si j'étais Odile, moi aussi j'essaierais de le voler à n'importe quel cygne blanc.

Soudain, je sens ses lèvres m'embrasser la clavicule.

– Je t'aime tellement, chuchote-t-il contre ma peau.

Tout mon corps s'enflamme. Je ne bouge pas, paralysée. Je ne sais pas s'il s'en rend compte, mais c'est la première fois qu'il me le dit.

Il m'aime. Orion m'aime, moi.

Je sais que c'est insensé, mais soudain je jette un coup d'œil aux gens qui nous entourent et qui ne font pas attention à nous... puis je tire sur la main d'Orion pour l'emmener avec moi.

Il ne pose aucune question. Je tourne à la fin du couloir, puis je pousse la porte des toilettes.

– Qu'est-ce que tu fais ? s'étonne Orion.

Je le pousse à l'intérieur d'une cabine et je plaque son dos contre la porte, que je ferme à clé. Ma bouche s'empare de la sienne sans attendre. C'est la première fois que je ressens cet état d'urgence. Là où mon désir pour lui a toujours été intense mais doux, comme une fleur qui s'ouvre au contact du soleil, me voilà habitée d'une fièvre inconnue et puissante.

Je le veux là, maintenant, tout de suite.

D'abord surpris, Orion finit par enlacer ma taille. Je m'arque contre lui, mes mains sur ses joues. Nos langues se livrent une bataille sans merci, rivales et partenaires à la fois, un peu comme nous.

Moi aussi, je t'aime. Même si j'ai du mal à le dire.

Je n'arrive pas à faire abstraction de son érection pressée contre ma hanche. Mieux encore : ma propre excitation me surprend, infectant le sang qui bat à toute vitesse dans mes veines.

– J'ai envie de toi, je souffle en le caressant par-dessus son pantalon moulant.

– Lil, ce n'est pas prudent…

Malgré tout, son souffle se coupe et ses paupières papillonnent sous mon contact. J'adore le voir démuni à cause de moi.

Savoir que je suis capable de lui faire perdre tous ses moyens me galvanise tellement que je suis incapable de me retenir : je dézippe son pantalon.

– Je peux ? dis-je en me mettant à genoux devant lui.

Orion ouvre la bouche pour m'en dissuader, mais aucun son n'en sort. Je vois la bataille que doit se livrer son esprit prendre place sur ses traits. Je sais qu'il en a envie, mais qu'il ne veut pas que je me sente obligée.

C'est pourquoi je le libère du tissu qui le gardait prisonnier, les yeux levés vers lui.

– J'en ai envie, je le rassure. Essaie de te détendre, d'accord ?

Il finit par hocher la tête, et je devine que son cœur bat aussi vite que le mien. Je n'ai jamais fait ça, même si je n'ai pas besoin de le lui dire. Je vais très certainement m'humilier, mais ce n'est pas grave.

Je suis une élève persévérante et assidue !

Je ne me laisse pas le temps d'hésiter… et taquine le bout de son sexe avec ma langue.

Orion siffle entre ses dents, les sourcils froncés.

– Putain…

Je ferme les yeux, concentrée, tandis que ma bouche l'emprisonne. Orion n'ose pas me toucher, ses mains serrent ses cheveux courts avec force, comme pour s'en empêcher.

Ça ne va pas du tout. Je veux qu'il perde le contrôle.

C'est pourquoi je le taquine davantage. La trace de mon rouge à lèvres autour de lui suffit à me rendre plus excitée encore.

– Tu as complètement perdu la tête… souffle-t-il en caressant enfin mon visage. Bordel, ce que tu es belle. Personne n'a le droit d'être si parfait dans cette position, Lil.

Amusée par son compliment étrange, je le relâche et demande :

– Tu veux que j'arrête ?

Il secoue la tête d'un air honteux. Je souris en tapotant son gland contre ma langue, plusieurs fois.

– T'es vraiment sûre que c'est ta première fois ? Pourquoi faut-il que tu excelles toujours dans tout ? se plaint-il. C'est injuste.

J'entreprends des va-et-vient lents et profonds, mes doigts plantés dans la chair de ses fesses. Ce n'est pas aussi compliqué que je le pensais, finalement. C'est même plutôt sympa…

Pour une fois, je ne réfléchis pas. Je ne pense même pas aux vidéos que j'ai pu voir, j'agis seulement en fonction de ses réactions.

Et bordel, le voir complètement hors de contrôle fait vibrer mon cœur plus fort. Je n'ai jamais vécu ça avec personne avant lui.

J'ai envie de plus.

Je veux qu'il en oublie son propre nom. C'est pourquoi j'avale son sexe en entier, ma langue continuant de tournoyer autour de lui.

Orion grogne, la tête rejetée en arrière contre la porte.

Cette fois, ses doigts s'accrochent à ma nuque, soucieux de ne pas défaire ma coiffure sophistiquée.

Je ne pensais pas que j'aimerais autant, et pourtant, je regrette que nous ne soyons pas seuls chez lui, avec la promesse d'une nuit entière devant nous.

– Attention à tes dents, Lil, me supplie-t-il.

Son souffle se fait erratique, et ses gémissements plus nombreux. Il est proche.

– Je vais bientôt jouir, confirme-t-il dans un grognement.

– Tu n'as pas intérêt à venir sur nos costumes.

Il se mord la lèvre, les yeux fermés, et le voilà qui entame son propre va-et-vient.

– Il faut que tu t'écartes, me prévient-il juste avant de jouir.

Trop risqué.

– Jouis dans ma bouche.

Orion s'exécute, le corps tremblant. J'essaie de tout avaler sans grimacer, sans succès.

– Merde, jure Orion en voyant mon air dégoûté. Recrache dans ma main.

Mon partenaire se penche, l'air mi-paniqué mi-désolé, et tend sa paume vers ma bouche. C'est tellement mignon que je ne peux pas me résoudre à regretter.

– Trop tard.

Au moins, nos costumes ont été épargnés.

– Je suis désolé, s'excuse-t-il en se rhabillant.

Ses joues sont encore rouges quand je me relève, un petit sourire aux lèvres.

– Ça va mieux ?

Il me regarde comme s'il ne m'avait jamais vue avant.

– Oui… Mais maintenant je n'ai qu'une envie, retourner à l'hôtel et m'enfermer dans ma chambre avec toi pendant trois jours.

J'éclate de rire. *Moi aussi.*

– On pourra faire ça juste après, promis. Mais attention, je ne couche qu'avec des médaillés d'or.

Il sait très bien que je plaisante, c'est pourquoi il sourit avant de m'embrasser tendrement. Au même moment, la porte des toilettes s'ouvre. Orion et moi nous figeons comme un seul homme, pris en flagrant délit.

– Sortez de là.

Putain.

Je ferme les yeux, le front posé contre l'épaule d'Orion avec honte. Il ne manquait plus que ça. Dieu merci, il est arrivé après qu'Orion avait le pantalon aux chevilles.

Celui-ci ouvre la porte, révélant un Scott fou de rage. Je peux presque apercevoir de la fumée sortir de ses oreilles, ce qui n'est pas bon signe.

– Tout le monde vous cherche ! beugle-t-il. C'est à vous, bande d'obsédés ! Si vous n'y êtes pas dans deux minutes, vous serez disqualifiés !

Mon cœur s'arrête de battre dans ma poitrine.

Non. Non, non, non ! Tout mais pas ça !

– Je devrais vous enfermer ici, que ça vous serve de leçon.

Trop tard, je fonce déjà vers la porte. Orion se rue derrière moi, et voilà que nous courons à toute vitesse dans les couloirs de l'Arena.

On dirait une scène de film.

Une telle peur glaciale s'empare de moi que je vois flou. Si nous ratons cette dernière chance parce que j'étais trop occupée à sucer mon petit ami dans les toilettes, je ne pourrai m'en prendre qu'à moi-même.

– Poussez-vous ! je hurle en bousculant les sportifs et les professionnels qui bouchent notre passage.

Tout le monde nous reluque, mais je n'ai pas le temps de me sentir gênée.

Nous arrivons près de la patinoire rouges et essoufflés par l'effort. Isabella nous fusille du regard mais ne dit rien. J'ai tout juste le temps de boire une gorgée d'eau et Orion de retirer son gilet.

La seconde d'après, une voix au micro s'exclame :

– Et pour finir, Orion Williams et sa partenaire Elizabeth Pham !

Orion tend la main vers moi, un sourire confiant aux lèvres. C'est comme si nous partagions un secret, lui et moi.

– Finissons-en, Petite Fleur.

Je m'apprête à entremêler mes doigts aux siens lorsque son expression s'affaisse. Je le vois devenir livide tandis qu'il porte une main à ses oreilles.

– Merde… *Non.* Non, pas maintenant ! jure-t-il, interloqué.

– Qu'est-ce qu'il se passe ? demande Scott avec impatience.

Je n'ai pas besoin de l'entendre, je le sais déjà.

– Mes appareils n'ont plus de batterie.

42

ORION

Mars 2024, Montpellier

– Mes appareils n'ont plus de batterie.

Je reste planté là comme un con, interdit. J'ai à peine dormi de la nuit, donc je les ai gardés pendant une période trop longue… Je n'ai même pas pensé à les charger ce matin.

Scott dit quelque chose d'un air furieux, mais je ne l'entends pas. L'Arena est soudain plongée dans un silence terrifiant, et je panique.

Tous les yeux sont rivés sur nous avec des expressions curieuses. Tout le monde se demande ce qu'il se passe. L'angoisse que Lily avait réussi à faire disparaître me submerge de nouveau.

J'enlève mes appareils auditifs, le cœur serré.

– *Pas de panique*, répond Lily en articulant assez pour que je lise sur ses lèvres. *Tu es largement capable de patiner sans.*

Je serre les dents, tendu.

Nous avons déjà patiné sans mes appareils, c'est vrai, mais ce n'était pas sérieux. On ne peut pas se permettre de faire ça aux Mondiaux, encore moins si l'on doit ajouter de nouvelles figures à la dernière minute !

Je vais tout faire foirer. Je vais manquer un battement. Je vais la faire tomber.

– *Scott, pouvez-vous leur demander de mettre la musique au max ?* demande Lily en prenant les commandes.

Notre coach acquiesce avant de partir en trombe. Ma partenaire me sourit, l'air confiant, et pose ses mains sur mes épaules. Son doigt me tapote légèrement pour attirer mon attention.

– *Base-toi sur les battements de la musique, OK ?* dit-elle. *Tu n'as qu'à compter les temps ! Et si tu as un doute, mes doigts te guideront.*

– C'est trop risqué…

– *On la connaît par cœur, cette chorégraphie. On peut la faire dans notre sommeil. Fais-nous confiance, OK ?*

La voir si déterminée m'aide à reprendre mes esprits. Si elle y croit, alors je veux y croire moi aussi. De toute façon, quelle option nous reste-t-il ? Abandonner ?

Jamais.

– OK. Allons-y, alors.

Lily me regarde avec une fierté qui me rend presque timide.

Scott revient à temps pour me tapoter l'épaule. Il n'a pas besoin de parler, je sais très bien ce qu'il aimerait me dire.

Lily et moi effectuons un premier tour sur la glace. Je n'entends pas les applaudissements du public qui nous accueille, seulement un bruit de fond inconfortable.

Lily pose sa main sur ma poitrine, ce qui attire mon attention. Elle hausse un sourcil pour me demander si je suis prêt, et j'opine.

Elle tapote le plat de ma main et je comprends que la musique commence. Elle est assez forte pour que je l'entende légèrement, comme un battement de cœur lointain. J'ai du mal à m'y faire les premières secondes, mais je m'accorde aux mouvements de ma partenaire, et très vite, nous sommes en parfaite synchronisation.

5, 6, 7, 8…

Je me transforme en prince éperdument amoureux, errant à la recherche continuelle d'Odette. Je la fais tourner, puis ma main se pose dans son dos pour la faire glisser à travers la glace avec moi.

Lily avait raison : je connais la mélodie par cœur. Je la joue dans ma tête, mes yeux rivés aux siens.

9, 10, 11, 12…

Lorsque le premier porté approche, je ne réfléchis même pas. Le corps de Lily est plus léger qu'une plume, comme si elle n'était qu'un instrument, une extension de moi-même.

La première moitié de notre chorégraphie est douce et mélancolique, nous enchaînons plusieurs ensembles de pas et de pirouettes. Lily et moi entrons dans nos personnages afin d'immerger le spectateur dès le début.

Puis peu à peu… avec force mais subtilité… nous prenons de la vitesse. Nos mouvements se font plus saccadés, nos expressions deviennent moins apaisées.

Le prince perd Odette. Odile la lui vole dans l'espoir de prendre sa place. Mais le prince reconnaît la supercherie… parce qu'il sait faire la différence entre l'amour de sa vie et une vulgaire remplaçante.

Si ce n'est pas elle, alors ce n'est personne d'autre.

Toutes les copies du monde peuvent lui ressembler, ça ne fera aucune différence.

Il est prêt à tout pour l'avoir, *elle*.

Lily. Juste Lily.

Ma petite fleur.

Mon cœur tambourine lourdement dans ma poitrine tandis que nous entrons dans la partie la plus intense et émouvante du programme.

Mes yeux croisent ceux de ma partenaire, qui hoche imperceptiblement la tête. C'est le signal qui veut dire : « Maintenant ! » Je me prépare donc à intégrer notre première figure improvisée, le *quadruple twist.*

– Tu dois juste me laisser le temps de tourner, me dit toujours Lily en répétition. Ne lève pas tes mains trop tôt, sinon c'est raté.

Je garde son conseil en tête juste avant de poser mes mains sur ses hanches, mes yeux rivés sur son crâne. Je pousse sur mes genoux et la soulève avec force. Lily est projetée au-dessus de moi, parallèle à la glace.

J'arrête de respirer. Ses quatre rotations semblent durer une éternité.

Ma peur me hurle de lever les mains presque aussitôt, mais je me force à attendre une nanoseconde de plus. Lorsque je la réceptionne, Lily retombe sur une jambe avec fluidité. Elle s'efforce de ne pas sourire pour ne pas ruiner l'ambiance, mais je peux lire dans ses pensées comme dans un livre ouvert.

On l'a fait ! On a réussi du premier coup !

L'adrénaline fuse dans mes veines, inondant mon système nerveux. Je me crois tout à coup invincible, tellement que j'oublie presque que je n'entends rien.

La tension est à son comble. Nous continuons à parcourir la glace à toute vitesse. Je sens que je ne suis pas toujours très raccord avec la musique, en particulier quand Lily doit s'éloigner de quelques mètres, mais chaque fois que sa main entre en contact avec la mienne, je me reprends.

Il ne reste plus que quelques secondes. Nous enchaînons figure après figure, et soudain vient le lancé que nous avons tant redouté.

Celui que nous n'avons réussi qu'une seule fois en répétition : le *throw triple axel*.

Nous tournons ensemble dans le virage, mon bras droit enroulé autour de sa taille, ma main gauche dans la sienne, puis nous ralentissons. Au moment fatidique, je fléchis les genoux.

L'expression de Lily avant que je la propulse restera à jamais imprimée dans ma mémoire. Un mélange de détermination… et d'excitation pure.

L'instant d'après, la voilà dans les airs.

Elle tourne une fois, deux fois, trois fois, et elle est majestueuse. Je la regarde retomber sur un pied, l'autre jambe tendue derrière elle.

Cette fois, son sourire éclate sur son visage tandis que nos yeux se croisent.

Cela ne dure qu'un battement de cœur.

Aussitôt, Lily est déséquilibrée et bascule en arrière. Elle tombe lourdement sur la glace, les mains devant sa tête pour se protéger. Ma respiration se coupe tandis que je patine vers elle à toute vitesse.

Mais la voilà qui se relève aussitôt, continuant la chorégraphie comme si de rien n'était. Je fais de même malgré mon rythme cardiaque frénétique et mes mains tremblantes.

Merde.

C'était notre dernière figure.

Trop vite, nous nous arrêtons dans notre pose finale. Je sais que la musique se termine car Lily, qui souriait jusque-là, s'effondre.

Elle ne fait aucun effort pour cacher ses larmes tandis qu'elle tombe à genoux sur la glace. Je ne l'en empêche pas. Elle en a besoin. Elle vient de perdre le rêve de sa vie. Et j'aurai beau lui dire qu'il n'est jamais perdu, qu'elle a encore le temps de le réaliser, nous savons tous les deux que ce n'est pas pareil.

Elle le voulait maintenant, aujourd'hui, avec moi.

Je vois plus que je n'entends le public nous applaudir, debout dans les gradins. Je m'accroupis pour la prendre dans mes bras et dissimule son visage triste dans mon épaule.

Je prends alors conscience que je pleure moi aussi. Pour elle plus que pour moi.

– Ne pleure pas, Lil. Tu as été la plus belle chose qui m'ait jamais été donnée de voir.

Je sèche ses larmes de mes mains, un sourire aux lèvres. Elle se reprend alors, hoche la tête, et fait de même avec les miennes. J'aimerais rester là pour toujours. Parce qu'une fois que nous retrouverons la terre ferme, ce sera terminé.

Je veux profiter de chaque seconde. Pour n'avoir aucun regret.

C'est pourquoi je l'embrasse sur la bouche devant tout le monde. Je ne le fais pas pour les autres, pas même pour elle. Je le fais pour moi. Par pur égoïsme.

Parce que ce moment précieux, je veux m'en souvenir comme étant parfait.

D'abord surprise, Lily accueille mon baiser avec plaisir. Ça ne dure pas longtemps, mais les mots que l'on s'échange en silence sont à jamais gravés en moi.

– *Tu as été incroyable. Merci pour tout. Ce n'est pas la fin, pas encore.*

Quand nous nous relevons, je crois lire « Je suis désolée » sur ses lèvres, ainsi que « C'est ma faute ». Mais je l'emprisonne dans un câlin pour la faire taire.

– Saluons le public une dernière fois ensemble, Lil.

Elle serre ma main en retour, le menton haut.

Nous nous inclinons pour saluer le monde entier. Les personnes qui sont là ainsi que celles qui nous regardent à travers leur télé.

Isabella est la première à nous accueillir en dehors de la patinoire. Elle prend Lily dans ses bras, qui se remet instantanément à pleurer. Sa coach la rassure tandis que Scott me tapote la joue d'un air fier.

Je crois lire un « Tu m'as fait chialer, fiston » sur ses lèvres, alors je ris en acceptant la bouteille d'eau qu'il me tend.

– Ce serait une première…

Lily et moi retirons nos patins dans un silence de mort, ignorant les regards. Nous restons assis sur un banc pendant de longues minutes.

Quand Scott vient nous chercher pour que nous nous rendions au *Kiss and Cry*, j'ai déjà tourné la page. Je veux simplement rentrer chez moi, jouer avec Princesse en forêt et m'endormir aux côtés de Lily.

Retrouver ma petite vie tranquille.

Mon coach me tend quelque chose sur le chemin, et je comprends qu'il s'agit de mes appareils auditifs. Il m'explique qu'il les a chargés le temps de notre performance, si bien que je les remets à mon oreille. Ça fera l'affaire le temps des résultats.

– La prochaine fois que je te retrouve dans les toilettes en compagnie de ta partenaire, le pantalon sur les chevilles, cinq minutes avant la finale des Mondiaux… Je te trucide, me menace-t-il.

Je souris, plus amusé qu'embarrassé. Techniquement, j'étais déjà rhabillé quand il est arrivé…

– T'inquiète, ça ne risque plus d'arriver. D'ailleurs, je n'aurai plus de partenaire.

Mon coach me scrute avec sérieux avant d'opiner solennellement. Je devine qu'il s'y attendait, et qu'il ne m'en tient pas rigueur.

– Je comprends. Quand on rentrera, on aura une vraie discussion toi et moi, à propos de la suite.

– Ah non, nous coupe Isabella d'un ton sévère. Quand on rentrera, j'interdis à ces deux-là d'approcher la patinoire pendant au moins une semaine. C'est clair ?

– Moi, ça me va.

Lily reste silencieuse à mes côtés. Je l'assieds sur mes genoux en attendant nos résultats, laissant l'autre moitié du banc à nos deux coachs.

L'image de notre équipe soudée est rediffusée sur l'écran géant. C'est nous quatre du début à la fin.

– Je l'avais presque, souffle Lily en secouant la tête, déçue. Je l'avais réceptionné, Orion !

– Je sais…

– Et il a fallu que je bascule à la dernière seconde. C'est dégueulasse. Je n'arrive pas à croire que c'est ce qui va nous coûter la première place !

Je n'ose pas le lui dire, car je sais ce que cela représente pour elle, mais… je m'en fiche, qu'on ne gagne pas.

Ce n'est pas pour ça que je l'ai fait, pour commencer. Si j'ai continué de patiner, c'était pour elle. Parce qu'elle me rappelait le jeune garçon que j'étais. Je voulais l'accompagner, l'aider à concrétiser son rêve.

Je voulais en faire partie, moi aussi.

Et plus les semaines sont passées, plus j'ai réalisé que mon rêve à moi, c'était elle.

– Tu te rappelles ce que je t'ai dit, le jour de notre rencontre ? je murmure à son oreille.

– Que je n'étais qu'une débutante ?

Je la fusille du regard par-dessus son épaule.

– Non. Je t'ai dit que ça devait être un peu fatigant de ne jamais se satisfaire de ses accomplissements tout simplement parce que ce n'est pas la meilleure des récompenses. Que certains se contentaient du podium, même du bronze.

Elle se détend, mais son infinie tristesse ne quitte pas ses traits pour autant.

– Et je t'ai répondu que perdre n'était pas mon genre.

– Ne pas gagner ne veut pas dire qu'on a perdu, Lil.

Elle ne répond rien, alors je préfère ne pas insister.

Nos mains sont jointes sur sa cuisse lorsque notre score s'affiche sur l'écran.

Le résultat final de tout ce qu'on a vécu depuis quatre mois.

43

LILY

Mars 2024, Montpellier

J'avais cinq ans quand j'ai enfilé mes premiers patins.

Je ne m'attendais pas à aimer ça, pas à ce point, du moins. Dès l'instant où j'ai mis un pied sur la glace, ça a été immédiat. Je me suis sentie libre… légère… heureuse.

C'était apaisant. J'aimais la sensation du vent sur mes joues et de mon cœur qui battait à cent à l'heure, j'aimais la douleur délicieuse dans mes jambes, la pression à chaque saut.

C'était dur, mais ma tête l'était davantage.

Alors j'ai persévéré. Je voulais devenir la meilleure, comme mon frère. Je voulais être aimée de tous, comme mon frère. Je voulais que mes parents soient fiers de moi comme ils étaient fiers de Jane.

Parce que sinon, ça n'avait aucune importance.

Si je n'étais pas parfaite, on ne m'accordait pas d'attention.

Si je n'étais pas parfaite, je ne valais rien.

Puis est arrivé Orion.

Orion, Orion, Orion, Orion, Orion.

La première fois que je l'ai admiré sur la glace, j'ai cru à un signe du destin. *Lui*, il était parfait. Il n'y avait aucun doute possible : ses parents étaient assurément fiers de lui. Tout le monde l'adulait, moi la première.

– Arrête de courir après quelque chose qui n'existe pas, m'a-t-il dit un jour.

J'ai compris ce qu'il voulait dire par là, même si j'étais trop têtue pour l'écouter : tout ça, ce n'est que du vent. Ce n'est ni la fierté de mes parents ni l'adoration des gens qui me rendront heureuse.

Je suis la seule à décider de cela.

Voilà ce qui emplit ma tête quelques secondes avant que nos résultats ne s'affichent.

Je repasse ces quatre derniers mois en boucle dans mon esprit, souvenir après souvenir.

Et je souris.

Parce que je viens de décider que mon bonheur ne dépendra pas du classement qui s'affichera.

Je suis déjà heureuse.

44

ORION

Mars 2024, Montpellier

Malgré ses efforts pour se retenir, Lily fond en larmes.

Je veux la prendre dans mes bras, mais je suis incapable de bouger. Mes yeux restent figés sur l'écran qui nous fait face… et affiche nos réactions en direct.

155,47 points.

Cumulés au programme court, cela nous fait un total de 239,88 points.

Je ne rêve pas, on a vraiment gagné. Lily et moi sommes arrivés premiers.

On est champions du monde.

La salle éclate de joie autour de nous. Scott et Isabella lâchent un cri victorieux, puis ils s'étreignent.

J'ai du mal à y croire. Malgré l'accident, malgré les scandales, malgré la chute de Lily…

On l'a fait.

– Lil. On a réussi, je souffle d'une voix tremblante.

Ma partenaire se tourne pour me prendre dans ses bras, l'air un peu amorphe. Je la serre fort, trop fort, et cette fois je réalise.

Les larmes coulent malgré moi. Je me lève, l'emportant dans mon mouvement, et tourne sur moi-même.

Nous restons comme ça de longues secondes, voire des minutes.

– Félicitations, Juste Lily, je murmure dans ses cheveux. On est médaillés d'or.

La joie intense que je lis sur son visage est la meilleure récompense de toutes. Le soulagement, aussi. La fierté.

– Merci. Merci, merci, merci, pleure-t-elle en riant.

Elle pensait nous avoir coûté la victoire, mais ses efforts ont payé. Je suis heureux de lui avoir fait confiance, heureux qu'elle m'ait poussé à donner le meilleur de moi-même.

Lily pense être l'une de mes groupies, mais le plus fan de l'autre ici, c'est bien moi. J'ai bien plus à apprendre d'elle que l'inverse, et elle me le prouve tous les jours.

– Bravo, les enfants, s'extasie Isabella en étreignant sa protégée. Je suis fière de vous.

– Tu vois que t'as le cul bordé de nouilles, plaisante Scott en me tapant l'épaule.

C'est bien le premier à me dire une chose pareille.

– Ce n'est pas de la chance.

J'insiste sur ce point parce qu'il me semble important. Lily et moi avons saigné pour cette première place, *littéralement.*

Peut-être…

Peut-être que Lily a réussi à contrer la malédiction. Peut-être que tout ce temps, il fallait juste que je rencontre quelqu'un d'assez fort pour rester.

Qui d'autre qu'Elizabeth Pham pour relever le défi ?

– Lily ! hurle une voix féminine que je reconnais aussitôt.

Jasmine surgit des gradins, court vers sa cousine et se jette sur elle. Nolia et Camelia suivent de près, visiblement très émues.

Je les regarde se faire un câlin de groupe, attendri.

– Tu étais magnifique !

– J'ai frôlé la crise cardiaque une bonne dizaine de fois…

– Et moi, j'ai passé tout le temps de la chorégraphie à pleurer comme une idiote.

Des journalistes prennent le moment en photo et j'en profite pour serrer la main d'inconnus qui me félicitent. Satomi et Hiro s'avancent vers nous pour nous étreindre.

– C'était incroyable. Personne ne pourra contester *cette* médaille, c'est certain.

– Merci, ça nous touche beaucoup.

C'est tout ce que je réussis à répondre.

Je suis encore sur un nuage. À chaque seconde qui passe, je crains de me réveiller. Et si c'était une mauvaise plaisanterie ? Et s'ils s'étaient trompés ?

Et s'ils nous l'enlevaient, celle-là aussi ?

Tous ces doutes s'envolent lorsque Lily me prend la main et m'attire à sa suite en direction du podium. Les Russes sont arrivés deuxièmes, tandis que la médaille de bronze revient à Hiro et Satomi.

Lorsque c'est notre tour de recevoir notre récompense, je prends Lily dans mes bras comme une princesse afin de la soulever jusqu'à la première marche.

– Mes jambes tremblent tellement, j'ai peur de m'effondrer, chuchote ma partenaire quand je me hisse jusqu'à elle.

– Impossible. Je te tiens.

J'enlace sa taille lorsqu'il est temps de se passer les médailles autour du cou. Elle passe la première, un immense sourire aux lèvres.

– Tu brillais de mille feux, me félicite Lily d'une voix émue. Je suis fière de toi. Ça n'a pas été facile, mais tu es resté fort. Je n'arrêterai jamais de t'admirer, Orion Williams.

Bordel.

Je n'arrive pas à retenir mes larmes. Je baisse la tête tandis qu'elle passe le cordon autour de mon cou. Le poids de la médaille tombe sur ma poitrine.

J'embrasse la seconde, ma bouche à plat sur l'or, avant de la lui donner.

– Tu as été aussi parfaite que toujours, Petite Fleur. Merci de m'avoir sorti de là… et de m'avoir montré que rien n'était jamais perdu.

La façon qu'elle a de me regarder est la meilleure des récompenses, son sourire plus précieux encore que l'or.

On nous donne des bouquets de fleurs et nous posons devant les photographes.

Je savoure ce moment autant que je le peux, juste au cas où.

Maman, est-ce que tu as vu ça ?

Est-ce que tu es fière de moi, de là-haut ?

Je me tourne vers Lily, qui salue la presse de la main. Elle se contient, mais n'importe qui peut voir l'excitation sur ses traits.

Elle est incroyable, pas vrai ? Je crois que je vais rester avec elle encore un peu.

Tant qu'elle voudra bien de moi.

Le soir tombé, nous profitons une dernière fois des terrasses françaises en compagnie des amies de Lily – à l'exception de Nolia, qui a dû partir retrouver son bébé.

Satomi et Hiro se joignent à nous, et nous mangeons, rions, dansons pour célébrer notre victoire. Tout est parfait.

À notre retour à l'hôtel, Scott ne fait aucun commentaire en voyant Lily entrer dans ma chambre.

Nous nous endormons comme des masses au bout de deux minutes, encore à moitié habillés, dans les bras l'un de l'autre.

Je passe la meilleure nuit de toute ma vie. Longue, paisible et sans réveil.

– Et si l'on restait là pour toujours ? chuchote Lily au petit matin, la joue contre ma poitrine.

– En France ?

– Dans cette chambre d'hôtel.

Je considère la question plusieurs secondes. Je dois avouer que c'est tentant. J'ai peur de ce qui nous attend une fois que nous serons rentrés à Montréal…

Mon handicap. Oliver. Mon futur. Notre relation.

Je n'ai pas envie d'y faire face, pas encore. Mais s'il y a bien une chose que Lily m'a apprise, c'est que c'est nécessaire. Il faut affronter ce qui nous fait peur pour faire place au meilleur.

– On finirait par mourir de faim.

– Il y a des trucs dans le minibar. Il y a aussi le *room service.*

– Et après ?

– Après… je n'aurai d'autre choix que de te manger. Désolée.

Je souris, amusé.

Je laisse cette pensée planer entre nous pendant un bon quart d'heure. Puis je la traîne dans la douche, où c'est moi qui la dévore.

Nous dormons encore pendant le vol retour au Canada, terrassés par une fatigue extrême. Scott nous a obligés à porter nos gilets du club ainsi que nos médailles, sous prétexte que des journalistes nous attendront à l'aéroport à l'arrivée.

En effet, des flashs m'aveuglent lorsque nous descendons l'escalator avec nos valises. Une petite foule composée de photographes nous mitraillent, micro en main.

Scott tente de nous briefer mais mon esprit est attiré ailleurs. Par notre groupe d'amis, que je reconnais à l'immense bannière qu'ils brandissent, sur laquelle n'importe qui peut lire :

« BRAVO KREATTUR ! MEILLEURE PATINEUSE DU MONDE ! »

– Je vais le massacrer, grogne Lily derrière un sourire poli.

J'éclate de rire en voyant Aydan et Jane nous acclamer assez fort pour nous humilier. Harper se trouve juste à côté d'eux, en compagnie de son mari, rayonnante. Piper est absente, mais je pense que c'est pour le mieux.

– C'est ma sœur ! hurle Jane avec fierté, ce qui pousse des gens à se tourner vers lui.

Quand il se décale d'un cran, je remarque le tee-shirt qu'il porte. Il s'agit d'une photo de Lily quand elle avait environ dix ans, où l'on voit son appareil dentaire et ses cheveux en bataille. En bas se trouvent les mots « ORION FAN CLUB DEPUIS 2001 » en lettres roses pailletées.

Lily se cache le visage de ses mains, rouge de honte.

– J'ai envie de mourir.

Je passe un bras autour de ses épaules pour la rassurer.

– Tu sais très bien qu'il le fait exprès.

– Lors de son prochain match, je me pointerai avec des casquettes personnalisées que je distribuerai dans le public. Si je réussis à soudoyer ma mère, je devrais pouvoir trouver une photo de lui sur le pot. Il avait six ans, précise-t-elle avec un air diabolique.

Je lui offre un clin d'œil complice et promets :

– Je t'aiderai.

Malgré leur guerre, les frère et sœur Pham se jettent dans les bras l'un de l'autre. Aydan et moi sourions de concert, attendris.

– Bravo, mec, me félicite-t-il. Je n'avais pas de doute, mais ça fait plaisir de voir que j'ai *vraiment* toujours raison.

Harper lui pince la peau du bras, avant de rétablir la vérité :

– C'est faux. Il est venu à la maison pour regarder la finale, et il a parié sur les Russes.

– Espèce de traître, je le taquine gentiment. C'est à moi que tu devrais donner de l'argent.

Je prends Harper dans mes bras et la remercie d'être venue. Son mari me serre la main par-dessus le fauteuil roulant, tout sourire.

– Harper, voici Lily.

Je présente les deux filles, une main naturellement posée dans le dos de ma partenaire. Lily embrasse Harper sur les deux joues, à la française. Elles échangent des banalités, jusqu'à ce que Scott et Isabella nous pressent de sortir. On attire trop l'attention, mieux vaut partir.

Aydan et Jane proposent d'aller boire un verre ce soir, mais je me vois forcé de décliner.

– Je dois récupérer Princesse, que j'ai laissée chez Harper.

– Je peux la garder encore un peu, ce n'est pas un problème, me propose cette dernière.

La vérité, c'est que je suis crevé. J'ai envie de retrouver mon chez-moi. Je suis un homme d'habitudes. De plus, je ne sais pas si je peux endurer une autre soirée dans un endroit bruyant. J'ai envie… de silence.

– C'est gentil, mais je vais rentrer, j'insiste donc avec un sourire.

Lily me scrute sans rien dire, et je sais que je n'ai pas besoin de m'expliquer. Elle lit dans mes pensées. Je sais aussi qu'elle hésite à faire de même, mais elle doit comprendre que j'ai envie d'être seul.

Même si la quitter me terrifie. Parce qu'il n'y a pas de « À demain en répet' ! » Désormais, Lily et moi n'avons plus aucune raison de nous voir. Elle n'habite plus à la maison. Nous ne sommes plus partenaires.

Nous sommes toutefois un couple.

J'espère simplement qu'elle ne changera pas d'avis lorsqu'elle ne sera plus obligée de me côtoyer tous les jours.

– On se voit vendredi pour des interviews, c'est ça ?

Elle hoche la tête avant de m'embrasser sur la bouche.

– Repose-toi.

– Envoie-moi un message ce soir quand t'es bien rentrée.

Son visage se pare d'un sourire en coin séducteur.

– Je t'enverrai même une photo de moi au lit.

– Tu as raison. J'aurai besoin de preuves pour m'assurer que tu es bien saine et sauve.

Je promets de faire de même, puis elle part avec Aydan et Jane dans la voiture de ce dernier.

Je me retrouve avec Harper et son mari, qui me ramènent très gentiment.

Une fois chez moi, je m'endors dans le canapé en regardant la neige tomber, Princesse ronflant paisiblement à mes côtés.

45

LILY

Mars 2024, Montréal

Je ne suis pas sortie de mon lit pendant plusieurs jours.

Mon corps est en douleur perpétuelle. L'adrénaline m'a permis de répéter tous les jours pendant quatre mois mais voilà que j'arrive à bout. Je suis presque incapable de me lever.

Mes parents m'ont demandé de passer les voir dès le lendemain de mon retour, mais certainement prévenus de mon état par Jane, ils ont finalement plutôt proposé d'organiser une fête chez eux ce week-end, pour me laisser le temps de me remettre.

J'ai envoyé un message à Orion pour le prévenir.

J'ai mal même quand je vais aux toilettes.

Ça, c'est un autre problème, Lil...

Attends, ça veut dire qu'on est assez proches pour parler de ça ?

Pour ALLER jusqu'aux toilettes, crétin.

Ah oui. Moi pareil.

J'ai honte, mais je soudoie Princesse avec des croquettes pour qu'elle aille me

chercher des trucs. Du coup, je ne me suis
pas levé de mon lit depuis deux jours.

Même pas pour aller aux toilettes ?

J'ai une grande vessie.

Ugh. Et la douche, c'est en option ?

Honnêtement ? Oui.

Nos échanges quotidiens m'ont rassurée.

J'avais peur que le retour à la vie normale ne tue notre couple encore tout récent, mais j'avais tort. Même si nous ne patinons plus ensemble, ça ne change rien à mes sentiments.

Orion me manque, cela dit. Atrocement.

Au fait, mes parents organisent une fête
samedi soir. Pour notre victoire.

C'est sympa, ça.

Tu veux venir ?

Ça dépend. Ça veut dire
que je vais devoir me laver ?

C'est préférable, oui.

Ça veut aussi dire
que tu vas rencontrer ma famille.
Ça ne te fait pas peur ?

Parce que moi, je suis terrifiée. Je n'ai jamais présenté de garçon à mes parents, ils pensent d'ailleurs que je vais finir vieille fille.

Je pensais pouvoir garder Orion pour moi seule encore un moment, mais il a fait l'erreur de m'embrasser devant le monde entier et maintenant mon père me harcèle tous les jours pour le rencontrer.

Si, terriblement.
J'essaie juste de cacher ça avec humour.

Tu as raison. Tu es le premier que je ramène.
Ils ne vont JAMAIS te laisser partir, sache-le.
Mon père va s'accrocher à ta jambe de peur
que personne d'autre ne veuille de moi,
et ma mère va te piéger
en t'engraissant pour que tu restes.

Waouh. Tu me le vends si bien.

Il me demande si Aydan sera là, mais je réponds que non. C'est encore trop tôt. Jane et moi n'avons pas encore eu le temps d'en parler, mais il n'a pas besoin de le dire pour que je garde son secret.

Quand il sera prêt, il en discutera avec les parents.

Je suis en train de taper un nouveau message quand la sonnerie de mon téléphone retentit entre mes mains.

Je suis tellement surprise que je décroche sans le vouloir. J'ai toutefois eu le temps d'apercevoir le prénom de mon interlocutrice, c'est pourquoi j'angoisse un peu en répondant :

– Allô.

– Salut, répond timidement Piper. Je te dérange ?

Nous n'avons pas parlé depuis longtemps, elle et moi. J'ai répondu à son dernier message d'encouragement par un « Merci » simple et concis.

Pour être honnête, je ne suis plus énervée. J'ai maintes fois tenté de revenir vers elle. Je pensais que je pouvais faire un effort parce qu'elle s'était excusée. Mais la vérité… c'est que je ne suis plus certaine d'en avoir envie. Je me suis rendu compte que Piper et moi n'étions pas vraiment amies. Même avant de rencontrer Orion, nous ne nous voyions qu'à la patinoire. Jamais en dehors.

– J'étais sur le point de partir, je mens par réflexe. Tout va bien ?

– Oh… Oui, ça va. Je voulais juste te féliciter. Pour l'or.

– Merci, c'est gentil.

Ce ne sont que des platitudes, mais je n'arrive pas à faire mieux. C'est comme si je ne la connaissais pas. Ai-je été égoïste au point de m'accrocher à elle parce que mes amies, les vraies, étaient trop loin ?

– Je vais changer de club, m'annonce-t-elle soudain.

Je veux lui demander si c'est à cause de moi, mais elle me devance en m'expliquant que ses parents déménagent à Toronto, et qu'elle veut les suivre.

– Cool. Si je ne te revois pas d'ici là… Bonne chance pour la suite.

– Merci. Je ne vais pas te déranger plus longtemps, soupire-t-elle avant d'ajouter : Mais je tenais à m'excuser de nouveau. J'ai merdé. Je crois… que j'étais jalouse.

Jalouse… *de moi* ?

Je manque presque de rire à cause de cette idée saugrenue. Je pensais que Piper était avantagée parce que tout lui est servi sur un plateau d'argent, mais peut-être avais-je tort.

Finalement, que cela soit Piper, Ariana ou moi, nous sommes toutes les victimes d'une pression écrasante qui, bizarrement, concerne majoritairement les femmes. Nous sommes comparées, montées les unes contre les autres, poussées à montrer nos facettes les plus laides…

– Parfois, j'aimerais qu'on se soutienne au lieu de se mettre des bâtons dans les roues, j'avoue tout bas. Après tout, il y a de la place pour plus d'une personne, sur ce podium.

Piper ne répond pas tout de suite. Je m'apprête à raccrocher lorsqu'elle murmure enfin, presque pour elle-même :

– Il n'est jamais trop tard pour essayer.

Samedi, je me lève enfin de mon lit. Je prends une douche brûlante de quarante minutes. Je m'épile, je boucle mes cheveux, je me maquille.

Bref, je fais un effort, selon les critères de ma mère.

Je vais enfin revoir Orion, après une semaine.

J'hésite longuement à porter une robe, puis je change d'avis au dernier moment. Je veux me sentir moi-même, c'est pourquoi j'enfile un sweat-shirt et un pantalon cargo parachute noirs.

Je suis en train de lacer mes Jordan 1 lorsqu'on sonne à la porte.

Je me regarde une dernière fois dans le miroir avant d'ouvrir, le cœur battant.

– Sal… dis-je avant de m'interrompre.

Un bouquet de lys blancs cache le visage de mon petit ami.

Orion apparaît soudain, un sourire timide aux lèvres, et j'arrête de respirer le temps d'une seconde.

Ugh, je déteste le fait qu'il réussisse à me mettre dans un tel état.

Ça n'a jamais été mon genre de tomber en pâmoison devant un homme. Mais je suppose que si quelqu'un devait réussir cet exploit, ça devait forcément être lui.

– Salut, dit-il en écartant les fleurs.

Il n'hésite pas longtemps avant de se pencher pour m'embrasser. Son baiser est long et d'une tendresse infinie. Je m'accroche à son cou et apprécie le contact de son bras autour de ma taille.

OK, une semaine c'est trop long.

– Rassure-moi, tu t'es vraiment lavé ? je chuchote contre ses lèvres.

Il laisse échapper un petit rire.

– Oui, madame premier degré, je me suis lavé.

– Cool. Elles sont pour moi ?

Je tends la main vers le bouquet de fleurs, mais il l'écarte loin de moi.

– Désolé de te décevoir, mais non. C'est pour ta maman. Ce sont des lys.

Il m'offre un clin d'œil complice, l'air de dire « T'as compris ? », mais je me contente de le regarder d'un air blasé. Le pire, c'est que ma mère va adorer ça.

– Allons-y avant que je change d'avis.

– Attends. Profitons encore quelques minutes, OK ? me supplie Orion en m'écrasant dans un câlin. J'en ai rêvé toute la semaine.

Je le laisse faire avec plaisir.

Nous restons imbriqués sur mon palier, humant la peau de l'autre. Je confirme : vu l'odeur de propre et d'amande douce, il s'est bel et bien douché !

– Je ne savais pas trop comment m'habiller… me confie-t-il lorsque nous rejoignons sa voiture.

Je jette un coup d'œil à son pantalon noir et à son pull marron au col rond. Classe tout en restant *casual.*

– C'est très bien. Tu es presque trop habillé à côté de moi.

J'avais peur que nos retrouvailles ne soient étranges ou gênantes. Une partie de moi redoutait qu'on n'ait plus rien à se dire maintenant qu'on ne patine plus ensemble. C'était idiot de ma part, je suppose.

Nous rattrapons le temps perdu pendant le trajet. Je passe sous silence le message d'Oliver que j'ai reçu en début de semaine : « Félicitations ! Je m'en veux de ne pas avoir pu gagner avec toi. Dis-moi quand t'es dispo pour reprendre l'entraînement. » Je n'ai pas répondu. Je nage encore dans un océan de déni… tellement profond que j'aimerais m'y noyer pour toujours.

– Pas besoin de toquer, la porte n'est jamais fermée, j'explique lorsque nous arrivons devant la maison.

Orion hausse un sourcil dubitatif.

– T'es sûre ? Ça ne m'a pas l'air très prudent…

– Si je sonne, tu vas les entendre crier : « C'est ouvert ! »

Je m'empresse d'ailleurs de lui prouver la véracité de mes dires. J'entends tout de suite la voix de ma mère depuis la cuisine, ce qui me fait sourire.

La bonne odeur de nourriture chatouille mes narines dès que nous entrons. Orion embrasse le couloir du regard, curieux. Je lui rappelle de retirer ses chaussures, sinon quoi il risque de se faire disputer.

– Dieu merci, ma paire de chaussettes trouées était dans la machine ce matin, plaisante-t-il.

Je ris doucement en découvrant ses chaussettes à motif baleines. Adorable.

– C'étaient les seules propres, se défend-il.

Jane apparaît au même moment, vêtu d'un tablier.

– Vous venez nous aider ? Je crois que maman a cru que tu sortais avec toute l'équipe canadienne de hockey, vu tout ce qu'elle a cuisiné.

J'en étais sûre. Ils en font trop, comme d'habitude.

Voilà pourquoi je ne voulais pas leur parler de notre relation. Pas avant que je sois mariée et enceinte. Dans dix ans, a minima.

Là, je n'aurais plus eu le choix.

Je fais signe à Orion de me suivre. Il opine, la tête ailleurs. Son regard s'accroche partout, comme s'il tentait de se remémorer chaque détail. Les bibelots, les tableaux en pâte à sel, les photos de famille…

Je le vois sourire devant quelques clichés de moi encadrés au mur. Mon premier jour d'école, ma première victoire en patinage, et j'en passe.

– *Chào mẹ*[1], je lance en débarquant dans la cuisine.

Ma mère lève la tête du plan de travail, les mains pleines.

Oh waouh, Jane n'exagérait donc pas.

1. « Salut, maman », en vietnamien.

J'ouvre la bouche avec surprise en voyant toute la nourriture étalée sur la table : des banh cuon[1], du cha ca[2], des nems[3], des goi cuon[4], des banh khot[5], de la poutine[6], et des butter tarts[7] pour le dessert.

– Vous êtes en avance ! se plaint la maîtresse de maison d'un air sévère.

Elle se dépêche de rincer ses mains avant de saluer Orion. Ce dernier s'incline poliment, puis lui tend le bouquet de fleurs.

– Merci pour l'invitation, madame Pham. Je suis ravi de vous rencontrer.

Comme prévu, ma mère tombe tout de suite sous le charme. Elle lui sourit comme s'il tenait le soleil et les étoiles entre ses mains.

– Je vous ai toujours soutenu ! lui dit-elle en mettant les fleurs dans son vase préféré. Je l'avais prédit, hein Jane ?

– Ne l'écoute pas…

– Elizabeth et Darcy étaient faits l'un pour l'autre eux aussi, mais ils ont dû passer plusieurs centaines de pages à se chamailler. Un classique !

Je ferme les yeux, mal à l'aise. Évidemment qu'elle allait trouver un moyen de ramener *Orgueil et Préjugés* sur le tapis !

Orion semble confus, mais son sourire me dit qu'il commence à comprendre.

– Maman, tu as cuisiné pour combien au juste ?

---

1. Crêpes de riz fines et souples, généralement remplies de viande hachée, de champignons et parfois de crevettes.
2. Plat de poisson grillé ou frit mariné avec des épices et des herbes.
3. Rouleaux de printemps frits.
4. Rouleaux de printemps frais constitués de crevettes, de porc, de vermicelles de riz et d'autres légumes frais, enveloppés dans une feuille de riz.
5. Petits pancakes de riz croustillants.
6. Plat canadien fait de frites mélangées à du fromage en grains et nappées d'une sauce brune.
7. Tarte à base de beurre, de sucre, de sirop et d'œufs.

– Tu es trop maigre ! Orion, tu aimes manger ? demande-t-elle en m'ignorant complètement. J'ai fait des plats traditionnels de mon pays. Tu connais le Viêt Nam ?

– Maman, évidemment qu'il connaît le Viêt Nam…

– J'ai aussi fait de la poutine, si jamais ça ne te plaît pas. Tu aimes la poutine ? Tu n'as pas l'air très grassouillet, toi non plus.

Orion s'empresse de lui dire que c'est parfait, qu'il n'est jamais allé au Viêt Nam mais qu'il adorerait y aller, et qu'il aimerait justement prendre quelques kilos.

Jane observe la scène depuis un coin de la pièce, amusé.

– Laisse le pauvre homme respirer, *Cưng*[8].

Nous nous retournons vers mon père, qui débarque enfin. Il garde un air sévère en s'approchant, ce qui a le don de calmer Orion tout de suite. Je l'embrasse sur la joue pour le saluer, attendrie.

Contrairement à la première impression qu'il cherche à donner, mon père est un nounours. C'est plutôt ma mère, le tyran de cette famille.

– Fais comme chez toi, fiston.

Les deux hommes se serrent la main, et mon petit ami finit par se détendre.

Nous mettons la table dans la salle à manger et mon cœur papillonne avec joie quand mon petit ami goûte à tous les plats que ma mère a pris le temps de cuisiner aujourd'hui.

– Je croyais que c'était une fête ? je demande en m'étonnant qu'on ne soit que quatre.

Jane lève les yeux au ciel, la bouche pleine.

– C'était une entourloupe. Ils voulaient juste rencontrer le gars qui t'a embrassée devant tout le monde.

Je lui donne un coup de pied sous la table, si bien qu'il grogne de douleur avant de me le rendre. Orion laisse échapper un « Aïe ! » bruyant.

---

8. « Chérie », en vietnamien.

– C'était ma jambe…

– Merde, désolé, s'excuse Jane avec une grimace.

Je laisse mes parents effectuer leur interrogatoire, occupée à manger tout ce qui me tombe sous la main. Aujourd'hui, je fais une entorse au régime alimentaire d'Isabella !

De toute façon, Orion a promis qu'il serait toujours capable de me soulever…

Celui-ci se débrouille mieux que je ne l'aurais cru. Il répond à toutes les questions avec politesse et humour : « Quel âge as-tu ? Est-ce que tu fumes ? Que font tes parents dans la vie ? Quels sont tes plans futurs ? Est-ce que tu veux des enfants ? Pour ou contre le mariage ? »

– Vous allez finir par le faire fuir, intervient Jane, qui prend pitié de moi.

Orion sourit, sa main trouvant mon genou sous la table.

– Il en faut plus pour me faire peur. Pas vrai, Lil ?

Je me retiens de sourire bêtement en reconnaissant mes propres mots.

Je l'espère, vraiment.

Quand mes parents ont enfin fini de le torturer, Jane nous pousse à nous éclipser pendant qu'il débarrasse.

– Va lui faire visiter.

Je comprends qu'il nous accorde une pause, ce dont je le remercie.

Pas besoin de me le dire deux fois ! Je prends le bras d'Orion pour le faire monter à l'étage.

C'est une vieille maison. J'en suis partie très tôt parce que j'avais besoin de mon indépendance, mais je l'ai toujours adorée. Elle est chaleureuse, remplie de souvenirs et d'odeurs qui m'apaisent instantanément.

– Tu survis ?

Je remarque seulement maintenant l'expression nostalgique, voire triste, de mon partenaire.

– Oui. Ta famille est… vraiment cool.

Je m'arrête dans le couloir, inquiète, et lui demande ce qu'il se passe.

– Rien, tout va bien. C'est juste que… Pendant un instant, ma mère m'a manqué.

Oh. Je ne réponds rien, parce que je ne sais pas quoi dire pour le faire se sentir mieux. Je prends sa main pour lui montrer que je compatis, et cela semble suffire.

– Je me suis demandé comment elle se serait comportée, si je lui avais présenté une fille. C'est triste, mais… je n'en ai aucune idée. J'étais jeune quand elle est morte. Finalement, je la connaissais à peine.

– Je parie qu'elle t'aurait taquiné, comme toutes les mamans. Puis elle m'aurait prise à part à la fin de la soirée pour me supplier de faire attention à toi, et s'assurer que tu manges correctement.

Orion opine lentement, un vague sourire sur son visage.

– Ça pourrait être son genre, en effet.

– La prochaine fois que tu vas la voir… Si tu as besoin de compagnie, je serai là. Promis, je ne viendrai pas en jogging.

Il sourit en me prenant dans ses bras. Sa bouche embrasse mon front, puis mes cheveux. Jusqu'à ce qu'il voie mon nom sur la porte qui nous fait face.

– Je rêve ou c'est ta chambre d'adolescente ?

– Euh… On ferait mieux de redescendre.

Orion refuse catégoriquement. Je tente de le tirer en arrière, mais il est plus fort que moi.

Je le regarde ouvrir la porte avec horreur. Je sais que mes parents n'ont pas encore débarrassé toutes mes affaires, puisque mon studio est trop petit pour contenir tous les cartons.

Mon lit est toujours là, ainsi que mon bureau de lycéenne. Mes posters, aussi… Surtout un.

– J'en étais sûr ! s'exclame Orion, triomphant.

Je me cache le visage de honte. Bien sûr, j'avais déjà avoué mon crime il y a plusieurs semaines de cela, mais je n'ai jamais voulu qu'il en ait la preuve.

– Attends, il faut que je le prenne en photo.

– Ah non ! je m'écrie en m'élançant vers lui.

– N'aie pas honte, Petite Fleur. C'est mignon.

Je l'insulte de tous les noms tandis qu'il photographie le poster de lui qui décore ma porte. Il promet de l'envoyer à Aydan pour frimer, mort de rire, mais je le fais taire d'un baiser.

Cela a le don de le distraire aussitôt, comme je m'en étais doutée. C'est presque trop facile.

– Je ne suis pas une groupie, je marmonne contre ses lèvres.

– Oh que si. La meilleure de toutes.

Je suis forcée d'avouer qu'il a raison. Pourquoi en avoir honte, finalement ? Après tout, c'est ce qui nous a permis de nous rencontrer.

Je n'ai aucun regret.

46

ORION

Avril 2024, Montréal

– Je préfère qu'on arrête là.

Scott ne réagit pas, les bras croisés sur sa poitrine. Je pense qu'il s'y attendait.

– Ce n'est pas toi, c'est moi…

– Je rêve ou t'es en train de me larguer ? grommelle-t-il d'un ton bourru. Après tout ce que j'ai fait pour toi ?

Mon sourire en coin ne suffit pas à l'apaiser.

Après une semaine à repousser l'évidence, je me devais d'avoir une conversation avec mon coach. Il m'a découvert et m'a soutenu pendant de longues années. Scott est comme un père pour moi aujourd'hui. Je suis sa poule aux œufs d'or, mais je sais qu'il veut mon bonheur avant tout. Il m'a poussé parce qu'il ne voulait pas que je continue à penser que j'étais maudit.

Dans un sens… à sa manière, il prend soin de moi.

– J'ai assez donné, je crois. Je n'ai ni la force ni l'envie de trouver une nouvelle partenaire.

– Je comprends. Tu veux continuer en solo ou tu veux prendre ta retraite ?

Bonne question. Pour être honnête, j'ai pensé à arrêter définitivement. Depuis mon handicap, les choses sont devenues plus difficiles. Je dois toujours redoubler d'efforts. Mais je me suis imaginé abandonner… et j'ai détesté. Le patinage, c'est toute ma vie. Je ne le montre peut-être pas autant que Lily, mais c'est vrai. Je suis très bon à cela et il me reste encore tant de choses à découvrir, tant de défis à relever !

Je veux me dépasser. Je veux faire davantage, gagner de nouvelles médailles, visiter de nouveaux pays…

– En solo, c'est bien. Tu ne te débarrasseras pas de moi tout de suite, je plaisante en m'asseyant dans son fauteuil de bureau.

Scott hoche la tête sans rien dire. Je peux néanmoins deviner le soulagement sur ses traits. Il ne le dit jamais, mais je sais très bien qu'il m'adore.

– Tu ne vas pas t'ennuyer ? Sans Lily, je veux dire.

Je hausse les épaules. Bien sûr que si, je vais m'ennuyer. Mais qu'est-ce que j'y peux ?

– Et elle en dit quoi, elle ?

– Elle me soutient, peu importe ce que je choisis de faire.

Mon coach semble réfléchir quelques instants.

Je sais qu'elle est censée reprendre les répétitions avec Oliver bientôt, pour se préparer aux championnats de fin d'année. Mais elle évite de m'en parler. C'est devenu un non-dit idiot.

– T'es vraiment stupide.

Je pose une main sur mon cœur, l'air vexé.

– Alors déjà : Ouch. Et ensuite : je le sais, pas la peine de me le dire.

– Tu n'as même pas pensé à lui demander d'être ta partenaire ?

– Elle a déjà un partenaire, Scott.

Mon coach soupire en secouant la tête. La vérité, c'est que j'ai voulu lui poser un ultimatum dès que nous sommes rentrés de France. J'avais tout prévu. Je voulais lui proposer de continuer à patiner avec moi, pour toujours cette fois.

Je vous le donne en mille : je me suis dégonflé à la dernière minute. Je ne voulais pas qu'elle se sente obligée, ni prendre la place de ce pauvre Oliver.

– Et alors ? continue Scott. Les gens vous ont adoré ensemble. Ils vous attendront l'année prochaine de pied ferme.

– Mais…

– Si ça se trouve, Lily n'attend que ça.

Je me fige, empreint de doutes. Il a l'air de savoir quelque chose que j'ignore, et ça me dérange. Est-ce que Lily se serait confiée à lui ? Est-ce qu'elle s'attend à ce que je lui demande de rester avec moi ?

Peut-être qu'elle est déçue que je ne l'aie pas encore fait.

Merde.

– Je vais le faire, je tranche tout à coup. Je vais lui demander.

Scott roule des yeux, comme s'il était trop jeune pour ces conneries. Au fond, je suis certain qu'il jubile. Il râle beaucoup, mais il apprécie Lily.

– Je te préviens : si elle finit par te jeter comme mec, tu devras continuer à patiner avec elle. Le travail, c'est le travail !

– OK, mais pourquoi tu pars du principe que c'est elle qui me jettera ? je m'indigne faussement.

– Parce qu'elle est trop bien pour toi.

Je hoche la tête en soupirant.

– Pas faux.

La neige a enfin fondu à Montréal.

Le printemps commence tout doucement à faire son apparition, et avec lui les doux rayons du soleil. Je sors Princesse en forêt avant de rejoindre Lily dans le centre-ville.

J'ai préparé tout un discours. Quand j'ai demandé l'avis de Jane et Aydan sur notre conversation WhatsApp à trois, leurs réactions ont été sans équivoque.

Aydan : Bah putain ! Il en a mis du temps.

Jane : Je te jure. J'ai pris dix ans
dans la face avant qu'il comprenne.

Aydan : Dix ans ? Est-ce qu'il faut que
je t'appelle Daddy, maintenant ? ;)

Jane : ...

Jane : S'il te plaît, non.

Aydan : Daddy...

Jane : J'ai l'image de mon père en tête,
je crois que je vais vomir.

Aydan : Ah oui, non.
Moi j'imaginais Pedro Pascal,
donc pas du tout la même ambiance.

Jane : Oberyn dans nos cœurs.

Orion : Je suis encore là,
vous savez.

En bref, ils m'ont donné leur bénédiction.

Apparemment, tout le monde avait compris que Lily voulait que l'on continue à patiner ensemble, sauf moi. C'est pourquoi je lui ai proposé de nous voir à la Art-Is-In Bakery, une pâtisserie dont les influences oscillent entre Paris et Brooklyn.

– On était en France le mois dernier et c'est ici que tu goûtes à un croissant ? se moque-t-elle en arrivant quelques minutes après moi. La honte.

Elle s'assied sur la chaise d'en face, amusée. Je me penche pour l'embrasser, puis je lui passe une brioche sucrée qu'elle déchiquette avec les dents.

– Tu reviens de la patinoire ? je demande en voyant son sac de sport.

– Oui, j'ai vu Oliver.

Je hoche la tête, pensif.

Elle ne perd pas de temps !

Évidemment, ça ne m'étonne pas de Lily. Si elle pouvait patiner dans son sommeil, elle le ferait. Maintenant que j'y pense, son somnambulisme le lui permettrait sûrement… Cette fille est un monstre.

– Ça s'est bien passé ?

Ma voix est prudente. Elle doit l'entendre car elle m'adresse un sourire rassurant.

– Très bien. Il s'est remis correctement.

– Super.

– Yep.

– C'est cool.

– Trop cool.

Nous picorons nos pâtisseries dans un silence gênant. Ce n'est pas vraiment comme ça que j'imaginais la chose.

Je n'ai plus quinze ans, bordel de merde ! Je devrais être capable d'avoir une conversation mature avec ma petite amie.

– J'ai vu Scott hier. Pour discuter de la suite.

Lily pose les coudes sur la table, incapable de dissimuler sa curiosité.

– Il l'a pris comment ? Vous avez décidé de quoi ?

– Je lui ai dit que je préférais continuer en solo. Il a compris. Je crois qu'il n'était pas très étonné.

Elle acquiesce de nouveau, même si je peux déceler la pointe de déception dans ses yeux sombres.

– Mais…

– Mais ?

– Il a quand même dit que c'était dommage, j'avoue en oubliant tout de mon prétendu discours. D'après lui, le public nous a adorés. Tu as vu le montage TikTok de nous que je t'ai envoyé hier ? Les gens sont trop drôles.

Lily sourit, mal à l'aise, et me presse d'aller au bout de ma pensée.

– Scott pense que les gens vont nous attendre de pied ferme l'année prochaine… et qu'on risque de les décevoir. Tout le monde pense qu'on forme une bonne équipe, et…

– Orion, m'arrête Lily d'une voix ferme. Je m'en fiche, des gens. *Toi*, qu'est-ce que tu en penses ?

– Je veux rester ton partenaire.

Voilà, c'est dit. Mon cœur bat un peu plus fort dans ma poitrine. J'ai peur qu'elle ne me dise que c'est trop tard, qu'elle s'est engagée, voire pire : qu'elle préfère reprendre ses répétitions avec Oliver, qui la connaît depuis plus longtemps.

Au lieu de cela, Lily semble enfin se détendre. Mieux, elle s'esclaffe.

– C'est quel genre de rire, ça ? Tu te moques de moi ?

– L'ironie de la situation m'amuse, c'est tout.

J'attends qu'elle développe, méfiant. Elle se lève de sa chaise pour s'asseoir sur la banquette à mon côté. Assez pour que je sente l'odeur de son gloss transparent : cerise.

– J'étais venue aujourd'hui avec l'intention de te dire la même chose, m'avoue-t-elle.

Je me raidis, abasourdi.

– Vraiment ? Mais… et Oliver, dans tout ça ?

– Je l'ai vu aujourd'hui pour lui dire la vérité en face. J'avais peur qu'il ne le prenne mal, mais il m'a tout de suite rassurée. Il a dit que je n'avais jamais été aussi bonne qu'avec toi, et qu'il savait qu'il m'empêchait d'évoluer. Oliver n'a jamais été capable de m'amener là où je veux aller. Toi, si.

Je la regarde sans y croire. Je ne m'attendais pas à ce retournement de situation. Je me sens désolé pour le pauvre Oliver, parce qu'il avait la meilleure partenaire possible et que je la lui ai volée.

Mais je ne suis pas assez gentil pour la lui laisser.

– Donc…

– Donc je me retrouve sans partenaire, dit Lily en écartant une mèche de cheveux de mon front. Toi aussi, si je comprends bien.

Bordel. C'est vraiment en train de se passer. Je ne rêve pas. Pour la première fois de ma vie, ma partenaire ne se fait pas la malle.

Pour la première fois de ma vie, quelqu'un reste.

Lily aurait pu m'abandonner, comme les autres. Au lieu de quoi, elle fait face. Elle s'accroche. Elle me pousse.

C'est avec une émotion mal déguisée que je tends la main vers elle.

– Orion. Enchanté.

Son sourire est un baume de miel sur mes anciennes blessures.

– Lily. Juste Lily.

Je l'embrasse fougueusement, mes doigts emmêlés dans ses cheveux noirs. Je lui demande si elle est certaine de savoir dans quoi elle s'embarque, mais elle roule des yeux sans répondre. Je ne sais pas de quoi demain sera fait, mais j'ai confiance.

Avec Lily, j'ai moins peur.

Après les quatre mois qu'on vient de passer, je crois que nous sommes parés pour faire face à n'importe quoi.

– C'est drôle, pouffe-t-elle. Le premier jour, tu m'as dit que je ne resterais pas assez longtemps pour m'attacher à toi, tu t'en souviens ?

C'est vrai. Je ne prenais rien au sérieux, à cette époque. Je pensais qu'elle était une énième patineuse opportuniste qui voulait être vue avec Orion Williams… pour partir en courant dès le premier obstacle.

– Avoue, tu l'as pris comme un défi.

– Évidemment. C'est pour ça que j'ai couché avec toi.

– *Juste* pour ça ?

Lily m'offre un sourire lascif avant d'ajouter tout bas :

– Et pour ton immense b…

Je plaque ma main sur sa bouche pour la faire taire.

– Ça ne va pas bien ! je m'étouffe, choqué.

– … bibliothèque ! Ton immense bibliothèque, espèce de pervers.

Je plisse les yeux sans y croire, ce qui la fait rire. Je l'embrasse de nouveau avant de lui proposer de rentrer chez moi. Si nous continuons à patiner ensemble, la meilleure solution serait qu'elle revienne habiter avec Princesse et moi…

Mais je garde cette conversation pour plus tard, quand on prendra notre dîner nus sous la couette.

– Tu veux manger quoi, ce soir ? je demande quand nous montons dans ma voiture. Sushis ?

Lily reste figée sur place, les yeux écarquillés devant son écran de téléphone. Je lui demande ce qu'il se passe, inquiet.

– C'est ton frère ? Il va bien ?

– Non, c'est Nolia…

Je hausse un sourcil interrogateur.

– Nolia, c'est la maman célibataire et un poil misandre qui pense que tous les hommes sont des merdes ?

– Oui.

– Je l'aime bien.

– Tu ne devineras jamais.

– Essaie toujours.

Lily secoue la tête sans y croire, puis elle dit :

– Elle va se marier.

Épilogue

LILY
Neuf mois plus tard

C'est la cinquième fois que je m'admire dans le miroir en trois minutes.

Les agents qui s'agitent en coulisses autour de moi doivent penser que je m'aime beaucoup… un peu trop, même. Je prends une grande inspiration en espérant me calmer.

Ce n'est pas la première fois que je passe à la télé, ni la première fois que j'effectue une interview. Mais c'est bien la première fois que l'on m'invite sur un plateau pareil.

The Ellen Show !

Cela me semble encore irréel, et pourtant me voici coiffée et maquillée, prête à faire mon entrée dans cinq minutes. La styliste m'a vêtue d'un simple jean clair et d'un pull *oversize* blanc cassé. Mes cheveux mi-longs sont lisses et parfaitement coiffés, au point qu'aucune mèche ne dépasse. Mais chaque fois que je regarde mon reflet, je vois cette satanée cicatrice.

Aucun maquillage ne peut sauver ça.

– J'espère qu'elle ne posera pas de questions gênantes, murmure Orion dans mon oreille. C'est bien son genre.

Je me tourne vers lui, tout de suite rassurée par sa présence. Mon partenaire est encore plus beau que d'habitude, ses cheveux plus longs qu'il y a un an. Aydan l'a mis au défi de les laisser pousser, alors il refuse d'aller chez le coiffeur. Jasmine me conseille de prendre les ciseaux et de m'en occuper moi-même pendant la nuit. J'y pense encore.

– J'aurais préféré tomber sur Jimmy Fallon, j'avoue doucement.

– Comme tout le monde, Lil.

Je joue les fines bouches, mais je suis déjà très chanceuse d'être ici aujourd'hui. C'est une opportunité de nous faire connaître auprès d'un nouveau public, juste avant les championnats du Canada.

Orion et moi sommes officiellement partenaires. Les gens ont l'air de comprendre qu'il n'y aura plus de changement après ça. Du moins, je l'espère…

Parfois, tard le soir, quand je n'arrive pas à dormir, je m'interroge. Et si les choses tournaient mal entre nous, qu'est-ce qu'il se passerait ? Puis Orion m'enlace par-derrière et je me rendors avec un sourire paisible aux lèvres.

Tout va bien se passer.

– Prête ? me demande mon petit ami lorsqu'on nous prépare à apparaître sur le plateau.

Je hoche la tête en remarquant qu'il a laissé ses appareils auditifs dans sa loge. Ça arrive, parfois. De plus en plus. Orion peut facilement lire sur les lèvres des gens, désormais. Je crois qu'il préfère ça, même s'il répète toujours qu'il aime entendre le son de ma voix.

Ça l'apaise.

Nous prenons même des cours d'ASL ensemble, le soir en semaine. J'aime cette nouvelle façon de communiquer, surtout quand on s'en sert pour se moquer de Jane et Aydan sous leur nez. Ça les rend fous, mais ça nous amuse plus encore.

Jane est censé présenter Aydan à nos parents ce week-end. Il veut rendre ça officiel, après dix mois de relation.

– Je suis la preuve humaine qu'on ne choisit pas de qui on tombe amoureux, bordel, dit-il toujours en roulant des yeux. Qui décide volontairement de tomber amoureux d'un homme ? Personne.

C'est aussi ce que disait Nolia, et pourtant…

Quelques secondes avant qu'Ellen nous annonce sur le plateau, Orion me signe quelque chose que je comprends immédiatement. C'est même la première chose que j'ai cherchée sur Internet.

« Je t'aime. »

Même s'il le sait déjà, je le lui signe en retour. Parce que j'ai appris que certaines personnes ont besoin d'être rassurées, en particulier les gens comme Orion qui ont toujours été abandonnés.

J'ai appris à être moins parfaite, aussi. Je suppose que ce sont les bienfaits de sortir avec Orion. Il me rappelle chaque jour l'importance de lâcher du lest. D'être plus indulgente avec moi-même.

À dire vrai, c'est encore une chose avec laquelle j'ai du mal. Je continue de me battre avec moi-même dans l'espoir de valoir quelque chose, tout comme Orion continue de se battre avec les effets de sa prétendue malédiction.

Si j'avais su, il y a un an, qu'on en serait là…

J'ai longtemps cru que tomber amoureuse serait un obstacle. À ma carrière, à mon évolution personnelle, à ma liberté. J'ai repoussé toutes les personnes qui auraient pu m'empêcher de grandir, de peur qu'on ne me tire en arrière.

Parce que tout ce que j'ai toujours voulu, c'est aller loin.

Orion a été le premier à me prendre la main, et à me pousser vers l'avant.

C'est comme ça que j'ai su qu'il était l'exception.

C'est comme ça… que j'ai choisi d'arrêter de résister.

Remerciements

C'est la première fois que j'écris une série. On m'avait prévenue que ce serait beaucoup de travail, mais il faut croire que je suis quelque peu accro à mon ordinateur… alors j'ai foncé tête la première.

Quatre tomes étalés sur quatre saisons, c'est : beaucoup de pression, des doutes, mais surtout l'excitation de vous présenter un tel projet, avec quatre héroïnes uniques et quatre histoires différentes qui trouveront, j'espère, leur public.

Si j'ai réussi à venir à bout de ce second tome, c'est parce que j'ai la chance d'être incroyablement bien entourée. Alors je tiens à remercier ces gens sans qui cette aventure serait bien moins magique :

Ma maman, toujours, ainsi que mon père. Merci de croire en moi, jour après jour. Mes succès sont les vôtres.

Mes frères, Ryan et Naïm. Merci de m'écouter vous pitcher mes histoires même quand vous vous en fichez, de me conseiller quand je doute, de me raisonner quand j'ai l'impression que je n'y arriverai jamais.

Ma grand-mère, Mamie Danielle, qui me faisait regarder les compétitions de patinage artistique à la télévision. Merci d'être dans tous mes souvenirs d'enfance. Ce livre, il est pour toi.

Johan, Doriane, Em, Estelle, et Alexia, Gaëlle : la dream team. Les meilleurs bêta lecteurs du game, mais surtout les meilleurs amis. Merci de rendre ma vie plus belle.

Dahlia, Lyly, Delinda, et Magali : mes soeurs d'écriture, ma deuxième famille, quoi dire d'autre ? Je n'imagine plus mon quotidien sans vous désormais. Merci de m'inspirer, merci d'exister. Mais surtout, merci de m'avoir trouvée.

Célia, que j'aime de tout mon cœur. Jamais enemies, pour toujours lovers. Merci de me comprendre si bien.

Kentin, mon évidence, mon acolyte d'écriture préféré, à côté de qui j'ai écrit ce roman. Merci d'embellir mes journées, merci d'être un ami sans jugement et un collègue motivant. Merci d'être ma *safe place*.

Myriam, ma Mimi, première fan d'Orion. Merci d'être qui tu es. Ne change jamais.

Marine, mon éditrice de choc. Reprendre une série en cours de route, ce n'est pas facile, mais on l'a fait ! Ensemble. Merci pour ton soutien, ton travail et ton œil de lynx. Merci de rendre mes manuscrits meilleurs, et surtout de me pousser à faire mieux, à me challenger.

Olivia, sans qui je serais totalement perdue. Merci pour tout ce que tu fais. Quatre ans ensemble, et tu restes la meilleure attachée de presse possible.

La team d'Hugo Roman, bien sûr. Merci à vous tous et toutes de m'accompagner depuis sept ans, de m'écouter, de me conseiller, et de faire perdurer ce rêve d'adolescente qui est aujourd'hui devenue ma réalité.

Hanyu Yuzuru, juste parce que. Merci de m'avoir inspiré ce roman, merci d'être une légende.

Et enfin : vous. Lectrices et lecteurs, qui lisez cette histoire et les autres. Merci d'être au rendez-vous. Merci de me faire confiance. Merci d'aimer mes personnages autant que moi. Merci pour tout l'amour que vous me donnez au quotidien. J'espère vous le rendre au centuple.

La série SEASONS continue…

– livre 3 : Un printemps pour te succomber, *l'histoire de Nolia*, (mars 2024)

– livre 4 : Un été pour te retrouver, *l'histoire de Jasmine*, (juin 2024)

Composition et mise en pages
Nord Compo à Villeneuve-d'Ascq

Imprimé en France par
CPI Firmin-Didot
en juin 2024
N° d'impression : 180649